生存進度條

STAYING ALIVE

4

目錄頁

CONTENT

【第一章】

在官方會議上扮豬吃老虎

官方船隻上。

時進放下手機，看向坐在旁邊的卦二，說道：「午門他們果然開始深挖我的背景了，並且朝著廉君派我參加會議是有陰謀的方向猜測，效果不錯。」

卦二皺眉問道：「沒關係嗎？這樣做會不會連累瑞行？」

時進安撫道：「沒關係，等會議結束後，他們就沒工夫在意我了，現在瑞行不是重點，我和我四哥的關係才重要，他們可不會希望看到滅和官方的部隊『聯姻』。」

聯姻。

卦二被他的用詞逗樂了，說道：「就你點子多……早點休息吧，明天就沒這麼輕鬆了。」

時進點頭，朝他笑了笑，「我知道，謝謝，你也早點休息。」

說完目送他出門，看一眼廉君的進度條，臉上現出一點疲憊來。

一夜無夢，第二天時進早早起床，換上戰鬥服——一套復古風的三件式格子西裝，戴上費御景給的金框眼鏡，整理好配飾，帶著卦二等人來到甲板上，往章卓源身邊一坐，擺出幫章卓源鎮場子的姿勢。

章卓源嘴角抽了抽，看了看他屁股下坐著的靠椅，抬手按住受刺激過度的心臟，問道：「你怎麼坐下了？」而且這椅子你是從哪裡搬來的！

時進奇怪地仰頭看他，問道：「我看廉君去年也是坐著幫你鎮場子的，不能坐嗎？」

「廉君坐的是輪椅！」章卓源咬牙切齒。

時進皺眉，說道：「所以你也想讓我坐輪椅？倒也不是不可以，但我沒帶……」

「我是想讓你站起來！站起來！」章卓源忍不住提高聲音。

卦二立刻上前一步，微笑說道：「章主任，您好像太大聲了，周圍的人都看過來了。」

現在是各組織船隻互相搭舷梯的時間，周圍確實有很多人。章卓源聽出卦二的警告，心裡一

驚，憋屈地壓了壓脾氣，客氣說道：「時先生，大家都站著，您一個人坐著，是不是有點不好？」

「好像確實是這樣。」時進十分好說話地站起身，示意卦二把椅子搬走，老老實實站到章卓源身側。

章卓源稍微鬆了口氣，覺得這個時進雖然年輕不著調，但也不是沒有救，還是能溝通的。

「四哥！四哥你怎麼站在船長室外面！下來，和我站一起啊！」時進突然抬手朝著站在船長室外的向傲庭揮手，熱情招呼。

無數道炙熱的視線落在時進和向傲庭身上，來回轉看。

章卓源心臟一縮，覺得自己快要窒息了——他想念那個沉穩靠譜的廉君，非常想！

站在向傲庭身邊的劉振軍眼神一動，不著痕跡地掃一眼周圍幾個大組織的船，說道：「向大校，令弟真活潑。」

向傲庭眼露無奈，「他就是這個性子……少將，失陪。」說完走下船長室，來到甲板上，站到時進身邊。

時進開心極了，立刻拉著他嘰嘰咕咕說起話來。

好一幅和樂融融的兄弟聊天圖。

「時先生，您能不能稍微低調一點？」章卓源垂死掙扎。

時進看他一眼，勉為其難地把鑽錶摘下來，說道：「這樣可以了吧。」

說著抬起向傲庭的手腕，把鑽錶戴到他手上。

章卓源：「……」不是這個低調啊混蛋！

——啊，心好累，想跳海。

半小時後，舷梯搭好，會議即將開始，各個組織的首領陸續登船，劉振軍也從船長室走下來，站到章卓源身邊。

時進還是和向傲庭站在一起，視線毫不掩飾地在來往的各組織首領身上掃來掃去，像個來見世面看熱鬧的小少爺，還時不時拉著向傲庭嘀咕兩句。

其他組織首領看到他這個姿態，心裡的猜測更重了。

魯珊登船的時候，時進十分明顯地朝她看了過去，眼睛眨也不眨。

魯珊嘴角抽了抽，做出不屑和討厭他的樣子，丟給他一個「善意」的眼神，然後側頭無視了他。

「看來滅的副首領還記著妳綁架他的仇呢。」不知何時走在魯珊身邊的袁鵬突然開口，語氣有些古怪。

魯珊看他一眼，警告道：「別以為齊雲幫你說了幾句好話，你就可以翻天了，好好夾著尾巴做人，是我拉你進聯盟，你可別來惹我。」

袁鵬眼神一沉，臉上卻帶了笑，說道：「開個玩笑而已。」

最後上船的孟青和齊雲看到魯珊和袁鵬說話，一個皺眉、一個挑眉，然後非常默契地收回視線，上前主動和章卓源及時進打了個招呼。

時進客氣地回了個招呼，視線直刷刷在孟青和齊雲身上來回掃，也不知是單純心大，還是故意無禮。

「不知道廉先生身體如何了？」長相偏儒雅，年紀四十不到的千葉首領齊雲主動挑起話題，態度溫和平常，似乎只是在普通的寒暄。

時進微笑，回道：「還不錯，就是又瘦了，我出發之前他還賴床不想起，這兩天趁我不在，他肯定又開始挑食不吃飯了，怪讓人擔心的。」

——廉君？賴床？挑食不吃飯？

齊雲笑容發乾，打量著時進的表情，一瞬間竟然分辨不出他是在開玩笑，還是在認真回答問題。

「時先生和向大校關係很不錯的樣子，是舊識嗎？」長相偏硬漢，但因為已經年近五十，所以氣質沉穩，看上去並不顯得太凶的孟青笑著插入話題，姿態隨意，似乎只是隨便一問。

時進看向他，也不避諱，十分驕傲地拍了拍向傲庭的肩膀，說道：「不是舊識，向大校是我的親哥哥。」

向傲庭任由時進拍自己，朝著孟青和齊雲點了點頭，說道：「我弟弟沒什麼參會的經驗，還望兩位前輩多照顧一些。」言外之意就是別欺負我弟弟，否則要你們好看。

——親兄弟？

孟青和齊雲來回看著時進和向傲庭認真的表情，心裡像是劈下一道雷，瞬間炸出無數想法——時進不是瑞行的小少爺嗎？頭上不是只有時緯崇一位哥哥嗎？向大校怎麼會是他的親哥哥？時進這話是真是假？如果是真，那廉君知道時進和向大校的關係嗎？向大校今年又為什麼會來參加這次會議？廉君今年特地派時進參加會議，是和向大校有關嗎？或者是向大校的出現，和時進的參會有關？如果是假，那時進又為什麼要說謊？還是魯珊搞錯了，這個時進並不是瑞行的那個小少爺時進？

時進迎著他們的視線，假裝沒看出他們正在腦內風暴，微笑著反「寒暄」回去，問道：「對了，我看孟先生和齊先生關係似乎很不錯的樣子，兩位也是舊識嗎？」

孟青和齊雲心裡一驚，難免多想——時進這話是什麼意思？是在普通寒暄，還是廉君意識到了什麼，讓他過來裝傻試探？這個時進是真的單純，還是城府頗深，在扮豬吃老虎？

越想越覺得時進的表情及行為語言的含義頗多，最後齊雲先一步回神，笑著回道：「原來兩位是親兄弟，難怪關係這麼好。我和孟先生每年會議都會見到，算是舊識吧。會議快開始了，時先生，失陪。」說完朝時進、向傲庭和章卓源等人點了點頭，轉身朝著會議室走去。

孟青斂了思緒，後一步提出告辭，視線在向傲庭和時進身上掃了掃，也離開了。

時進目送他們離開，意味不明地輕笑一聲。

「怎麼了？」向傲庭詢問，眉頭皺著，十分不喜歡那些人打量時進的眼神。

「就是覺得他們自己嚇自己的模樣挺有意思的，四哥，多謝你來，省了我不少事。」時進回答，抬手整理了一下西裝，回頭看章卓源，熱情招呼道：「主任，會議要開始了，咱們進去吧。」

章卓源看他一眼，眼裡已經沒了神采——居然就這麼對外坦白了和向傲庭的親兄弟關係，時進的嘴巴怎麼這麼鬆，他簡直不敢想像接下來的上一年動向核查會被時進歪成什麼樣……完了，今年的會議徹底完了。

十點整，會議開始，時進從費御景手裡接過一疊厚厚的資料，邁步走到章卓源右手邊的第一個位置，拉椅子落坐，啪一聲把資料放到桌上。

坐在他下手的魯珊眉毛一挑，開口說道：「時副首領，你動作能不能小一點，很吵。」

其他組織首領的注意力立刻挪過去，內心激動——來了來了，狼蛛去年因為滅吃了個大虧，現在碰到對方的新任副首領，果然忍不住主動槓上了。面對老前輩的挑釁，這個滅的新任副首領會怎麼應對？

「很吵嗎？」時進看向魯珊，親切一笑，「我還以為阿姨妳年紀大了，聽力會下降呢，抱歉啊魯阿姨，我年輕人，力氣大，手難免會重一些，放東西是這樣，揍人也是這樣，妳稍微忍忍吧。」

嘶——看熱鬧的組織首領們在心裡倒抽了一口涼氣——好剛！這個看上去像個小白臉一樣的少爺，居然意外地不好惹，懟起人來完全不留餘地！

魯珊差點被時進一句「年紀大了」噎死，不用演就表現出生氣的樣子，狠狠瞪著時進：臭小子，你找死呢！

時進眼神無辜：魯姨，演戲需要，您忍忍。

「上一個敢這麼在我面前囂張的人，骨頭已經化成灰了。」魯珊冷笑。

時進微笑，「是嗎，從小我的家庭醫生就告訴我，我的骨頭比其他孩子硬。」

劈哩啪啦，空氣中彷彿有電光在閃爍。

在場的首領們這才算是第一次正面認識了時進，看著他靠在椅子裡微笑懟人的模樣，心中都冒出同一個想法——能被廉君派來開會的人，果然不會是好打發的角色！

坐在魯珊和時進對面的孟青、齊雲、袁鵬三人，全在不著痕跡地打量時進，一點沒有主動開口幫魯珊說話的意思，安靜地看著熱鬧。

「都配合一下，準備發資料了。」章卓源出聲打破氣氛，敲了敲桌子，示意時進收斂一點。

時進十分配合地閉上嘴，埋頭翻起他面前那堆厚厚的資料。

魯珊也冷著臉收回視線。

其他人的視線忍不住挪到時進手裡的資料上，有點在意——這疊資料又是什麼，感覺怪可疑的。

會議開始按流程展開，室內安靜下來。

一輪資料發放後，每個組織的首領都拿到關於自己組織的上一年核查資料，這資料是由組織所在地的官方單位追蹤總結出來的，上面有該組織在這一整年裡的大概動向和犯過的事。核查時，針對犯事部分，組織首領如果有異議，可以立刻提出來，並提交證據反駁，如果沒異議，那就正常進入處理懲罰程序，犯事太嚴重的組織可能會被下牌。

一般情況下，拿到手的資料越厚的組織，接受核查的時候會越難過，因為那代表著該組織在上一年犯的事更多。

時進拿到的滅的資料很薄，總共只有四頁，撇開封面和底頁，其實真正有內容的只有中間那兩頁紙而已。他隨便翻了翻，發現廉君把組織管理得超「乾淨」，兩頁紙上寫的全是關於滅各個區域的生意調整的內容，一個犯事的點都沒有。

他心裡又是驕傲又是開心，同時也大大鬆了口氣，把資料一放，觀察一下其他大組織手裡資料的厚度。

除了他之外，千葉拿到手的資料看上去也很薄，大概五、六頁的樣子。午門的稍微厚一點點，有十頁左右，不過孟青的姿態很輕鬆，應該沒什麼問題。相比起他們，蛇牙和狼蛛就顯得比較難過了，他們兩家一個去年被官方懟過，一個自身不乾淨，兩家首領到手的資料都很厚，情況很不妙。

時進掃一眼魯珊難看的表情，心裡有點擔心，面上卻不露，反而整理一下資料，直接趴在上面開始睡覺——今天起得太早，他睏了。而且核查是從小組織到大組織層層推進的，上午肯定是輪不到滅，他不用一直守著。

章卓源：「……」混蛋！你是來鎮場子的！睡什麼！

會議室裡翻資料的聲音短暫停下，眾首領齊齊側頭，朝著趴下睡覺的時進看去。

「時副首領真是不拘小節。」齊雲微笑開口，語氣調侃。

章卓源假笑，說道：「是呢，畢竟是年輕人，還不太穩重……好了，都看完資料了吧，核查正式開始。」說著示意自己的助理們全部動起來，自己也拿起資料，按照編號開始點小組織的名，一點沒有去喊醒時進的意思。

齊雲把這情況看在眼裡，和看過來的孟青、魯珊兩人稍微對視，然後收回視線。

上午的會議就在章卓源和他的助理們針對小組織的核查中匆匆結束，時進在會議結束時準點醒來，搓了搓臉上壓出的印子，把桌上的資料往懷裡一抱，晃晃悠悠地走了。

眾首領：「……」這傢伙真是該死的悠閒。

簡單午休之後，時進踩著點進入會議室，把資料往桌上一放，拉椅子坐下，趴倒，又開始睡。

章卓源：「……」你是豬嗎？只知道睡！

會議照常進行，小組織的核查很快結束，章卓源進行一番總結後，開始核查中型組織的動向。足足忙到四點多，中型組織的核查才告一段落，針對准一線組織的核查開始了。

睡得彷彿一具屍體，動都不帶動的時進突然坐起身，精緻地拿出濕紙巾擦了擦臉，抓起礦泉水漱漱口，然後整了整衣服坐好，從他那疊厚得像板磚的資料堆裡，抽出一份文件翻開來，看一看資料，再看一看正在被核查的准一線組織虎嘯的首領，行為十分可疑。

大家的注意力挪過去，追著他的視線看一眼虎嘯的首領，又看一眼他手裡的資料，眼裡都冒出些猜測——時進這又是在幹什麼？他手裡那份資料到底是什麼？難道他是準備監督其他組織的核查嗎？

按規則，組織間的核查是可以互相監督的，但一般沒有哪個組織的首領會在這時候愚蠢地找別人的事，因為大家都是被查核的對象，所以除非你能保證自己年年不犯事，否則最好閉嘴不要給自己亂樹敵。

廉君往年在核查環節是萬事不管的，除非有人撕到他頭上，否則他可以一整天的會議一句話都不說。大家之前見時進睡得乾脆，還以為時進也繼承廉君的作風，準備萬事不管，但現在看來好像又不是那麼回事。

這個時進，到底準備做什麼？

所有人都在觀察時進，被時進盯著的虎嘯首領甚至暗暗戒備忌憚起來，就連章卓源心裡都有點犯嘀咕，猜測時進是不是準備做點什麼。

氣氛不自覺緊繃，大家盯著時進，既盼著他說點什麼，又怕他說點什麼。

然後在大家這種若有似無的期待和戒備中，虎嘯的核查順利結束了，虎嘯今年沒犯什麼事，章卓源只拿著資料稍微問了虎嘯首領幾個問題，點了他幾句不合規定的地方，根據條例警告他幾句，就放下虎嘯的資料。

時進在核查結束的同時也放下了手裡一直拿著的資料，並把那份資料放到一邊。

大家越發在意了——什麼意思？不說話是什麼意思？不說話之後，把那份資料放到一邊又是什麼意思？那上面寫的什麼？和虎嘯有關嗎？滅調查過虎嘯嗎？

好奇心和猜疑無限膨脹，大家看著時進，恨不得衝過去把他手裡的資料搶過來看看。

虎嘯的組織首領也正盯著時進手下的資料，眉頭緊皺，最後實在看不出什麼來，忍不住朝著齊雲看去。千葉是虎嘯的上線組織，齊雲接收到虎嘯首領的視線，抬了抬手示意他稍安勿躁，然後也看了一眼時進放下的那份資料，再次深深打量起時進。

章卓源把眾人的神情變化看在眼裡，瞄一眼時進，手指動了動，繼續點名下一個准一線組織。

時進又從那堆資料裡拿出另一份資料，邊翻邊朝著被點名的組織首領看去。

那位組織首領：「……」

那位組織首領的上線組織首領孟青：「……」

詭異的氣氛瀰漫，時進始終不說話，就只是隨著章卓源的點名，一份又一份地換著資料看，一眼又一眼地觀察被點到名的組織首領。大家都心塞極了，搞不懂時進在幹什麼，理智告訴他們時進或許只是在故弄玄虛，但多疑的本性卻讓他們不自覺把時進的行為往更深層的方向想。

終於，最後一個准一線組織核查完了，現在只剩幾個大組織沒被核查，而時進手裡的資料，不多不少，正好只剩四份。

孟青等人全都看著時進手裡的資料，就連魯珊都忍不住好奇了，想問問時進在搞什麼鬼，但礙於場合不能開口，還得憋出一副忌憚猜疑的表情看著時進，於是心塞加倍，難受得幾乎想啃桌子。

「滅，時進先生，準備核查了。」章卓源突然點了時進的名。

時進側頭看過去，禮貌說道：「請您開始。」

章卓源居然一時間有些不適應他這正常的說話風格，拿起滅的資料翻了翻，說道：「滅的情況還是和往年一樣，沒什麼需要注意的地方，請繼續保……」

「等等。」魯珊開了口，打斷章卓源每年都會對滅說的話，質問道：「真的沒問題嗎？據我所知，滅在去年突然大範圍往外轉移資產，這是不合規定的吧？正常的生意調動可沒有這麼……」

「魯大嬸。」時進打斷她的話，說道：「什麼叫往外轉移資產？廉君給我點零花錢花花，也是轉移資產了？妳家資產就那麼點？」

大、大嬸……魯珊不敢置信地看著他，一副氣到窒息的模樣。

「咳。」不知道從哪傳來一聲忍笑的咳嗽。

魯珊臉一黑，拍桌子站起身，喝問道：「誰在笑！」

大組織的首領還是沒人敢惹的，喝問之後，會議室裡落針可聞，魯珊視線所到之處，大家全都努力做出一副忙碌的樣子，不和她對視。

章卓源有點頭疼，安撫說道：「魯珊女士，廉君劃撥到境外的資產確實都是合法程序，這部分沒有任何問題。」雖然他當時看到這部分資產的時候，心裡也狠狠驚了一把。

魯珊收回視線坐下，皺眉說道：「不止資產，還有滅突然的生意調整，據我所知，滅在去年下半年突然開始大幅度調整生意，很多資產去向不明……」

「妳都說是生意調整了，這種商業機密怎麼可能讓外人全部弄得清清楚楚、明明白白？」時進反問，冷笑說道：「魯珊，妳綁架我一次沒成功，反倒是自己吃了虧，所以現在是心裡不痛快，要來找我的麻煩了？妳就這點肚量？我還以為像妳這種大組織的首領，做事會更聰明一點。」

其他人全都暗暗激動起來——直呼其名，還翻了舊仇，滅這是要和狼蛛當場撕破臉了？廉君辦

事太滴水不漏，每次其他組織的挑釁，他都能三兩句話化解於無形，也從不主動挑事，他們還以為這輩子都看不到滅和其他組織正面對嗆的畫面了，但是萬萬沒想到，廉君今年居然派個脾氣這麼「直」的年輕副首領過來，有戲看了！撕，快撕起來！

魯珊也冷笑，正面和時進對視，說道：「我只是按正常的程序來監督核查而已，時進，你靠著廉君才能坐在這裡，身為外行人，我勸你少囂張。」

「外行又如何？」時進分毫不讓，轉了轉手裡的戒指，「廉君喜歡我坐在這裡，我也很樂意坐在這裡，妳以後見到我的機會還多著呢。我才要勸妳少囂張，狼蛛在離島的那堆爛攤子，妳再不收拾好，我可就不保證妳還能留著那塊寶地了。」

大家瞪大了眼——好狠，居然直接威脅命脈，這時進可真是年輕人不怕事，什麼都敢說。

魯珊臉黑了，問道：「你什麼意思？」

「字面的意思。」時進回答，似笑非笑地拿起屬於滅的資料甩了甩，視線分別在孟青、齊雲、袁鵬身上停了停，說道：「勸你們別想著來挑滅的毛病，廉君辦事能力如何，你們心裡清楚。他喜歡低調，每年都任由你們多嘴囂張，但我可不是那種喜歡受氣的人。很好奇滅的生意動向？奇怪廉君想做什麼？其實告訴你們也沒什麼，廉君很想和我結婚，為了討好我的家人，他撥了很多生意給瑞行，靠此獲得我大哥的首肯，給我戴上了這枚戒指。明白了嗎？你們千猜萬猜的生意動向，只是我和廉君做的一點婚前準備而已。但我說了實話，你們會信嗎？前輩們，把日子過得單純點吧，腦補太多可是會掉坑的。」

臥槽，一對四！這仇恨拉的！

室內氣氛瞬間凝固，大家看著時進，有被他的態度震住的，有被他話裡的信息量噎住的，一時間沒有人說話。

大哥、瑞行、結婚、婚前準備，還有之前時進說以後會經常坐在這裡……這些話是什麼意思？

難道廉君推時進出來，是為了告訴大家滅以後要改變處事原則了？還有時進威脅魯珊的話，難道是滅還沒有放棄動狼蛛的想法？

疑問很多，但大家終於確定了一件事——時進果然和瑞行有關，而且滅和瑞行已經搭上線，以後還會長期合作。

這個資訊，對其他大組織來說絕對不是什麼好消息。

章卓源的視線在幾大組織首領臉上掃過，看一眼時進，心裡頭一次沒有因為他的亂來崩潰，反而隱隱意識到了什麼——滅和瑞行……

「章主任，滅的核查結束了嗎？」時進突然側頭朝著章卓源看去，又恢復之前懶散放鬆的模樣。

章卓源對上他的視線，心裡卻是一驚，回神後挪開視線，眉心微攏——這個時進，似乎和他以為的不一樣。

滅之後第二個接受核查的大組織是千葉，由此推論，核查順序應該是從簡單到複雜。

在接受核查的時候，齊雲的眼角餘光始終注意著時進，發現他果然在章卓源點了千葉的名字之後，又拿起一份資料開始邊翻邊往這邊看，心裡撥起了算盤。

千葉的核查也順利結束了，時進依然沒有開口說話的意思。

接下來是午門，時進照舊拿起一份資料在那裡翻閱，也照舊沒有開口。

午門之後是狼蛛，大家都暗暗提起了心——剛剛魯珊那麼針對時進，時進這次總該開口挑狼蛛的刺吧？他們十分好奇時進手裡那份資料的內容究竟是什麼。

魯珊也擺出一副忌憚時進的模樣，防備著時進可能的挑刺。然而出乎意料的，時進在狼蛛被核查時依然沒開口，只時不時拿起筆在資料上寫寫畫畫什麼，一副在記錄什麼的模樣。

會議氣氛詭異極了，終於，在魯珊又像去年那樣，差點拍桌子和章卓源吵起來時，狼蛛的核查結束了。最後是蛇牙，袁鵬出乎眾人意料的好搞定，幾乎是章卓源說什麼就認什麼，沒有和他爭

論，似乎是不想太過暴露組織內部的情況。

章卓源看他一眼，讓助手收走蛇牙提交的資料，然後宣布散會。

時進第一個抱起資料離開會議室，找到候在門外的費御景，把資料往他懷裡一放，高調說道：「謝謝二哥幫我調查這些，走了，咱們去吃飯！」

費御景餘光掃一眼會議室內聽到時進的話後，若有似無朝著自己打量過來的組織首領們，轉身跟在時進身後，嘴角勾了勾，壓低聲音問道：「接下來是我的戲份了？」

「嗯，主打經濟案件的費大律師調查出來的資料，只這個資訊就夠那些組織首領們亂想了。」時進也回話，見向傲庭走到甲板上，快步迎了過去，招呼道：「四哥，晚上一起吃飯嗎？」

向傲庭點了點頭，等他靠近後側身把他往身後擋了擋，看向後面陸續出來的其他組織首領們，眼神不大妙。

魯珊察覺到向傲庭格外「關照」自己的視線，心裡一萬句髒話差點忍不住出了口。她今天也是冤得很，先是按照孟青的建議主動懟時進，套時進的背景資訊，後又被時進懟、被別人笑，現在又要被向傲庭用冷凍視線看，一整天的經歷用一個慘字都不夠形容的。

——真是麻煩的臭小子，親戚怎麼那麼多！

她黑著臉無視向傲庭的視線，轉身帶人離開。

其他組織首領見狀，心情微妙的同時，還有些發沉。

以前大家和官方的立場一樣，就算滅和官方稍微親近一點，在原則上來說，它也仍然是被官方忌憚著的暴力組織。但現在滅推了一個明顯被官方人員維護著的副首領出來，這其中的含義，對其他組織來說實在是不妙。

如果滅真的藉此和官方建立起牢固親密的關係……更糟一點，如果廉君推時進出來，就是想把滅變成類似官方整頓黑道的合法部門……那大家才算是真的完了！

還有時進今天翻的那些資料……這樣想著，他們的視線又忍不住落到正在和向傲庭說話的費御景身上——這個男人，又是誰？

當晚，各大組織的首領十分默契地派人查了查費御景，然後，他們被費御景那長長的履歷表給噎住了。

專攻經濟案件的律師……這沒什麼，這世上優秀的律師何其多，但這人居然就是去年幫鬼蜮運作，把鬼蜮的一眾高層全部無痛送進監獄「保護」起來的那個鬼才律師！

時進為什麼會帶著這個律師出席會議？他想做什麼？他有什麼目的？

直到這時，大家才真正意識到了一件事——今年滅是派了新的副首領過來參加會議，而不僅僅只是推了一個傳聲筒出來，替廉君發表意見！這個首領是有實權的，提前做了準備，有和廉君完全不一樣的考慮和打算！新的首領代表著新的決策、新的處事風格、新的風向標、新的團隊！而一切的新，都代表著未來的變化。

在這個節骨眼上，廉君突然把時進這麼大的變數推出來，他想做什麼？他在下什麼棋？行事張揚不怕事的新任副首領、新出現的向大校、瑞行、曾參與過道上大事件的律師……通話雙方，孟青和齊雲整理了一下資訊，都垂目思索起來。

「在本已經穩固的一線組織圈子，一次性丟入這麼多不穩定因素，廉君到底想做什麼？」齊雲沉思開口。

孟青靠在椅背裡，看著外面平靜的海面，說道：「誰知道呢，他的心思，我們哪次猜中過。」

月光微冷，時進靠在窗邊的單人沙發裡，看著腦內屬於廉君的進度條，心情低落地發呆。

——廉君現在在做什麼？已經睡了嗎？

他想著，手裡拿著衛星手機，卻沒有撥電話回去。

小死疑惑，說道：「進進，你想寶貝的話，可以直接打電話給他啊，寶貝肯定也在想你。」

「我知道，但如果他在休息怎麼辦？會吵到他的。」時進說完便注意到廉君的進度條突然降了一點，愣神之後唰一下坐直身體，反覆確定進度條是真的降了一點後，驚喜地低呼一聲。

自從廉君開始長時間昏迷後，他的進度條就一直卡死在500，只會往上漲，再沒有降到500以下過，但現在，那根他恨不得直接拉到零的進度條，數值居然變成499了！

這證明廉君的身體在好轉了！雖然只有下降一點，但確確實實是好轉了！

時進再也忍不住，拿起手機熟練地撥了龍叔的電話號碼，確定廉君此時是清醒的，轉而撥了廉君的號碼。

電話秒接，時進握著手機，因為太過激動，一時間居然說不出話來。

「今天會議的情況怎麼樣，有人為難你嗎？」

廉君溫柔的聲音傳了過來，像是魔咒被破除，時進嘩一下鬆了口氣，開心回道：「很順利，沒有人為難我，你呢，你今天有沒有貪睡？有沒有好好吃飯？」

「沒有貪睡，三餐都有好好吃，下午還看了一會電視。」

廉君的聲音聽起來比上次通話時有力多了，時進大喜，繼續問道：「那龍叔怎麼說？你……你現在的狀況能保持住嗎？有沒有再出現什麼新的症狀？」

「沒有，毒素的活躍期已經過了，龍叔說不會再有新的症狀出現。你呢，在船上有沒有好好吃飯睡覺？」

時進想起自己自上船之後就全被打亂的作息，略顯心虛地轉移話題問道：「廉君，我們可以換視頻通話嗎？我想看看你。」

廉君那邊沉默了一會，然後回道：「抱歉，不行，我現在有點不方便。」不方便，那肯定是正在接受治療，或者身體狀況看上去不好，不好接視頻。

時進的情緒又回落下來，低低應了一聲。

「戒指。」廉君突然開口。

時進愣住，「什麼？」

「你送的戒指，我很喜歡。」廉君的聲音帶了笑，說道：「我想看你親自給我戴上。」

時進看向自己手上的戒指，也笑了，「等會議結束，我回去後再給你戴一次……很晚了，你要早點休息，晚安。」

「晚安。」

電話掛斷，時進看著手機，不捨嘆氣，好想回去見廉君……

「進進！寶貝的進度條還在勻速往下降！498了！」小死突然驚喜出聲。

「什麼？」時進大驚，連忙看向腦內的進度條，發現廉君的進度條果然變成498之後，唰一下站了起來，激動又開心地在原地轉起圈圈，「這是怎麼回事？怎麼一直在降？難道龍叔研究出新的治療方法了嗎？廉君是不是快要好了？」

小死也是一副要樂瘋了的樣子，高聲應道：「肯定是的！寶貝要好起來了！」

一人一系統傻兮兮地進行了一番無營養的對話，然後時進火速衝進浴室洗了個澡，把自己摔到床上。

「現在已經497了……早點睡、早點睡，說不定一覺醒來，廉君的進度條就降到400……睡覺睡覺！」時進深呼吸，壓下繼續盯著進度條的欲望，逼自己閉上眼，懷著美好的期待強迫自己入睡。

◆◆◆◆

另一邊，小島上。

廉君慘白著臉放下手機，終於忍不住痛吟出聲。

龍叔皺眉站在一邊，不忍說道：「你說你這是何必，慢慢治療不好嗎，非要用儀器，這東西雖然可以儘快催發你體內的剩餘毒素，再迅速用藥清除，但是過程太折磨人了，對身體的負擔也大，我弄這個來是給你以後徹底清毒和鞏固藥物療效用的，可不是給你現在這麼自我折磨用的……」

「沒事的，邵醫生也說了，我現在用這個是可以的，其實也不是太難受。」廉君辯駁，滿頭滿身的冷汗一點說服力都沒有。

邵建平小心調整著儀器數值，說道：「廉先生，請別說話了，保持體力，堅持一下，最好別暈過去。」

廉君聞言，閉嘴調整了一下呼吸，皺眉強忍。

龍叔看得心情煩躁，理智雖然知道廉君現在用這個儀器也是可以的，但作為看著廉君長大的半個家長，他還是更傾向讓廉君使用保守長期的治療方式，那樣人可以少受一點罪。

想到這裡，他忍不住看向邵建平，額頭青筋直迸。都怪這個邵建平，總喜歡玩大的，還經常給廉君說一些奇怪的東西！外面的醫生都是這樣的嗎？什麼都聽病人的，這樣治病怎麼行！

像是接受到他的怨念光波，邵建平突然側頭朝他看了過去，「龍醫生，維護病人的心理健康也是治療的一環，您關心則亂了。」

龍叔氣得面皮抽動，憋著氣沒有回話，煩躁地轉身走出病房。

清早起來，時進失望地發現廉君的進度條只降到490，與他預想中的400差了天與地的距離。但

他很快又振作起來，開始動作俐落地收拾自己——沒關係，有降就代表在好轉！慢慢來，廉君的身體註定要慢養細養，急不得。

第二天的會議內容比較輕鬆，是討論目前國內所有非法暴力組織的情況，時進再次抱著一大堆資料進會議室，坐下後自顧自地埋頭翻閱。

各家首領默默把視線挪過去，看看他，又看看他手裡的資料，心癢得不得了。

那個費御景查出來的資料到底是什麼內容？太好奇了，如果可以，他們甚至想繞過去偷看一下。

唯一有偷看條件的魯珊注意到大家的情況，想起昨天和時進的通話，嘴角抽了抽，忍不住在心裡狂翻白眼——愚蠢的組織首領們，被時進耍了都不知道，時進手裡確實是資料，但卻不是他們以為的那種資料，而是各大組織和組織首領的基礎介紹，時進這是在當場認人和熟悉各組織的基本情況呢。

時進只是做了一件所有新手都會做的事而已，甚至比大多數新手做得爛，臨到陣前才記得去熟悉敵人的情況，但這些前輩們卻因為時進朝費御景說了一句似是而非的話，就各種緊張猜測……

不能想，再想感覺都要笑出來了。

魯珊捂住下半張臉，做出嫌棄時進的樣子，側頭扭開視線。

會議準點開始，章卓源點出了這一年國內活躍著的各大非合法暴力組織，一一說明它們的概況和惡行，然後開始鼓動在場的合法組織首領們上來領任務，幫官方一起把這些毒瘤組織幹掉。

下面的組織首領們有的回應、有的裝傻、有的渾水摸魚想抓肥魚撈好處、有的想推仇家出去送死，各人有各人的算計。

時進用餘光把大家的反應看在眼裡，抬手把手裡的資料一蓋，靠到椅背裡開始玩手機。

章卓源：「……」你這還不如睡覺呢！

坐在他對面的孟青見狀忍不住開口說道：「時副首領，壓制和清剿非合法暴力組織也是我們的

義務之一，你這樣是不是不大好？」

時進手上不停，抬眼看他一眼，「是不大好，但說個大實話，我也才剛當上滅的副首領沒多久，滅對非法組織的處理態度，廉君還沒來得及跟我詳說，所以為了避免多說多錯，我只好這樣，但大家別擔心，之後廉君會就這部分單獨聯繫章主任的，滅從來沒有遺忘過自己的義務。」

單獨聯繫。大家摳住這個字眼，若有所思。

孟青點了點頭，說道：「原來如此，看來時副首領只負責處理滅的部分事務。」

「嗯，畢竟我還是個學生，要去上學，沒太多時間幫廉君分擔工作上的事情。」時進隨口接話，皺眉嘀咕：「其實今年的會議我是翹課來的，連開學報到都沒去，明年廉君說不定就不會讓我過來了。」

——啊？學生？翹課？

組織首領們都有點傻，他們有多少年沒聽到過學生和翹課這兩個詞彙了？十年？二十年？

不對不對，這不是重點，重點是時進如果還是學生的話，那是不是只要打聽出時進讀的是哪所學校，就可以詳細掌握住他起碼大半年的動向了？這可是大好事啊！一個行蹤固定的副首領，可比行蹤不定的副首領要好調查和好搞定得多！

孟青沒想到時進居然會這麼輕易地就把自身的資訊給抖落出來，上下打量他一眼，試探著繼續搭話：「看時副首領的年紀，應該是在上大學吧，我聽說時副首領是在M國長大的，據我所知，M國的學校……」

時進連忙擺手，說道：「不是不是，我在國內上學，讀的是警……」

「咳咳咳！」章卓源突然驚天動地地咳了起來，邊咳邊把手裡的資料弄得嘩啦嘩啦響，高聲說道：「都安靜一點，專心開會，會議的時候不要閒談。」

時進按手機的動作一停，像是意識到自己多嘴了，皺眉看一眼孟青，側了側身，低頭繼續玩手

機去了。

孟青則看一眼明顯是在阻止時進說話的章卓源，在腦子裡轉了一圈時進最後說的那個「警」字，側頭看了齊雲一眼。

齊雲瞭然，做了個電話聯繫的手勢。

上午的會議順利結束，午飯之後，孟青和齊雲通了個電話。

「是警字沒錯吧？」

「我聽的也是警字，不是經濟的經，也不是金融的金，就是警。」

「會不會是景觀的景？」

「如果是景觀的景，章卓源不會是那個反應。」

兩人沉默，然後齊聲開口：「這個時進問題太大了，有問題。」

兩人一愣，又是幾秒的沉默，然後孟青先開口問道：「你有什麼想法？」

齊雲回道：「根據目前已知的資訊，這個時進的背景有瑞行的小少爺、向大校的親弟弟、費御景的雇主或者親戚。他手裡握著的籌碼太多，能帶給廉君的利益也太多，從我們的立場來說，他的出現很不妙。」

孟青說道：「必須先確定一下時進就讀什麼學校，這個節骨眼上，滅不適合和官方進一步加深關係。」

齊雲沉思，問道：「老孟，你說這個時進會不會是故意透露這些資訊，引我們只關注他，從而忽視廉君？廉君今年沒參會這件事，會不會還有別的隱情？」

「比如？」

「比如廉君不是不想來參加會議，而是不能來，廉君的身體一直不算好，他生病這件事，或許是真的，說不定還有點嚴重，時進是廉君為了掩蓋自身情況故意推出來的障眼法。」

孟青皺眉，說道：「我也想過這個可能，但不管是不是障眼法，時進透露出來的這些事情總都是真的，以時進的背景，就算廉君真的出了事，滅的實力在短時間內也不會受影響，如果時進真的是體制內的人，那滅在沒了廉君的情況下，甚至可能會被官方真正接納，變得更強。從這點來說，廉君沒出事，比出了事更有利於我們。」

齊雲沉默，攏眉思索。

「章卓源對時進的態度也很可疑，太過維護了，我現在比較擔心一種可能。」

「什麼可能？」

「假設時進是官方安插到廉君身邊的人，目的是從內部滲透滅，並且官方已經滲透成功，現在正在試水給滅改朝換代……」

齊雲明白了他的意思，表情沉下，說道：「從內部滲透瓦解倒確實像是官方會做的事，但廉君會這麼蠢嗎？栽在一個年輕人身上？」

「英雄難過美人關，廉君也還年輕。」孟青沉吟幾秒，說道：「多猜無益，再看看情況吧，我會聯繫魯珊，看她還能不能再從時進那套出什麼話來。」

齊雲應了一聲，掛掉電話，透過窗戶看向官方船隻的方向，皺眉沉思。

下午的會議一開始，時進就墊著資料，趴在會議桌上睡了。

被孟青吩咐來套話的魯珊：「……」

準備觀察時進和章卓源關係的孟青：「……」

準備找機會和時進聊一聊，套套話的齊雲：「……」

時進一睡就是一下午，全程動都不動一下，彷彿一具屍體，直到章卓源宣布會議結束才唰一下坐直身，抱起資料，第一個起身離開會議室。

其他首領一臉吃了屎的表情看著他，齊雲跟著起身，加快腳步趕過去想約時進吃頓飯，再刺探

一下敵情，結果剛靠近，就見向傲庭朝時進迎了過來，開口第一句話就是：「我已經找我警校的老戰友打聽過了，因為出任務缺勤集訓的學生，同樣可以計算學分，不影響畢業的，別擔心。」

時進大大鬆了口氣，笑著說道：「那就好，我還以為我必須要去補學分了，不過大學的第一次集訓我就這麼錯過了，怪可惜的。」

向傲庭安撫道：「沒事，以後還有機會的。」

兄弟倆邊說著話邊走遠了，齊雲站在原地，消化著向傲庭剛剛說的話，微微皺眉，轉身離開。

走過拐角後，時進臉上的笑容卸下，問道：「確定齊雲聽到了？」

向傲庭點頭，皺眉問道：「為什麼要故意透露你的學校資訊出去？這會影響你的安全。」

「沒關係，我不會有事，現在最主要的是要幫滅和廉君爭取時間。」時進回答，動了動趴了一下午有些僵硬的脖子，「我讀警校的消息透露出去，那些人應該會再多想一些……對了，二哥他們呢？怎麼不在甲板上？」

「他們在餐廳等你。」向傲庭回答，看著他臉帶疲憊的模樣，抬手摸了摸他的頭。

齊雲確實多想了，並且想得比時進計劃的還要多。他回船後立刻緊急聯繫了另外三位盟友，交流資訊。

齊雲問道：「出任務、警校，我確定聽到了這兩個詞。一個警校學員，突然變成廉君的伴侶，廉君還為了和他結婚，送他大筆資產，把他捧上副首領的位置，連會議都讓他來參加，這套說辭，你們信嗎？」

「不信。」袁鵬回答。

魯珊和孟青都沒有說話。

「老孟上午的猜測或許是正確的，時進是官方插到廉君身邊的棋子，官方想通過他把控住滅。不知道你們注意到沒有，時進這次只帶了卦二上船，廉君最倚仗的心腹卦一始終沒有出現，我覺得廉君可能是被官方軟禁了。」齊雲說出自己的想法。

魯珊開口反駁道：「如果時進真的是官方的棋子，那他這次這麼高調的把所有資訊展示給我們看，是要做什麼？如果他和官方有陰謀，這些資訊不是更該好好藏著嗎？齊雲、孟青，你們太多心了，我倒覺得時進說的都是實話，他不是什麼官方的人，只是恰好和官方有聯繫，也恰好讀了警校，還恰好有幾個能力不錯的親戚而已。我還是偏向時進是廉君推出來的障眼法這個猜測，廉君說不定快要掛了，他讓時進表現得這麼高調，是想嚇唬我們，怕我們發現不對，趁機打他。所以我們這時候更應該把滅打個措手不及，你們就別管時進了，沒什麼好在意的。」

「魯珊，不要意氣用事，這世上哪裡有這麼多的恰好，妳最近太不冷靜了。」孟青點了她一句，然後緩和下語氣，「不過妳說的也有道理，時進的種種表現都太高調，不像官方的作風。」

袁鵬突然說道：「猜那麼多做什麼，殺了他不就行了。」

「什麼？」魯珊第一個開口，發現自己語氣太過激動，連忙掩飾道：「你忘了我是怎麼被官方針對的嗎，你瘋了？」

「怕什麼，只要不讓官方知道是我們做的不就行了。」袁鵬語氣十分無所謂，還帶著點冷意，「無論時進的屁股坐的哪一邊，他會影響局勢已經是板上釘釘的事。他幫廉君也好，幫官方也好，最後導致的結果只有一個——滅和官方綁成一體，到那時候，誰還動得了滅，我們又會是什麼下場？與其浪費時間在這猜來猜去，放著時進真的成為官方的棋子，或者成功幫廉君糊弄過去，那還不如直接殺了他，絕了所有可能，順便探一探真正的情況。」

齊雲和孟青都沒說話，很顯然，他們心裡其實也打的這個主意。

魯珊心裡一沉，面上卻做出生氣的樣子，冷笑道：「殺他？說得容易，風險誰來擔？我看不冷靜的是你們吧，被個小孩子耍得團團轉，丟不丟人！」

孟青聽不下去她這話了，聲音稍微沉了點，說道：「魯珊，袁鵬這個建議雖然比較激進，但這確實是目前最好用的解決辦法，時進背景太強，無論他幫哪一方，都留不得。」

齊雲也開了口：「會議結束之後是最好的機會。」

見他們心意已定，魯珊心裡殺意滾動，面上卻不露，諷刺說道：「你們真是瘋了，都說了現在去打滅才是最好的選擇……算了，你們愛去殺就去殺吧，我只要求一點，別最後沒殺到人，反而把我們四家抖落出來，我現在可不想給官方第二個正大光明動我的藉口！」

「妳稍安勿躁。」袁鵬再次開口，帶著壓了魯珊一頭的快意：「殺人這種事，我最在行。」

時進發現自己的進度條一口氣就飆漲到600了。

小死簡直要嚇死了，問道：「進進，這是什麼意思，那些壞人在打你的主意嗎？」

「應該是，畢竟我這麼值錢。」時進看著自己的進度條，內心毫無波動，安慰道：「先等魯姨的消息吧。」

幾分鐘後，魯珊打電話過來。

「臭小子，你玩得太大了。」魯珊開口就是一句訓斥，語速有些快：「你讀警校的消息一出來，齊雲和孟青那兩個傢伙就開始無限發想，他們連你是官方安插到廉君身邊的棋子，官方想通過你把控滅，從而把控道上局勢的結論都弄出來了。你的計策很成功，他們現在一點都不關心廉君怎麼樣，一門心思地要弄你，這就是你想要的？」

時進回道：「這樣就好。」

「這樣就好？我以為廉君就夠膽大了，結果你比他膽子還大，他們決定會議結束後就找機會對你動手，袁鵬為了搶話語權，主動攬了這活，無論如何，他們都不想把你這個變數平安放回廉君身邊，這你還覺得好？」

「放心，沒事的，我猜到事情會這樣發展，所以已經讓卦一提前去做好準備了。」時進安撫，提醒道：「魯姨，妳多配合他們一點，別讓他們起疑，保護好自己。」

「你這傢伙……」魯珊聽他說有讓卦一做應對，心裡稍鬆，皺眉說道：「那你自己多小心，有問題跟我說，保持聯繫。」

時進應了一聲掛掉電話，看一眼自己的進度條，握緊了拳。

現在所有人的注意力都挪到他身上，只要他躲過這次的四家追殺，並想辦法重創敵人，那這次的會議之行，他起碼能幫廉君多爭取到一個月的喘息時間。

完美，接下來就是硬仗了。

他鬆開手，找出卦一的電話號碼，聯繫卦一。

【第二章】

生死一瞬的海上追逐戰

第三天的會議來臨，時進才剛踏入會議室，就發現自己的進度條漲到650了。他不動聲色地掃一眼會議室內的人，視線在袁鵬身上停了停，然後收回，邁步走到自己的位置坐下。

今天的會議內容比較重要，是重新登記組織資訊和徵集新一批合法暴力組織的審核備選名單，各家組織首領的態度明顯慎重嚴肅了許多。

時進也擺出認真的樣子，規規矩矩坐著，沒有翻資料，也沒有玩手機。

會議開始後，大家先配合章卓源重新登記了組織資訊，然後像往年一樣，從章卓源手裡接到一張白紙。之後章卓源宣布會議暫停半個小時，讓大家好好考慮名單的事。

時進拿著白紙走出會議室，湊到費御景和黎九崢身邊，和他們低聲交談起來。

半個小時後，休息時間結束，時進回到會議室，拿起筆在白紙上寫了什麼，然後把紙交給章卓源。

其他組織首領見狀，全都露出驚訝的樣子。自官方開始舉辦會議以來，滅每年到這個環節，都是直接放棄推薦的，但今年，時進居然在白紙上寫下了什麼，還交給章卓源。

滅終於要開始推薦新組織掛牌了？為什麼？滅準備擴張勢力了？滅又會是推薦哪個新組織？疑問不停冒出，本來還算平靜的會議氣氛頓時騷動起來，大家都偷偷打量著時進，猜測他推薦哪個組織，有些人甚至忍不住想去章卓源那裡偷看一下。

孟青和齊雲對視一眼，交換一下心照不宣的眼神，然後各自提交自己的白紙。

白紙很快上交完畢，章卓源和助理一起把推薦名單整理出來，然後複印好，一人發了一份，宣布散會。

時進拿著名單步履悠閒地走了，其他組織首領目送他離開，低頭掃一眼單子，不自覺地就開始猜測上面到底哪個組織是時進推薦的。

午飯過後，孟青拉了魯珊等人一起通話。

「魯珊，妳比較瞭解滅，這上面的組織，妳覺得哪一個會是滅推薦的？」孟青先問了魯珊的意見，擺出比較重視她的態度，想安撫一下她，怕她為昨天的事情生氣。

魯珊配合地做出被安撫到的樣子，緩下聲音回道：「以我對滅的瞭解，我覺得時進這次很可能根本沒有推薦新組織給章卓源，他上午這麼做是想擾亂我們。事實上，他這三天一直在做同一件事——做出不同的舉動，或者透露出重要的資訊，引起我們的猜測討論，讓我們跟著他的節奏走。我覺得我們現在應該理智一點，把注意力從他透露出的、或者做出的事情上挪開，專注分析他這麼做的原因，從而挖出他真正的目的。」

齊雲私心裡其實很欣賞她這種冷靜和專注，但是……

「不，時進這次確實推薦了組織給章卓源，我算了算有推薦名額的組織數量，發現和名單數量完全對得上。」他點出了這點，思考了一下，又說道：「不過魯珊說得對，我們這幾天確實太過在意時進的動向了，總之，我們先說一下各自推薦的組織吧，免得一會誤傷同伴，這個對我們來說才是目前最重要的事。」

「齊雲說得對。」袁鵬第一個回應，然後說了自己推薦的組織名字。

孟青見齊雲瞬間搶走話語主導權，皺了皺眉，不過沒說什麼，緊跟也說出自己推薦的組織。魯珊緊跟其後，最後是齊雲。

一番互通後，名單上的組織被排除掉四個，還剩接近二十個。

魯珊又主動開口：「如果時進真的推薦了組織，那以滅和廉君的行事作風，他推薦的組織多半是不大出名的小組織，或者比較低調的中型組織，組織的整體實力可能不強，但地理位置，或者生意結構絕對很亮眼。不過我還是不建議大家太過在意時進這次的推薦，因為沒什麼意義，滅就算多一個掛牌的小組織又如何，對局勢的影響不大。」

「我不這麼認為。」孟青否定了她的說法，擺出前輩的譜，「我在道上沉浮幾十年，看過的爭端數不勝數，以我的經驗，往往是越細節的地方，越需要多加注意，時進的背景複雜，立場不明，他推薦的組織絕對要深挖。袁鵬，你覺得呢？」

突然被點名的袁鵬愣了一下，然後立刻站到他那邊，支持他繼續深挖。作為聯盟中話語權最弱的一位，他需要這種說話的機會。

魯珊忍不住冷笑。

最後在孟青的主導、袁鵬的巴結，和齊雲的沉默下，魯珊的意見再次被無視，大家「一致」決定深挖時進推薦的組織名字。

魯珊冷眼聽著他們的討論，心中滿是嘲諷——果然，自負的人最好搞定，只要她主動站出來排除掉正確選項，孟青就會自動帶大家往錯的方向鑽。

下午的會議開始，章卓源開始按照名單上的順序，挨個公布各推薦組織的資料，讓大家投票討論要不要讓該組織掛牌。

會議室裡的氣氛緊張起來，所有人都嚴陣以待，準備好好應對接下來這場沒有硝煙的戰鬥。

「第一個組織的資料公布完畢，大家可以發表意見了。」章卓源按照流程宣布。

時進第一個開了口，從胳膊底下抽出一份資料，說道：「我覺得這個名叫空巢的組織不適合掛牌，這是我利用中午休息時間，讓我二哥查出來的資料，這個空巢所在的城市，在近一年頻繁發生高利貸糾紛，這個組織的成員三番兩次因為暴力追債和人身傷害行為出入警局，近期還沾染上命案，這樣一個生意結構不合法、行事作風不守理的組織，我認為不適合掛牌。」

所有人都朝著時進看去，視線落在他手裡的資料，表情僵硬。

開口了，時進居然第一個對名單挑刺了，還在這麼短的時間內準備好了資料，時進的行事作風，和萬事不管的廉君差得也太多了。

「命案？」章卓源立刻重視起來，接過時進手上的資料翻了翻，然後表情沉下，直接當場拍板把這個組織擼下去，黑著臉說道：「一會推薦這個組織的首領單獨聯繫我，我需要知道一下你推薦這個組織的理由。」

會議室裡的氣氛立即沉下，大家內心驚疑，沒想到時進居然如此簡單就把名單上的組織擼了一個下去。

袁鵬黑著臉，陰森森盯著時進，手掌握緊——沒錯，這個空巢是他推薦的組織。蛇牙最近很缺錢，為了補虧空，他讓人弄了幾個非法的小組織出來，做起高利貸的生意，這個空巢是其中發展得最好也最乾淨的一個，他本意是想通過掛牌，再壯大一下這個組織，結果沒想到時進居然把那些他已經派人壓下去的新聞和案件全給查了出來。

才一個中午的時間，時進到底是怎麼把這些查出來的！還是說，時進早就知道他要推薦空巢，所以早早做了準備？難道蛇牙內部有叛徒？

他越想越多，心裡對時進的殺意慢慢醞釀。

時進看一眼自己突然漲到700的進度條，微微挑眉——猜吧猜吧，儘管猜吧，你就算猜死也猜不到，這些資料其實是章卓源主動提供的。能在這麼短的時間內，把已經壓下去的新聞和案件全部翻上來的人，除了官方還有誰？真是愚蠢至極。

高調開場之後，時進又恢復安靜，沒再挑其他備選組織的刺，他大起大落的行事方法，弄得心弦緊繃的其他組織首領有點防備落空的感覺。不過很快，首領們又緊繃了心弦，因為孟青等大組織的首領，特別是袁鵬，突然一反常態地輪番開火，以強勢的姿態連續擼了好幾個組織下去。

會議室裡的氣氛直接沉到谷底，被擼了推薦組織的首領們滿心都是莫名其妙和窩火，搞不明白

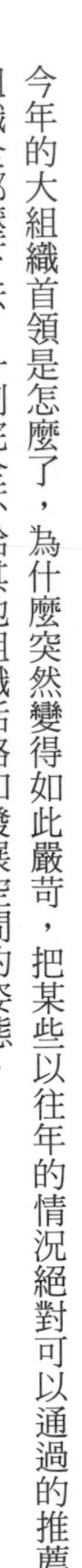

今年的大組織首領是怎麼了，為什麼突然變得如此嚴苛，把某些以往年的情況絕對可以通過的推薦組織全部壓下去，一副完全不給其他組織活路和發展空間的姿態。

名單很快過半，到目前為止，居然一個通過的備選組織都沒有，大家簡直要氣笑了。喔，不對，有通過一個，但那個備選組織明顯就是大組織的下線組織，能通過一點都不稀奇！

不滿的氣氛慢慢醞釀，時進算著時機，在袁鵬又發狠咬下一個組織時，開口說道：「袁前輩，你們是不是做得太過了，我知道你們這樣是想把我推薦的組織擼下來，但這麼廣開炮，一點不給大家留活路，你們不覺得對其他辛辛苦苦發展的組織太不公平了嗎？像我，我雖然也想把你們推薦的組織擼下來，但我就不會隨意攻擊，而是會提前做好調查，精準打擊。」

暗自竄火的各大組織首領見他居然替大家出頭，忍不住驚訝地朝他看過去。

精準打擊這四個字一出，袁鵬的臉色立刻就變糟了，孟青和齊雲的表情也稍微變了點，魯珊更是直接反嗆了起來，說道：「大家只是做了往年都會做的事情而已，時副首領這麼給我們扣帽子，到底是什麼居心？」

齊雲見魯珊開口說話，心裡暗道不妙——不應該開口的，這種氣氛下，時進已經占了「人心」，和他互懟完全沒好處。而且……他翻了翻名單，總覺得有哪裡不對。

在決定擼下時進推薦的組織時，他們立刻就篩了一遍名單，只打算擼下其中最可疑的幾個組織，並沒有打算「廣開炮」，但奇怪的是，他們懷疑的幾個組織，居然全部集中在會議討論的前半場，這就導致大家產生一種他們在無差別攻擊的錯覺。

好像中套了，時進在給他們拉仇恨。

「我只是希望各位前輩能對後輩寬容一些而已，大家都要過生活，太過獨裁可是會被大家討厭的。」時進意有所指，突然又抽出一份資料，說道：「章主任，我覺得狼蛛推薦的這個三州不適合掛牌，據我調查，這個三州雖然表面上看只是個運輸為主的組織，但其實還有做走私和販賣違禁品

及人口的生意。」

眾人一愣，這才發現章卓源剛剛已經公布了下一個推薦組織的資料，而那組織的名字就是三州。這是狼蛛推薦的組織嗎？大家若有似無地朝著魯珊看去。

直接被點破推薦的組織，魯珊表情一沉，側頭惡狠狠地朝著時進看去。

時進絲毫不讓，把資料往章卓源面前遞了遞，喚道：「章主任。」

章卓源回神，看一眼魯珊，伸手把資料接過來，簡單翻了翻，然後表情一沉，忍不住說道：「我反覆強調過，被推薦的組織絕對不能沾有人命和嚴重的犯罪，你們都把我的話當耳邊風嗎！」

魯珊反駁道：「三州只是過去有過那麼一兩次違禁，後來在我接手後，就已經轉變生意結構，時進這是在雞蛋裡挑骨頭！」

「一個組織過去犯的事，留的案底，因為換了老闆，就可以抹殺掉嗎？哪有這樣的道理。」時進一句不讓地反駁。

「夠了，三州撤銷資格。都安靜下來，討論下一個！」章卓源拍板定論，把三州撤掉了。

魯珊氣得狠狠拍了一下桌子。

其他組織首領見了，心裡莫名有些解氣——他們推薦的組織被這些大組織首領撤掉了，現在他們自己推薦的也被撤掉了，爽！

齊雲敏銳地發現了會議室裡的氣氛變化，看向斜對面的時進，眼神深深——果然，這個時進在挑撥他們和其他中小型組織之間的關係，試圖孤立他們。不能讓時進繼續挑撥下去，他們可不是廉君和滅，完全不需要其他中下層小組織的追捧和聲望。

很快，下一個組織的資料投了出來，這個組織本該是孟青發言把它擼下來的，但孟青卻沒有按照計劃開口。齊雲側頭朝他看去，見孟青也是皺著眉一副若有所思的樣子，知道他和自己想到一起去了，於是也閉了嘴，拿出手機給魯珊和袁鵬各自發了一條簡訊。

會議節奏突然恢復正常，大組織不再隨便開口針對，大家都暗暗鬆了口氣，感激幫忙出了下頭的時進。

齊雲發現這點後眉頭皺得更緊，雖心有不甘，但還是沒有再輕舉妄動。

接下來的時間裡，齊雲和孟青推薦的組織也陸續進入討論程序，時進準備十分充分，資料一份接一份，把他們推薦的組織全部以足夠合理的理由，狠狠擼了下去。不僅如此，時進還盯上千葉和午門附庸組織推薦的組織，挨個挑刺找茬。

至此，齊雲他們再看不出來時進今天這波精準打擊的背後，有著章卓源的幫助，就可以直接把腦子切下來當凳子坐了！

——時進果然和官方關係很親密，章卓源在幫時進針對他們！

情況不妙，齊雲和孟青心裡發沉，越發堅定要除掉時進的心思。

就這樣，名單漸漸討論完畢，會議進行到尾聲，今年通過討論的推薦組織居然只有五個，破記錄的少，而直到此時，齊雲他們仍不知道時進推薦的組織到底是哪一個。

會議最後，章卓源公布了上一年名單的審核結果，給新一批的合法組織掛了牌，然後宣布散會。

時進第一個起身離席，走到甲板上和向傲庭站在一起，站會議的最後一班崗。

各大組織首領陸續走出會議室，劉振軍和章卓源按照慣例把大家聚在一起說了一些官腔，並表示為了防止像去年那樣，出現在官方船隻撤離後，大組織趁機攻擊其他組織的情況，今年官方專門派了直升機「護送」大組織的船撤離，然後正式宣布會議圓滿結束。

在章卓源說話的工夫，向傲庭和時進打了個招呼，帶著隊員朝著後甲板走去。沒一會，幾架武裝直升機升空，盤旋在眾人頭頂。

袁鵬表情沉沉，和齊雲、孟青對視一眼，又隱晦地看一眼時進，第一個邁步離開。

時進看一眼自己漲到800的進度條，內心依然毫無波動，側頭和費御景聊天。

在直升機的轟鳴聲中，各組織的船隻陸續分開，然後分批朝著遠處的海面駛去，大約半個小時後，原地終於只剩下官方的船隻和幾個大組織的船。

時進再次試圖邀請章卓源和他一起回島喝酒，章卓源直接拒絕。

時進也不強求，禮貌告辭後，帶著卦二和費御景、黎九崢，踩上橫橋，朝著滅的船隻走去。

「時進。」章卓源突然喚住他。

時進回頭看他。

「請記住你入警校時宣過的誓言，你是培養中的優秀警員，是我們未來的戰友和夥伴。」章卓源說著，意有所指。

卦二轉身看向章卓源，嘴角冷冷扯起。

時進攔了他一下，也轉身看著章卓源，說道：「章主任，誓言我一日不敢忘，我也希望你不要忘掉你曾經許下的承諾，廉君活著，我就一輩子是你眼中優秀的警員。」說完抬手朝他行了個軍禮，轉身頭也不回地朝著滅的船隻走去。

「章主任，你今天說的話，我會如實轉告君少的。」卦二接話，朝著章卓源冷笑一聲，轉身跟了上去。

費御景和黎九崢也淡淡看了一眼章卓源，邁步跟上。

天上，向傲庭駕駛的直升機慢慢移動，停在滅的船隻上方，準備護送時進撤離。

章卓源的視線往天上及橋上轉了一圈，臉上表情突然疲憊下來，說道：「劉少將，這些事情什麼時候才是個頭……站在廉君身邊的，怎麼偏偏是這麼麻煩的時進。」

劉振軍掃一眼四周靜靜停著的大組織船隻，說道：「章主任，我知道你們那邊有你們的考量，但在我們這裡，已經投誠的有功將領不可殺。」說完轉身離開，留章卓源一個人站在甲板上。

章卓源沉默，看著在滅的船隻離開後，陸續朝著不同方位散去的大組織船隻，沉沉嘆了口氣。

時進回船後立刻接到魯珊的電話。

「袁鵬在你前進的航道上安排了埋伏，孟青和午門幫他調了人手和船隻，總共二十多條船，你自己小心。」魯珊囑咐，確認問道：「你那邊真的沒問題嗎？」

「沒問題。」時進回答，謝過她之後掛掉電話，吩咐迎上來的卦五：「注意四周動靜，等我四哥離開後，立刻改變航道，掉頭去和卦一匯合。」

卦五應了一聲，轉身去安排了。

時進說完看一眼頭頂，雖然知道向傲庭飛那麼高肯定看不到，但還是笑著朝他揮了揮手，然後邁步進了船艙。

半個小時後，向傲庭接到返回集合的信號，壓下不捨和時進告別後，掉頭回官方船隻所在的方向。

費御景皺眉詢問：「為什麼不讓老四留下來幫你？」

「他代表官方，有他在，我不好做得太過，而且這次是滅和其他四個組織的事，不好牽扯他進來。」時進回答，確認過卦五已經讓船長調轉航向後，給卦一撥了個電話確認資訊。

費御景看著有條不紊忙碌著的時進，伸手按住身邊表情凝重的黎九崢，把他拉出船艙。

「二哥你幹什麼？」黎九崢掙扎，不想離開時進身邊。

「別打擾他。」費御景抓著他不放，說道：「小進已經長大了，這是他的戰場。九崢，你也該長大了。」

黎九崢愣住，停下掙扎，回頭看一眼被卦五等人包圍的時進，抿了抿唇，順從地被他拉走了。

袁鵬第一時間接到時進改變航向的消息，毫不猶豫吩咐道：「追！」

魯珊故意勸道：「袁鵬，之前開會的時候，你對時進的敵意完全不加掩飾，時進肯定已經意識到了什麼，他臨時改變航向絕對有陰謀，我勸你別追，前面說不定有坑在等著你。」

「事到如今，時進已經非除不可，有坑又如何，只要武力足夠壓制，有坑也不怕。」袁鵬十分自信，還不忘嘲諷一下魯珊：「幹咱們這行，太縮手縮腳可不行，女人還是太沒衝勁。」

魯珊沒想到自己都當了首領這麼多年，還能聽到這種性別歧視的話，冷笑一聲，不再說話了。

「魯珊說的話有道理，敵人不可盲追。」孟青站出來為魯珊說了句話，囑咐袁鵬：「小心一些，我再調一些人過來，不管時進作何打算，我們這次都必須讓他死在海上。」

齊雲也開了口，說道：「我也會調人支援。」

魯珊潑冷水：「萬一他打的就是引你們過去，好坑你們的主意，那你們現在的行為就是在給他送菜。」

沒有人接她的話，大家都已經對她所謂的理智言論有些受不了，聯盟裡最忌諱的就是有一個人拚命和大家唱反調，這樣很破壞氣氛和團結。

魯珊也意識到這點，做出不滿尷尬，最後妥協的模樣，說道：「我這邊也有可以調的人。」

「這才對，大家是一個整體，最好一起行動。放心，這是在海上，時進沒那麼容易臨時調幫手過來，妳不用太過擔心。」孟青站出來給她遞梯子，勉強圓了一下氣氛。

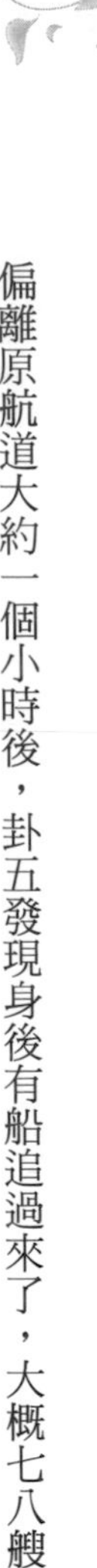

偏離原航道大約一個小時後，卦五發現身後有船追過來了，大概七八艘的樣子，全都是火力稍低，但速度快的中小型船。

時進看一眼自己已經漲到900的進度條，吩咐道：「加快速度和他們拉開距離，適當的時候發射彈炮打他們。」

「明白。」卦五接令，讓操作員打開後面的炮口，正對追來的船隻。

轟！炮口剛對過去，距離他們最近的敵船就一炮打過來。

「對方直接開火了！」船長提高聲音說著。

時進表情沉著，說道：「回擊，拉開距離，不要進入他們的射程之內！」

卦五手上動作不停，幾聲沉悶的轟炸聲後，追在後面的船隻被阻，速度慢了下來。

兩方逐漸拉開距離，滅的船隻很快離開敵船的射程距離，並即將駛出對方的雷達監測範圍。

「別開得太快，吊著他們，讓他們追著我們跑。」時進吩咐，又拿出手機打給卦一，問道：「你那邊情況怎麼樣？」

卦一的聲音一如既往的沉穩，回道：「都安排好了。」

時進放了心，放下手機後扯鬆了襯衫的領口，說道：「就按照這個節奏走，引這些船去我們預定好的地方。」

「是！」卦五應聲。

卦二倒了杯熱水給他，問道：「用自己做餌給他們下套，怕不怕？剛剛那一批應該只是先頭部隊，火力不算太猛，後面來了大傢伙，咱們就會變得吃力了。」

時進道謝，接過水喝了一口緩了緩思緒，看一眼不停閃爍警報的雷達，回道：「怕肯定是會怕的，但我相信你們，也相信廉君給我用的船肯定是最好的，絕對能支撐到和卦一匯合。」

「可卦一跑得也太遠了。」卦二看向地圖，稍微估算了一下，皺眉說道：「按照現在的速度，

咱們最快也得明天早上才能到那邊，這還是在不計算和敵人交火的時間的情況下。」

「沒辦法，只有那邊才有我要的東西。」時進回答，看一眼放在桌上的衛星電話，猶豫了一下，還是沒有打電話給廉君。

卦二注意到他的動作，問道：「你不和君少聯繫一下嗎？」

時進抬手按了按眉心，搖頭回道：「不了，他會擔心的……等一切塵埃落定了我再聯繫他。」

袁鵬接到下屬發來的資訊，朝開著四方通話的聯絡設備說道：「已經鎖定時進的位置，他正在往最近的群島位置移動，應該是準備脫離公海區域去人多的地方。先頭部隊的火力還是差了點，滅的船是改裝過的，只憑他們根本困不住。」

「後續部隊呢？」孟青詢問。

「正在往那邊趕，不過追起來有點費力，滅的船速度太快了。」袁鵬回答。

齊雲說道：「我讓我的人去時進航線的前方堵他。」

「我調一批直升機過去。」孟青接話。

魯珊最後才開口，說道：「我的人也正在往那邊集合，大概兩個小時後可以和袁鵬的隊伍匯合，需要武器補給嗎？」

「那真是幫了大忙了。」袁鵬接話，因為大家的配合，心裡生起一股自己大權大握的感覺，滿意說道：「好了，接下來就該把亂跑的老鼠關進籠子裡了。」

轟轟轟！海水劇蕩，船隻搖晃，時進扶住桌子穩住身體，皺眉問道：「他們來了多少援軍？」

「起碼十幾艘船，敵人數量比魯珊報給我們的多！」卦五回答，注意到雷達又開始頻繁閃爍，往那邊看了一眼，表情一變，「怎麼會有飛行物接近？好像已經很近了……對方有反監測裝置！」

時進看一眼自己那突漲到980的進度條，雙手握拳，吩咐道：「用火力攔一下他們，別讓他們圍上來，儘量保護船隻主體，不要和他們纏鬥！後續追來的這十幾艘船明顯屬於不同的陣營，完全沒有合作，甚至在互相干擾妨礙，我們有機會！」

卦五：「是！」

轟轟轟！又是一輪炮火猛攻，然而想要再次甩開追兵哪有那麼容易，敵人的船隻實在太多了。

「前方也有敵軍靠近，大概七八艘船！按照現在的速度，我們兩分鐘後就會進入對方的射程。」卦二突然開口，表情凝重。

卦五也緊跟著開口：「後面的敵船開始分隊行動，準備包抄我們。」

時進朝著雷達看去，表情也沉了下來，又看一眼自己已經漲到990的進度條，咬牙說道：「這樣下去咱們就要被他們包餃子了，絕對不能陷入他們的包圍圈！全力向右偏離航向，集中火力打右下方的船隻，不讓他們圍過來，同時注意天上，盡全力突圍！」

卦二和卦五連應聲的時間都沒有，緊張忙碌著。

轟！船隻主體被一枚炮彈打中，開始劇烈搖晃。船體損壞的警報聲響起，無比刺耳。

「有哪裡損壞？」時進詢問。

船長滿頭冷汗地回道：「只損壞了二樓船艙，主要動力區都沒事，不妨礙開火和撤退！」

「很好。」時進稍微鬆了口氣，又看一眼自己已經漲到995的進度條，深吸口氣，在心裡喚道：「小死！」

「我知道，這、這就來！」小死緊張極了，在時進說話的瞬間急忙給時進刷上各種buff，同時

開始尋找最佳突圍點。

時進只覺得眼前一清，注意力變得無比集中，邁步走到操縱炮口方向的操作員身邊，問道：「主炮口是這個沒錯吧？」

「呃，嗯，是，時少你……」

時進手一伸就按住了操作盤上面，說道：「借我用用。」

操作員有點懵：「時少……？」

小死突然尖聲開口：「E125方向！那裡是敵人攻擊力最薄弱的地方。進進，注意天上！小心啊啊啊啊！進度條漲到998了！」

「準備從E125方向突圍！除主炮口外，所有炮口對準天上！快！」時進表情緊繃，邊吩咐邊快速運動手指，把主炮口對準E125的方向，然後在其他操作員把所有炮口對準天上後，快速念了幾個座標，沉聲命令：「按照編號把炮口挨個對準我報的座標，聽我的提示，倒數三秒，三、二、一，開火！」同時按下主炮口的開火按鈕。

轟轟轟！爆炸聲在頭頂響起，船隻瘋狂搖晃，警報聲狂響。

卦二這時候才發現天上飛的那些個鐵傢伙居然不知何時做好了武力攻擊準備，黑著臉說道：「這絕對是孟青派來的隊伍，只有他家的飛行隊伍能把隱蔽工夫做到這份上！」

「先別管那些了，加快速度，突圍！收回炮口對準兩側，進行第二輪攻擊！別給他們第二次收攏隊伍攻擊我們的機會！」時進快速吩咐。

船長努力逼自己不去看船隻的各區域損毀提示，皺眉照做，然後大驚說道：「前方有飛行物墜毀，按這個速度衝過去會撞上的！」

「轟開它！」時進邊說邊自己快速調動主炮口，在小死的提醒下精準定位，一炮轟了過去。

船長手指一緊，咬牙把船隻的速度拉到最高，在劇烈的搖晃和炮火的轟鳴中，駕駛著船隻，擦

著敵人差點圍攏的包圍圈，直接衝了出去，然後一騎絕塵！

後方，孟青的飛行隊伍被時進出其不意的一波攻擊從天上轟了幾架下來，正好落在包圍圈正中，反而被友軍補了刀。

「該死！一群廢物！」袁鵬忍不住砸了下桌子，罵道：「總共幾十艘船都圍不住一個時進，搞什麼呢！」

孟青表情也有些難看，但勉強還算冷靜，說道：「滅那艘船就是個移動炮臺，下面那些廢物船圍不住它也是正常的，不過現在滅的船隻嚴重受損，已經是強弩之末，繼續追就是了。」

齊雲則有些想不通，說道：「按理說這種程度的火力猛攻，滅的船就算再厲害，也該被群火轟成渣了……」

「我之前跟你們說過，廉君愛死了時進，他給時進用的船，絕對是最好防禦最高的，你們怎麼就是不信我。還有，這次滅能突圍真的不冤，看看你們船員的炮火準頭，再看看滅的炮火準頭！孟青你那批飛行員，人家一輪炮火攻擊就直接給你轟了一半下去，袁鵬安排的那些屬下，打了半天也只是傷了點滅的皮毛，這差距，還玩什麼！」魯珊再次蹦出來潑冷水，故意貶低了一下袁鵬，想引開齊雲的思索。

袁鵬果然上鉤，壓著氣罵道：「魯珊妳少說風涼話！那可是在海上，干擾因素那麼多，準頭哪裡那麼好瞄準！」

「但滅怎麼就百發百中！我這不是風涼話，是希望你們能多警醒一些，這種人員實力間的差距，你們就不怕嗎？滅那邊一炮一個坑，火力一點不浪費，咱們這邊起碼有百分之七十的火力都打空了，你們自己品品！」魯珊反嗆，聲音沉下來，「我帶著狼蛛和滅爭鬥多年，滅的實力如何我最清楚，感謝今天待在船上的人不是廉君吧，不然咱們這波就已經給對方送菜了！從開會到現在，我說什麼你們都覺得是在潑冷水，但你們怎麼不想想，滅穩坐釣魚臺這麼多年，到

底憑的是什麼！連敵人的實力都無法正視，我們要怎麼贏！」

空氣短暫安靜，氣氛有些壓抑。

大家都明白自己不如廉君，但誰會願意承認這點呢，廉君只是個後輩而已，還是個瘸子！輸給這樣的人，誰能服氣！

「時進還沒死，怎麼咱們自己人先吵起來了。」齊雲出來打圓場，緩聲說道：「這一波是我的人出了問題，沒有成功和你們的人匯合，形成包圍圈，這才讓時進跑了。我的錯，我會儘量彌補，先追吧，老孟說得對，時進現在已經是強弩之末了。」

孟青也出來和稀泥，壓著情緒說道：「齊雲說得對，袁鵬這次出了大力，辛苦了，魯珊妳算是袁鵬的前輩，就少說兩句。」

魯珊沒說話，像是生氣了。

孟青轉而又勸了袁鵬幾句，袁鵬有些不樂意，但在場三個人他一個都惹不起，於是憋著氣下了梯子，壓著脾氣反省一下自己，然後重新整合隊伍，朝著時進逃離的方向追去。

◆◆◆◆

費御景帶著黎九崢衝進船長室，皺眉問道：「剛剛是怎麼回事，你們沒……」

船長室裡一片狼藉，所有人都歪七扭八地靠在牆上、桌上、儀錶盤上，各個都是一臉劫後餘生的虛脫表情，室內警報狂響，機械重複著船隻損毀的提示音。

「小進。」黎九崢走到靠在桌邊的時進身邊，著急問道：「你受傷了沒有？剛剛幾波攻擊，好多人都摔了，你……」

「我沒事。」時進安撫他一句，勉強從驚險突圍中回過神，看一眼自己落回到700的進度條，

鬆了口氣，看向船長問道：「船體損耗嚴重嗎？」

船長也回了神，站穩檢查了一下船體的情況，回道：「有點嚴重……不宜再交火了，動力區已經暴露在外，再被打中船就要沉了。」

時進皺眉，突然側頭朝著黎九崢和費御景看去，猶豫了一會，說道：「船上是有直升機的，趁現在敵人還沒追過來，要不我先安排人送你們去安全的地……」

黎九崢表情一變，說道：「小進，你要趕我走？」

費御景也皺了眉。

時進解釋：「不是要趕你走，是以防萬一……」

「要走我們一起走。」黎九崢打斷他的話，面無表情，語氣固執。

時進見他這樣，稍微有點頭疼，說道：「我是滅的副首領，肯定不能丟下大家自己走，但你和二哥的情況不一樣，你們本來就是被我連累的，我必須保證你們的安全，像剛剛那波火力猛攻，如果再來一次，我就沒法保證……」

「老五絕對不能離開，他是醫生，必須留在這以防萬一。」費御景出聲打斷他的話，堅持說道：「你們都是我的弟弟，你們都在這，我也不可能會走。而且現在用直升機撤離也不安全，一旦被發現，就只有死路一條。」

時進頓住，看著他們，說道：「可你們也看到了，跟著我很危險，用直升機突圍還有點希望，我會派老手送你們離……」

「就是危險，我們才要跟著。」費御景再次打斷他的話，語氣不容拒絕。

黎九崢突然握住時進的手說：「小進，是你朝我伸出手，我抓住了，就不會再鬆開了。」

時進聽得心裡一顫，看著黎九崢認真執拗的表情，又看一眼費御景皺著眉的模樣，心裡一股酸澀的情緒突然湧上。他毫無防備，急忙側頭深吸口氣壓下，站起身說道：「這是演什麼兄弟情深的

偶像劇呢……算了，你們要跟著就跟著吧，萬一你們真出了事，我可不會良心不安。」

「這話說出來本身就是良心不安的一種表現。」費御景毫不留情地戳穿他，掃一眼船上的各種警報，問道：「你準備怎麼跑？可還有不少追兵。」

時進整理好情緒，看了眼時間和這裡與卦一埋伏所在位置的距離，皺眉思考了一下，吩咐道：「船長，想辦法把船藏起來，不讓敵人監測到。」

船上聞言愣了一下，反應過來後應了一聲是，快速操作起來。

「卦二、卦五，你們趁現在去檢查一下船上的人員受傷情況。五哥，醫療室那邊就拜託你調度安排了。」時進繼續吩咐，然後拜託了黎九崢。

黎九崢點頭，傾身抱了他一下，轉身走出船長室。

卦二和卦五朝著時進點了點頭，後一步跟上。

時進目送他們離開，站直身搿了搿手掌，走到副船長所在的位置，掃一眼各處的警報，淺淺吁了口氣後說道：「好了，現在是躲貓貓時間，來吧，看咱們誰比較厲害。」

◆◆◆◆

「滅的船不見了，追蹤不到具體位置，只能知道大概方位。」袁鵬皺眉說道：「他們肯定關閉了船隻的大部分功能，只讓船隻維持最低耗能運轉，以免船隻被雷達捕捉到。」

魯珊說道：「那他們肯定跑不遠，在一定範圍內地毯式搜索就行了，還得注意可疑的飛行物，小心時進用直升機逃跑。」

「我這邊已經讓飛行隊注意了，不過我覺得，不到萬不得已，時進應該不會丟下一船屬下自己逃跑。總之，各方多加注意。」孟青接話。

半個小時後，袁鵬接到了下面的消息——滅的船再次出現了！

然而還不等他們集合好隊伍朝對方追過去，滅的船隻就再次在雷達範圍內消失了。

「這是玩什麼呢！」袁鵬有點暴躁，沉聲吩咐道：「繼續搜！鎖定之前的方位！」

又是半個小時後，滅的船隻被搜查隊伍發現蹤跡，然後還不等搜查隊伍傳消息給袁鵬，滅的船隻就毫不猶豫、二話不說、火力全開地瘋狂攻擊搜查隊伍，然後再次跑了。

「繼續追！分隊伍堵死另外兩個方向的路！」袁鵬暴躁吩咐。

十幾分鐘後，滅的船隻再次被發現，然後搜查隊伍再次被攻擊，滅再次逃脫，在雷達上消失。

如此反覆幾次後，在天矇矇亮時，袁鵬終於壓著脾氣，耐心堵死了滅所有可能逃跑的方向，讓大部隊埋伏在滅前進的航道上，給滅設好一個絕對逃不脫的困局。

「我看你這次還怎麼跑！」袁鵬簡直要被這一晚上的追逐戰氣瘋了。

「我們被徹底包圍了。」時進看一眼時間，有些虛脫地坐到地上，冷靜地道：「好了，接下來是祈禱時間。」

雷達上，代表敵方的紅點正包圍成圈，朝著正中心的綠點快速靠近，船長室的所有人都緊盯著雷達，後背的衣服已經被冷汗徹底打濕。

警報聲響破天際，時進的進度條突然暴漲至998.5。在小死的尖叫聲中，火力醞釀，然後連天的炮火聲響起。

廉君從昏迷中驚醒，迷茫幾秒後回神，抬手抹掉額頭的冷汗，看向背對著病床正在查看儀器數值的龍叔，啞聲問道：「龍叔，幾點了，時進到哪裡了？」

午門在LS群島那邊有一個祕密的合作組織，萬一孟青……不能往那邊去。」

龍叔皺眉看著他，最後低咒一聲，沒再攔他，轉身離開病房。

龍叔動作一頓，回頭看他。

廉君立刻發現他的態度不對，心裡一沉，坐起身皺眉問道：「時進在哪裡？」

龍叔猶豫了一下，還是說道：「時進他……沒有回航，正在往LS群島的方向去。」

廉君眼睛猛地瞪大，立刻意識到發生什麼，沉著臉拔掉手上的點滴，掀開被子下床。

龍叔連忙攔阻道：「君少，時進目前是安全的，卦二會定時發消息過來，你不用……」

「龍叔。」廉君打斷他的話，勉強撐著床站立，沉沉看著他，「喊卦六過來，我要去接時進。

炮火聲在四面八方炸響，水面劇烈動盪，帶得船體瘋狂搖晃。火光、煙塵、吵鬧聲漫天，船長室的所有人看著雷達上突然停下靠近的密集紅點，和紅點外出現的一大堆綠點，短暫的怔愣之後，齊齊放鬆身體，隨著船體的晃動滑坐地上。

「卦一這傢伙可總算是來了。」卦二摸一把額頭的冷汗，透過窗戶看一眼周圍漫天的火光，忍不住捶了時進一把，「這次之後你可別再帶隊打仗了，太嚇人了。要是卦一晚一秒過來，咱們就全完了。」

時進看一眼自己瞬間回落到300的進度條，聽著腦內小死劫後餘生的暴哭，反捶了他一把，長吁了口氣，苦笑說道：「結果還是被逼得改變埋伏地點，本來想去那邊的航道上，我實戰經驗還是差了點……算了，這裡離航道很近，也算不錯。」

另一頭追擊的船上。

「你說什麼？是埋伏？」袁鵬不敢置信地站起身，對著手機吼道：「怎麼會是埋伏！你們就一點都沒發現身後有船在靠……」

轟！模糊的炮火聲響起，然後電話中斷，袁鵬一愣，不敢置信地放下手機，「這、這……」

另外三方通話中，孟青、齊雲和魯珊也全都接到屬下打來的電話，得到和袁鵬一樣的消息。

居然是埋伏，在他們四家的船隻徹底包圍滅的船，準備一波把它轟成渣時，他們的身後突然有了火力反應，等他們反應過來有伏兵的時候，已經沒辦法躲開攻擊了。

全軍覆沒，滅在那裡起碼埋伏了三十艘船，其中大部分是水下輔助艦艇，那些船應該全部安裝了最好的反監測設備和隱蔽裝置，不然他們的船不會在對方已經靠近自身射程內，還一點都沒察覺到他們的靠近。

「居然是埋伏……」齊雲有些發愣，覺得喉嚨發乾，「到底是從哪一步開始就是陷阱了？時進明明幾次差點被我們包圍，他是在用命做餌引我們過去嗎？他……」

「我之前就說過很可能有陷阱，你們都不聽。」魯珊開口，帶著疲憊和煩躁說道：「現在必須儘量減少傷亡和損失，撤吧。還好我們這次不是親自上陣，情況還不算太糟。」

沒有人應話，大家都覺得不敢置信……和心有不甘。

怎麼可能呢，他們幾個大組織聯手，居然被一個還在上學的孩子耍了，這怎麼可……

「等等，為什麼是這裡？」齊雲陡然回神，看向航線圖，「時進花了一整晚的時間和我們玩捉迷藏，幾次差點真的出事，最後才把我們引來這裡，把我們一網打盡……為什麼是這裡？他……」

他話語陡停，看著面前放大的航線圖，瞬間什麼都明白了。

「我們著了時進的道了。」他沉沉開口，面如寒霜。

「怎麼了？」袁鵬疑惑，還沒發現不對。

魯珊和孟青則迅速反應過來，也看了看他們交火的地點，然後全都表情一變——那裡居然是R

國和A國的國際航線附近，這個交通樞紐十分重要，所以有國際公約，無論國家之間怎麼衝突，這條航線不可動。

但現在，他們一群暴力組織不僅在這附近交火，還足足報廢了二、三十條船在這條航線附近，這事一旦被放大……

孟青沉著臉說道：「時進在給章卓源遞刀子，魯珊說得對，還好我們這次不是親自上陣。」不然大家全得被官方藉著由頭一鍋端了。

但即使不是親自上陣，在暴力組織火拚影響到國際航道的事件下，章卓源也有的是藉口打壓各大組織，狠狠剮他們一層皮！起碼半年內，他們都得縮著腦袋做人了。

不僅如此，他們這次派出去的人，還很可能成為時進的籌碼。

魯珊也想到了這點，略顯煩躁地說道：「都準備好大放血吧，那個可笑的惡意競爭條款還立著呢……該死，我培養幾個小組織容易嗎，這次怕得全折進去。」

氣氛變得死一般的寂靜，大家深深意識到，這次他們輸給時進，輸得徹徹底底。

齊雲仍然無法接受這個事實，皺眉說道：「怎麼會是埋伏，我怎麼會沒發現時進的意圖……這一切……會不會都是廉君計劃好的？他猜到我們要結盟，所以推出時進弄這一齣，誘我們進套，趁著我們結盟未穩，製造藉口利用官方的手打壓……」

孟青聽著他的話，想起時進這幾天的種種表現，面皮抖了抖，狠狠握緊了拳。

不允許，他的自尊心不允許就這麼敗在一個新人手上，絕對不行！

◆◆◆◆

稍微緩過神來之後，時進從地上爬起，準備和卦一聯繫，確定一下外面的情況，結果他剛站

穩，就聽到船長室外傳來一聲模糊的撲通聲。

外面有人？他表情一變，反手摸出了槍，放輕腳步朝著船長室門走去。

他之前明明吩咐過，讓下面的人全部去船艙內躲避，不要往船長室來，但現在外面怎麼會有聲音，難道是有間諜？大家都奮戰了一整夜，疲憊不堪，如果有間諜，那現在倒確實是最佳的偷襲時機。

還不能鬆懈，他握緊了槍，靠到門邊。

卦二見狀皺眉，也跟著站起身掏出槍，壓低聲音問道：「有人？」

時進點頭，手已經放上把手，輕輕拉開門之後，俐落矮身閃了出去，把槍口對準聲音來處。

卦二後一步補位，幫時進掩護。

門外，時進槍口對準的地方，費御景正滿臉疲憊地靠在牆上，手裡拽著一根繩子，繩子另一頭綁著面朝牆壁躺在地上的黎九崢，畫面十分滑稽。

時進：「呃……」

「他非要過來，我攔不住他，就乾脆把他綁了，免得他干擾你。」費御景解釋，側頭看著他，問道：「危機解除了？」

「啊……嗯，大概。」時進應聲，把槍收回口袋，瞄一眼地上被綁得嚴嚴實實完全動不了的黎九崢，想笑又覺得太沒人性，低咳一聲上前，伸手幫黎九崢解繩子，說道：「二哥，你怎麼能把五哥綁起來，萬一傷到五哥的手怎麼辦，五哥可是醫生。」

費御景一臉冷漠，說道：「在發現船被包圍後，他突然像瘋了一樣往這邊衝，攔都攔不住，還拿著一把手術刀到處威脅人，為了不讓他拖你的後腿或者傷到無辜，我只能把他綁起來。」

時進腦補了一下費御景描述的畫面，解繩子的手一頓，看一眼黎九崢擰著腦袋死活不看自己的模樣，眉眼暖下，伸手摸了摸他的頭，找卦二要了把匕首，把他身上的繩子全部割斷，伸手扶

他起來。

黎九崢起是起來了，卻低著頭不讓大家看他的臉。

「小進你別管他，他剛剛嚇哭了，現在估計滿臉都是眼淚鼻涕，嫌丟人不敢給你看。」費御景還在補刀。

黎九崢反手就掏出一把手術刀，伸手要去劃費御景的臉。

「五哥！別衝動！沒事了，我們已經安全了，沒事了。」時進忙拉住黎九崢的手，發現他的手在微微顫抖，皮膚上甚至留下繩索的勒痕，可見他之前在被綁住的時候掙扎得有多厲害，心裡發軟，另一手按住他繃緊的肩膀，繞到他正面，把他的頭按在自己的肩膀上，替他擋住臉，安撫道：「真的沒事了，五哥，我們都活著，都安全了。」

黎九崢身體僵住，然後噹啷一聲丟了手術刀，反手緊緊抱住他。

「沒事了。」時進拍了拍他的背，朝著費御景看去。

費御景現在的模樣十分狼狽，西裝皺巴巴的，扣子掉了，到處都是灰，像是在地上滾了一圈。額頭好像是撞到了哪裡，鼓了一個小小的包，已經發紫。但哪怕如此，他的表情也依然是波瀾不驚，見時進看過來，他扯了扯嘴角，伸手拍了下時進的額頭，說道：「活著就好。」

他笑了，時進卻莫名覺得鼻子有些發酸，笑著說道：「我可是吃了五哥做的長壽麵，說好要長命百歲的人，當然會活著。大家都會活著……對不起，害你們涉險了。」

「沒事。」費御景拍了拍身上的灰塵，看一眼四周海戰後的景象，說道：「這樣的經歷，我這輩子估計不會再碰到第二次，還得謝謝你，讓我見識了這種場面。」

時進看著他側頭遙望遠處海面，儘量輕描淡寫的模樣，感受到黎九崢在聽到長壽麵後，慢慢放鬆下來的身體，心裡提著的一口氣卸下，腿一軟，也靠到牆上。

這見鬼的經歷，沒人想再碰到第二次。

卦一帶著卦三、卦九用最快的速度幹掉敵人，清掃戰場，然後護著已經破損嚴重的主船離開了航道附近。

半個小時後，卦一帶著人上了時進的船，彙報情況：「孟青的飛行隊伍逃了三分之一，敵船逃了四艘，其他的全部擊毀擊沉，留在原地，抓了俘虜近上百人，全都關在船艙裡。」

時進逼自己不去想這波埋伏敵方到底死傷多少人，點頭表示明白，問道：「我們這邊的傷亡情況怎麼樣？」

「傷患二十八人，沒有重傷。」卦一回答，瞄一眼他的臉色，勸道：「時少，您熬了一整夜，去吃點東西休息一下吧。」

時進確實覺得有點累，但他還是強撐著又確認了一下各部門的情況，直到確定一切都安排妥當了，才鬆口說道：「我給章卓源打個電話，打完就去休息，大家也都換班休息一下吧，辛苦了。」

卦一應了一聲，然後退出船長室，走到沒人的地方，從口袋裡拿出一部顯示正在通話的衛星手機，放到耳邊恭謹喚道：「君少。」

「他去睡覺了嗎？」廉君在電話那頭詢問。

「還沒有，時少說要先給章主任打個電話再休息。」卦一彙報，遲疑了一下，還是問道：「您為什麼不直接聯繫時少？時少接到您的聯繫，應該會很開心。」

廉君沉默了一會，回道：「先讓他休息吧，你把現場的情況匯總一下發過來，記得時刻注意四周情況，再聯絡。」說完就把電話掛了。

卦一放下手機，回頭看一眼船長室，轉身離開。

【第三章】

小孩子的心思真難猜

另一邊，四方通話結束，最後大家決定立刻撤退，儘量減少損失，然後提前做好善後和被章卓源找麻煩的準備。

孟青安排完逃出來的飛行隊成員後，沉著臉坐在航線圖面前，想起之前齊雲和魯珊說的話，眼神陰晴不定地變了一會，最後做出決定，打了通電話出去。

「喂？是我……嗯，會開完了……借我一點火力……我知道，好處少不了你……是，我把大概方位報給你，只有這個人，無論如何，我今天都要讓他死在海上！」

此時時進也聯繫完章卓源，等舊船上的人全部轉移到卦一開來的新船上後，才終於放下心，去了新船上的臥室，把自己悶頭砸到床上，一秒睡死。

也不知道睡了多久，時進被小死喚醒，起身痛苦詢問：「怎麼了？」頭好暈，還沒睡飽。

「進進，別睡了，你的進度條突然開始漲了，已經漲到700了！」

小死語氣著急，隱隱有點崩潰。

「什麼？」時進唰一下清醒過來，看一眼自己的進度條，見進度條的數值唰一下從小死說的700蹦到了800，驚得頭皮一炸，急忙掀被子下床，衣服都沒來得及整理，快步朝著船長室跑去。

此時已經是下午兩點多，外面藍天白雲，海水輕蕩，空中不時有海鳥飛過，看上去和平又安逸，但時進的心跳卻很快，因為就在他往外奔的時候，他的進度條還在漲，而且速度超快！

「怎麼回事？敵軍不是被一網打盡了嗎？魯珊也說人都撤退了，進度條怎麼還會漲？難道航線的事都不夠逼他們停手，有人又派了第二波人手過來嗎？」時進也快要崩潰了，邁步出了船艙，朝著船長室狂奔。

「8、880了，進進，進度條漲得太快，附近絕對有危險……等等，後方的天上，有敵軍！」小死的聲音突然拔高。

時進心裡一驚，急忙讓它給自己刷上千里眼buff，奔到護欄邊扭頭朝著後方的天空一看，果然看到在很遠的空中，有三架造型奇怪的小型飛機正在往這邊迅速靠近，忍不住倒抽了一口涼氣。

那是戰、戰鬥機，真正的……他猛地握住護欄，轉身就朝著船長室跑去。

卦三正守在船長室外面，見到時進衣衫不整地衝過來，眉頭一皺，迎上前問道：「時少怎麼了？發生什麼事了？」

「有敵軍！」時進說著，越過他進入船長室，裡面卦一和卦九正湊在一起聊天，船長等人也在閒聊，看大家一片風平浪靜的模樣，就知道這次來的戰鬥機肯定安裝了反監測裝置，來不及多解釋，奔到船長那邊，直接把船隻速度拉到最高，然後開了局部通訊，吩咐道：「所有船隻注意！全部加快航行速度，有敵軍在靠近，注意警戒！」

船長被時進的動作嚇了一跳，疑惑問道：「有敵軍？可是雷達並沒有……」

嗶嗶嗶——警報聲突然響起，提示船隻後方的上空出現不明飛行物。

船長閉嘴，不敢置信地朝著雷達看去，瞪大了眼——這是什麼？時少未卜先知了？

「確實有船在靠近我們，是大傢伙！一、二……總共四艘！還有直升機在靠近。」正對著一臺奇怪筆記型電腦敲敲打打的卦九突然動作一停，皺眉提醒。

卦一連忙湊過去，看一眼他的電腦螢幕，又抬眼朝著時進看去。

還有船？時進驚訝，然後鬆了口氣——看來自家這邊的監測系統還是很給力的，能測出敵軍來襲，就是範圍沒有千里眼buff能看到的那麼遠。

他也跟著湊到卦九身邊，雖然知道自己的行為已經有些可疑了，但情況危急，也來不及遮掩，快速說道：「絕對不是直升機，直升機沒有這麼快的速度！」

不是直升機，那會是什麼？

卦九想到什麼，表情一變，急忙又對著電腦敲打起來，二十多秒後，電腦螢幕上的畫面變化，變成衛星捕捉圖像，幾架飛行的戰鬥機出現在畫面上。

「居然真的來了。」卦一突然開口。

時進聽得一愣，皺眉問道：「什麼意思？你知道會有敵軍過來？」

「午門在LS群島那邊有一個祕密的合作組織，君少猜到以孟青的性格，吃了虧之後很可能會不甘心，繼續調人來追，所以讓我時刻注意。」卦一回答，有一句話憋在心裡沒說。但是他完全沒想到，時進居然會比儀器更快一步發現有敵軍來襲……這難道也屬於危機感應的一種嗎？太敏銳了吧。

時進則越發懵了，問道：「廉君猜到？他讓你時刻注意？他什麼時候讓你……」

轟！一聲爆炸聲在船隊後方響起，海水激蕩，船隻開始搖晃。

敵方來勢洶洶，居然不等船隻進入射程就直接開火了。

警報狂響，時進表情沉下，吩咐道：「全隊保持最快航行速度，穩住航向別被爆炸餘波影響，絕對不能被對方追到，不然……該死！為什麼暴力組織手裡會有戰鬥機這種東西！」

這種官方擁有數量都不多的東西，為什麼暴力組織手裡會有？這不科學！

「LS群島那邊環境複雜，一些大的暴力組織本身就是官方偷偷扶持的，會有這些不奇怪。」卦一倒是十分冷靜，還反過來安撫時進，「時少不用擔心，我們會沒事的。」

時進哪能不擔心，說道：「那可是戰鬥機，不是武裝直升機，我們……」

「我們也有。」卦一接話。

時進傻了，「什麼？」

「戰鬥機，我們也有。」卦一強調，抬手摘了耳朵上的無線耳機，按了卦九電腦上的一個按鈕。

下一秒，廉君的聲音傳了過來，語氣沉穩：「幾架？」

時進不敢置信地瞪著卦九的電腦，懷疑自己幻聽了。

卦一回道：「三架，卦九已經鎖定了方位。」

「把座標發給我，援軍已經在路上了，你們繼續前進，別慌。」廉君淡定吩咐。

卦一應了一聲是，開始幫卦九往廉君那邊發座標。

有了廉君這句話，船長等人立刻冷靜下來，各自回崗忙碌。船長室裡一時間只剩下卦九敲電腦和各種儀器的提示警報聲，明明船隊身後還有敵軍在騷擾，但室內氣氛卻穩定下來，再不見一點緊張焦急。

時進也不焦急了，因為他發現自己的進度條卡在900不動，還有……他瞄一眼卦九的電腦，嚥了口口水，放輕腳步，試圖退出船長室。

雖然廉君只說了幾句話，但他十分確定，廉君在生氣，而廉君為什麼生氣……

「時進。」廉君的聲音突然響起，像是知道他要逃跑一樣，語含警告。

時進虎軀一震，連忙停步站直身，提高聲音回道：「我、我在！我沒有要跑，我發誓！那個，你是午休剛起來嗎？我也是剛睡起，哈哈……哈……」

船長室裡死一般的寂靜，大家齊齊看向時進，表情一言難盡。

時進：「……」糟了，好像說錯話了。

廉君那邊安靜了幾秒，聲音再次響起，更加低沉了：「你乖乖待在卦一身邊，在我見到你之前，你哪裡也不許去，否則……」

咔，電話掛斷了，廉君並沒有把話說完。

時進被電話掛斷的動靜嚇得心臟一蹦，忍不住腦補廉君沒說完的話，越腦補越怕，進度條和追兵都顧不得了，六神無主地在原地轉起了圈——完了，廉君真的生氣了，怎麼辦？怎麼辦？廉君是什麼時候和卦一聯繫上的？他是不是已經知道自己擅作主張給孟青他們挖坑的事了？

他早上果然應該先給廉君打個報平安電話再睡的，可當時那麼早，萬一廉君還沒起……完了完

了，他錯過了坦白從寬的機會，後面估計就是狂風暴雨了！

卦一看一眼時進，機智地沒去打擾他。

一場並不怎麼有緊張感的逃跑戰開始了，大約三分鐘後，警報開始狂響——船隊已經進入戰鬥機的射程範圍，這次如果再被攻擊，那估計就逃不過了。

「援軍來了。」卦九突然開口。

時進回神，順著他的視線看向他面前的電腦螢幕，然後唰一下瞪大了眼——就見衛星地圖上，在代表敵軍的符號點附近，突然出現另外幾個代表戰鬥機的符號，後者在迅速逼近前者後，呈扇狀上下的落差隊形，把對方給圍了起來。

「我們安全了。」卦一也開了口，示意時進看前方。

時進傻乎乎扭頭看去，就見前方，幾艘明顯是軍用品的龐然大物正呈列隊狀態朝著這邊靠近，然後在靠近這邊船隊後默契地分成兩列散開，放船隊通過，之後逐漸停下，重新聚攏列隊，組成一道牆，穩穩把通過的船隊保護在後方。

時進目瞪口呆，在船長停下船之後忍不住站起身，看向了保護他們的大船，「這是……」

「君少帶來的援軍。」卦一回答，拿出一副望遠鏡，邁步走出船長室。

時間見狀也連忙走出去，站在船長室外的陽臺上，也假假地找來一副望遠鏡，用千里眼的buff看熱鬧。

大船們列隊完成後，立刻開始調整炮口。敵方追過來的船大概是發現了不對，在進入這邊大船的射程前就停了下來，和這邊呈現一種古怪的對峙局面。他心裡一緊，又看了一眼天上，見天上的戰鬥機也正在對峙著，不自覺緊張起來。

如果真要打，以目前兩邊的火力，場面絕對很可怕，絕對會出現嚴重的傷亡。

局面一時間僵住了，兩邊安靜對峙，時間彷彿被無限拉長，時進眼都不眨地看著敵方的船，生

怕一錯開視線，對方就不管不顧地衝了過來。

終於，十多分鐘後，就在時進忍不住想做點什麼的時候，追兵突然齊齊後退，調轉航向，乾脆俐落地撤退了。

時進：「嗯？這是不打了？」

「看來君少的談判成功了。」卦一放下望遠鏡，解釋道：「對方不是我們本土的組織，並沒有和我們死磕的必要，在眼看著沒有勝算的情況下，撤退很正常。」

「等等，談判？」時進終於意識到了不對，放下望遠鏡側頭朝卦一看去，皺眉問道：「什麼談判？誰在談判？廉君在島上，怎麼和敵方談判？援軍不是他遠端派來的嗎？還有，你怎麼什麼都知道，我睡了一覺究竟錯過了多少重要資訊？」

「不是你錯過了資訊，是君少不讓我告訴你，他說你太累了，需要好好休息，接下來的事情由他來安排。」卦一誠實回答，示意了一下前方的某一艘大船，「還有，君少不是遠端派了援軍過來，而是親自帶隊過來了，就在那艘船上。這些船雖然是滅的，卻不能隨便使用，因為在官方那邊都有備案的，為了儘快調動這些，君少不得不親自出航。」

廉君親自帶隊……他那個身體情況怎麼親自帶隊！

時進大腦瞬間一片空白，想起離開前廉君昏迷不醒、蒼白虛弱的模樣，本能地看一眼腦內屬於廉君的進度條，之前好不容易降到470，不知何時再次升回了490，心裡一顫，轉身就朝著甲板跑去。

卦一阻攔不及，給卦六打了電話。

時進迅速來到甲板邊，放下一艘救生船，直接跳海爬到救生船上，朝著廉君所在的船駛去。

那邊卦六得了卦一的通知，已經提前放下舷梯，好方便他上來。

時進用最快的速度靠近，然後俐落停船，跳到海裡游到舷梯邊，三步併作兩步爬了上去，上甲板後一眼看到坐在輪椅上、停在甲板和船艙連接的避風口處，正直勾勾看著這邊的廉君，呼吸一窒，略停了停後快步跑過去，停在距離廉君一步遠的地方，伸手想要抱他，餘光掃到自己身上的水，又猶豫著想把手收回。

「廉君……」他低聲呼喚。

「時進。」廉君打斷他的話，抬手握住他想要收回去的手，嘴角向下緊抿，像在壓抑著什麼，沉沉說道：「我不是說了……讓你乖乖待在卦一身邊，不要亂跑嗎？你為什麼總是不聽話。」

「對不起。」時進聽他氣得聲音都在抖，反握住他的手，怕自己身上的水弄濕了他的衣服，只敢小心地彎腰湊過去，輕聲說道：「對不起，讓你擔心了，是我不對，你別生氣。」

「我一不盯著你，你就亂來。」廉君是真的氣得狠了，死死抓著他的手，本來只通過電話交流時還能壓抑著情緒，在見到時進渾身濕漉漉的狼狽模樣後瞬間崩潰氾濫，把眼眶都逼紅了，「時進，你怎麼就不能好好待著，這次如果我晚來一會，或者第二波追兵集合得快一些……我有時候真想把你用鐵鍊子鎖起來，免得你總跑到我看不見的地方去！」

時進見他紅了眼眶，再顧不得許多，傾身靠到他身上，喉嚨口像是哽了一塊鉛，重複說道：「對不起，是我錯了，你別生氣了，我不亂跑了，也不亂來了，你別氣到自己。」

廉君側頭，硬忍著沒有抱他，忍了十幾秒，在發現他在凍得微微發抖後，受不了地鬆開他的手，伸臂把他抱到懷裡，用自己最大的力氣按住他，說道：「這一次你別想再簡單的算了，你居然用自己做餌，去做那麼危險的事……你是不是想氣死我！」

「不是。」時進回抱住他，摸著他瘦得硌手的身體，擔憂想念自責愧疚等等情緒一起湧了上來，閉上眼埋頭在他胸口蹭了蹭，低聲說道：「對不起……對不起，我好想你，對不起。」

廉君想罵他，又想好好安撫他，最後也只埋頭緊緊抱住他，一句話都說不出來。

廉君把時進帶到浴室。

「洗澡，把濕衣服換掉。」廉君吩咐。

時進乖乖照做，抬手脫掉濕衣服，見廉君一點沒有要出去的意思，猶豫了一下，說道：「你去外面等我吧，你在這裡會沾到水汽的，而且你身上被我沾濕的衣服也需要換……」

廉君突然從輪椅上站起身，上前按住時進的肩膀一推，把他推靠在花灑下，手一伸，擰開了花灑開關。

嘩啦啦，水流迎頭澆下，剛開始還是冷的，後來就慢慢變溫。

時進身後是冰冷的牆壁，身前是廉君溫熱的身體，整個人被廉君圈在一個小範圍裡，忍不住屏住呼吸，視線落在廉君蒼白的臉上，對上他明顯還沒有消氣的暗沉眼神，心裡一顫，連忙垂下視線，本能地順著廉君變瘦之後越發明顯的下巴線條，朝著他的身體落去。

「別看。」廉君突然抬手捂住他的眼睛，「很難看，不要看。」

時進聽得心裡難過，伸手想要抱他，「不會，你永遠是最好看的。」

廉君後退躲開他的手，看一眼自己瘦得像是骷髏的身體，用力閉了下眼，捂著時進眼睛的手收緊，突然用力把他翻轉過去，一手按著他不許他轉身，一手勾下去抽出自己的長袍腰帶，然後直起身，用腰帶繫住了他的眼睛。

「廉君？」時進有點懵。

「就這樣待著別動。」廉君按住他想要側回來的身體，靠過去從後面抱住他，把額頭靠在他的肩膀上，「別看我，也別碰我，就這樣……乖乖陪我待一會。」

貼在後背的身體體溫偏低，靠過去全是骨頭的觸感，時進心裡悶悶地疼，收緊手，逼著自己不去回應這個擁抱，扭回頭正對著牆，應道：「好……我不看你。」

水嘩啦啦地流下，室內慢慢蒸騰起霧氣。

「唔。」時進突然低哼了一聲，身體反射性地掙了掙。

「別動。」廉君按住他，「讓我好好看看你。」

時進忍住不動，感受著廉君在自己身上胡來的手，呼吸越來越亂——這、這算什麼看，哪有人是用手看的……

廉君確實在看他，看他忍耐的模樣、看他激動起來的神情、看他因為慾望而泛紅的皮膚……還活著，他抱緊時進，感受著時進比平時偏高的體溫，聽著他急促的呼吸，稍微滑下身體，貼在他的後心口，捕捉著他比平時更快的心跳，懸著的心終於落到實處。

——還活著。

「別再亂跑了。」他圈在時進腰間的手一寸寸收緊，恨不得就這麼把他嵌進自己的身體裡，良久，突然站直身，側頭在時進的脖頸脈搏處用力咬了下去。

時進身體一抖，然後陡然放鬆，脫力地靠在牆上，劇烈喘息。

水流很快沖走了一切痕跡，廉君鬆開牙齒，輕輕舔吻著時進脖頸處被自己咬出來的痕跡，把他的身體從牆上拉過來，壓在自己懷裡。

「你總是這麼不聽話。」他說著，安撫地親吻著時進緊繃後放鬆下來的肩膀，聲音幾不可聞：

「我得讓你乖一些。」

時進被廉君關在臥室裡，不讓見外人、不讓出去，手機沒收、平板沒收，唯一可以進行的娛樂活動是坐在窗邊看看風景，唯二能見到的活人是廉君和龍叔。

廉君沒和他住一間房，只每天會按時過來陪他吃飯，然後……摸他。

某些讓人羞恥的記憶從腦海深處冒了出來，時進用力搖頭甩開那些記憶，低頭拉開睡衣看了看

自己身上的各種痕跡，崩潰地捂住臉。

他知道廉君這次很生氣，也願意被罰，可是、可是這個……這個一天三趟，他遲早得腎虧啊。而且每次都只有他一個人瞎激動，廉君始終都是衣衫整齊、表情淡定的模樣，還不許他反摸回去，這不公平！

雖然龍叔說，廉君現在的身體不適合做點什麼，但親一下總可以吧……但是廉君不許他親，不，應該說是廉君什麼都不許他做，只許他……乖乖被摸。

「他果然還在生氣。」時進用力搓臉，十分苦惱。廉君從來沒有氣成這樣過，他不知道該怎麼哄。

小死突然開口，聲音蔫噠噠地問道：「進進，這兩天為什麼每次寶貝一來，你就把我關小黑屋，直到寶貝走了才放我出來？你們是不是瞞著我吵架了？每次寶貝走了，你的眼睛都紅紅的，還一副沒力氣的樣子，你是不是偷偷背著我哭了？寶貝是不是欺負你了……嗚嗚嗚，你們別吵架啊，我害怕……」

時進聽得又窘又尷尬，解釋道：「不是，我和廉君沒有吵架，他也沒有欺負……反正那也不算欺負，你別哭，我和他挺好的，真的。」

「真的？」小死可憐巴巴確認。

時進乾巴巴回道：「真的……吧。」

說完他自己也蔫了下來，心裡悶悶的。

其實一點都不好，廉君雖然會來看他，也會和他親近，但卻不怎麼和他說話，臉上也總是沒什麼表情，眼神沉沉的，一看就是憋著氣的樣子。

兩個人明明天天都見面，但他卻不知道廉君現在的身體情況到底怎麼樣了，龍叔倒是有專門過來給他說了一下廉君目前的狀況，但話卻說得十分模糊，用了一大堆讓人聽不懂的醫學術語，所以

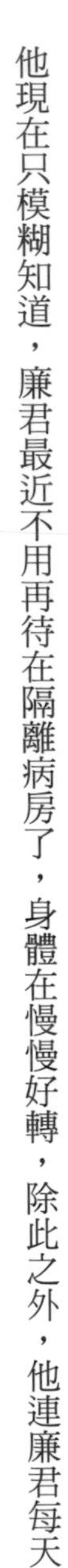

他現在只模糊知道，廉君最近不用再待在隔離病房了，身體在慢慢好轉，除此之外，他連廉君每天有沒有好好吃飯都不知道。

這幾天廉君雖然有陪他吃飯，但真的只是陪，完全不動筷子，每次都說在來之前已經吃過。他很想知道廉君每天吃的是什麼，吃了多少，吃完會不會反胃噁心，還想陪廉君午睡、幫他分擔工作，想晚上守在他身邊，看他睡得安不安穩……

「他的身體到底怎麼樣了……」

時進側身癱在床上，把腦袋埋在被子裡，鬱悶地砸了兩下枕頭。

咔噠。門把手被擰開的聲音，時進砸枕頭的動作一頓，猶豫了一下，沒有像往常一樣立刻翻身起來去迎接廉君，仍背對著門口側身躺著。

輪椅滑進門的聲音響起，然後是關門聲，之後是輪椅重新開始滑動的聲音……在大概能看到床的位置，輪椅的滑動聲停了停，之後繼續響起，沒有像往常那樣朝著桌子那邊去，反而徑直朝著床邊靠近。

時進幾乎可以腦補出廉君帶著食盒進門，看到他躺在床上，略停之後沒有先去桌邊放下食盒，而是先往床邊過來的畫面。

聲音越靠近他越緊張，終於在廉君差不多要繞過來看到他臉的時候，他慫慫地閉上眼睛裝睡。

輪椅滑動聲停在床邊，有陰影罩在自己的身上。時進強迫自己放鬆身體放緩呼吸，儘量做出熟睡的樣子，心裡十分後悔——早知道就該像往常那樣起身去迎接，萬一廉君發現他沒有睡著，誤會他在賭氣怎麼辦？他剛剛也不知道是哪根筋不對，居然躺著沒動。

裝睡裝睡，必須裝得真一點。

「時進。」廉君的聲音響起，有些輕。

時進沒有動。

房內安靜下來，也不知道過了多久，就在時進懷疑廉君已經離開的時候，一道溫熱的呼吸灑在他臉上，之後唇上一暖。

嗯？時進唰一下睜開眼，看著廉君近在咫尺的臉，立刻反手抱住他的脖子，啟唇用力吻了回去。

廉君一僵，連忙睜開眼想要退開。

「不許走。」時進追過去，眼神惡狠狠的，親吻也惡狠狠的，帶著內心無法傾瀉的思念和想要靠近的慾望，「這次是你主動親我的，別想走。」

廉君對上他故作兇狠，實則滿是委屈和想念的眼神，手指一顫，眉眼暖下，認命地伸出手把他抱到懷裡，側頭回吻過去，安撫地順著他的脊背。

有多久沒感受過了？這種被對方珍惜著的溫柔親吻。

明明是以前每天都會得到的愛意，現在卻突然覺得無比珍貴。

時進腦中閃過離開之前，廉君蒼白虛弱的躺在床上，無論他怎麼呼喚都不會睜開眼的記憶，手臂收緊，越吻越激動，最後覺得廉君坐得太遠，乾脆跪在床沿傾身過去，後來又覺得廉君放在腿上的食盒太礙事，手一伸把食盒提走放到床頭櫃上，抱住廉君，拉著他後仰倒在床上。

輪椅被蹬開的聲音響起，時進手腳並用地纏著廉君，湊到廉君臉邊，繼續亂糟糟地吻他，說道：「你想怎麼罰我都可以，別不理我，給我一點回應……」

廉君被帶得壓到他身上，看著他急切的模樣和隱約發紅的眼角，心裡一軟，閉上眼睛，稍微使力咬了他一口，逼他暫緩了動作，抬起身問道：「反省過了嗎？」

時進看著他居高臨下的冷靜視線，抿了抿被咬的嘴唇，表情突然一狠，拽住他的衣領拉他下來，說道：「沒有！我天天擔心你有沒有吃好、有沒有睡好、會不會哪裡不舒服，哪有時間反省！別再讓龍叔來敷衍我，你身體到底怎麼樣了？我很怕啊，你為什麼什麼都不跟我說！你生氣，你可以打我罵我罰我，你明知道我會擔心會著急會胡思亂想，為什麼就是什麼都不說，你……」

廉君突然捧住他的臉吻了下去，把他的話全部堵了回去。

時進扭頭就躲，鐵了心今天要和他好好談談。

「對不起。」廉君突然開口。

時進瞬間停下所有躲避的動作，抬眼看他。

「這麼久才醒，對不起。」廉君摸著他的臉，問道：「生我氣了嗎？」

時進看著他因為親吻而稍微變得紅潤了一點的氣色，心中百感交集，妥協地放鬆身體，勾住他的脖子，主動吻了上去，「怎麼可能生氣……你太狡猾了。」

廉君揉了揉他後腦杓的頭髮，閉目回吻。

一吻畢，兩人緊緊相擁，誰都沒有先說話。

「你可以把我關起來。」最後還是時進先開了口，皺著眉認錯，「我會反省的，但你別不和我說話，我想知道你吃得好不好？睡得好不好？」

廉君摸了摸他的頭髮，突然說道：「長長了。」

時進一愣，仰頭看他，「什麼？」

廉君摸了摸他的臉，說道：「等回了島上，讓卦六給你剪剪頭髮吧。」

時進看著他眼裡的溫柔神色，嘴巴微微張開，又緊緊抿住，埋頭用力抱緊他，惡狠狠說道：「你真是個混蛋，又狡猾又難纏……好！我去剪頭髮，你讓我剪成什麼樣，我就剪成什麼樣，都聽你的！」

廉君聽著他說著說著就啞掉的聲音，對著他本就硬不起來的心徹底軟化，低頭親吻他的頭頂，心中長嘆——算了，就這樣吧……也不大捨得真的讓這個人難過。

這晚時進如願以償地和廉君睡在一起，直到這時他才知道，原來廉君那麼關著他，不和他一起睡，是為了掩蓋他每晚都需要打點滴維持身體狀況的事。

「他現在最需要的是靜養，這樣出行還是太勉強了。」龍叔調整好點滴的速度，忍不住伸手拍了一下時進的腦袋，訓道：「胡來的傢伙，君少就是太寵你了！」

時進垂頭認罵。

「不過也多虧了你。」龍叔突然又緩了語氣，看一眼在床上昏睡著的廉君，說道：「我聽卦一和卦二說了，因為航道的事情，接下來的一段時間道上應該會安生不少，君少可以放心養身體了……你這小子，怎麼總做些讓人又愛又恨的事，我要是你爸，非得狠狠揍你一頓不可！」

時進輕輕握住廉君的手，問道：「龍叔，你實話告訴我，廉君突然能從隔離病房出來，是不是接受了比較激進的治療方法？」開會的那幾天，廉君的進度條每天都會有一波勻速下降，現在想來，那絕對不是普通的調養可以降下去的。

龍叔看他一眼，彎腰把東西收拾好，說道：「你想那麼多做什麼，放心，我和邵醫生目前給君少採取的所有治療措施，都是在君少身體能接受的範圍內，不會產生什麼後遺症，你別擔心。這次君少的出行其實沒你想像的那麼糟糕，對身體是有影響，但不大，休養一段時間就養回來了。你好好休息吧，點滴快打完了叫我，我來拔針。」

時機目送他離開，看一眼腦內廉君那數值卡在490沒動的進度條，彎腰把額頭貼到廉君的手背上。騙人，怎麼可能影響不大，本來降到470的進度條都升回490了，還有廉君這完全不像睡著，反而像是昏迷過去的狀態……

「對不起。」他伸臂抱住廉君的身體，聲音很低：「讓你擔心了……對不起。」

◆◆◆◆

廉君睡了十幾個小時才醒過來，期間床頭的鬧鐘響過，響的時間剛好是時進平時起床前，時進

看得心裡悶悶的，直接把鬧鐘的電池給摳了出來，然後躺回床上，重新抱住廉君。

臨近中午，廉君終於睜開眼醒了過來，時進立刻湊過去親親他，笑著說道：「船已經靠岸了，該起床回家了。」

廉君眼神還有些不清醒，直勾勾看了他一會，突然伸手圈住他的脖子，把他按在自己懷裡。

「廉君？」時進抬眼看他，輕聲問道：「你還沒睡醒嗎？那先起來吃點東西再睡吧，你還沒吃早餐，空腹太久也不好。」

「就待一會。」廉君抱緊他，閉上眼低聲說道：「就一會。」

時進看著他沒什麼血色的臉，低應了一聲，也回抱住他，埋頭靠到他胸口。

廉君一回島就被龍叔送進病房，做起詳細檢查。檢查完後，他才被允許吃午餐。

時進坐在病床邊，看著廉君面前的白粥和一看就不好吃的營養代餐，眉頭緊緊皺起。

「過幾天就不用吃這個了，腸胃需要慢慢適應，吃這個只是暫時的。」廉君解釋，伸手撫平他的眉心，「不過我還是可以喝豆漿的，你去幫我拿一杯過來吧，我想喝小餐廳那邊的豆漿。」

這明顯是想把他支開。

時進心裡明白，卻也沒辦法，起身親了一下他，說道：「那你先吃，我去給你拿豆漿。」

拿豆漿的路上，時進碰到卦六。卦六一副愁眉苦臉的樣子，見到時進趕忙調整好表情，努力做出若無其事的樣子，和時進打了個招呼。

時進應了一聲，在和他擦肩而過時突然又停下腳步，喊住他問道：「對了，我下船到現在怎麼一直沒看到卦一和卦二，他們人呢？我想問他們一點事。」

「呃，這個……」卦六臉上的若無其事破了功。

時進意識到不對，皺眉問道：「他們怎麼了？」

卦六瞄他一眼，咬咬牙回道：「去領罰了，這次他們瞞著君少讓您去冒險，做法十分不對，所

以……時少您放心，不是什麼很嚴重的懲罰，就是去做點苦力活，他們過幾天就回來了。」

領罰？時進愣了一下，點點頭表示自己知道了，繼續邁步朝著餐廳走去，眉頭緊皺。細說起來，其實他才是最應該被罰的那個，明明是他讓卦一和卦二瞞著廉君的……

卦六看著他離開，苦著臉嘀咕：「我是不是不該說啊，可時少現在是副首領，這些事也不能瞞他……唉，這可怎麼是好……」

廉君午休睡下後，時進放輕手腳走出病房，坐在病房外的長椅上發呆。

卦一和卦二領罰去了，卦五和卦九接管了航道事件的收尾事宜，卦三負責和章卓源及魯珊聯絡，所有正事彙報都繞開他，直接向廉君傳達，他現在又清閒下來。

如果他沒有惹廉君生氣就好了，那廉君現在或許還願意讓他分擔一點工作……

一道陰影突然籠罩過來，然後額頭被拍了一下。

時進回神，仰頭看去。

費御景站在他身前，說道：「我要走了。」

時進：「……啊？」

「能源的事已經完成了，廉君委託了新的工作給我，我得先去和大哥匯合。」費御景解釋，上下掃他一眼，問道：「被廉君關了幾天，傻了？」

時進皺眉反駁：「他才沒有關我，是我讓他沒有安全感了。其實都怪我處理事情太沒經驗，明明是不想讓他擔心才瞞著他的，結果反而讓他更擔心了，還害他親自過來接……你怎麼又打我！」他捂住再次被打的額頭，對著費御景怒目而視。

費御景收回手，說道：「你在這亂想些什麼，從我的立場看，你這次帶隊出行，唯一做錯的一件事，就是在想做什麼事情的時候，沒有和廉君提前報備一下。撇開感情不談，他是首領，你是副首領，你有權力帶領團隊做決策，但你有義務把你的計劃告訴他，總之，錯了就改，有問題就問，別自己一個人胡思亂想。不過這事其實也怪廉君，他給了你副首領的地位，卻沒教你要怎麼當個稱職的副首領，你一個人胡衝亂撞的，能做成這樣已經很不錯了。」

時進再次反駁：「這怎麼能怪廉君，他想教我的，是他那段時間身體不好，所以沒機會教……唔！不許再打了，我要生氣了。」

費御景給了他一個腦瓜崩，這次沒收力，見他疼得表情都皺起來，又放輕力道揉了一把他的頭髮，說道：「你怎麼能笨成這樣……自己去領悟吧，走了，下次再來看你。」

時進反射性拉住他的胳膊。

費御景回頭看他，眉毛一挑，問道：「捨不得我？」

時進一愣，連忙皺眉把他的胳膊甩開，起身說道：「什麼捨得捨不得的，你是坐飛機離開吧？我送送你。」

費御景看一眼自己被甩開的胳膊，說道：「那走吧，順便去找老五，他還不知道我要走。」

黎九崢回島上後就立刻去邵建平手下幫忙，這時也在綜合樓裡。時進找到他，說明費御景要走的事，和他一起送費御景去島上的機場搭飛機。

在上小飛機前，費御景突然看向時進，「下次你還想利用我的話，我很樂意，算我還你的。」

時進愣住，看著他頭也不回進入機艙的背影，心裡突然冒出一股十分複雜的情緒，有難受、有委屈、有不甘，還十分生氣。

「這算什麼。」他忍不住開口，氣得嗓子都要岔音了，「我是在氣這個嗎？我有說過我需要你還這些嗎？你這個變臉比翻書還快的混蛋！你不是總做出一副什麼都懂、什麼都拎得清的模樣嗎，這次怎麼就不懂了？我明明氣的是……」

他話語陡停，壓下腦中翻湧起來那些原主在時行瑞死後，無論怎麼聯繫都聯繫不上費御景，被對方徹徹底底乾脆俐落拋棄，滿心迷茫和委屈，想問理由都沒地方問的記憶，深吸口氣，轉身抓住

黎九崢的胳膊，邊大步帶著他往機場外走邊皺眉說道：「二哥就是個混蛋，別理他了，走，五哥，我帶你去吃好吃的！」

黎九崢被動跟著他走，回頭看一眼飛機，眼睛慢慢亮了，反握住時進的手，認真應道：「好，我們去吃好吃的！」

費御景透過窗戶看著兩人離開的身影，抬手撐住下巴，點了點臉頰，「不是在氣利用他的事，那會是什麼……小孩子的心思真難猜。」

這天夜裡，時進久違地做起夢，夢境內容十分單調，全是他以原主的視角，拿著手機反覆給費御景打電話、發簡訊，卻始終得不到回應的畫面。

夢境的最後，他放下手機，麻木地晃出門。

大哥仇視他，三哥討厭他，四哥不管他，五哥……五哥總是用帶著殺意的眼神看他……只剩下二哥還沒有直接對他表態。二哥是在忙吧？肯定不是故意不理他的，肯定不會也像其他哥哥那樣，換成另一副模樣。

周圍的人全在對著他已經毀容的臉指指點點，街邊的建築很陌生，他好像走了很久，不知道走到哪裡。突然，他在某棟大樓外看到費御景的身影，他愣住，然後像是抓到最後一根稻草般，瘋狂地朝著對方追去，對方卻在聽到他的呼喚後，回頭冷漠地看了他一眼，然後朝身邊人說了句什麼，讓身邊的人攔住他，坐上路邊停著的一輛車，頭也不回地離開了。

——我不認識他，趕他走。

這是原主聽到費御景說過的最後一句話，也是原主和費御景見到的最後一面。

最後一絲僥倖碎裂了，他眼睜睜看著汽車離開，眼眶乾乾的，居然一滴眼淚都流不出。

「為什麼？為什麼？」有道聲音在痛苦詢問。

時進唰一下睜開眼，愣愣看著病房的天花板發了一會呆，然後坐起身擦掉額頭的冷汗，皺眉拍了拍自己的額頭——你不是已經知道為什麼了嗎？那個利益至上的傢伙，又能跟他問出些什麼來？再說了，他們都不記得了，都是新的人生了，執著於這些有意義嗎！

他突然有些生氣，但卻不知道是在氣誰，最後腦子一熱，乾脆翻出手機，找到費御景的號碼，給他連發了十幾條毫無意義的騷擾簡訊過去！

費御景這種人，就算問他了，他肯定也會說：我以前並沒有把你當弟弟；說不認識以後註定不會有交集的人，難道不對嗎；我承認我做錯了，要恨要報復都隨你，我也不強求你的原諒；下次你還想利用我的話，我很樂意，算我還你的……之類讓人完全接不住的話，面對這樣的傢伙，生氣是浪費，仇恨也是浪費，就該煩死他！利用死他！欺負死他！把心裡的情緒盡情發洩給他，然後再也不理……

嗡嗡。手機震動，費御景發了一條簡訊過來：做噩夢了？還是想我了？

時進滿心亂七八糟的情緒全部卡住，看著費御景這條幾乎是秒回的簡訊，又看一眼現在凌晨三點多的時間，想起在海上時，費御景滿身狼狽靠在船長室外的模樣，抬手捂住額頭，良久，放下手，面無表情回道：想頭豬都不會想你，睡你的吧！

發完把手機丟開，側頭看一眼病床上睡得很沉的廉君，起床走過去，坐到床邊看了他一會，抓住他的手，趴過去把額頭貼上他的手背。

——要快點好起來啊，寶貝。

時進早上醒來時，發現自己不知何時躺到廉君的病床上，而廉君不見了蹤影。這畫面太過熟悉，給人一種時光倒流的錯覺，他唰一下坐起身，掀被子下床，鞋都沒穿就朝著外面跑去，臉色煞白。

洗手間的門突然打開，廉君滑動輪椅出來，見時進六神無主地要往外跑，眉頭一皺，喚道：「時進，你幹什麼去？」

時進腳步猛停，回頭看向他，僵了幾秒，腦子終於真正清醒過來，大鬆了口氣，放鬆身體轉回身，蹲到他面前，按住他的膝蓋，虛脫說道：「你沒事就好、沒事就好，我還以為……我睡糊塗了，你什麼時候醒的？等一下，我去給你拿早餐。」說著就要起身。

「時進。」廉君拉住他的胳膊，看著他的眼睛，問道：「你以為什麼？」是因為什麼才會怕成這樣？

時進停下動作看他，本想隨便說點什麼糊弄過去，但對上他認真的視線，嘴張了張，還是選擇說實話：「上次也是這樣，我從你病床上醒過來，你不見了……我就是剛睡醒還沒有反應過來，看到熟悉的情景，就以為自己又在做夢，誤會了，你別擔心。」

上次……應該就是他趁著時進睡著，自己提前用藥的那次吧。那一次時進醒來後也是這樣衝出去的嗎？還有「又是做夢」這個說法，難道這個情景，對時進來說已經變成噩夢般的存在？

廉君一瞬間想了很多，他看著時進故作輕鬆的表情和額頭的冷汗，忍不住握緊他的胳膊，把他往身前拉了拉。

時進疑惑，但還是順從地靠了過去。

廉君抱住他，側頭聽了聽他的心跳。

太快了，這是因為恐懼才出現的心跳過速。

所以那天，時進就是懷著這種心情，在一覺睡醒後，看到在隔離病房裡生死不知的自己嗎？明明是不想讓他擔心，才故意不喊醒他，提前去用藥的，結果卻變成他的噩夢。

太糟糕了，原來為了怕對方擔心而故意隱瞞，結果反而讓對方更擔心這種事，是他先開始做的。是他沒有讓時進安心，所以時進才會潛意識地沒有回報安心，是他教壞了時進。

「對不起。」他摸了摸時進的頭髮，認真道歉：「那天沒有喊醒你就去用藥，對不起。」明明他比較年長，怎麼能先犯錯。

「別怕。」他抱住時進，安撫地輕拍，「我已經沒事了，別怕。」

時進愣住，然後猛地伸臂抱住他，埋頭在他肩膀上用力蹭了蹭，努力用輕鬆的語氣說道：「你又亂說些什麼……我沒怪你，那天明明是我自己睡過頭了。」

廉君又摸了摸他的後腦杓，說道：「我是個不合格的戀人，讓你擔心了，對不起。」

時進覺得自己有些沒出息，都活了兩輩子，居然還會因為喜歡的人說了幾句並不煽情的話而突然想哭。是前段時間壓抑得太狠了嗎？他給自己找著理由，努力深呼吸調整著情緒，然後退開身，笑著親了廉君的臉頰一下，「如果你一定要道歉的話，那我原諒你了！」

廉君摸著他努力翹起的嘴角，沒有說話。

「所以別亂想，如果你實在覺得對不起我，那就加油把身體養好，爭取快點好起來。」時進握住他的手，又親了親他摸過來的手指，傾身開心地蹭了蹭他的臉，發自真心地感嘆：「真好，你終於熬過來了，感覺我今天能多吃一碗飯！」

廉君側頭更靠近他，眼簾微垂。

——怎麼總是這麼快就說了原諒。

「笨蛋。」

時進一愣，皺眉想要退開身，不滿說道：「你剛剛說了什麼，我怎麼聽到你在罵我？」

廉君把他的腦袋按回來，輕嘆之後，嘴角終於久違地勾起來，說道：「時進，我不會教你怎麼

當一個副首領，因為這不必要，但我會學著依靠你，也希望你能變得更依靠我，以後我們都別再瞞著對方去涉險了，好嗎？」

時進皺著的眉頭鬆開，抿緊唇，伸手回抱住他，「好，我以後什麼都告訴你……但你不許再睡那麼久，你知道的，你一不盯著我，我說不定就又亂來了。」

「嗯，我知道。」廉君側頭親了親他，再次說道：「這次是我不對，對不起。」

——幹什麼一直道歉，到底誰才是笨蛋。

時進在心裡嘀咕，然後滿足地親了他一口，彎著眼睛笑了起來。

——我家的寶貝，果然是最好的。

時進又恢復了從前那不怎麼穩重的模樣，工作的事廉君不希望他管，他就不再管，每天專心和廉君的一日三餐較勁，對著龍叔給的單子，想盡辦法地讓廉君多喝一口牛奶，或者多吃一口飯。

廉君似乎也放下心頭大石，身上的氣息變得放鬆柔和，開始乖乖按照龍叔列的計劃慢慢養身體，不再玩激進治療了。

對於他的自覺，龍叔很是鬆了口氣。這趟出航折騰下來，廉君的身體情況有所損耗，雖然沒有昏迷，但每天的睡眠時間卻很長，精力也很差，如果再激進治療，身體可能會垮掉。他本來還在苦惱如果廉君還要繼續亂來，他該怎麼阻止，現在廉君願意慢慢來，他簡直做夢都要笑醒了。

鑑於廉君已經主動配合，所以對於廉君清醒的時候時不時處理一下工作的行為，龍叔選擇了睜一隻眼閉一隻眼，然後在背地裡偷偷找時進「告狀」，希望時進能管管廉君。

時進當然也不希望廉君這麼快就重新開始工作，但是……犯了錯的人沒有資格指手畫腳，面對

廉君堅持的視線，他只能妥協，然後退而求其次地給廉君規定了每天的工作時間，牢牢盯著廉君不許他多工作一秒。

好在現在道上也沒有什麼大事需要廉君忙碌，航道的事有卦五和卦九盯著，章卓源那邊有卦三聯絡，午門等幾個組織忙著給自己善後斷尾，沒工夫來煩滅，所以廉君只需要跟進一下生意融合的事情就行了，不算太忙。

一切都在緩慢好轉，外界因為航道的事情各種風雨欲來，時進作為這個事件的策劃者，卻在廉君有意的隔離下，過了隱居般的悠閒生活，每天最大的煩惱是該怎麼讓廉君多休息一會。

時間匆匆流過，一個星期後，卦一和卦二受完罰回來，兩人也不知道是受了什麼折磨，回來時全都是一臉菜色，身上還有一股濃重的魚腥味。

時進見到他們的狀態，心裡十分愧疚，欲言又止地想要說點什麼。

「別，別道歉，也別問我們幹什麼去了，我好不容易才忍住不吐。」卦二阻了時進還沒出口的話，問道：「君少情況怎麼樣了？」

提到廉君，時進表情好看了一點，笑著回道：「已經可以正常進食了，精神也好了許多，龍叔說如果毒素不再突然活躍的話，按照現在的情況，大概一個月後，他就可以開始復健了。」

復健，那是不是說君少以後可以正常行走了？

卦二眼睛一亮，確認道：「是我知道的那個復健嗎？」

卦一也朝著時進看去，神情難得地激動。

「是。」時進點頭，提到這個就止不住地笑，「毒素活躍期過去之後，廉君走路時就已經不會再覺得腿疼了，他現在坐輪椅只是因為身體還很虛弱。等再過一陣，他身體好點了，應該就能正常走路了。」

卦二激動低喊，忍不住用力捶了卦一一把。

卦一被捶得臉一黑，皺眉揉了揉自己的肩膀，一點不讓地反捶了他一下，然後看向時進，臉上帶了笑，說道：「謝謝你，多虧了你。」

「沒有。」時進回答，突然有種苦盡甘來的感覺，「是多虧了大家。」

卦一和卦二回來之後，廉君需要處理的工作變得更少，終於能安心休息。時進開心極了，越發黏著廉君，想方法哄他多吃飯，小心盯著他治療的方方面面。

四月下旬，各方博弈之後，航道事件的處理結果出爐——所有涉嫌攻擊時進的組織全部下牌，進入清剿程序；未來的半年進入警戒期，一旦發現再有組織不顧約束，不管不顧地在不合適的地方開火，官方將直接武力處理。

這是自官方和暴力組織關係和緩以來，官方第一次如此態度強硬地處理問題。所有組織的首領都嗅到不妙的味道——這次的航道事件可是差點鬧出外交問題，這麼好的一把刀，官方恐怕還有後招。

果不其然，處理結果宣布之後沒多久，章卓源就以避免再發生類似事件的理由，要求所有合法的掛牌組織接受官方檢查。各大組織首領叫苦不迭，想對嗆又沒人牽頭，心裡簡直恨死那些挑事的組織和背後的正主。

滅作為航道事件的關聯人，自然也受到官方的「關照」，卦二翻了翻章卓源藉機發來的「慰問」文件，冷笑說道：「這章卓源還真是記吃不記打，居然想藉著這次的由頭，摸清滅的資產動向，想得美。」

時進聞言皺眉，問道：「好處理嗎？」

「好處理。」卦二回答，笑得嘲諷，「章卓源大概忘了他現在是什麼立場。」

晚飯過後，卦二向廉君彙報章卓源試圖派人過來「檢查」滅內部事務的事情。

廉君聽完眼神變冷，拿出手機給章卓源撥了電話，開門見山說道：「很抱歉，這次的『檢查』

我不接受。」

章卓源一看他打電話來就知道要不好，硬著頭皮說道：「這是上面發下來的任務，要求所有組織都必須接受檢查，我不方便給滅搞特殊關係。」

「我不想聽你這些託詞。」廉君語氣冷淡，每一句都在撕破臉的邊緣試探，「章主任，這次時進為你爭取到這麼大一個優勢，我沒有指望你心存感激，但我希望你不要以怨報德。我可以跟你說實話，滅最近確實在藉著瑞行，轉移部分已經徹底洗白的產業，那些是我給時進的未來保障，我不希望你去動它們。如果你非要打這個小算盤，那麼你不給我後路，我也只能立刻去自取滅亡了。」

說完直接掛斷電話。

章卓源被懟了一臉，滿臉菜色地看一眼手機，頭疼地揉了揉額頭。

【第四章】

原來二哥是個膽小鬼？

三天後，章卓源遞了消息過來，表示上面已經決定取消針對滅的檢查。

廉君這才算是消了氣，主動給章卓源打電話，說了幾句安撫的話。

四月的末尾，龍叔和邵建平一起找到廉君，說道：「治療即將進入下一個階段，島上沒有合適的設備，必須離開了。」

廉君聞言側頭看向窩在書房角落，正痛苦地跟著馮先生補課的時進，點頭應道：「那儘快安排吧，不用顧慮我。」

五月初，眾人登上回B市的飛機。

到達B市後，眾人沒有回會所，而是直奔大學城的療養院而去——如果沒什麼意外，廉君接下來都將在這裡接受治療。

長途飛行太耗體力，廉君一到療養院就睡著了，時進安頓好他之後走出病房所在的大樓，坐在外面的花壇上，看著花壇裡開得燦爛的不知名花朵，頭也不回地問道：「五哥，你是不是有話要跟我說？」

黎九崢從花壇後走出來，坐到他身邊，說道：「小進，我該回醫院了，那邊來了一位重症病人，我得去看看。」

時進側頭看他，問道：「現在就走嗎？」

「嗯，接我的車就在隔壁大學停著。」黎九崢回答，手掌緊了緊，鼓足勇氣側頭，對上他的視線，問道：「等我忙完了，還能再來看你嗎？」

時進仔細打量一遍他的表情，然後深深看進他的眼裡，直到確定自己從這張臉上再也看不到任何一點過去那個「黎醫生」的影子之後，才笑著點了點頭，應道：「當然可以，下次來看我的時候，記得帶蓉城的特產給我。」

黎九崢的表情肉眼可見地一點一點明亮起來，抿唇小小地笑了笑，開心地應了一聲，又試探著

問道：「那我可以抱抱你嗎？」

時進主動側身抱住他，輕輕拍了拍他的背。

黎九崢立刻回抱住他，好好感受了一下他的氣息，然後克制地鬆開手，壓著不捨站起身，從花壇後拿出自己的行李拎上，說道：「那……那我走了。」

「五哥再見。」時進笑著擺手。

黎九崢見他沒有像之前送費御景離開那樣，提出送一下自己，眼神黯淡了一瞬，不過他又很快重新打起精神，也笑著朝著時進擺了擺手，提著行李轉身往外走——起碼在離開的時候，他得有個哥哥的樣子，不能太過失態。

「五哥。」時進突然喊住他。

黎九崢立刻轉回身看他，眼帶期待，「怎麼了？」

「在船上的時候，你衝去船長室是想做什麼？」時進問著，表情認真。

黎九崢愣了一下，嘴巴張了張，卻沒說出話來。

「五哥，我想知道為什麼。」時進強調。

黎九崢對上他的視線，沉默了好一會，說道：「我是醫生，如果……我或許可以救你，不，我一定可以救你，必須可以救你。」

——我不讓你死，你永遠也別想死。

時進突然想起在原主的記憶裡，黎九崢曾說過的這句話。這句話從另一個層面來理解，是不是就是現在黎九崢說的——我一定可以救你，我會救你，付出我的一切救你，所以你別死，求你。

他彷彿聽到上輩子走到絕境的黎九崢，那困在心靈的痛苦哀求。

……算了。自欺欺人也好，過度腦補也好，都算了。

「五哥，我原諒你了。」他朝著黎九崢微笑，終於毫無芥蒂，坦然地說出這句話：「你想殺我的事，我原諒你了，我不怕你也不怪你了，所以明年再一起過年吧，你沒有媽媽，我也沒有媽媽，我們湊在一起，正好。」

黎九崢怔怔看著他，眼眶一點一點變紅，突然低頭用力揉了揉眼睛，說道：「謝謝……謝謝，小進，對不起……我，我會來找你的，明年……不止過年，明年我也會來給你過生日，未來的好多年我都……對不起，我……」

他突然停了話頭，狼狽轉身，加快速度離開。

時進沒有去追，坐在原地目送他消失在樹影和花叢之後，抬眼看向天空，深吸一口氣，又淺淺吐掉，坐起身，拍了拍屁股上的灰，轉身小跑著回到廉君所在的病房，確定廉君還睡著之後，脫掉外套和鞋子，小心掀開廉君的被子，擠了上去。

「去哪亂蹭了，一股花粉的味道。」廉君突然睜開眼，伸手抱住他。

時進一僵，低頭把自己悶在他懷裡，不讓他看自己的臉。

「你只有這時候會找我撒嬌。」廉君按住他的後腦杓，溫柔地揉了揉，低頭親吻他的頭頂，「睡吧，捨不得他的話，我們下次再約他出來玩。」

時進抱緊他的腰，聞著他身上的氣息，沒有說話。

小死突然開口：「進進，你的進度條降到40了。」

時進心弦一顫，沒吭聲，連忙閉上眼，感受著廉君身上傳來的體溫，放縱自己在這個溫暖的午後沉沉睡去。

在療養院住下的第三天，廉君把時進打包塞進汽車。

時進滿臉不樂意，皺眉說道：「我不想去學校。」

「不想也要去，你已經錯過集訓和期中考，接下來的半學期課程和期末考你必須好好完成。」廉君一點不給他商量的餘地，陪他一起坐車，軟下語氣安撫道：「等週五我就去接你。」

時進板著臉不說話。

「這是你這次的任務報告和檔案更新記錄，返校後記得交給輔導員。報告內容需要儘快背熟，別說漏了嘴。」廉君把一份報告放到他手裡，仔細囑咐。

連報告都準備好了？時進側頭看他，控訴道：「你是不是在島上的時候，就已經計劃好要把我塞回學校了。」

廉君誠實點頭。

時進氣得坐直身，張嘴就要嚎起來。

「你不想你的朋友們嗎？」廉君詢問。

時進頓住，回道：「但我更想陪著你，你的身體……」

「我的身體情況已經穩定下來，只要按時用藥，體內剩餘的毒素就不會再重新活躍，身體也不會再出現危險症狀。我接下來的治療主要以調養為主，有龍叔看著，沒事的。」

時進還是不放心，說道：「可是……」

「時進，我不希望你寶貴的大學生活，無意義地耗費在照顧我這件事上。」廉君輕輕握住他的手，溫聲說道：「大學只有四年，比起讓你日復一日的在我身邊操心那些枯燥無意義的日常瑣事，我更希望你去接觸和學習新的東西，為你以後的人生打下一個更堅實的基礎。」

時進閉嘴，理智知道他是在為自己著想，情感上卻完全無法接受這些說法——大學課程和大學生活他已經學過和體驗過一遍，這輩子少上幾節課根本沒什麼關係，但廉君只有一個，他不想錯過廉君的治療過程，想好好陪在廉君身邊，支撐他度過這段難熬的歲月。

「我會每天給你打電話的。」廉君捏了捏他的手，溫聲哄勸。

時進看著他仍顯得有些蒼白的臉，眉頭緊緊皺起，不想為這事和他吵起來，或者惹他不開心，終是妥協，反握住他的手，說道：「那你一定要好好吃飯，不要總是忙工作，也不許背著我偷偷弄什麼激進的治療方法，要慢慢來，咱們有的是時間，不急這一時半會的。」

廉君微笑，應道：「我知道，不會的，還有，一直忘了說，雖然氣你亂來，但這次會議，你真的做得很好，謝謝你幫我爭取到一段安穩的時間，我以你為傲。」

「……你少給我塞糖衣炮彈。」時進軟下語氣嘀咕，接著突然朝廉君伸了手，問道：「戒指呢？給我。」

廉君疑惑：「什麼？」

「我送你的戒指，回來後我就沒見你戴過。」時進故意板著臉，又把手往他面前伸了伸，「你不是說過，等我回來了想讓我親自給你戴上戒指，所以戒指呢？別說你沒有隨身帶著。」說到後一句時已語帶威脅，大有你沒帶戒指，我就藉機鬧一場的架式。

廉君嘴角勾起，低頭從衣袍的內口袋裡拿出一個綢緞製成的素雅小布袋，解開之後，從裡面拿出戒指，放到時進伸過來的手上，然後把自己的手遞過去。

「居然真的隨身帶著……」時進有點遺憾，又有點開心，握住戒指，捏起他的手，瞄他一眼，低頭認真地把戒指戴到他的無名指上，然後在上面親了一口，說道：「要儘快長胖，戒指這樣纏著，都看不出和我的是一對了。給你兩個月，不，給你一個月的時間，要長到這麼胖。」說著比了個廉君從出生到現在都沒長到過的圓潤體型。

廉君被他逗笑了，反握住他的手與他十指相扣，另一手抬起他的臉，側頭吻了過去。

從療養院到學校的路程實在太短了，時進感覺自己只和廉君說了不到十句話，還沒說夠，汽車就停在學校門口。

此時剛好是放大假之後的返校高峰期，校門口的汽車特別多，廉君這輛比較低調的黑色汽車開過來倒也不算太顯眼，廉君見狀，便乾脆吩咐卦一把車直接開到校門口，沒有像以前一樣停在稍遠一點的馬路邊。

「安頓好了給我來電話。」廉君囑咐，然後放開了時進的手。

時進點頭，傾身又親了他一下，然後壓下不捨開門下車，把背包和帶給劉勇及羅東豪的禮物拿上，說道：「週五再見。」說完關上車門。

廉君隔著車玻璃看著他，想要滑下玻璃和他說話。時進見狀連忙搖頭，表示周圍人太多，後退一步示意他們先走。廉君無奈放棄開窗的舉動，用視線仔細描摹一遍時進的臉，吩咐卦一開車。

汽車慢慢駛離，時進目送車輛離開，直到看不到了才收回視線，低頭淺淺吁口氣，抬手揉了揉臉，轉身朝著校門走去。

「是時進吧？」

「好像是。」

「他怎麼又來學校了？」

「誰知道呢，在外面玩夠了吧。」

竊竊私語聲從斜後方傳來，時進腳步一停，回頭朝著聲音傳來處看去。

被看的幾名學生嚇了一跳，連忙閉嘴，紛紛扭頭避開時進的視線，你推我擠地進了校門。

時進微微皺眉，又回頭看了下校門口來往的其他學生們，發現裡面起碼有一半的人在若有似無地打量自己。

心裡和廉君分開的鬱悶變成超級鬱悶，想了想，從口袋裡掏出手機，撥了通電話出去。

接到時進的電話，劉勇火速從宿舍樓裡跑出來，去寢室樓不遠處的小花園裡迎接時進。

「東豪呢？」時進見到他之後詢問。

「還沒來，說是路上堵車了。」劉勇解釋，上下打量一下他，忍不住笑了，親暱地捶了他一下，說道：「黑了一點，看來島上的陽光很烈，怎麼樣，透露一下，你這次又去哪裡做任務了？居然連報到都沒來，大忙人啊。」

時進見到他，心情好了許多，簡單把報告上設定的任務地點和內容說了一下，然後問道：「校內關於我的謠言是不是又有新版本了？」

「呃……」劉勇卡住，瞄他一言，尷尬問道：「你發現啦。」

「想不發現都難，他們就差衝到我面前說了。」

時進無奈，示意了一下宿舍樓，「邊走邊說吧。」

通過劉勇的講述，時進得知，現在校內關於他的謠言版本又升級了，大家不討論他家裡到底有沒有錢，改為討論他到底是真的在出任務，還是只是找藉口翹課去玩了。畢竟他有一個軍銜較高的哥哥，想做點手腳也是有條件和可能的。

「說到底還是嫉妒，你家有錢這件事已經是板上釘釘了，那些人發現在這方面說不了你什麼，就又給你編排點別的。明明輔導員都說你是出任務了，一個個還要陰謀論，真是閒得慌。」劉勇語氣十分不滿和鄙夷，看來平時沒少聽類似的話。

時進聽完不知道該怎麼接話，這次的謠言從某種意義上來說還真不是謠言，他確實沒有真的出任務……不過每次返校都被謠言折磨，實在是太煩了，這些事必須解決一下。

◆◆◆◆

晚上的點名報到結束之後，時進回到寢室，在人最多的時候拿起洗漱用品去公共澡堂，沒像以往那樣比較保守地到了地方再脫掉衣服，而是像其他人那樣，在更衣室就把上衣脫掉。

剛好他的室友也過來洗澡，見到他主動和他打了個招呼。時進回了個招呼，拿著洗漱用品朝著淋浴室走去，結實漂亮的身體上，肩膀處的醜陋疤痕顯得無比刺眼。

室友愣了一下，問道：「時進，你肩膀上這是……」

「什麼？啊，你說這個疤嗎？這是以前做任務留下的。」時進簡單回答，心裡暗道這位室友真是個好助攻，面上卻不露，說完話就直接離開，一副急著去洗澡的樣子。

更衣室裡安靜下來，大家看著時進離開的背影，沒有人再說話。

第二天晨訓結束後，劉勇和羅東豪默契地朝著時進撲去，扯他的訓練服衣領。

時進毫無防備，被撲了個正著，連忙掙扎，「喂，你們幹什麼，鬆開鬆開，衣服都扯爛了。」

雙拳難敵四手，最後時進的衣領還是被劉勇給扒開了。

「居然真的有傷疤。」劉勇傻愣愣鬆手，「我還以為這又是哪裡冒出來的流言呢。」

羅東豪則皺了眉，問道：「那條長疤痕旁邊的圓形疤痕是什麼，不會是槍傷吧？」

「槍傷？」劉勇的聲音突然拔高，本能地捂住自己的肩膀，表情痛苦地皺著，一副自己也中彈的樣子。

羅東豪掃一眼四周被劉勇的嚎叫聲吸引注意力的同學，頭一次覺得劉勇一驚一乍的個性挺不錯的，難得沒有讓他安靜點。

「是槍傷，我不小心被人在這裡打過一槍。」時進回答，把衣領弄好，見劉勇一副好疼的樣子，安撫說道：「這些其實都是舊傷，我上大學之前就有了，等回頭有空了，我準備去弄個除疤手術把這些弄掉，免得我男朋友每次看到我這兩道疤，都會偷偷鬱悶很久。」

劉勇一秒破功，忍無可忍地伸手按住時進的腦袋狂揉，咬牙切齒說道：「你這傢伙，傷疤是男人的勳章你懂不懂，還除疤手術，我看你就是想炫男朋友，你這個欠揍的人生贏家！」

時進笑著擋開他的手，抬手反揉。

兩人鬧了一會，直到羅東豪阻止才安生下來，三人一起朝食堂走去。

路上，羅東豪看一眼時進的肩膀處，湊過去壓低聲音問道：「你故意的？」

時進側頭看他，一臉的高深莫測，「現在總沒人再說我是翹課跑去玩了吧。」

羅東豪搖頭，忍不住笑了，抬手拍了他肩膀一下。

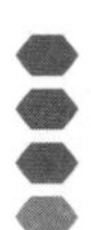

生活似乎又重新安定下來，大家上課的上課、治療的治療、處理工作的處理工作，日子風平浪靜，恍惚中竟有一種一切已經塵埃落定的感覺。

如果一切真的能塵埃落定就好了。

六月下旬，在時進開始痛苦的備戰期末的時候，魯珊的一通電話打破平靜的生活。

「最近都警醒一點，官方針對各大組織的檢查已經結束，犯事的小組織也已經全部清剿完畢，最危險的時候過去了，孟青又開始不安分了。」

正在翻複習資料的時進聞言動作一頓，抬眼朝著廉君手裡的手機看去。

廉君問道：「他想做什麼？」

「具體不清楚，但我發現他還在查時進就讀的學校，你也知道他的性格，時進上次坑了他那麼大一把，他心裡怎麼可能會甘心。」魯珊語氣有些凝重，「總之大家多加小心，特別是時進，千萬別讓孟青查出他就讀的學校，也千萬別讓時進落單，孟青可不是左陽，辦起事來手特別黑。」

廉君皺眉，掛掉電話後看向時進。

時進連忙說道：「我最近會小心的。」所以就別計較他惹了孟青的事了。

「只是小心根本沒用。」廉君手指點了點桌面，想了想，拿起手機撥打了章卓源的電話。

沒多久，一個同樣名叫時進，也同樣行事高調的年輕人，入讀了C市的某家警校。

時進在發現這份學員檔案後愣住，疑惑問道：「這是什麼？」

「障眼法。」廉君回答，解釋道：「如果孟青要從官方或者向傲庭那條線查你就讀的學校，最後只會查到這個人身上，然後上門送菜。」

時進又翻了翻這份資料，看一眼廉君說這些時冷靜自信運籌帷幄的模樣，心裡一癢，忍不住靠過去勾住他的脖子，側頭親了他一下。

廉君抬眼看他。

「是不是快開始復健了？」時進突然詢問。

廉君眼神一動，按住他的後腦杓，仰頭吻住他。

此時距離廉君熬過毒素活躍期已經過去一個多月。

在飲食漸漸恢復正常後，廉君的身體以肉眼可見的速度好轉，他的臉色不再蒼白，睡眠時間恢復正常，身上稍微長了點肉，甚至初步丟開輪椅。

龍叔開心地表示，按照現在的治療進度，最多再三個月，廉君就能徹底擺脫毒素折磨了。

這無疑是個好消息，大家都暗暗盼著廉君徹底康復的那一天能儘快到來。

廉君自己也十分期待，事實上，自喜歡上時進開始，他就沒有一天不盼著自己能像個正常人一樣，並肩走在時進身邊。

而現在，這個願望就快要實現了。毒素不再活躍之後，困擾他多年的腿部疼痛漸漸不再出現，這一次的復健，將會是真正恢復健康的復健。

「謝謝你。」廉君滿足低喃，抱緊時進。

時進微笑，故意使壞咬了他一口。

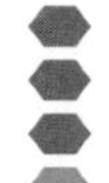

地獄般的備考週在七月來臨時終於結束，長達一週的考試之後，七月上旬，時進迎來他大學生涯裡的第一個暑假。他考完試後火速告別想要邀請他暑假一起玩耍的劉勇和羅東豪，拎著不多的行李狂奔到校門口，找到廉君的車，拉開車門坐進去。

「走吧，我們去復健！」他一上車就開心地嚷嚷開了，十分興奮。

廉君卻是一臉嚴肅的樣子，握住他的手，說道：「時進，有件事我沒有告訴你。」

時進愣住，看一眼他的表情，又看一眼前座也同樣表情不大妙的卦一和卦二，意識到肯定發生了什麼不好的事，慢慢放下背包，問道：「怎麼了？難道是治療出了問題？還是復健出了問題？」他說著說著就皺起眉，緊張地反握住廉君的手，還想去看他的腿。

「沒有，我的治療和復健都沒問題。」廉君攔住他往下彎的身體，說道：「出問題的是費御景，三天前，他在去辦公的路上被孟青的人襲擊，乘坐的車輛發生車禍，他和他的助理都受了傷，現在正在M國的一家醫院裡接受治療。因為之前你在考試，那邊也讓我瞞著你，所以這件事我沒有立刻告訴你。」

時進腦子嗡一聲變得空白，腦中閃過上次送費御景離開小島時，費御景說很樂意被他利用的畫面，手掌猛地收緊，問道：「他怎麼樣了，傷得嚴重嗎？」

「有一點，說是肋骨骨折戳到肺部，人暫時沒問題，但肺部有積水，還需要繼續觀察。」廉君回答，安撫地摸了摸他的頭，問道：「要去看看他嗎？」

時進想也不想就點頭，點到一半突然停下，朝著廉君看去。

「我這邊沒事，治療和復健都很順利，你不陪我也沒關係。」廉君一眼看穿他的想法，安撫之後問道：「要去看費御景嗎？要的話我儘快幫你安排專機。」

「看。」時進眉頭緊皺，心裡已經慌成一片，用力握住他的手。

廉君抱住他拍了拍他的背，無聲安撫。

當天晚上，時進告別廉君，帶著卦二和卦五坐上前往M國的飛機。在離開前，他特地給黎九崢打了電話，確定了一下他的安全。

上飛機之後時進一直很沉默，滿腦子都是廉君說的那句肋骨骨折戳到肺部，完全靜不下心來。

卦二見狀安撫道：「你別太擔心，君少已經派了值得信任的醫生去費律師那邊協助治療，住的醫院也已經嚴密保護起來，不會再出事了。那邊也說肋骨不是直接戳進肺部，只是戳到了，應該不是太嚴重。」

時進回神，搖頭說道：「我是在擔心萬一留下什麼後遺症怎麼辦，那裡畢竟是肺……都怪我馬虎，魯姨特地打電話過來提醒，我卻沒想到孟青既然想到要動我，那肯定不會放過當時和我表現親密的二哥和五哥，我應該早點提醒二哥的，或者派人去保護他。」

卦二說道：「誰也沒想到孟青會狠毒成這樣，連個不相干的律師都要動……」

「不是不相干的律師，開會的時候我喊過費御景二哥，孟青他們都知道費御景是我哥哥，我不該那麼做的，我當時只顧著考慮自己，完全忘了那樣會給二哥帶來怎樣的危險。」時進反駁，越發自責，對上卦二不大贊同的視線，愣了一下，又挫敗地按住自己的額頭，淺淺吁口氣，「抱歉，我又不冷靜了，說一些亂七八糟的廢話，現在說這些又有什麼用。」

「我不是這個意思，你現在只是關心則亂了，會胡思亂想很正常。」卦二輕輕拍了拍他的肩膀當作安撫，故意調侃道：「你平時總是表現得對你那些哥哥很抗拒排斥，一副很討厭對方的樣子，結果等對方真出了事，又急得像個小孩子一樣，你這傢伙不會其實是個很黏著哥哥的嬌氣包吧。」

時進一愣，避開他的視線扭頭看向車窗外的夜色，否認道：「才不是……不是。」

可真的不是嗎？他不自覺有些出神。

腦中閃過時家幾位兄長的臉，抬手捂住下半張臉，垂下眼簾。

第二天上午，時進落地M國，坐專車趕去費御景所在的醫院。

在醫院裡，他見到一個意料之外的人。

「三哥？」他看著坐在病房外，眼下掛著兩個大大黑眼圈的容洲中，滿臉疑惑，「你怎麼在這裡？你不是去Y國拍戲了嗎？」

他回B市後曾聯繫過容洲中，想請他吃飯，可惜容洲中在國外拍戲，無法應約。

容洲中見到他也是一愣，然後突然生氣了，說道：「我為什麼在這裡？這得去問問房間裡躺著的那個工作狂！我戲拍得好好的，突然一通自稱是醫院的陌生電話打過來，說我哥哥要死了，讓我來給他收屍，我能怎麼辦，只能丟下工作趕過來了。狡猾的費御景，他肯定是知道我拍戲的地方離這裡近，所以故意騙我過來，而且折騰我一個人就算了，他怎麼還把你也給折騰過來了！小進，你別上當，快回去，丟下他一個人在這裡自生自滅算了！」

時進被他這語速過快的一串話說得有些懵，消化了半天，最後只聽清楚他那句「收屍」，心裡一驚，連忙越過他走到病房前，推門走進去。

房內，費御景正靠在病床上翻文件，神情淡定正常得一點都不像是個病號，臉上的氣色甚至比坐在房外的容洲中都要好看一點。他聽到動靜抬眼看過來，見時進站在門口，十分家常地抬手朝他打了個招呼，說道：「來了，別愣著，坐。老三，倒兩杯水過來。」

時進：「……」這真的是剛剛發生過車禍的人嗎？

容洲中唰一下從門外探頭進來，憤怒說道：「喝什麼水，你這種人只配喝西北風！小進，走，

我帶你去吃飯，讓這個病號死在這裡吧！」

生氣歸生氣，最後容洲中還是沒有硬拉著時進把費御景這個病號丟下。

時進在病床邊落坐，打量一下費御景的模樣，問道：「傷怎麼樣了？」

「小傷，肺部積水已經做了個小手術清掉了，恢復情況不錯。」費御景簡單回答，放下文件，也打量一下他，見他臉色不好，問道：「連夜趕過來的？期末考試考得怎麼樣？」

時進沒想到他還有精力關心這個，心裡冒出點無奈的感覺，回道：「考得還行……醫生怎麼說？你這種情況，以後會留下後遺症嗎？」

費御景回道：「不會，肺部的傷只是小傷，積水清掉後傷口會自動長好，肋骨小心養著，也不會出問題。」

「那就好。」時進稍微放了心，靠到椅背上，沉默了一會，最後愧疚說道：「對不起，是我連累了你。」

「覺得對不起我的話，就回答我一個問題。」費御景像是早知道他會這麼說一樣，立刻趁機提出要求。

時進一愣，看他一眼，點了點頭，應道：「好，你問。」

費御景看向一旁默默把耳朵豎起來的容洲中，說道：「老三，小進連夜趕過來應該還沒來得及吃飯，你去給他買飯吧。」

容洲中不敢置信地側頭看他，聲音提高：「你真把我當護工使喚了？」

「我是想支開你。」費御景十分誠實，「這是我和小進的私密談話，不適合給第三個人聽到，你一刻鐘後再回來。」

這幾天飽受折磨的容洲中被他的誠實氣得表情扭曲，恨不得上前親手結果了他，但看一眼時進，最後還是站起身，皺眉說道：「就一刻鐘，多的沒有。」說完轉身大步離開了。

終於，房內只剩下時進和費御景兩人。

時進看向費御景，等他問問題，事實上，他心裡已經大概猜到費御景想問什麼了。

費御景轉回視線看他，直接問道：「那天我離開小島的時候，你說你不是在氣我以前利用你的事，我回來後一直想不通，小進，我想知道你真正氣的是什麼？」

果然是這個。

時進反問道：「為什麼突然想知道這個？按你的性格，應該不會對這種事情執著才對。」

「這個問題對於我來說不是執著，是會擾亂我思緒的心病。」費御景解釋，依然坦誠得可怕，「回來後我時不時就會想起這個問題，卻始終想不出個結果，然後越想不通越在意，漸漸就讓這個問題變成了我的心病，甚至影響我的工作效率，我想知道答案，不是因為你，是因為我想從這種時不時就被這個問題擾亂思緒的麻煩局面裡脫離出來。」

這種問題居然能變成心病，還有那句特意強調的不是因為你……時進有點心塞，面無表情說道：「這可真是個自私的回答。」

費御景坦然接受他的評價：「我以為你早就知道我的本性了。」

但知道歸知道，等真和對方這樣把明明應該是感情上的事，拿出來像處理公事一樣理智分析和對談，他還是有些接受不了。他這邊的思緒萬千，只是費御景那邊的一個擾亂思緒的麻煩，感情上的不對等，才是兩人始終無法親近起來的原因。

「二哥，我氣的就是這個。」時進回答，繼續面無表情，試圖讓自己也顯得和費御景這般理智冷酷，「我尋求的是情感上的回應，你給予的是物質和利益上的補償，我得不到我想要的，所以我很生氣。」

費御景難得的愣了愣，問道：「情感上的？」

「對。」時進點頭。

費御景看著他，突然笑了，「可是小進，你要的，我明明就已經給你了。」

時進愣住，然後狠狠皺眉，「什麼？」

「我關心你、幫你，你的要求我全都依你，儘量保護你，甚至把命都託付給你，這世上能讓我這麼付出的人，我媽是第一個，你是第二個。小進，你用偏見看我，卻怪我沒有撕開你的偏見進入你的眼裡，這對我是不是太不公平？當然，我並不是指責你，你有權利這樣看我，但是我希望你能正視你自己的想法，否則你將永遠這樣自我矛盾地防備著我。」

防備？正視自己的想法？這都是些什麼亂七八糟的，完全讓人聽不懂。

時進眉頭皺得更緊，覺得他在強詞奪理和模糊概念，說道：「不是的，你明明……明明……」他的聲音突然遲疑起來。

「明明什麼？」費御景追問。

時進看著他彷彿能看透一切的眼睛，皺著的眉頭一點點鬆開，慢慢說不出話來。明明……明明費御景就在像他說的那樣對他。

關心？是的，費御景確實是關心他的，那些日常的問候、費心送的生日禮物、儘量回應的邀約，不是關心是什麼？還有幫助，成立基金、幫廉君搞定能源的事，以及後續的各種合作，如果不是看他的面子，精明如費御景，又怎麼可能會和背景麻煩的廉君扯上關係。

要求也是，去年吃團圓飯的時候，他說希望哥哥們親手做飯，大家就真的親自下廚了。像費御景這樣的人，居然會特地抽出時間去學做飯，這種事情說出去誰會相信？保護和託付性命更是，四月份的會議，費御景明明就可以不蹚這趟渾水的。

還有眼前這次車禍，按照費御景對外的行事風格，只光是害他出車禍這一條，就夠費御景狠刮罪魁禍首一層皮，或者折騰得對方生不如死了，但現在費御景卻完全沒有要藉著這件事指責他這個禍源的意思，甚至還反過來安撫他。

一樁又一樁，費御景現在的所言所行，全都像個真正的哥哥一樣。他種種行為背後的關心和愛護，毫無疑問，全都是情感上的回應。從費御景主動朝他遞出橄欖枝的那天起，無論是利益還是情感，費御景都儘量做到了最好。

可是……為什麼他卻完全感覺不到費御景情感上的回應？為什麼？

他突然有點迷茫。

啪。腦門突然被彈了下，他回過神，朝著突然襲擊他的費御景看去。

「小進，你真正氣的是什麼？」費御景突然把話題轉回來，語氣難得的溫柔：「我知道你剛剛沒有說實話，告訴我這個問題的答案，我想知道。」

時進看著他，思緒仍停留在上個話題上，腦子亂糟糟，猶豫了一下，最後還是選擇了遵從內心，回道：「我氣的……是父親死後，你對我乾脆俐落地拋棄，為什麼你能那麼乾脆？對你來說，我原來是那麼迫不及待想要撇清關係的存在嗎？抽身而退對你來說，為什麼會那麼容易？」

有模糊的記憶和情緒從心底氾濫生起，夢境裡感受過一遍的茫然和委屈再次侵占思維，他只覺得自己正站在大街上，身前是攔著自己的陌生人，費御景就站在幾公尺外的地方，明明近在咫尺，卻又那麼遙不可及。

理智有機會把意識拉扯回來，感情卻慢慢放任了這些在心裡壓抑太久的不甘。他突然有一種直覺——今天費御景莫名其妙地挑起這個話題，就是想引他這樣情緒失控。

「為什麼？」他看著費御景的眼睛，索性放任自己，漸漸分不清楚自己到底是哪個時進，「為什麼？過去十幾年，你真的一點感情都沒有付出過嗎？」

費御景也看著他，誠實回道：「是。」

咔嚓，記憶和洶湧的情緒瞬間碎裂，內心不甘質問多年的問題終於得到答案，時進陡然回神，微微瞪大眼看著費御景，表情和思緒都出現了短暫的空白。

他好像聽到了，他最不想聽到的答案。

費御景抬手碰了下他的眼睛，說道：「原來你氣的是這個……時進，實話總是很傷人，但我不想騙你。我從小就知道自己的立場和真正想要的是什麼，你過去在我眼裡只是一個符號，是時行瑞最疼愛的兒子，是能快速效率獲得利益的管道，我清楚地知道自己在對你做什麼，明白你我最後的結局只可能是陌路人，或者你死我活的仇家，在這樣的情況下，我無法對你投注真實的親情。」

時進眼也不眨地看著他，耳朵明明聽進去他說的每一個字，大腦卻抗拒著去理解這些字組成的句子所表達的含義。

「我不是拋棄了你，我只是像剪斷一根無法再為我提供養分，甚至有可能病變的營養輸送管一樣，整理了一下我完美的營養攝取網。我所做的所有事，都和你本身無關，只是為了我自己。當時的我沒有考慮你的感受、沒有考慮你的立場，我只考慮了我自己。很抱歉，過去曾這麼對待你。」

「這算什麼。」時進的手指一寸寸收緊，側頭躲開他的手，「你有必要把話說成這樣嗎？」多麼可笑，過去他以為，不，是原主以為，以為費御景之所以不理他，徹底拋棄他，是因為厭惡他、不喜歡他，反正總歸是對他存在著某些情感上的在意，哪怕這在意是負面的。

結果原來是原主誤會了嗎？費御景這個混蛋根本就從來沒有在意過他這個弟弟，在費御景的眼中，他這個弟弟連人都算不上，只是一件用過之後丟掉的垃圾而已。

果然不該問出這些愚蠢的問題，不是早就知道會聽到什麼樣的回答了嗎？

面對這樣一個清醒的混蛋，他能感覺到對方情感上的回應才怪，誰知道那些回應會不會又是對方的另一場遊戲？誰敢放縱自己去相信那些回應？

原來不是不能，而是不敢。他的潛意識，早就為他選擇面對費御景的最佳姿態——忽視他、漠視他、不要在意他，因為那是一個能微笑傷人的魔鬼。

「生氣了？」費御景收回手詢問。

時進皺眉站起身，說道：「沒什麼好氣的，你是什麼樣的人我早就知道……你休息吧，我明天再來看你。」

「小進。」費御景拉住他的胳膊，說道：「以前我對你說過一次，現在我再對你說一次，這輩子我很少為曾經做過的事情後悔，但過去那麼對你，我後悔了，對不起。」

時進掙開他的手，勉強朝他擠出個笑容，說道：「我知道了，你的歉意我明白了。不過以後這種只為了自己說得爽，不強求對方回應的歉意你還是少說吧，我聽了並不覺得開心，反正無論我是什麼態度，你都只做你想做的事情，對嗎？」說完轉身快步離開。

這一次費御景沒有攔他，只是在他快要出門時，開口說道：「小進，你想從我這裡要的，不是情感上的回應，而是情感上的需求，我會給你的，你改變了我對親情的看法，讓我看到很多我以前忽視的東西，所以只要是你想要的，我都會給你。」

時進腳步略停，然後深吸口氣，伸手拉開病房門，頭也不回地走出去。

費御景看著關上的病房門，平靜的表情慢慢消失，垂眼揉了揉額頭，面上顯出一些挫敗和疲憊的神色，喃喃自語：「太急了嗎……」

病房外，容洲中剛好提著買好的飯走回來，見時進表情不好地從病房裡衝出來，先是一愣，然後眉頭皺起來，迎上前問道：「你怎麼了？難道二哥欺負你了？」說著就擼起袖子，一副要去和費御景幹架的模樣。

時進壓下情緒搖搖頭，拉住他的胳膊說道：「三哥，我睏了，你住在哪裡？帶我過去。」

時進在容洲中入住的酒店開了間房，特意選在容洲中的房間隔壁，然後回房隨便沖個澡，把自

己砸到床上。

「情感上的需求……」他喃喃念著這幾個字，眼神發直，「是說我希望費御景能表現得更需要我、更在意我一些嗎……怎麼可能。」

他翻了個身，拽住被子蓋住自己，良久，煩躁地砸了下枕頭。

真是莫名其妙的一場談話，別想了，睡覺睡覺！

一覺睡醒，外面已經是華燈初上。時進餓得手軟腳軟，爬起來換好衣服，去隔壁找到容洲中，拉著他一起去覓食。

「真是難得睡了個好覺。」容洲中捂嘴打了個哈欠，問道：「你想吃什麼？」

時進回道：「米飯……三哥，你需要我嗎？」

容洲中被他問懵了，疑惑道：「什麼意思？」

時進發現自己又不自覺想起和費御景的那場談話，皺了皺眉，回道：「沒什麼，我瞎問的，其實我也不知道是什麼意思。」

容洲中卻對這個話題來了興趣，想了想問道：「那你需要我嗎？」

時進側頭仔細打量一下他，嚴肅回道：「比起你，我更需要廉君。」

容洲中被噎了一臉，心裡期待落空，用力抿了下唇，壓下想說廉君壞話的衝動，賭氣式地說道：「我也是，比起你，我更需要空氣和水。」

時進被他這回答逗笑了。

「笑什麼，我剛剛說什麼好笑的話了嗎？」容洲中不滿嘀咕，看他幾眼，嘴角也忍不住翹起來，伸手用力揉了一下他的腦袋，凶巴巴道：「你說你這一天天的心思怎麼這麼重，二哥是不是對你說什麼難聽的話了？你別理他，他就那樣子，明明想表達善意，卻偏要把什麼都往利益理性的方面扯。你以為他那樣是成熟理智克制？錯！他就是個膽小鬼，任何感情他都不敢深陷其中、不敢要

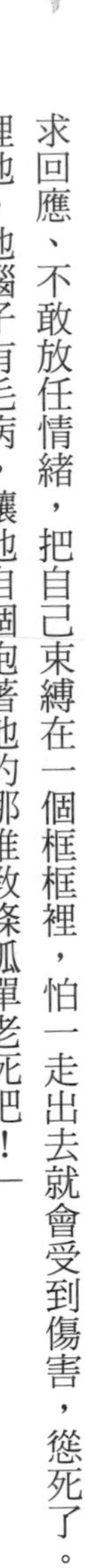

求回應、不敢放任情緒，把自己束縛在一個框框裡，怕一走出去就會受到傷害，慫死了。所以你別理他，他腦子有毛病，讓他自個抱著他的那堆教條孤單老死吧！」

時進被他這套說辭砸得一愣一愣的，滿眼稀奇地看他。

容洲中昂了昂下巴，把自己認為最帥氣的角度展現在他面前，抬手優雅地推了推鼻梁上的墨鏡，「演員最重要的是要吃透角色，並能完美的呈現出角色的內心。揣摩人心這種事，對我來說就像喝水一樣簡單，二哥那種性格的人，我見得太多了，分析他的內心對我來說輕而易舉，你不用太崇拜……」

「大晚上的，在燈火通明的室內，你不覺得戴著墨鏡顯得很傻嗎？」時進面無表情詢問。

容洲中的自吹還沒說完就被時進打斷，動作一頓，側頭去看時進，眉毛抽了抽，強行為自己挽回面子，「我知道你現在是在故意氣我，想和我吵架，發洩一下情緒，但我不會讓你得逞的。」

這話太熟悉，費御景也曾經說過，不過當時費御景說的是他想要撒嬌。時進心弦一顫，像是被人戳破了心裡的小心思一樣，猛地伸手摘下容洲中鼻梁上的墨鏡，戴到自己臉上，遮住自己的眼神和表情。

容洲中一愣，急忙看了看四周，確定沒人注意這邊之後伸手去搶墨鏡，說道：「你不是說在室內戴墨鏡很傻嗎？快還給我。」

時進扭身就躲，故意說道：「我喜歡這個墨鏡，這個歸我了。你那麼小心做什麼，這是在國外，沒人認識你。」

「你對我在時尚圈的地位一無所知，快還給我。」容洲中繼續伸手搶。

時進靈活躲開，就是不還。

兄弟倆直鬧到吃飯的地方才勉強安生下來，容洲中終於奪回他的墨鏡，不過他已經沒有戴墨鏡的必要了，因為時進把他的頭髮弄得像個雞窩，任誰也不願意相信現在這個頂著一頭亂糟糟頭髮的

男人，會是那個對外永遠形象完美的容洲中。

兩人開了間包廂，等菜上齊後，容洲中抓了抓自己的頭髮，黑著臉把墨鏡架到時進臉上，說道：「送你，幼稚的傢伙。」

時進一點沒壓力地收下了，還又指了指容洲中手腕上戴著的手錶，「這個，我也喜歡。」

「……我才不信你是真的喜歡這個。」容洲中嘀咕，不過還是把手錶摘下來，不忘說道：「這個錶帶得去專門的地方調，我把B市調錶帶的地址給你，你自己去弄吧。」

時進接過手錶，在身上找了找，只在口袋裡找到一個從學院超市裡隨手買來夾草稿紙用的小夾子，伸手塞到容洲中手裡，說道：「我不白拿你的，用這個和你換。」

容洲中看著手裡這個軍綠色的質樸小夾子，被他的小氣氣笑了，伸手對準他的腦袋就是一陣亂揉。時進後仰躲開，然後反擊。

又鬧了一場，容洲中扒拉一下自己的頭髮，看一眼終於肯乖乖吃飯的時進，開心問道：「心情好點了沒？」

時進把烤雞的兩個雞腿全部撕給他，無聲感謝他的傾情陪伴。

「這時候學會大方了，哼。」容洲中故意冷哼，滿意地看著自己碗裡的雞腿，拿出手機拍了兩張照片，然後拿起筷子，拿回一個雞腿給時進。

時進看著這個雞腿，張嘴啃了一大口，用力咀嚼。

「要喝酒嗎？」容洲中詢問。

時進搖頭，慢慢把雞肉嚥下去，突然問道：「三哥，二哥真的是膽小鬼嗎？」

「真的。」容洲中也拿起雞腿啃了一口，瞇著好看的桃花眼，含糊說道：「我閒下來的時候，偶爾會想一想我們幾個兄弟為什麼會變成如今這副模樣？後來我想明白了，我們其實都像我們各自的母親。徐潔心思重感情沉，所以大哥也心思重感情沉。我媽勢利市儈，所以我變得刻薄惹人厭。

老四的媽媽沉穩內斂性情堅韌，謝天謝地，老四很像她。老五的媽媽愛情至上，心理年齡永遠停在少女時期，老五於是也跟著長不大，而二哥……你真該去見一見他的母親，那樣清醒著討厭自己的女人，這世上可不多見了。」

時進戳了戳碗裡的白米飯，沒有說話。

「二哥像他的母親，活得清醒。但他們又不大一樣，二哥的母親是經歷過一切後，主動選擇清醒。而二哥不是，他是根本不知道不清醒是什麼樣的。」容洲中給時進倒了杯果汁，第一次顯出身為兄長成熟穩重的一面，「小進，二哥或許一輩子都無法感同身受你過去遭遇的痛苦，或者為此生出什麼沉重的心情，但那不是他不愧疚、不自責，他只是不會。他在自己和所有人之間畫上一條清晰的界線，傷害了別人，也困住了自己，現在他正在嘗試著越過界線來瞭解你的想法，他是愛你的，小進。」

——他是愛你的。

直到吃完飯回到酒店的房間，時進腦中還回蕩著容洲中說的這句話。

費御景這樣的人，居然會有跟「愛」這個字彙聯繫起來的一天。也對，費御景也是人，只要是人，就會產生七情六欲，就會不自覺愛上誰，或者恨了誰。

可為什麼大腦始終無法想像出費御景愛一個人的模樣，他每次想起這個名字，腦中第一個冒出來的，永遠是對方那冷漠平靜的表情和眼神。

「費御景的愛……」他喃喃著。

腦中不期然又閃過在船上時，費御景狼狽靠在船長室外的模樣。

那大概是他最清晰直觀地感受到費御景果然是關心著他的時候……可即使是那種劫後餘生的時刻，費御景的臉上也依然沒有什麼多餘的表情。甚至在那之前，在黎九崢因為船隻被包圍而陷入瘋狂的時候，費御景還能理智地把黎九崢捆起來，不讓黎九崢打擾別人。

到底是有多理智才能做到那種程度，費御景有過情緒外露或者崩潰的時候嗎？

時進努力回憶著過去和費御景見面的情景，最後發現，費御景在他面前情緒波動最大的一次，居然是在前年會議上，兩人重逢時，他威脅費御景再利用自己，就傷害費御景的母親的時候。

——這世上能讓我這麼付出的人，我媽是第一個，你是第二個。

腦中閃過費御景上午說過的話，他手指一顫，心裡可恥地覺得喜悅——現在的他，在費御景心裡，居然已經那麼重要了嗎？他已經成為可以影響到費御景情緒的存在了嗎？

——你從我這想要的，不是情感上的回應，而是情感上的需求。

他心裡猛地一驚，抬手按住額頭，「為什麼會想起這句話……」

可是……果然是需求啊，居然被費御景說中了，剛剛他心裡的那絲喜悅，可不就是因為突然發現費御景可能在感情上需要他、重視他，所以才產生的嗎？

為什麼費御景又說中了，他到底把感情和人心看得多麼透徹。

時進突然又覺得痛苦，為這樣胡思亂想，滿身都是人性弱點的自己。然後他又覺得自己可笑，有什麼好喜悅的、有什麼好痛苦的，都多大的人了，還因為這些小情緒忽喜忽悲，蠢死了。

如果他也像費御景那樣，是個能夠隨意處理情緒的瀟灑人就好……

嗡嗡。手機震動起來。

他思緒一斷，拿起手機，見是費御景發過來的簡訊，愣了一下，伸指點開。

費御景：護工離開了，你可以來醫院陪我嗎？

時進瞪大眼，懷疑自己出現了幻覺。

——可以來醫院陪我嗎？可以？陪？

天吶，二哥居然會用這種語氣說話，居然用了「陪」這個相對軟弱的詞，居然……會主動向他提出要求。

那個人不是總是自顧自地做一大堆事，然後一股腦塞給你，不容許拒絕，然後再瀟灑離開嗎？這樣一個人，居然也會想要人陪。這樣一個人，不是應該在說這種請求的話時，也會帶著不容拒絕的命令語氣嗎？就像是使喚容洲中時那樣。

嗡嗡。費御景又發來一條簡訊：傷口有點疼。

時進無意義地發出一聲「啊」，看著這條簡訊，想要腦補出費御景吃疼的表情，最後卻一無所獲，沉默半晌，突然起身快步朝著酒店房外走去。

「居然去給一個上午才剛吵過架的人守夜……我大概是瘋了！」

他唾棄著自己，腳步卻越發快了。

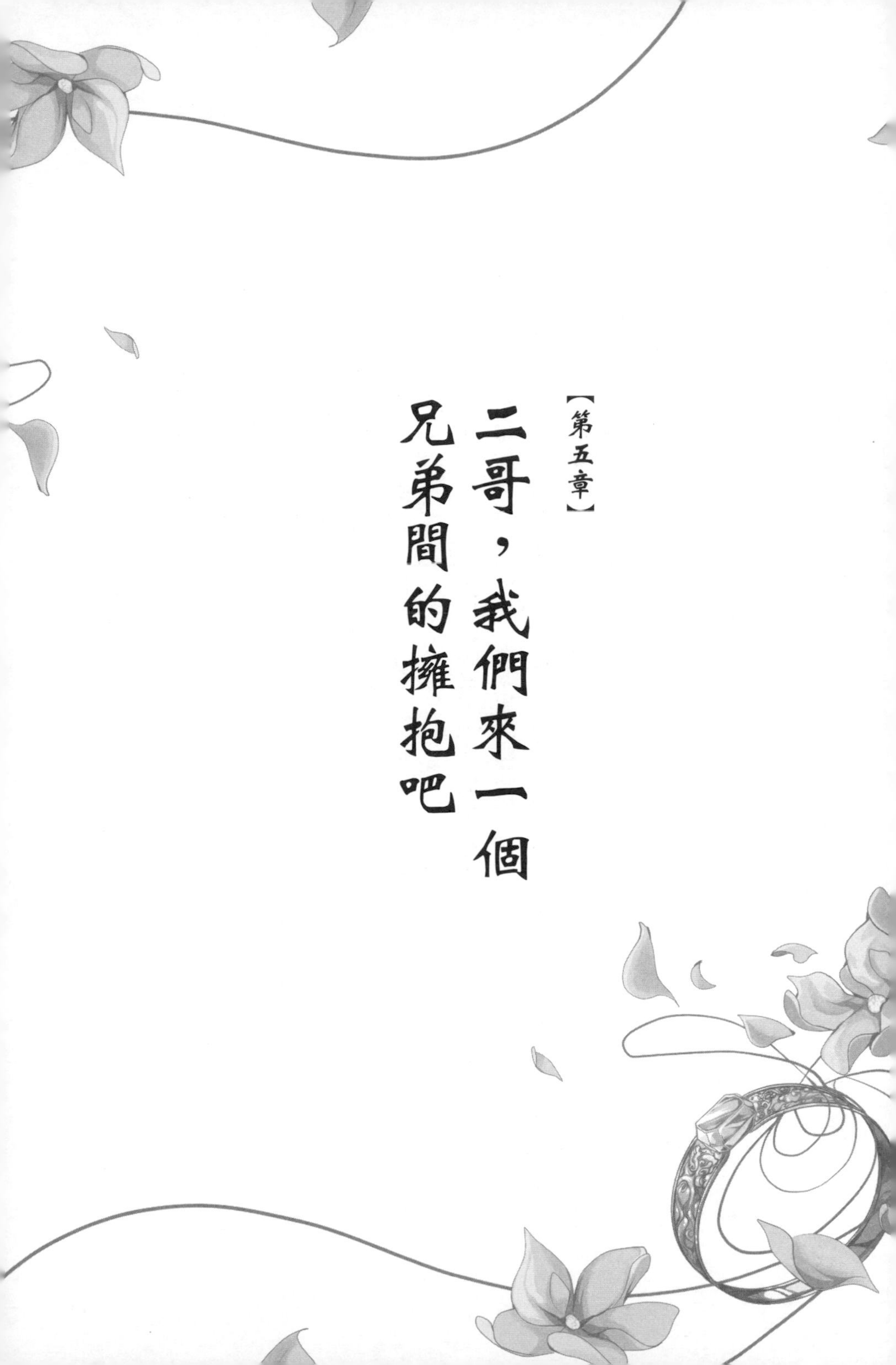

【第五章】二哥，我們來一個兄弟間的擁抱吧

時進幾乎是小跑著來到醫院，然後有意在病房外的走廊上停了停，反覆吸氣呼氣幾次後，一臉平靜地推開病房門。

費御景正靠在病床上閉目養神，聽到開門聲後睜開眼看過來，問道：「跑過來的？」

時進腳步一僵，表情差點沒繃住，反駁道：「我散步過來的，你又不是真的要讓我收屍了，我跑什麼跑，你還沒那麼重要。」

「可從你住的酒店到這裡，不跑的話，散步大概需要走十五分鐘。」費御景拿起手機看了眼時間，說道：「我是九分鐘前發簡訊給你。」

「……你是想打架嗎？」時進面無表情詢問。

費御景掃一眼他被風吹得有些凌亂的頭髮，看破不說破，抬手拍了拍床沿，「不想，我現在打不過你，過來，坐。」

時進突然明白容洲中為什麼總想打費御景了，他現在也很想打對方，狠狠的。

時進上前落坐，費御景給他倒杯水，先開起話題問道：「有好好吃晚飯嗎？」

「有，三哥永遠知道哪裡有好吃的餐廳。」時進硬邦邦回答，帶著一點賭氣，然後他在意識到自己在賭氣之後，表情變得越發緊繃——真的像個傻子一樣，費御景在那邊無動於衷，他在這裡胡思亂想，被對方牽著鼻子走，太傻了！

要冷酷起來！他在心裡命令自己。

「還在生氣？」費御景詢問。

「沒有！」時進秒答，覺得不能再這樣下去，得把話題的主動權拿回來，於是緊接著反問道：「你不是傷口疼嗎？哪裡疼，喊醫生過來看了嗎？」

費御景回道：「看了，醫生說疼痛是正常的，傷口癒合需要時間。」

時進掃一眼他的表情和被病號服遮擋的胸口，說道：「你這表情可一點都不像是疼的樣子。」

「那什麼樣的表情才叫疼？」費御景難得賣了軟，「其實我現在已經很忍耐了。」

忍耐？時進一愣，繼而皺眉，仔細在他身上掃了掃，終於在他身上發現一點和忍耐有關的痕跡——費御景的額頭似乎有點出汗。他心裡一動，傾身過去看他背後，果然在病號服上看到一點被汗打濕的痕跡，忍不住站起身。

費御景仰頭看他，問道：「怎麼了？覺得陪我太無聊，要回去了？」

「你說句服軟的話會掉塊肉還是怎麼？疼得都冒冷汗了，還一臉若無其事的樣子，你是忘了怎麼調動臉部肌肉嗎？」時進皺眉訓他，彎腰按住他的肩膀確認一下他後背的情況，然後轉身去洗手間打了一盆溫水出來，示意他把背側過來。

費御景看他一眼，乖乖照做。他後背的衣服已經濕了一半，想來應該已經忍疼忍了很久。

時進抿緊唇，埋頭拿出毛巾擰乾，小心揭開他的病號服，見他腰側有一大片瘀青，背上還有好幾處被擦碰過的痕跡，手指忍不住緊了緊。

「嚇到了？」費御景側頭詢問，語氣還是該死的淡定。

時進有種按住他的傷口，讓他疼得叫喊出來的衝動，黑著臉把他的腦袋推回去，小心把毛巾蓋上他的背部，幫他輕輕擦拭起來，回道：「不是。」

費御景老實了一會，又問道：「那是心疼了？」

「心疼你我還不如去心疼一頭豬。」時進反駁。

費御景被他這賭氣的話逗笑了，說道：「原來你喜歡豬。」

居然還能笑出來，不是很疼嗎？

時進心裡憋氣，忍不住念叨道：「身體不舒服就跟醫生說，實在不行可以開點藥吃一下，別一直硬扛著。還有上午我來的時候，你居然還在處理工作，受傷了就好好休息，多休息才能好得快，工作的事就不能緩緩嗎？」

費御景解釋道：「就是因為疼，我才想著用工作轉移一下注意力。」

這是什麼見鬼的轉移注意法。時進真是要被他氣死了，說道：「那你現在怎麼就乾坐著了？」

「因為每到晚上肺部的疼痛就會加劇，這時候工作不僅不能轉移注意力，反而會因為注意力無法集中而導致工作出錯，所以只能這樣待著。」費御景回答，側頭說道：「謝謝你來陪我，我感覺好多了。」

「我這時候是該說不客氣，還是該誇你真理性、真厲害？」時進把毛巾丟回水盆裡埋頭搓了搓，看他一眼，認命地放棄和這個人生氣的想法，放輕動作仔細擦掉他身上的汗，停頓了好一會，低聲說道：「其實……你能主動喊我過來，我很開心。」

費御景稍微轉過來看他。

時進再次把毛巾丟回水盆裡，起身去衣櫃取了一件乾淨的病號服過來，遞給他，「換上吧。」

費御景再次乖乖照做，說道：「謝謝。」

時進沒脾氣了，對自己妥協，也對他妥協，坐到病床邊，擺出認真交談的架式，說道：「二哥，我不想再和你吵些莫名其妙的架了，你完全不懂，我生氣都是浪費。我好好想過了，覺得我們會這樣，是因為我們之間存在著一些思考方式上的差異，為了避免我們再發生無意義的爭吵，我們先互相瞭解一下，可以嗎？」

費御景還是第一次看到他這種溫和成熟的包容模樣，上下仔細打量他一下，應道：「可以。」

「那二哥，你是怎麼做到永遠理智地處理情緒的？我試著像你這樣，深入瞭解自己心裡所想，但我發現用理智的態度去分析自己的那些小情緒，實在是太過羞恥的一件事，有些情緒要誠實地表達出來，也實在是太過為難。」

費御景搖頭，「我不明白你的意思。」

和費御景交談有一個讓人放心的地方，那就是永遠不用擔心對方在隱瞞什麼，或者是說謊。費

御景在面對親近的人時，從來都是坦誠的。他說不明白，那就是不明白。

時進嘗試著轉換了一下思路，問道：「那你至今為止，有沒有出現過什麼情緒或者感情方面，比較難以理解或者羞於告訴他人心裡所想的情況？或者你有沒有過想要逃避心中所想的時候？」

費御景這次很認真地想了想，點頭應道：「有。」

——居然有？

「是什麼？」時進追問，眼睛亮亮的。始終理智清醒的人，是不可能出現自我逃避的情況，這樣看來，費御景似乎還有救。

費御景看他一眼，問道：「你為什麼想知道這個？」

——因為好奇。

時進厚著臉皮回道：「因為我想瞭解你。」

「我也想瞭解你。」費御景接話，不著痕跡地轉移話題，問道：「小進，你是怎麼看我的？」

時進聞言頓住，心裡明白他這是在搶奪話語的主控權，但卻沒說什麼，順著他的話答道：「我覺得你是個冷血的混蛋。」

費御景意外：「冷血？」

「也不是冷血，應該說是覺得你像個機器人一樣。你總是能很好地掌控自己的情緒和感情，想做什麼就去做什麼，不大在意旁人怎麼想。有時候我很佩服你，偶爾我也會羨慕你，更多的時候，我因為你的這種想做就做和不在意，而覺得不安和恐懼。」

費御景愣了下，「不安和恐懼？」

「對，不安和恐懼，還有不甘。」時進回答，第一次理智的、毫無保留的，把心底最真實的想法說給他聽：「我和你之間的關係，總是你想來就來，想走就走。你說你現在真的把我當成弟弟，但我卻不敢放縱自己去接受你給予的關心。在感情上，我習慣有來有回，別人對我好，我也會對對

方好，但只有你，你給我的感情我不敢回應，所以我潛意識裡就自動忽視了你的付出，因為忽視了，就不用回應了。」

費御景安靜聽著，嘗試理解他的想法。

時進看著他認真的表情，想起容洲中在晚飯時說的，費御景正在試圖跨過自己畫的界線，過來瞭解他的想法，心裡一軟，突然就不覺得把這些心底裡的糾結思緒說出來有什麼丟臉或者不自在了，繼續說道：「二哥，你把我當工具的時候，接近我接近得乾脆，當我失去價值的時候，你捨棄我捨棄得俐落，後來我們重逢，你因為各種各樣的事情，突然真的接納了我這個弟弟，這所有的一切，我都是被動的。你的靠近，不需要我的允許；你的離開，不需要和我交代；你的道歉，不需要我的原諒；你的彌補，不需要我的回應，我就像是個隨你擺弄的木偶，你按照心情對待我，而我本人的想法如何、情緒如何，你從來不在意。我的意志，決定不了你對我的態度和作為。」

費御景慢慢皺了眉，問道：「我是這樣的嗎？」

「在我的理解裡，你是這樣的。你說得對，我想要的是你情感上的需求，我希望你需要我。」

費御景緩慢地搖了搖頭，「小進，我還是不明白，你的意思是，我對你的關心，已經成為你的負擔了嗎？這不是我的本意，我不求你原諒，是不想用情感綁架你，你已經太累了，我對你做的事太殘忍，要求你原諒我，對你來說不公平。」

時進愣了下，問道：「你是因為這個，才說不強求我的原諒？」

費御景點頭。

居然是這樣。時進有點反應不過來，居然是因為怕他為難，所以才只道歉，不求原諒。不是因為「我不想考慮你的想法」、「你的想法對我來說不重要，我只做我想做的」這種更加自我的理由……他抬手捂住臉，心裡居然獲得一點點被救贖的感覺。

「小進？」費御景疑惑喚他。

時進淺淺吁口氣，看著他說道：「你是笨蛋嗎？」

費御景皺眉，顯然不認同他這個說法。

「算了，跟你說這個的我才是笨蛋。」時進突然不想再跟他繼續分析了，看著他的眼睛直接說道：「二哥，我不安，是因為我不知道你對我的感情到底有多深；我恐懼，是因為我害怕你會再次像以前那樣，乾脆俐落地抽身而退；我不甘，是因為我在這邊因為你的種種行為各種胡思亂想內心動搖，而你卻好像永遠都冷靜清醒無動於衷。我怕各種自我說服、自我開解，放下過去，終於願意重新為你敞開心扉後，獲得的卻是和以前一樣的結局。」

他說到這裡停了停，伸手按住費御景的肩膀，看著他的眼睛一字一句說道：「二哥，你太過理智，我怕再次成為你理智權衡之下的捨棄品。我希望你也因為我而胡思亂想情緒動搖，我希望你會因為我對你的喜惡與否而喜悅痛苦，我想你在意我，害怕失去我。我希望如果有一天我消失在你的生命裡，你會覺得痛苦難過。你只有表現得很在意、很在意我，我才敢重新靠近你，上一次的教訓太深刻，我怕了。」

費御景怔怔看著他，第一次嘗到不知該如何回應別人話語的滋味。

「二哥，我不需要你感同身受我曾經遭受過的痛苦，不需要你為此覺得愧疚自責痛不欲生，那些東西我嘗過，大哥他們也嘗過，甚至還為此生病，你能倖免於難，真是太好了。」時進收回手，語氣緩下來：「這就是我所有的想法，這就是我對你所有的期望，二哥，如果你真的接納我這個弟弟，那這次你配合我一下，好不好？」

對，就是這樣，胡思亂想根本沒有必要，想要什麼直接要就是了，如果連要都要不到，那放棄的時候，心裡也能甘心一些。因為努力過了，所以無論最後是什麼結局，他都能坦然接受。

費御景像是懂了他的話，又像是沒有懂，心中有一股不知名的情緒滾動著，驅使著他去用力抱緊面前這個勇氣無限、主動袒露內心軟弱處的弟弟，但習慣性的理智和清醒卻讓他無法行動。

不需要愧疚自責，但需要很在意、很在意。

他心裡像是堵了一塊石頭，有些東西想要衝破牢籠，卻又被本能壓制。不，不可以再縮回來了，時進已經踏出第一步，他不能再讓時進失望，這一切明明是他先挑起來的。

「我……有點急。」他聽見自己的聲音，帶著從來不曾有過的遲疑：「你問我有沒有出現過羞於告訴他人心裡所想的情況，我的回答是有，我有點急，但我不敢告訴你。」

時進疑惑：「什麼？」

「看到你和老三、老五他們一一緩和關係，我……有點急。」第一句話出口之後，後面的話想說出去，似乎就不再那麼困難了，「所以這次車禍發生之後，我立刻意識到機會來了。」

等等，機會？時進微微皺眉。

費御景慢慢找回自己的思緒，語氣一點點沉穩下來：「在島上的時候，我發現你對老五的態度很親昵，也很照顧他……不止他，老三也好、老四也好，甚至是大哥，你對他們都是或親近、或依賴、或在意，只有我，你對我一直很客氣。」

時進漸漸意識到他要表達什麼，心不自覺緊縮起來，問道：「我對你很客氣？」

「對，很客氣。」費御景回答，像是想到什麼，又補充道：「不止客氣，你還很防備我。所以我開始試著去多觸碰你，就像老三對你那樣，但是你對我的接觸，反應卻很平常。」

時進想起費御景這段時間的行為，眼睛微微瞪大——這個，居然是故意的嗎？

費御景伸手輕輕敲了一下他的額頭，「就像這樣……我發現你對我的態度，就像面對著一個只能算是認識的朋友，不排斥，也不大親近。所以我急了，我能幫廉君做的事已經剩下不多，這些結束之後，我和你見面的機會只會比現在更少，如果一切就這麼塵埃落定了怎麼辦？我不希望我成為所有兄弟裡，唯一一個和你這麼客氣的人。小進，我想當你的哥哥，不想當你客氣的朋友。」

這次換時進說不出話來了。

「我想知道你為什麼唯獨對我這麼客氣，所以在車禍發生後，我故意讓人把消息傳得更嚴重一些，想誘你過來。你果然來了，也果然覺得愧疚，於是我趁機和你展開話題，想瞭解你心中所想，但我卻搞砸了。我甚至故意把老三喊過來，想著有他在，氣氛應該會熱鬧輕鬆一些，如果我惹你生氣，他還能代替我哄哄你。」費御景把自己所有的算計說出來，問道：「小進，我是個很可怕的哥哥，對嗎？」

「……不。」時進搖頭，看著他眼裡清醒的自嘲和隱約的自厭，一時間簡直是百感交集，說道：「你不可怕……你只是……只是太笨了，二哥，你為什麼也這麼不聰明？」

他們兄弟倆繞了這麼久，到底在做些什麼。

時進心裡突然冒出了點很奇妙的衝動，他稍微傾身靠近費御景，確認問道：「你不希望我對你太客氣？」

費御景其實不喜歡和人靠這麼近，但當他發現時進的心情似乎微妙地變好之後，他變得希望時進能更靠近一些。

「是，小進，我也是你的哥哥。」他溫聲回答。

——對啊，你也是我的哥哥。

害怕成為唯一的「客氣朋友」，著急於不能拉近關係，這麼笨又這麼讓人沒有辦法的，也只有他的哥哥了。

時進不再克制心中所想，突然伸手捧住費御景的臉。

費御景愣住，繼而皺眉，想後仰又克制住，身體僵硬著，問道：「怎麼？」

時進定定看著他，突然用力揉起他的臉，邊揉邊問：「生氣嗎？」

「等……小進，你先鬆手。」費御景還從來沒被人這麼「冒犯」過，連忙去拉他的手。

時進靈活躲開，又把手放到他的腦袋上，狂揉他的頭髮，問道：「生氣嗎？」

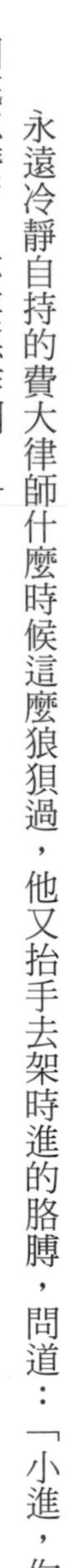

永遠冷靜自持的費大律師什麼時候這麼狼狽過，他又抬手去架時進的胳膊，問道：「小進，你到底怎麼了？不要惡作劇。」

時進不說話，仗著身手好，揉完他的頭髮，又捏住他的耳朵，囂張地扯了扯，甚至還蠢蠢欲動地想去捏他鼻子。

「小……小進！」費御景語氣揚高，終於捉住他的手，皺眉看著他，頭髮亂糟糟的，臉被揉得有些發紅，大概是掙扎時牽動傷口，額頭又有點出汗，總而言之，很狼狽。

時進乖乖被他捉著，仔細打量一下他現在的模樣，問道：「生氣了嗎？討厭我了嗎？」

費御景完全不理解地看著他，說道：「小進，你這是怎麼……」

咔嚓。時進突然掙脫開他的手，掏出手機對著他拍了一張。

「我要把這張照片傳得全世界的人都知道。」時進一臉認真地說著。

費御景這下終於忍不住了，不大確定地問道：「小進，你到底在做什麼，你……你討厭我嗎？在捉弄我？」

「我不是討厭你。」時進把手機揣回口袋，說道：「我是在不那麼客氣的對待你，甚至在欺負你，你討厭嗎？」

費御景愣住，看一眼他手裡的手機，說道：「不那麼客氣……」

「你果然不是機器人。」時進更湊近他一點，仔細打量他現在的臉，突然伸手，再次捏住他的耳朵，往外拉。

多麼奇妙，那個永遠強大理性的費御景，居然也有被人這麼揉圓搓扁，卻不生氣的一天。他以前確實對費御景太客氣了，不，甚至說，他以前太標籤和神化費御景了。

這個人確實是理智的，但卻沒有他想像中的那麼冷血。

「客氣和距離這種東西，大部分時候是在不那麼瞭解對方，或者對某個人心存畏懼的情況下產

生的，我現在這麼欺負你，是在和你拉近距離，消除距離感。」時進一本正經地忽悠，表情和語氣十分真誠，「二哥，你以前在我心裡太高高在上和無法接近，我們需要一點這樣的親近感。」

——是這樣嗎？

費御景拉他手的動作停下，試圖理解他的邏輯，問道：「那這麼做，你覺得開心嗎？」

「開心。」時進點頭。

費御景於是不說話了，努力壓下不適應，試圖享受他的「親近」。

時進見他這一本正經的樣子，卻忍不住笑了起來，笑著笑著又莫名有些鼻酸，看一眼兩人之間足以用親昵形容的距離，鬆開他的耳朵，說道：「真好……你不是真正的機器人。我想要的很多東西，都是有可能要到的。」不，應該說是已經要到一部分。

那個他以為高高在上的費御景，其實一直站在和他平等的位置。

費御景雖然不大能明白時進說的話，但卻能感覺到他的情緒。他聽著時進此時微帶著解脫和滿足的低喃，莫名的心裡酸脹起來，試探著抬手摸上時進的頭，「我本來就不是機器人……雖然不明白為什麼，但你剛剛不那麼客氣地對待我的時候，我並沒有生氣。小進，我也想和你親近。」

「……我知道。」時進回答，低著頭讓他摸，感受一會他不大熟練的安撫關切，良久，突然抬起頭，朝他說道：「二哥，怕我防備你的話，就靠過來打破我的防備吧。我剛剛跟你說了吧，我想要什麼。」

費御景其實不大知道要怎麼去打破時進的防備，不然他之前也不會惹時進生氣。他看著時進現在信任親近自己的模樣，怕自己又說錯話破壞兩人之間好不容易溫馨下來的氣氛，權衡了一下，中規中矩接話道：「你說你想讓我很在意你，我會做到的。」

時進一眼看穿他淡定穩重下隱藏著的茫然和小心翼翼，有點無奈，也有點終於看穿費御景本質的心軟，認命地放棄這種比較「意識流」的交流，站起身退到距離病床三步遠的位置，朝費御景說

道：「二哥，我們來一個兄弟間的擁抱吧。」

費御景：「……啊？」

「我希望你主動靠過來。」時進要求。

費御景看著時進，沒有動。倒不是他不想和時進來一個冰釋前嫌的擁抱，只是……他感受了一下耳朵上彷彿還殘留著的被人揉捏的觸感，有點不自在。現在靠過去的話，會不會又被時進這麼揉捏一頓？總覺得……會很挑戰內心。但又不能不去，這是時進表達親近的方式，時進這麼努力地想要消除兩人之間的距離感，他不回應，實在太過傷人。

「你不過來，那我只好走了。」時進突然後退一步，朝著病房門的方向。

「等等。」費御景本能阻止，顧不得再想那些亂七八糟的東西，掀被下床，朝著時進靠近一步。

時進後退的動作停下，站在原地看著他，手垂在身側，沒有要抬臂迎接這個擁抱的意思。

費御景看著這樣的他，突然想起他擁抱其他兄長時主動且親切的模樣，眉頭微微攏了攏，再沒有多想的心思，邁步朝著他走去，張開手臂。

——算了，揉就揉吧，總會適應的。

兩人之間的距離本就沒有多遠，費御景腿又長，只走了兩步，他就已經停在時進的面前。他垂眼看著時進的臉，略微停頓後，慢慢傾身，生疏且笨拙地環住時進的身體，輕輕抱住他。

這是一個稍微有點距離感的擁抱，兩人只有肩膀以上的地方觸碰著，其中一方甚至完全沒有反應，直挺挺地站著，手臂下垂，沒有任何要回應的意思。

在費御景的設想中，時進主動要求的這個擁抱，應該是親密且充滿和解味道的。但費御景抱著時進，卻覺得兩人之間的距離並沒有被這個擁抱拉近。他聞著時進身上的氣息、感受著他的體溫，內心在短暫的激動之後，慢慢低落下來。

時進……沒有回抱住他。這是一個單方面的擁抱，和時進給其他兄弟的擁抱完全不同，他和其

他兄弟，到底是不一樣的。

他垂眼，身體遲疑著，又慢慢鬆開時進。

時進突然開口，問道：「二哥，你現在在想什麼？」

費御景頓了頓，以為他是想另起話題交談，連忙收斂一下情緒，邊直起身邊回道：「沒什麼，很晚了，你該……」

時進突然傾身，主動抱住他，還把頭擱在他的肩膀上。

費御景的身體僵住了，眼睛微微睜大。

「二哥，如果你剛剛有因為我沒有回抱住你而情緒低落，或者因為我此時的主動而覺得喜悅，那我就很滿足了。」

溫熱的呼吸噴灑在脖頸處，軟軟的頭髮擦過耳垂，費御景的心跳有瞬間的加快，短暫的僵硬之後，本能地抬手回抱住時進，說道：「有，你說的這些，我都有。」

他雖然總是跟不上時進的思路，無法理解他的想法，但他現在學會了一件事——在時進問起他情緒方面的事情時，坦誠地告訴時進自己心中所想。他這個弟弟，很喜歡聽這些。

這是他現在唯一確定的，可以瞬間拉近兩人距離的事情。

兩人都沉默下來，安靜擁抱。

這是費御景第一次和旁人這麼親密的相擁，他皺著眉小心分析著自己此時的感覺，一點一點記住與人胸膛緊靠、胳膊互相鎖住對方身體的觸覺，心裡冒出點滿足的想法。

原來有回應的擁抱是這樣的、原來親近的擁抱是這樣的，果然像他想像的一樣妥帖。

時進察覺到他胳膊的力道，放鬆地勾了勾嘴角，拍了下他的脊背，說道：「二哥，就是這樣，我希望你一直抱著這種想要我回應你擁抱的心情來和我相處。以前你我的關係就像是第一個擁抱，你抱著我，卻不要我回應，我並不覺得這種擁抱溫暖，只覺得被束縛了，而你覺得我對你不夠親

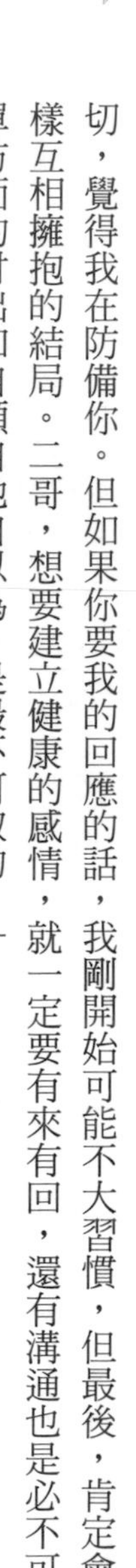

切，覺得我在防備你。但如果你要我的回應的話，我剛開始可能不大習慣，但最後，肯定會變成這樣互相擁抱的結局。二哥，想要建立健康的感情，就一定要有來有回，還有溝通也是必不可少的，單方面的付出和自顧自地自以為，是最不可取的。」

費御景有點模糊地明白他的意思，側頭看他。

「你無法理解我的想法沒關係，聽不懂我的話也沒關係，你只用記得這個擁抱就行了。」時進鬆開他，朝他放鬆微笑，「努力試試吧，下一次當你再生出這種想要我回應你擁抱的情緒的時候，不要用理智消化掉它，把它告訴我，我來回應你。二哥，記住你此時的心情，請在這個意義上，狠狠地需要我吧。」

像是籠罩在眼前的迷障被扯破，費御景終於理解時進想要的究竟是什麼——一個有互動的擁抱而已，居然是這麼簡單的東西，但即使是這麼簡單的東西，他也沒有給過時進，不，應該說是他從來沒有生過找時進索求這些的想法。

他只會站在安全領地裡，什麼都不說，牢牢護著自己的心，然後希望時進主動走過來。

「對不起。」他終於明白自己對時進做了怎樣一件高傲且殘忍的事情，看著時進微笑的模樣，忍不住伸手把他拉入懷裡，「謝謝你。」謝謝你哪怕到現在，也依然願意耐心地教他這些。

容洲中一覺睡醒，驚悚地發現睡在他隔壁房間的時進不見了。他急忙起床奔去醫院，然後更加驚悚地發現，時進居然睡在費御景的病房裡。

「你對小進做了什麼？」他擋在陪護床前，忌憚又防備地看著靠在病床上的費御景，像在看覬覦小紅帽的大灰狼。

費御景翻過一頁文件，頭也不抬地說道：「小聲一點，別把小進吵醒了。」

容洲中對他怒目而視，然後放輕動作轉身看著陪護床上睡得頭髮亂翹的時進，表情一點點變得古怪，突然偷偷摸出手機。

「老三。」費御景出聲警告。

「看你的文件去，工作狂！」容洲中把他的警告懟回去，調出手機的攝像頭，對準時進的臉，找了個光線最好的角度，慢慢按下拍照鍵。

咔嚓。時進被拍照的聲響驚醒，唰一下睜開眼睛。

容洲中動作一僵，手一滑，手機啪嘰一聲砸到時進的臉上。

「唔！」時進的鼻子被砸了個正著，疼得立刻側頭捂住臉，表情痛苦。

容洲中大驚，傾身湊過去看他，著急說道：「對不起！對不起！砸到哪兒了？你別捂著，讓我看看！有沒有流鼻血？給我看看。」

時進邊吸氣邊揉鼻子，看向容洲中，咬牙喚道：「三哥。」

容洲中看著他鼻頭紅紅的樣子，沒忍住，嘴角翹了翹，「小進你……咳，你沒事吧？」

「我像是沒事的樣子嗎？」時進語氣陰森森，突然一個暴起，撲過去勒住他，抓住他的臉用力扯，磨牙說道：「你剛剛笑了對不對，你看到你笑了，做錯事的人居然還有臉笑，受死吧！」

「不是，我沒……」容洲中掙扎，抬手按住他的臉把他往外推，扭頭躲他的手，「別打臉，我還要拍戲，小進你冷靜！」

「冷靜不了！」時進把他往床上按，也去摸自己的手機，「偷拍狂，拍我是吧，你等著，我也要來拍……」

咔嚓咔嚓。拍照聲響起，打鬧在一起的兩人齊齊一愣，扭頭朝著拍照聲傳來的地方看去。

費御景把手機遞給時進，「給，我幫你拍了。」說完上前把容洲中從時進手底下撕開丟出去，

然後傾身抱住時進，說道：「早上好。」

時進被抱得愣住。

容洲中則唰一下瞪大了眼，看著抱住時進的費御景，表情如同看到世界末日。

「唔……二哥早上好。」時進回神，回應了一下費御景的早安問好，莫名覺得有點不好意思——總感覺費御景變得親切許多。不過他很快就把這絲不好意思壓下來，努力若無其事狀推開他，問道：「胸口的傷口怎麼樣了，還疼嗎？」

「還有一點。」費御景回答，又抬手碰了一下他的鼻子，問道：「疼嗎？」

時進搖頭，低咳一聲努力讓自己淡定一點，回道：「其實不怎麼疼，三哥的手機比較輕……那什麼，我去洗漱一下，等會一起吃早餐吧。」

「嗯，去吧。」費御景幫他理了理睡衣衣領，目送他去洗手間。

時進走進洗手間，路過容洲中身邊的時候甚至都沒有看他一眼，彷彿已經遺忘他的存在。

容洲中不敢置信，目瞪口呆，等洗手間的門關上後，猛地扭回頭看向費御景，衝過去把手貼上了他的額頭，皺眉問道：「中邪了？鬼上身了？這張棺材臉上居然會掛上這麼噁心的笑容，糟糕，我汗毛都豎起來了。你是誰？你不是費御景！肯定不是！」

費御景微微翹起的嘴角一秒拉平，淡淡看他一眼，推開他的手，「你很礙眼，回去拍戲吧。」

容洲中立刻確定他不是中邪了，收回手，上下打量他一遍，又回頭看一眼洗手間的門，抱胸說道：「你對小進幹什麼了，怎麼氣氛變化這麼大？」

「我們昨晚進行一場友好深入的談話，互相瞭解了一下彼此的想法。」費御景靠回床上，又拿起文件，「小進說他想讓我很在意他，我決定依他。」

容洲中的表情瞬間扭曲，唰一下衝到他面前，揪住他的衣領，「你說什麼？小進說他想讓你很在意他？小進說？他想？你確定這是小進對你說的，不是你自己在做白日夢？」

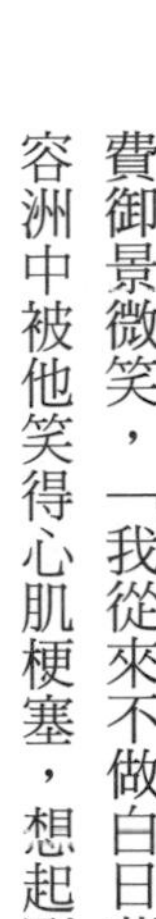

費御景微笑，「我從來不做白日夢。」

容洲中被他笑得心肌梗塞，想起剛剛時進對自己的無視，忍不住罵道：「你剛剛是不是故意引走小進的注意力？你卑鄙！」

「謝謝你給我這個卑鄙的機會。」費御景抬手拍了拍他的肩膀，真誠得可恨，「是你昨天對小進說了些什麼吧，他突然主動對我跨了一大步，我很開心，謝謝你幫我。」

容洲中倒抽一口涼氣，伸手掐他脖子，「……我要殺了你！」

「謝謝你。」費御景還在道謝。

容洲中真的想殺他了，手指動啊動，又回頭看一眼洗手間的門，最後還是不甘地把手收回來，皺眉看向費御景，稍顯煩躁地抓了抓頭髮，拖了把椅子坐下來，「二哥，我希望你不要覺得小進的主動是理所當然的事，他放下很多、捨棄很多才重新站在我們面前，去年他和我和解的時候，有一瞬間我差點以為他已經瘋了……反正，你別再丟下他了。」

費御景臉上的表情收斂，問道：「連你也覺得我會再次丟下小進嗎？」

「不然還能怎麼覺得？你參與了所有事，卻又一個人游離在外，像在和我們玩角色扮演遊戲的NPC一樣。」容洲中皺眉嘀咕，嫌棄地看他幾眼，起身走到陪護床邊，撿起自己的手機，朝著他輕輕擺了擺，「我只希望小進以後都能睡得像剛剛那樣，安穩又香甜，沒有做夢，就算做了夢，夢裡也沒有過去的我們。」

費御景聞言看向時進睡過的床鋪，想起時進後半夜明顯不大安穩的睡眠，垂下了眼。

◆◆◆◆

早餐過後，容洲中提出告辭，他已經翹班太久，得回去趕拍戲進度。

時進送他到機場，下車之前，他小心地戴上口罩和墨鏡。

「你這是幹什麼？」容洲中抬手拉了拉他鼻梁上自己送的墨鏡，疑惑詢問。

時進把墨鏡重新扶好，解釋道：「二哥這次出事，完全是被我連累的，現在那些壞人很有可能在盯著我，咱們最好小心一些，別被人發現有關係，免得又連累了你。」

「我不在意這些。」容洲中聞言居然笑了，伸手把他臉上的墨鏡摘下來，揉了下他的腦袋，「那些人如果敢來，我就讓所有網路新聞的頭版頭條都印滿他們的照片和資訊，把他們在全世界人的面前曝光。」

時進皺眉，說道：「三哥，我沒有開玩笑，那些人很危險。」

「我沒有開玩笑，我也是很危險的。」容洲中昂起下巴，突然變得臭屁，「我擁有的可不止是演技和影響力，我能左右的事情可比你想像得多。小進，我們是一家人，多依賴我一點吧。」

時進愣住，「什麼？」

「你對二哥的要求，也是我對你的要求。」容洲中捏捏他的臉，換上認真的語氣：「我可不止能陪你吵架、給你解悶，我也想幫助你，我也能幫助你。」

「三哥……」

「在車裡坐著吧。」容洲中把從他臉上摘下的墨鏡，轉手戴到自己臉上，推開車門，長腿一跨下了車，轉身撐住車門，朝他說道：「這個我戴舊了，下次再買個新的送你，再聯絡。」說完把門一關，轉身邁著大長腿，以特別瀟灑帥氣的姿勢，朝著機場內走去。

從機場回去後，時進退掉酒店的房間，住進醫院，給費御景陪床。

費御景靠在床上，面前是時進削好切好的一盤蘋果，旁邊還有一臺平板。

「這是？」他開口詢問。

時進鋪好床轉回身坐到他的病床邊，也拿起一臺平板說道：「病人就要有病人的樣子，別工作

了，我教你玩點不費腦子的東西。」

「麻將？」費御景秒答。

時進眉毛抽了抽，「不是，我已經看透了，對於你們這些精英人士來說，麻將反而是比較費腦子的遊戲，咱們玩另一種可以連線的冒險動作遊戲，開雙人模式，你可別給我拖後腿。」

兄弟倆一起連線打遊戲嗎？好像會很有意思。

費御景看一眼時進，拿起面前的平板。

為了照顧新手，時進選遊戲模式時，特意選了簡單程度，但即使如此，他們的過關之旅還是變得無比艱難。雙人遊戲講究配合，兩人毫無默契，總是會把人頭送到莫名其妙的地方去，十次有八次輸。時進玩得生無可戀，恨不得打爆費御景的頭。

費御景也是眉頭緊蹙，一副完全無法理解遊戲邏輯的模樣。

「要不咱們還是搓麻將去吧。」最後時進忍不住提議。

費御景卻已經被這遊戲激起好勝心，直接拒絕道：「不行，我們只是配合差，不是技術有問題，再磨合一下，這關我們肯定能過。」

時進表面哀嚎，心裡卻暗道了一聲上鉤，假作無奈地點開下一局遊戲。

不知不覺一上午的時間過去，兩人慢慢習慣了對方的攻擊節奏和步調，一點一點學會去揣摩對方的下一步動作，配合得越來越默契，通關的次數逐漸變多。

午餐之後，嘗到勝利滋味的費御景還想繼續遊戲，時進卻大手一揮，把他拽出病房，帶著他在醫院的花園裡散步。

直到曬到外面的陽光，費御景才後知後覺地發現，他居然一上午完全沒想到工作，也沒覺得傷口疼，側頭看一眼走在身邊的時進，嘴角微勾，示意了一下兩人身後跟著的保鏢模樣的人，主動起話題，問道：「這些是廉君派來的人？」

「嗯，這是為了保護你，孟青很可能還會對你動手。」時進回答，心裡有些愧疚，說道：「抱歉，連累你過這種需要時時防備危險的生活。」

「不用道歉，我為廉君工作是拿了錢的，承受風險也是工作的一部分，我並不覺得你有需要跟我道歉。」費御景接話。

時進聞言腳步一頓，側身看著他，「給你一個機會，再重新組織一下語言。」

費御景疑惑，對上他的視線，緩了幾秒才反應過來自己又用利益來應付這些感情上的表達了，略停了停，說道：「抱歉，剛剛那番話並不是我的本意，我這樣說是希望你不要有心理負擔。我們是兄弟，兄弟本就該互相扶持幫助，不存在連累之說，你不用為此道歉。」

「……這還差不多。」時進滿意了，扶住他的胳膊帶著他繼續往前走，走了兩步又想到什麼，說道：「別總是道歉，太客氣了。」

費御景說道：「可明明是你先……」

「我也會學著不總是道歉的，反正咱倆一起學習，不要太在意細節。」時進把這些糊弄過去，瞄他一眼，轉移話題：「下午我們一起用平板看電影吧，不玩遊戲了，一直玩遊戲也挺累的。」

費御景識趣地順著他的話題應道：「可以。」

散步後，兩人回到病房，找電影看。

費御景手一伸就點到恐怖電影的分類，時進眼睛瞪大，把分類扒拉回來，選擇了喜劇電影。

費御景疑惑：「你不是喜歡恐怖電影嗎？」

時進想反駁，張嘴前想起在L國時，自己用恐怖電影嚇費御景的事，低咳一聲，在糊弄和誠實之間搖擺了一會，最後還是選擇了誠實，回道：「其實我不喜歡恐怖電影。」

費御景果然皺眉，說道：「那在L國……」

「我那是看你當時被噩夢纏身死活睡不著，怕你一夜一夜熬下去，身體會垮掉，連累廉君，就

想著或許可以用恐怖電影給你以毒攻毒一下……」時進看著氣場慢慢低沉下來的費御景，聲音一點點放低，扯起嘴角朝他露出一個心虛和尷尬夾雜的笑容，小小聲：「沒想到效果倒是意外不錯……總之，你看我對你這麼坦誠說實話，你也可以學著對我更坦誠一些，當然，不是你以前那種意義上的坦誠，是這種意義上的坦誠……好吧，其實我也不知道我在說什麼。」

說完低下頭，深刻反省自己的多話。

費御景看著他毛乎乎的腦袋，忍不住伸手，彈了一下他的額頭。

時進立刻抬頭看他，皺眉——有點疼，想反擊。

「我覺得很開心。」費御景開口，又輕輕揉了兩下他剛剛被彈的地方，「知道你當時真的是為了陪伴我和幫助我才一起看恐怖電影，我覺得很開心，也覺得很對不起你，我當時對你太過冷漠，對不……不，是以後不會了，還有謝謝你。」

他及時打住即將出口的道歉，選擇了道謝，謝謝時進一直以來的溫柔包容。

時進眉頭皺不下去了，說了一句狡猾，傾身湊到他手裡的平板電腦前，邊滑影片選項邊說道：「我記得去年出了部很火爆的動畫電影，很好玩的，我們看那個吧。」

費御景又彈了他一下，說道：「我沒有狡猾，只是在坦誠自己的想法。還有，不要這麼僵硬地結束話題。」

「閉嘴！電影開始了。」時進拉開他的手，「我當然知道這些……東方的含蓄委婉你懂不懂！看電影呢，專心點。」

「害羞了？」費御景詢問。

「都說了專心點！」時進怒目而視。

「不是你要求我坦誠的嗎？」費御景繼續詢問。

時進：「……看電影的時候別說話！」

看完電影後兩人小睡了一會，然後一起討論了一下工作，之後一起吃晚飯，晚飯後在房內轉了幾圈算是散步，緊接著看了一會新聞，最後各自洗漱，躺在床上開始聊天。

「當時你送的禮物，快遞到我的學校的時候，我差點就拒收了，十幾個箱子，有一箱還是書，太誇張了。」時進吐槽，抬手枕住後腦杓，想到當時的情景又忍不住笑起來，「不過拆開箱子看到禮物之後，我很慶幸沒有拒收，那些書我很喜歡，二哥，謝謝你。」

費御景誠實說道：「不客氣，我是故意從不同的地方寄出快遞的，因為我猜到你可能會拒收。寄快遞時我也特意囑咐過，讓快遞小哥務必說服你收下快遞。」

「……」這麼溫馨的氣氛，某些煞風景的真相其實可以不用說的。

時進突然覺得太過坦誠也不是什麼好事，憋了幾秒，繼續說道：「當時和我一起拆箱子的好朋友還說你浪漫來著，二哥，你是怎麼想到送那些東西給我的？」

這麼和人無所事事的夜談，對費御景來說也是很新奇的一種體驗。他側頭看著時進在夜色中稍顯朦朧的臉部輪廓，繼續誠實回道：「因為我想讓你每次看到那些禮物都會想起我。禮物的種類有很多種，金錢也好，昂貴的物品也好，全都會有被你用完或者用膩的那一天，但瑰麗的故事和具有收藏價值的藝術品，卻可能陪伴你一生。我想讓你未來哪怕討厭我，也要記得我。」

時進有一點點絕望，說道：「其實這時候你只用說一句『我覺得你會喜歡』就行了，還有，你剛剛的回答十分容易讓人誤解。二哥，你怎麼連送禮物都要算計一下人心，不累嗎？」

「算計一個人的人心，是我重視這個人的最高表現，如果是老三，抱歉，別說送他生日禮物，我連他的生日都懶得記。」費御景都這時候了還不忘損容洲中一下。

時進想起這次無辜被折騰一遭的容洲中，明明該同情的，卻又莫名想笑，糾結一番後，最後還是良心戰勝了笑意，說道：「二哥，你別總欺負三哥，他挺好的。」

「你不是也欺負他了嗎？去年還送他蜈蚣抱枕。」費御景一點都沒有要反省的意思，甚至還試

圖把時進也劃入自己的陣營。

時進噎住，反駁道：「是他先送我黃瓜抱枕的，我那是合理報復……算了算了，我們不聊這個了，換一個話題、換一個話題。」

費御景突然輕笑了起來。

這是時進第一次聽到他的笑聲，低低的、輕輕的，聲音稍微變柔，像是鋼琴的低語，很好聽。

時進愣住，扭頭朝著病床的方向看去，讓小死給自己刷上夜視buff。

病床上的費御景為了不壓到傷口，只能仰躺著，此時他正抬手握拳按著額頭，嘴角翹起，眼睛微彎，胸膛輕微震動著，整個人柔和得不可思議，像是變了另一個人。

時進微微瞪大眼，覺得又重新認識了費御景。

費御景只笑了幾聲就停下了，他放下手斂了表情，又恢復平常的樣子，側頭看過來，真的換了個話題，問道：「小進，你現在已經不討厭黃瓜了嗎？」

兩人的視線似乎有短暫的接觸，時進心裡一驚，明明知道費御景沒有夜視buff，在晚上看不清自己的臉，但仍覺得有種偷看被本人抓到的心虛和彆扭感，含糊回道：「唔，不討厭了，不過也算不上喜歡就是了。」

費御景聽出他聲音的不對，問道：「睏了？」

「不是。」時進反駁，發現自己的聲音有點高，又連忙降下來，說道：「不是，我還不睏，我一般十一點左右才會睡。」

費御景拿出手機看一眼時間，現在才九點多，放下心來，試探著說道：「時間還早，小進，能和我說說你在學校的生活嗎？我想更瞭解你。」

這好像是費御景第一次主動想要關心他的大學生活。時進收回視線看著黑漆漆的天花板，慢慢平緩情緒，回道：「其實我待在學校裡的時間不多，課業沒什麼好說的，我在學校交到兩個很要好

的朋友……」

費御景認真聽著，不願意錯過任何一個字。

之後的日子裡，時進每天都會找新的東西給費御景解悶，兩人玩遊戲、看電影、看雜誌、看八卦，睡前一起聊聊天，早起互相道早安，一點一點瞭解對方的生活，逐漸變得親近。

舒服的日子很容易讓人意識不到時間的流逝，一個星期後，當醫生宣布費御景肺部的情況已經基本穩定，傷口逐漸自癒，已經可以出院靜養的時候，費御景居然產生了一點不真實感。

「已經可以出院了嗎？」費御景詢問。

醫生微笑，「是的，你恢復狀況不錯，隨時可以辦理出院。」

費御景摸了摸確實已經不再經常發疼的胸口，拿出手機看了看日期，稍微估算了一下，發現自己居然已經住院十多天。

這麼久，如果是在以前，他肯定早就待不住，但現在，他卻完全沒有已經過去好多天的感覺。原來時進已經來陪他一個多星期了嗎？有那麼久嗎……他微微皺眉，朝著洗手間的方向看去。

時進剛好拿著一盤洗乾淨的草莓走出來，見醫生在病房裡，愣了一下，然後連忙小跑著靠過去，問道：「醫生您怎麼過來了，我哥的檢查結果出來了嗎？恢復得怎麼樣？」

「我是來通知費律師出院的事情，按檢查結果，費律師肺部的傷口已經漸漸自癒，最多再半個月就能徹底痊癒。」醫生恭謹回答，他是廉君派來的，是滅的人，對時進這位副首領十分尊重。

時進聞言放鬆了一些，又繼續問道：「那肋骨呢？情況怎麼樣？」

「也恢復得不錯，只用靜養就行了。」醫生微笑回答，想到什麼，又說道：「另外，君少有交代，讓我在費律師出院後再繼續貼身跟隨費律師一段時間，保證費律師的安全，所以時少您不必太過掛心。」

時進聽他提起廉君，眼神短暫恍惚了一下，又馬上回神，點頭表示明白，朝他微笑一下，說

道：「那辛苦你了。」

「應該的。」醫生恭謹接話，然後朝費御景點了點頭，禮貌告辭。

費御景注意到時進的短暫走神，微微皺眉，在醫生離開後，朝著時進問道：「我可以出院了，你開心嗎？」

「當然開心，大家還是越少待在醫院這種地方越好，健健康康、平平安安才是真。」時進拿著草莓坐到病床邊，反問道：「難道你不開心嗎？你之前不是嫌住院麻煩，想儘快回去工作嗎？」

費御景說道：「我不記得我有說過這種話。」

「三哥說你有說過。」時進回答，然後不滿搖頭，「你這樣可不行，工作重要，但身體更重要，我覺得你應該每年定期休假一段時間，好好放鬆一下，錢這個東西賺不完的。」

費御景在心裡給容洲中記了一筆，看著他埋頭扒拉草莓的樣子，說道：「回去吧。」

時進愣住，抬眼看他，「什麼？」

「我這邊沒事了，你回去吧。」費御景從他手裡拿走裝草莓的盆子，「你不是說你的那兩位朋友很想和你一起出去玩嗎？回去吧，趁著暑假，好好和朋友們聯絡一下感情。」

時進慢慢皺眉，說道：「二哥，我說過的吧，我們的交流最好儘量坦誠一些，你我思考問題的方式差異太大，不誠實一點的話，很容易產生誤解。你剛剛這番話，我聽了會覺得你是在因為我勸你每年最好休假的事，覺得我干涉了你的生活，生了我的氣，想趕我走。」

費御景也皺眉，問道：「會這樣覺得嗎？」

時進點頭，「會，因為你的話沒頭沒尾，會讓人亂想。」

費御景認真反省，然後說道：「我並沒有覺得你剛剛那番話是在干涉我的生活，我知道你是在關心我。不過小進，你也沒對我坦誠。」

「什麼？」時進不明白，問道：「二哥你這是說不過我，開始甩鍋了嗎？」

費御景搖頭，問道：「你很想廉君吧？」

時進不明白這個話題走向，點頭說道：「當然想，戀人之間互相思念很正常吧。」

「那你怎麼不告訴我？」

時進莫名其妙：「這種私密的事情有什麼好說的，而且你也沒問我啊。」

費御景沉默——好像是這麼個道理。

兩人相對沉默，然後都發現他們似乎和平地吵了很沒意義的一架。時進嘆氣，坐到病床邊，從費御景手裡把草莓搶回來，皺眉吃了一顆，「說吧，你為什麼突然讓我走，因為怕我在你出院後還管著你，不許你工作？」

「不是。」費御景也擺正態度，詳細說道：「我發現你很想念廉君，為了避免你相思成疾，所以我勸你儘早回去。我希望你開心一些，雖然我其實並不想你離開。」

時進嚼草莓的動作停下，抬眼看他。

費御景和他對視，還是那副棺材臉。時進翻白眼，拿起一顆草莓塞給他。

費御景自然接受，邊吃邊問道：「要走嗎？」

時進點頭，「要，我確實很想廉君，也打算在你出院後離開。」

費御景覺得這草莓一點都不甜。

「我會想你的。」時進補充，又塞了一顆草莓給他，囑咐道：「你好好養身體，工作的事情不用那麼急……要不你乾脆和我一起回B市吧，廉君住的療養院環境不錯，你要去嗎？你這邊的工作可以交給助理，或者我讓廉君撥個人幫你。」

費御景看一眼手裡的草莓，抬手把它塞進了嘴裡，「嗯。」這顆甜了。

【第六章】

美麗的誤會

最後費御景隨著時進一起坐上回B市的飛機，卦二一言難盡地看著他們兄弟倆，搖搖頭找卦五聊天去了。

十幾個小時後，飛機落定B市，此時已經是晚上十點多，廉君並沒有來機場接人。

費御景十分不滿，說道：「我還以為他會更重視你。」

時進連忙為廉君說話：「是我不讓他來接的，他現在在復健，每天的作息都規定死死的，如果來機場接人，他的作息就全亂了。」

「那也該來個電話。」

「他這會應該已經睡了，怎麼打電話。」時進繼續維護。

費御景側頭看他，眉頭緊皺，像在看一個被妖怪迷惑心志的昏君。

時進不理他，低頭專心整理給「妖怪」準備的禮物。

快十二點的時候，汽車到達療養院。時進第一個下車，丟下費御景和卦二一行人，帶著禮物悶頭衝進綜合樓，朝著廉君所在的房間跑去。

費御景下車看著他離開的背影，眉頭緊皺。

「看開點吧，養大的閨女總有這麼一天的。」卦二拍了拍他的肩膀安慰。

費御景側頭看他，冷漠地扒拉開他的手，說道：「小進是男孩子。」說完也朝著綜合樓走去。

卦二：「……嘖。」請了個麻煩回來。

廉君住的房間位於綜合樓的四樓，在走廊的最盡頭，是一間大套房。時進狂奔到套房門口，先努力調整一下呼吸，然後小心擰上門把手。

咔一聲，門把手擰動，門慢慢後移，流洩出暖色的燈光。

——等等，光？

時進愣了一下，還不等反應過來，門就突然從內被拉了開來，一道熟悉的人影顯現。

「回來了。」廉君穿著一身睡袍站在門內，眼神清明頭髮整齊，明顯是一直等到現在。

時進瞪大眼，視線先在他站著的腿上停了停，然後挪回他臉上，聲音拉高，問道：「你還沒睡？這都十二點多了，你居然熬夜？」

廉君不說話，突然伸手拽住他的胳膊，把他往房內一拉，然後關上門把他壓在門板上，單手捧住他的臉，低頭吻了下去。

這個吻有點凶，時進的呼吸瞬間被掠奪。他一隻手被廉君拉著，一隻手提著給廉君的禮物，身體被廉君用雙腿頂在門板上，動彈不得。

「等一……唔。」時進張嘴想說話，卻瞬間被侵占了唇齒。

廉君根本不給他說話的機會，握著他胳膊的手改為環住他的身體，另一隻手轉到他後面按住他的後腦杓，越發親密地和他唇齒糾纏。

啪嗒。時進手裡拎著的禮物落了地，抬手回抱住廉君——被這麼親吻，他也有點激動了。

獲得回應，廉君眼神一暗，環在時進後背的手往下挪，挑起他的衣襬，慢慢鑽了進去。

「嗯……別，我坐了十幾個小時飛機，身上都臭了。」時進在親吻間隙側頭出聲，身體一扭反手按住廉君鑽到衣服內的手，微微喘氣地靠在他的肩膀上，「而且我餓了，飛機餐好難吃。」

廉君的動作瞬間停下，平復一下呼吸，側頭用下巴蹭了下他的臉，「你去了太久了。」聲音有點啞，語氣隱約帶著點控訴。

「對不起，我想著二哥一個人在國外，沒人照顧，就多待了幾天。」時進解釋，稍微退開身打量一下他的臉，笑著湊過去又親了他一下，誇道：「比離開前胖了一點，寶貝真棒。」

廉君拒絕這顆糖衣炮彈，抬手按住他的後腦杓把他拉回來，側頭輕輕咬了一下他的嘴唇。

時進故意伸舌頭舔了他一下，廉君抱著他的手立刻收緊。

「別，不許亂來，我餓了，還很累，想快點洗澡睡覺，飛機上根本睡不著，你看我這黑眼圈。」時進連忙賣慘，生怕廉君再鬧下去。

現在都十二點過了，真鬧起來廉君還睡不睡了。雖然他其實也挺想廉君……不行不行，一切都要以廉君的身體為主。

廉君哪能看不出他的小心思，窩心又心疼，又抱著他好好感受了一下他的體溫才稍微鬆開手，牽著他走到窗邊的小桌邊，按他在椅子上坐下，然後提出一個保溫食盒放到他面前。

「為我準備的？」時進沒想到已準備好吃的，伸手抱住他的腰親昵地蹭，「寶貝你真好。」

「又亂喊。」廉君嘴上訓斥，手卻摸了摸他的頭。

保溫食盒裡裝的是皮蛋瘦肉粥和兩碟點心，量都不多。

「睡前不宜吃太多，不好消化，墊墊肚子就好，明天我再帶你去吃好吃的。」廉君幫時進把食物擺好，然後起身說道：「我去給你放洗澡水，你先吃著。」

說著彎腰親了他臉頰一下，然後轉身離開。

時進目送他走進浴室，回味了一下他行走的帥氣模樣，收回視線滿意地拿起勺子舀了一口粥塞進嘴裡，愜意地瞇了瞇眼，嘆道：「還是廉君貼心。」

小死憋不住開口了：「進進，你沒發現寶貝有哪裡不對嗎？」

「哪裡不對？」時進疑惑，確實是餓了，邊問邊埋頭大口喝粥，沒一會就把粥喝了小半碗。

小死聲音提高：「寶貝他站起來了啊！」

時進越發莫名：「他復健之前就能站起來了，你現在才來激動是不是反射弧太長了點，難道你短路了？」

毒素活躍期熬過去後，廉君漸漸地就不再覺得腿疼了，後來阻礙他不能正常行走的因素是身體的虛弱和多年以來缺乏運動。現在都七月份了，廉君養身體都養了兩個多月，細算一下，也差不多已經復健一個月，站起來確實沒什麼好稀奇的。而且說句比較厚臉皮的話，他隔了這麼久才回來，

廉君會激動得過來迎接他，不是很正常嗎？

「不是，我的意思是，寶貝的腿不止能站，還能靈活使力了，你、你剛剛不是還被寶貝用腿頂在門上為所欲為嗎！那個力道，你感覺不出差異嗎？」小死不得不把話說得直白一些。

「咳咳咳。」時進瞬間腦補了一些不和諧的東西，差點把粥嗆進鼻子裡，連忙說道：「小死你瞎說什麼呢，小孩子家家的，不要亂……」

「寶貝的腿好了！我在套房裡沒掃描到輪椅，寶貝已經不坐輪椅了！以前寶貝就算站著迎接你，身邊也肯定會放著輪椅，但現在房裡卻沒有！」小死狂吼出聲，對時進的遲鈍感到絕望。

時進噎住，這下子終於懂了小死的意思，聲音一拐發出一聲沒意義的奇怪氣音，猛地丟開勺子大步在房間裡轉了起來。

沙發邊沒有、拐角沒有、窗簾後也沒有……他的心跳一點點加快，又跑進臥室，在裡面找了一圈。還是沒看到輪椅的身影，忍不住屏住呼吸，衝到房內唯一可以藏輪椅的衣櫃前，嘩一下拉開。

兩人混掛在一起的衣服露了出來，裡面理所當然地沒有輪椅的影子。

「啊！」時進忍不住喊了一聲。

小死嚇了一跳，問道：「進進，你怎麼了？」

「真的沒了。」他喃喃出聲，有種靈魂被拉到半空的不真實感，突然又嘩一下關上衣櫃門，轉身朝著浴室跑去。

浴室的門是開著的，廉君此時正蹲在浴缸前，仔細地調整著水溫。他身體前傾著，一隻手撐在浴缸邊沿，一隻手放在水裡感受著水溫，身體的大部分重量放在雙腿上。而且，他是墊著一隻腳蹲著的，姿勢如同單跪，比雙腿正常蹲著更費力。

時進看著廉君現在的姿勢，說不出話來。

哪怕是以前廉君雙腿情況最好的時候，像這種動作，廉君也是做不出來的，他的腿和腳一使力就疼，走路久了就抖，這種蹲下壓迫腿部神經和肌肉的動作，做一下就能疼掉他半條命，後來他的腿雖然不再因為毒素而感到疼痛，卻因為身體太過虛弱，站立都困難，蹲下也不好維持平衡，所以從來沒有試過做這種動作。但現在廉君卻很自然地把這個對普通人來說稀鬆平常的動作做了出來，還似乎已經保持這個姿勢很久。

這是時進第一次如此清晰的意識到，廉君在慢慢康復，在一點一點向著正常人靠攏。只是半個月不見而已，廉君居然已經徹底甩開輪椅，他到底都錯過了些什麼……

嘩啦。浴缸的水終於放滿，廉君關掉水龍頭，單手撐著浴缸邊沿站起身，動了動有些發麻的腿，轉過身。

兩人的視線對上，廉君的腳步一停，然後立刻翹起嘴角靠了過去，溫聲問道：「怎麼過來了，吃完飯了？」

時進的視線落在他自然行走的雙腿上，在他站定在自己面前後，突然蹲下身，伸手握住他的腿，輕輕捏了捏，仰頭問道：「疼嗎？」

廉君愣了一下，然後暖了眉眼，彎腰按上他的腦袋，「不疼，也不會覺得痠，更不會覺得無力。毒素的影響不在了，身體虛弱的影響也不在了，復健進展很好，昨天龍叔沒收了我的輪椅。」

時進抓著他的手收緊，確認問道：「是不用再坐輪椅的意思了嗎？」

「是，不用再坐了。」廉君答得肯定。

嘩一聲，時進被拉到半空的靈魂終於回到實地，他身體一鬆，傾身靠在廉君的腿上。

廉君摸了摸他的頭。

「對不起。」時進難過又喜悅，心情亂糟糟的，「沒能陪你復健，對不起……但我好高興，我們這輩子都不要再坐輪椅了，再也不要了。」

廉君扶住他的肩膀，蹲下身摸了摸他的臉，「時進，明天……我們去看電影吧？我來買票。」

時進愣住，抬眼看他，對上他溫柔的眼神，想起上次兩人去看電影時，廉君只能坐輪椅，連購票臺都看不到的情形，心裡一酸，用力點頭應道：「好，我們去看電影。」

一夜無夢，時進睡飽醒來，迷迷糊糊地盯著天花板發了一會愣，然後想到什麼，唰一下清醒過來，扭頭朝著旁邊看去。廉君正安穩地睡在他身邊，難得地沒有早起。

「讓你熬夜。」他皺眉嘀咕，翻身正對著廉君，貪婪地看了一會他的睡顏，然後偷偷傾身過去，手去勾廉君的衣領，被子裡的腿則去碰廉君的腿。

啪。手突然被握住，廉君睜開眼，問道：「想幹什麼？」

時進嚇了一跳，把身體仰了回去，撇開視線回道：「我就是不小心蹭過去了，沒想幹什麼。」

「是嗎？」廉君抓住他的手把他拉到身邊，被子裡的腿一動，翻身壓在他身上，右腿插入他雙腿間，曖昧地蹭了上去，「可是我想幹什麼。」

嘶——晨起的男人撩撥不得，時進往後縮，說道：「不行，你得按時吃早餐，不許亂來。」

「早餐時間已經錯過了。」廉君把他拉回來，用身體壓住，另一手抓起他的手放到自己的領口，問道：「不想看看我長胖了多少嗎？」

時進的視線落在他的胸口，糾結了一下，最終還是衝動戰勝理智，手指勾住他的衣領往旁邊一拉，一本正經地說道：「既然你要求了，那我就勉為其難地看一看吧。」

廉君嘴角微勾，手往下，也摸進了他的衣襬。

回B市的第二天上午，時進是在房裡度過的。

早早起床的費御景坐在餐廳裡，面前擺著一杯黑咖啡，面無表情。

卦二瞄他一眼，委婉安慰：「所謂小別勝新婚……」

「給我一間書房。」費御景打斷他的話，語氣平靜而冷漠：「我需要處理工作。」

卦二閉嘴，上下看他一眼，決定收起自己的那點同情心和人性，起身說道：「說到工作，我們這邊負責生意結合的卦八正好有點事想問問費律師，方便去開個視訊會議嗎？」

費御景二話不說跟著起身，說道：「帶路。」

起床後，時進成了廉君的小跟班，他像個深度腿控一樣把視線一直黏在廉君腿上，怎麼都挪不開。廉君在他的「視姦」下換了衣服，洗漱完畢，然後給他也換了衣服，盯著他洗漱好，帶著他出了門。

兩人並排走著，時進不大習慣，總不自覺地放慢腳步落在後廉君一步的位置，看看他的後腦杓，又看看他的腿，手指動來動去的，有種無處安放的感覺。

如果是平時的話，他現在應該正推著廉君的輪椅……

廉君突然停步伸手，十分自然地抓住他無處安放的手，拉他到自己身側，牽著他繼續往前。

「看路，別看我。」廉君提醒。

時進收回不自覺黏到他身上的視線，不好意思地低咳一聲，看一眼兩人牽著的手，心裡無處安放的感覺沒有了，瞇眼笑了起來。

兩人到了餐廳，裡面只有卦一和卦九在，時進疑惑，問了問其他人的去向，卦一表示其他人都去開會了，在大會議室。時進聞言在心裡稍微為自己的墮落反省了那麼一秒鐘，然後隨著廉君在餐桌邊落坐，繼續時不時地看廉君的腿。

解決掉早午餐之後，時進趁著廉君去和卦一等人談事的工夫，特地去找龍叔詳細詢問廉君現在的身體情況。

龍叔對他的到來已做好準備，嘩啦啦丟出一大堆檢查資料，說道：「君少體內的毒素已經清除

大約百分之九十，剩下的百分之十是餘毒，也已經被徹底壓制住，對君少的身體不構成威脅，不影響日常的生活和調養。清餘毒這部分急不來，只能靠儀器和定期用藥慢慢祛除，免得傷到身體根本。按照現在的情況，一月一次的話，那些餘毒最多再用七八次藥就能全清了。另外，每次用藥之後君少可能會有幾天食欲不振，這個是正常的，不需要太過緊張。復健的部分，目前的進度偏快，但因為君少身體的恢復狀況比預估的好，所以這個速度也可以接受。輪椅是我建議君少丟開的，他需要提前習慣正常行走的生活。初期的時候一天活動下來，他可能會覺得累，或者腿疼腿脹，但這個是正常的，晚上按摩一下或者做一下熱敷，就能緩解腿部疲勞。」

時進一字一句聽得認真，埋頭翻著這堆其實他根本看不懂的資料，滿是希冀地問道：「所以廉君現在已經基本痊癒了嗎？」

「算是吧，用藥一個月一次，復健頻率降到一週三次，日常生活不再被治療束縛，基本上算是痊癒了。從用藥到現在初步康復，總共用了三個半月的時間，不錯。」龍叔很滿意，難得地露出溫和的笑容，「多虧了你，尋找母本也好，爭取後期的治療時間也好，君少能康復，你居功甚偉。」

時進的注意力全在「康復」這兩個字上，忍不住撲過去抱住龍叔就是一頓猛拍，說道：「龍叔謝謝你！龍叔你辛苦了，我愛你！我愛你一輩子！」

龍叔面皮一抽，把他從身上撕下來，罵道：「臭小子，誰要你的愛，我還有事要忙，少給我搗亂。」說著說著自己卻也忍不住笑了起來，看著時進樂瘋的樣子，又笑罵了一句臭小子。

廉君找卦一交代好事情後，便按照昨晚的約定帶著時進出門，目的地——電影院。

去電影院的路上，時進一直很興奮，拉著廉君問他復健的細節，還時不時地去碰一下廉君的腿。廉君耐心地解答著他的疑問，任由他「非禮」自己的腿，嘴角一直勾著，心情很不錯。

今天對於兩人來說都是一個新的開始，他們默契地沒有提任何未來可能發生的風雨有關的話，專心享受現在。

一個多小時後，汽車停在他們上次來過的那家電影院，廉君先一步下車，按著車門把時進接下車，然後牽著他朝商場走去。

卦三和卦九遠遠跟在兩人身後，默默保護。

今天廉君換下長袍，穿了一身和時進身上同色系的休閒T恤和長褲。他還是偏瘦，衣服穿在身上顯得有點空，但因為他行走儀態及氣質不俗，所以倒也不顯得難看，反而有種慵懶溫雅的美感。

來往的很多路人都在看廉君，時進有點緊張，不自覺地防備著四周，隨時注意著廉君的進度條，皺眉說道：「直接從大門進商場真的不要緊嗎？萬一有人盯上你了怎麼辦？」

「不會的。」廉君捏了捏他的手，安撫道：「所有組織的人都知道滅的首領是一個殘疾多年的瘸子，出行只能靠輪椅，我們現在這樣，就是最好的遮掩和保護，不會有人盯上我們的，安心。」

時進被他那句瘸子說得心裡發酸，故意說道：「我不是這個意思，我是說你這麼好看，以前你藏在組織裡，沒外人看到還好，現在你大剌剌地混在普通人裡，絕對會吸引很多人的視線。」

廉君聞言看一眼周圍的路人們，發現確實有一部分人在若有似無地打量自己，還發現有更多的人在打量時進，勾起的嘴角微微拉平，突然側頭親了一下時進。

時進立刻扭頭看他，耳尖地聽到身後有壓低的驚呼聲傳來。

「該去買票了。」廉君直起身，若無其事地牽著他踏上自動扶梯。

時進目瞪口呆，在心裡戳小死：「天吶，現在站在我面前的真的是廉君？他什麼時候變得這麼……這麼不含蓄了！」

小死聲音陶醉：「寶貝也是男人嘛，想對外宣告對愛人的所有權，很正常。」

時進被它一句三折的語氣弄得寒毛直豎，果斷放棄和它討論戀愛疑惑的想法。

到達電影院後，廉君自然地站到主導位，選電影、買票、選座、買爆米花和飲料、領3D眼鏡……他認真地做著這些，什麼事都沒讓時進操心。

時進乖乖讓他照顧，視線時不時落在他的腿上，臉上的笑容一直沒斷過。

終於，兩人安穩地坐在放映廳裡。光線暗下，電影即將開始，廉君突然側頭托住時進的下巴，和他交換了一下淺淺的吻。

時進抿了抿嘴唇，問道：「怎麼了？」

「別一直盯著我的腿看。」廉君在他耳邊低語，溫熱的呼吸噴灑在他耳後，「我會忍不住。」

時進被撩得心裡癢癢的，想起早上的親密，賊心一起，不甘示弱地側頭輕咬一口他的手指，說道：「忍不住就別忍，龍叔說了，只要不太放縱，你現在想做點什麼都是可以的。」

廉君眼神一動，捏了捏他的手。

螢幕亮起，電影開始，兩人分開，開始專心看電影。坐在兩人身後的卦三和卦九對視一眼，乾巴巴地吃起爆米花，假裝自己剛剛什麼都沒聽到。

看電影，喝下午茶，逛街，然後吃晚飯，最後……回家老老實實洗澡睡覺。

時進鬱悶地砸枕頭，「約會的最後一環難道不是去開房嗎？他撩了我一整天，我都做好心理準備了！」

在和廉君確定關係之後，他就做好自己躺平的準備，畢竟廉君的那個身體狀況，實在不適合做下面那個。今天廉君處處主動，他還以為兩人今天終於要發生點什麼不和諧的事了，結果廉君居然直接帶他回療養院，還一點沒有要和他做點什麼的意思，回來洗完澡後居然直接出門，去找卦二確認早上的會議內容了！

「是我太沒魅力了嗎？難道廉君其實對我沒什麼興趣？」他忍不住亂想，坐起身撩起睡衣看自己線條漂亮的腹肌，又抬手摸了摸自己的臉，「還是說廉君覺得我長得太醜了？」

小死連忙安慰他：「進進，寶貝超喜歡你的，你長得也一點都不醜。」

時進已經被美色蒙蔽了神志，聞言埋頭苦思，說道：「那廉君為什麼不碰我？難道是被我昨天

的拒絕傷到他了？可我和他今早的氣氛不是挺好的嗎，他明明就摸我屁股了，一副忍不住想對我做點什麼的樣子。」

小死唰一下豎起耳朵，問道：「摸屁股？怎麼摸？」

「還能怎麼摸，就用手……」時進回答到一半意識到不對，眉毛一豎，喊道：「小死！」

小死提高聲音為自己辯解：「我就是問問而已，我這是關心你們！」

「你關心的地方不對！」時進又砸起了枕頭，砸完頓了一會，又問道：「那從你的立場看，你覺得廉君為什麼不和我做？」

「這個……」小死差點當機了，思索一番後，乾巴巴回道：「或許……寶貝他不是不想碰你，而是不會？」

時進癱在床上，生無可戀，「不，他會，去年去度假山莊的時候，我和他差點就做了……」

小死於是也不知道是為什麼了，照理說小別勝新婚，廉君身體又養好了，一場完美的約會之後，互相喜歡的兩個人確實該發生點什麼。

「難道其實廉君希望我主動？想做下面那個？」時進開始異想天開。

小死好險沒有當機，回憶了一下廉君認真起來後氣場全方面碾壓時進的模樣，委婉提醒道：「為了身體著想，進進，你冷靜點……」

想吃肉的人是沒有理智可言的，時進深深覺得自己已經發現了真相，低頭勾起褲腰帶瞄一眼自己的小弟弟，表情變得謎之深沉。

小死：「……」

暑假就是用來讓人享受的，時進在回到B市的第三天，主動約了劉勇和羅東豪出去玩。

劉勇和羅東豪大感意外，劉勇甚至驚恐地詢問時進是不是中邪了，咋咋呼呼了半天，才興奮地應下時進的邀請。

約好人後，時進找到廉君，說了自己要出去玩的事。

廉君正在處理工作，聽到這個要求後很明顯地愣了一下，問道：「你要出去？」

「嗯，東豪他們約了我好久，但我從來沒有和他們出去過，怪不好意思的，正好現在暑假大家都有空，我就想著喊他們出來聚聚。」時進回答，然後保證道：「你放心，我會小心注意安全的，臉也會好好做遮掩。」

廉君掃一眼他身上的外出裝扮，放下文件，確認問道：「已經約好了？」

「約好了，大家說好先在劉勇家的保齡球館見面，玩一會之後去吃飯，然後下午去玩真人槍戰，如果晚上趕不回來的話，就在那邊過一晚上。」時進把行程詳細說了一遍，然後把手撐到書桌上，傾身看著廉君，期待問道：「我能去嗎？」

面對這麼期待，還已經約好了人、做好了詳細出行計劃的時進，廉君怎麼可能說得出否定的話，但是這才是時進從國外回來的第三天，說實話，他捨不得讓時進一離開就是一整天，而且對於現在這種場面，他十分不適應。

兩人相處到現在，時進從來沒有在兩人剛剛分別才重逢沒多久的時候，丟下他一個人出門去玩，不，確切的說，是時進不僅從來沒有主動丟下過他一個人出門去玩，還總是在他主動提出要放時進出去玩時俐落拒絕，堅定地黏在他身邊。

但現在時進卻提出要獨自出門，在他們剛剛重逢一天，結束了一場甜蜜約會，他才丟下輪椅之後沒多久……是因為他基本痊癒了，所以時進覺得不用再時時盯著，想要擁有自己的生活了嗎？

廉君想了很多，面上卻不露，說道：「當然能去，但最好帶個人，定位器和警報器也要帶著，

雖然孟青的注意力已經被障眼法引去C市，但現在是暑假，他們的人說不定會把視線挪回B市。」

帶個人？時進現出點為難的樣子，商量道：「我真的會很小心的，能不能不帶人？東豪他們會覺得奇怪的，而且我怕他們會放不開……」

廉君沒想到時進居然會反對自己的建議，又愣了一下，心裡的不適應感更強烈了，回道：「這個是為了你的安全著想……我只派人遠遠跟著你，不隨著你一起行動，保證不被你朋友發現，可以嗎？時進，你一個人出門我不放心。」

話說到這份上，時進不好再拒絕，勉為其難地同意了這個備選建議，然後傾身親了廉君一下，說道：「那我出門了，你記得好好吃飯，我會給你帶禮物的！」說完朝著廉君笑了笑，期待又雀躍地轉身離開了。

廉君目送他離開，抬手摸了摸被親的地方，看著書房的門，心裡漸漸空落起來。他本來計劃今天要快點處理完工作，然後好好陪時進玩一會麻將的，畢竟時進那麼黏他……不，不能這麼想，以前時進為了照顧他犧牲太多，他不能再像以前那樣綁著時進，時進願意走出去像普通學生那樣享受假期，他該覺得開心才是。

叩叩。書房門突然被敲響，他回神，收斂思緒，喊了聲進來。

卦一推門進來，報告道：「君少，時少出門了，我安排卦三保護他。」

——居然已經走了嗎？這麼急。

廉君微微皺眉，應了一聲表示明白了，拿起文件準備繼續處理工作。

「另外，剛剛傳來消息，C市那邊有了動靜，孟青的人發現費御景回國失去了蹤跡，所以重新把視線盯回國內，順著我們布下的線索摸到假時進那邊，似乎在謀劃什麼。」卦一繼續彙報。

廉君的表情立刻冷下來，放下文件問道：「假時進最近都做了些什麼？」

卦一拿出一份文件，回道：「和普通的大學生一樣，假期一到就每天外出遊玩，參加各種同學

聚會和活動，費御景出事的時候他依照命令做出出國探視的假象，安靜了一陣，直到費御景到我們這邊才再次依命開始在外活動。」

廉君聽到「普通的大學生」這幾個字時手指反射性地捲了捲，想了想說道：「讓他往蓉城的方向去做出探望黎九崢的假象，露出破綻誘孟青的人動手。儘快摸清孟青的人員安排，在路上給他們設套，把他們一網打盡。」

「是！」卦一應聲，轉身準備去安排。

「等等。」廉君又喊住他，說道：「把那份文件給我。」

文件？卦一低頭，看一眼自己手裡記錄著假時進的假期生活的資料，看一眼廉君，上前把文件放到他面前。

廉君隨手把文件放到一邊，又吩咐道：「讓卦八和卦十加快結束生意結合的收尾工作，做完後讓他們立刻撤回MZ分部，做好和午門等組織打生意戰的準備。」

卦一聞言表情一肅，問道：「要開始了嗎？」

「孟青在我們手裡再折一次，應該就會明白他其實一直待在我和時進設下的圈套裡，一定再也坐不住了。而且會議後到現在接近三個月的時間，他們四家的聯盟已經穩定，航道事件的風頭也已經過去，他們該做點什麼了。」廉君回答，手指點了點桌面，問道：「章卓源最近在幹什麼？」

「在忙東北地區非合法暴力組織的清剿工作。」

「告訴他一聲，讓他忙完了聯繫我。」

卦一應是。

廉君示意他離開，靠到椅背上，側頭看向關於假時進假期動向的文件，沉思了幾秒，伸手拿了起來。

——普通的大學生，假期會做些什麼呢？

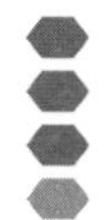

時進很興奮，出了療養院之後，他立刻拿出手機，打開備忘錄，開始檢查昨晚列的不和諧物品購買清單——沒錯，他這次出行和劉勇等人玩是假，要出去買「工具」才是真！

男人和男人之間做還是要多注意一點的，廉君身體不好，他必須準備充分一點。

小死對他的積極有些絕望，再次勸道：「這種東西還是讓寶貝派人買吧，你不用親自去……」

「那不行，用在廉君身上的東西，我必須親自挑。」時進嚴肅拒絕。

小死無語凝噎——用在廉君身上的東西，你為什麼連這種話都敢說出口。

它很痛苦，痛苦得想當機。昨晚時進在得出那個可怕的結論之後，立刻興奮起來，根本不聽它的勸告，拿著手機一通搜索，然後火速定下今天的出行計劃！

它目睹了時進搜索的全部過程，覺得自己純潔的心靈受到成噸的傷害——網上的人怎麼可以這麼沒有節操！XX套的種類和選擇、XX油的種類、XX道具的使用教學……可真是什麼都敢說啊，然後時進更可怕，他什麼都敢信！

在它痛苦的時候，時進還在詳細列著計劃，小算盤撥得震天響：「等把東西買回來之後，我就用B市夏天太熱，整天待在空調房裡不利於調養的理由，找魯姨借一下她的度假山莊，讓廉君帶我去山上避暑！所謂最危險的地方就是最安全的地方，誰能想到廉君會待在魯珊的避暑山莊裡！最重要的是，去年廉君就是在山莊裡差點和我做的，這個地方好，必須好好利用！」

小死：「……」它雖然很想看寶貝和進進生猴子，但這種生法……嗚嗚嗚。

劉勇家的保齡球館位於B市這幾年才建成的一個新商圈裡，面積中等，裡面還有健身房、網球館、網咖、撞球室……等等設施，算是個以年輕客層為主，比較全面的休閒娛樂場所。

時進和劉勇匯合後，由劉勇帶著在裡面參觀了一圈，越看越喜歡，忍不住捶了劉勇一下，說道：「你這傢伙，完全是在天堂裡長大的啊。你還總說你家做的是小生意，這生意還小？」

「沒有沒有，我家也就是這幾年才發跡的，以前在老家混的時候，生意真的很小。」劉勇謙虛，然後說道：「對了，我爸媽聽說在軍營裡幫了我的朋友要來，特地在家裡準備了飯菜，一會午飯去我家吃怎麼樣，就在這附近的社區裡，很近的。」

「沒問題！」時進一口應下，不等羅東豪來，就拉著劉勇去保齡球館裡玩了起來。

半個小時後，羅東豪到了，而且居然是自己開車來的。

劉勇羨慕又嫉妒，跑下樓圍著他的新車轉了好幾圈，憤憤說道：「你這傢伙居然背著我們偷偷去考駕照，可惡，我去年年齡沒到，今年到了卻沒時間去考，還不知道到哪年才能自己開車。」

「你可以先去報名，然後利用週末去練車，練熟後掐著放長假的時間去考，如果不掛科的話，你一個學期怎麼也能把駕照考下來了，我就是這麼做的。」羅東豪建議，然後看向時進，招呼道：「從國外回來了，你哥情況怎麼樣了？」

放假當天時進就出了國，中間劉勇和羅東豪有來約過他出去玩，他老實說了自己在國外照顧哥哥的事。

時進笑著答道：「已經好了，多謝掛心。」

三人寒喧完畢，然後上樓繼續玩耍。時進這次過來還帶了給他們準備的禮物——兩架國內買不到的老版戰鬥機模型和兩架無人機，羅東豪過來後，他就把禮物拿出來給他們。

劉勇興奮極了，硬拉著他們找了個空曠的位置玩了一會無人機，然後在午飯時間意猶未盡地把東西收好，帶著兩人去家裡吃飯。

劉勇的爸媽為人很豪氣，和劉勇很相像，劉勇平時在家沒少說時進的光輝事蹟，導致劉爸爸對時進一見如故，話匣子一開就煞不住車，還差點拉著時進喝酒。

一頓飯熱熱鬧鬧吃完，按照計劃三人要出發去真人槍戰俱樂部。因為羅東豪開了車，所以他們決定自己開車過去。在汽車駛出劉勇家社區後，時進不好意思地低咳一聲，說道：「那個，我還想去個地方。」

劉勇疑惑，問道：「去哪裡？」

時進不大好意思說出來，回道：「去了就知道了，東豪，我把定位發給你。」

半個小時後，劉勇和羅東豪站在某家招牌奇怪的店鋪門口，目送時進一臉平靜地邁步進去，對視一眼，默默挪到遠離店鋪門口幾公尺遠的地方。

劉勇乾巴巴感嘆：「成雙成對的世界……色彩可真豐富啊……」

羅東豪：「嗯。」

去俱樂部的路上，車裡的氣氛一直怪怪的，最後時進先受不了了，說道：「大人的世界是這樣的，你們要習慣。」

劉勇破功，羨慕嫉妒恨地捶了他一下，「說得好像我和東豪還是小孩子一樣，你等著吧，我遲早也會脫單的，然後也來你面前秀恩愛，閃瞎你！」

時進笑著和他鬧：「我等著這一天，你加油。」

羅東豪被他們沒營養的對話說得無語，不過也忍不住笑了起來。

療養院，卦三正在跟廉君彙報時進的動向：「時少先在朋友家的保齡球館裡玩了一上午，然後

去朋友家吃飯，之後去了趟購物街，和朋友們隨便轉了轉，現在正和朋友一起開車朝著真人槍戰俱樂部的方向去。」

廉君問道：「他看上去開心嗎？」

卦三被問得愣了下，保守回道：「應該是開心的，時少臉上一直帶著笑。」

一直帶著笑……廉君掛斷電話，翻著空空如也的簡訊信箱和來電提醒，眉頭微微皺起，把手機放到一邊，「連午飯都不打個電話回來。」是徹底不關心他有沒有好好吃飯了嗎？

他拿起文件，想逼自己繼續專心工作，結果卻半天看不進去一個字，猶豫了一會，又拿起手機。嗡嗡，一條簡訊剛好發進來，來自時進，他手指一緊，連忙點開。

時進：東豪說俱樂部今晚有一個寶藏之夜的活動，我今晚就不回去了，明天見，記得好好吃飯，按時睡覺。

啪！廉君忍不住把手機反扣著蓋在桌上。

時進為了好好補償兩位好朋友，到了俱樂部後，立刻全身心地投入到遊戲裡，帶著羅東豪和劉勇在俱樂部裡大殺四方，最後居然憑著只有三個人的小隊，拿到寶藏之夜活動的第一名，幫羅東豪贏到一張免費的高級年卡，和一次只要憑持槍證，就能免費領取俱樂部任何一種槍枝的機會。

劉勇興奮狂吼，羅東豪激動得說不出話，最後兩人齊齊撲向時進，和他鬧成一團。

三個人的笑鬧聲響成一片，待在隔壁休息室的卦三轉了轉手機，有點頭疼，「這一會要怎麼跟君少彙報，說時少在俱樂部玩得樂不思蜀了？君少那邊可是語氣不妙啊。」

俱樂部的活動直到凌晨三點才徹底結束，時進的注意力全在遊戲上，這一晚自然是沒有給廉君打什麼睡前電話，廉君一個人躺在寬大的床上，翻來覆去直到半夜都沒睡著。

前一天睡得太晚，時進等人直到中午才起，起來後隨便吃了點午飯，然後一起離開俱樂部，朝著停車場的位置走去。

「下午要不要再去玩點別的？時進難得出來一趟。」劉勇邊打哈欠邊建議。

羅東豪也覺得這個建議不錯，說道：「那要不去看電影？」

劉勇嫌棄：「看電影多沒意思，時進，你有沒有什麼想玩的？」

時進其實有點想回去了，他剛準備說話，餘光就掃到停車場靠外的位置停著一輛熟悉的車，先是一愣，然後猛地停步，不敢置信地朝著那輛車看去，反覆確認那輛車的車牌。

劉勇和羅東豪發現他突然停了步，疑惑地朝他看去，發現他正直勾勾盯著一輛車，於是也把視線挪過去，劉勇還問道：「時進你看這車做什麼，怎麼不走了？」

話音剛落，一聲輕響，在他們的注視下，那輛車的後車門打開，一條腿伸了出來。

盯著看的車裡居然有人，劉勇嚇了一跳，急忙收回視線，還扯了扯時進。

時進卻眼睛瞪大，視線仍死死黏在那邊，看到那條熟悉的腿後，忍不住倒抽了一口涼氣——居然真的是廉君的車！廉君怎麼會過來？難道廉君發現他昨晚偷買不和諧物品，還熬夜玩槍戰的事，過來抓他了？

劉勇越發疑惑了：「時進，你到底怎麼了？快別看了，不禮貌。」

下一秒，汽車的車門徹底打開，廉君彎腰下車，站直身抬眼看了過來。

「時進。」他開口，反手把車門關上，動作間手指上的鑽戒在陽光下反射出一道幽藍色的柔光，晃得人眼暈，「我來接你了。」

他今天穿得偏正式，顏色濃黑的頭髮梳到後面，露出了飽滿好看的額頭，上身是一件深色的條紋襯衫，領口的扣子解了兩顆，挽著袖子，露出漂亮的小臂線條和好看的手，下身是黑色的西裝長褲，挺括的剪裁很好遮掩了他偏瘦的腿型，襯得他的雙腿越發修長好看，整個人站在那裡，修長又

挺拔，像是畫板上的模特兒活了過來。

——嗯？原來是時進認識的人嗎？

劉勇愣住，再次朝著汽車看去，然後在看到廉君後，也忍不住想倒抽一口涼氣。

今天氣溫很高，陽光很熱烈，人站在太陽下會有種皮膚被曬透明的錯覺，但劉勇看著廉君，卻覺得這個身材修長偏瘦，皮膚白到發光，偏偏頭髮和眼珠特別黑的男人，彷彿仍然生活在冬天，他看著對方，錯覺間似乎還能聞到從對方身上飄過來的冬雪氣息。

這是個很好看的男人，一身普通的深色襯衫西褲穿在他身上，也顯得十分有韻味。這還是個氣質很特別的男人，說話的語氣和神情都是溫和的，但總覺得不好接近，還有一點……危險。

劉勇小動物的直覺讓他不敢看廉君的臉，於是他開始瘋狂扯時進，壓低聲音問道：「這位是誰？來找你的嗎？」

時進其實也被廉君今天的打扮震住了，此時被劉勇扯回了神，答了一句：「這是我男朋友。」然後邁步朝著廉君迎去，心虛又開心地問道：「你怎麼想到來接我的？什麼時候來的，午飯吃了嗎？怎麼也不提前給我打個電話。」

廉君餘光掃一眼站在不遠處的劉勇和羅東豪，伸手握住他的手，十分自然地拿到嘴邊親了一下，回道：「想你了，就過來了。」

劉勇誇張地張大了嘴，驚得說不出話：「看來還是我太無知了，時進這個男朋友真的是……怎麼能這麼好看！我明明上次看到過一次他的側臉，還印象深刻，但我剛剛居然沒認出來！」感覺像是完全不同的兩個人一樣。

羅東豪也有些愣，沒想到那個讓時進時時念叨，據說身體不好，總是需要靜養，導致時進總是假期不能出來的戀人，居然是這樣的人。

總感覺和他以為的不大一樣，要更……也不知道該怎麼說，反正不是他以為的那種溫柔和善的

形象。

兩人愣神說話的工夫，廉君已經和時進交流完畢，和時進一起走過來。他停在距離兩人兩步遠的地方，臉上掛著恰到好處的微笑，主動朝著兩人伸手，自我介紹道：「你們好，我是廉君，時進的未婚夫，多謝兩位在學校照顧時進。」

未婚夫？劉勇一愣，然後有些緊張地握住他的手，回了句：「你好。」

時進在旁邊看著廉君溫和普通地和劉勇、羅東豪互相介紹寒暄的樣子，驚得後背的汗毛都要豎起來，在心裡狂戳小死：「我怎麼覺得廉君有點不對勁，他生氣了是吧？他是不是生氣了？難道跟在我後面的那些人，真的把我昨天出入那種店鋪買東西和熬夜的事情告訴廉君了？」

小死裝死，不想理他。

既然時進的男朋友來接人了，那劉勇下午繼續玩耍的計劃自然也就泡湯了。

時進表達了歉意，劉勇和羅東豪表示不要緊，昨晚大家都沒睡好，下午肯定沒精神，與其撐著精神去玩，還不如下次再約。

廉君對打擾了他們聚會這件事覺得很抱歉，主動邀請兩人下週去「朋友開的會所」裡玩，表示裡面有個設備不錯的槍館，大家可以在裡面玩模擬對戰。

劉勇立刻來了精神，一口應下邀約。羅東豪也表情鬆動一些，有點開心——本以為暑假期間，時進大概只會出來玩這一趟，結果沒想到這麼快就約定了下次聚會，這個結果倒是不錯。

商量好下次聚會的具體見面時間後，眾人互相道別，時進隨著廉君上車。

劉勇和羅東豪目送他們離開，然後對視一眼，默契地舉起廉君之前遞給他們的名片。

「萬普公司董事長……等等，萬普這個名字我怎麼覺得有點耳熟。」劉勇皺眉嘀咕，邊思考邊拿出手機存廉君的電話號碼。

羅東豪也覺得這個名字有點耳熟，皺眉想了想，腦中閃過什麼，愣了一下，驚愕地朝著汽車離

開的方向看了一眼，又確認地看了眼名片，瞬間瞭然，淺淺吁口氣，放下名片說道：「你當然會覺得耳熟……上半年不是出了個很大的合作案，瑞行集團突然涉足新能源產業的那個，當時上課時老師還跟我們提了一嘴，那個和瑞行有合作的國外企業，就叫萬普。」

這麼一提醒，劉勇也想起了，說道：「是那個聽說資源背景超雄厚，只成立了兩年，規模卻超大的超新星公司……等等，不會吧，廉君那麼年輕，應該不會是那麼大一家公司的董事長吧？應該只是公司名字一樣。」

羅東豪默默看他一眼，說道：「時進的大哥，叫時緯崇。」

「啊？」劉勇滿臉迷茫，跟不上他的思路。

羅東豪知道他不怎麼關注經濟新聞，所以不得不把話說得更直白一點：「那家瑞行集團的老闆，就叫時緯崇。時進收生日禮物那次，你不是在某份禮物上看到過這個名字嗎？現在瑞行跌破外界眼鏡突然涉足能源行業，還和這麼新的一家公司合作，你覺得是為什麼？」

「當時我看是看到了……」劉勇皺眉，然後後知後覺地明白他的意思，震驚地拔高聲音說道：「你的意思是，時進是那個瑞……唔唔唔。」

羅東豪眼疾手快地捂住他的嘴，看一眼四周，壓低聲音說道：「小聲點，時進好像不想讓別人知道他和瑞行的關係，你別亂喊。」

劉勇忙嗯嗯點頭，拉下他的手轉身看著他，也壓低了聲音，興奮說道：「時進真的是那個瑞行的小少爺？所以兩家公司會合作是因為時進？外界分析的那些經濟環境政策選擇什麼的，我現在想想真是……天吶，我記得八卦新聞上說瑞行的小少爺是個胖子，可時進明明一點都不胖！」

原來重點在胖子上面嗎？羅東豪無語地看他一眼，又看一眼手裡的名片，微微皺眉——也不知道是不是錯覺，他總覺得這個廉君不像只是個普通的商人，氣質太特殊了。

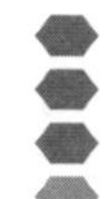

車門關上之後，時進立刻小學生姿勢坐好，老實認錯：「對不起，我昨晚熬夜了。」

廉君準備抱他的動作一頓，收回手，看著他低著的腦袋，問道：「熬到幾點？」

「三點……然後和東豪他們聊天聊到四點多才睡。」時進抬眼小心看他一眼，解釋道：「大家昨天拿了活動的第一名，太興奮了，不是故意熬夜的。」

廉君的眉頭皺了起來，「你們昨晚睡了一間房？」

時進眉毛一抽，在心裡暗罵自己蠢，硬著頭皮點了點頭，然後強調道：「沒睡一張床！我們三個定的套房，裡面有三張床！」

廉君的表情勉強好看了點，看著他因為睡眠不足而略顯憔悴的臉，伸手摸了摸，問道：「昨天玩得開心嗎？」

時進有點拿不準他是隨口一問還是在說氣話，乾脆不答反問：「廉君，你是不是生氣了？」

廉君眼神一動，問道：「為什麼這麼問？」

「我出來玩，還熬夜，昨晚也沒有打電話給你，也沒發簡訊……」時進說著說著自己都覺得自己很過分，打量一下廉君的表情，有意沒提自己去買不和諧物品的事，試探著問道：「你來接我，是不是因為氣我這個？」

廉君看著他小心翼翼的樣子，心裡來時的那點憋悶瞬間散了，伸臂抱住他，緩下語氣回道：「不是，我來只是因為我想你了……抱歉，打擾了你和朋友的聚會。」他也不喜歡這樣急躁的自己，但面對時進的事，他總是無法保持冷靜。

時進瞪大眼，這麼溫柔？

「你真的沒生氣？」他小心詢問。

廉君搖頭，輕輕摸了摸他的後腦杓，滿足地抱住他——從昨晚開始，他就想這麼抱著時進了。

時進臉上的小心一點點消失，眉眼一點點飛揚起來，問道：「所以你來接我，真的只是因為你想我了？」和他熬夜及買不和諧物品都沒關係？

廉君乾脆退開身，捧住他的臉吻了下去。

時進緊繃的心弦一鬆，連忙抱住他回吻，心裡如同灌了蜜——原來廉君是想他了，他才離開一晚，廉君就想得來親自接他了……真可愛！這樣的廉君真可愛！

兩人膩膩乎乎地親了一會，然後時進不慫了，膽肥了，開心地按住廉君的肩膀上下打量一下他現在的打扮，說道：「你怎麼想到打扮成這樣的，真帥！」

廉君微笑，摸了摸他的臉，「以這樣的形象出現在你朋友面前，他們應該會容易接受一些……時進。」他突然很認真地喚了時進一聲。

時進被喚得心裡一抖，見他一副有話要說的樣子，剛剛落下的心嘩啦一下又提起來，乾巴巴應道：「怎、怎麼了？」難道甜棗給完，要來棍棒了？

「對不起。」廉君鄭重道歉。

時進：「……啊？」

「對不起，因為我的緣故，讓你犧牲太多。」廉君握住他的手，摩挲了一下他手指上的戒指，「昨天你不在的時候，我想了很多。自確定關係以來，就一直是你在配合我的步調，你犧牲了學業，放棄安穩的生活，減少和朋友相處的機會，就只是為了照顧我……很抱歉，自私地把你困在只有我的世界裡。」

時進看著廉君溫柔中帶著愧疚的眼神，懵了，說道：「你亂說什麼呢……我沒有覺得那些是犧牲，明明是你一直在照顧我，你一點都不自私。」

「讓你的眼裡只有我，這就是一種自私。」廉君握緊他的手，心裡為即將說出口的話悶悶地發疼，嘴裡卻一字一句說道，「這是不對的，你願意放棄很多東西來遷就我，那是你的體貼，我卻不能把這些當做理所當然，你也應該有你自己的生活……時進，再等等，等一切塵埃落定，我就把本屬於你的普通人生還給你。和家人相處的機會、交心的朋友、自由隨意的生活，這些現在你因為我而失去的東西，我會努力全部還……」

「廉君！」時進聽不下去了，皺眉反握住他的手，越發莫名其妙，「什麼因為你而失去的生活，我不明白。我們難道不是互相扶持著才走到今天嗎？明明是我不顧你的安排，硬是要時時黏在你身邊，怎麼現在被你一說，就成了好像是你逼著我留在你身邊一樣。我也從來沒有覺得你有把我困在只有你的世界裡，家人也好，朋友也好，我明明就一直都有接觸，你甚至還幫我照顧了我的家人，剛剛也幫我招待朋友，邀請他們去會所玩，這世上再沒有比你更周全、更體貼的戀人了，你為什麼要這樣否定自己？」

互相扶持、最周全、最體貼……廉君心裡憋了一晚上的胡思亂想，就這麼乾脆俐落地被時進狠狠砸走了。他看著時進滿臉的不解和不贊同，心弦一顫，忍不住再次伸手把時進抱到懷裡，把臉埋在他的脖頸處。

原來在時進心裡，他和他們的相處是這樣的嗎？總是這樣，每次時進都會在他不安的時候，丟給他大堆大堆的安全感，讓他根本沒有機會痛苦難過。

「廉君。」時進卻越發擔心了，抬手回抱住他，擔憂問道：「是不是我做錯什麼讓你誤會了，還是有誰跟你說些亂七八糟的話了？你為什麼突然這麼想……難道是二哥？他怪你把我綁在你身邊了？你別聽他的，他有時候嘴上說的和心裡想的完全不是一回事，他就算說了什麼難聽的話，本意也肯定不是那樣，我會去和他好好談……」

「不是他說了什麼。」廉君整理好情緒，抬手把他按在自己懷裡，滿足地用下巴蹭了蹭他的額髮，聲音軟下來：「抱歉，是我胡思亂想了，你昨天突然要求出門，我因為才剛分開了那麼久，你

以前又從來沒有這樣過，所以多想了一點……對不起，我明明比你大，卻還這麼不成熟。」

時進再次愣住，然後慢慢皺眉，問道：「我突然要求出門，讓你難過了？」

「沒有，是我多想了。」廉君鬆開他，傾身親他的嘴唇，溫柔說道：「時進，我愛你。」

時進看著他近在咫尺的溫柔眉眼，注意到他眼下掛著一層淺淡的黑眼圈，想起他之前的種種表現，忍不住腦補一下他昨晚在自己離開後胡思亂想獨自難過的畫面，心裡一酸，然後腦子一熱，抬手推開他，反手就把自己的背包抓過來，說道：「是我不對，我不該在我們已經分別半個月的情況下，不提前報備和緩衝一下，就突然要求出門。」

廉君被推得一懵，然後搖頭說道：「不怪你，你會想和朋友出去玩很正常，我身體已經恢復健康了，你確實不用時時……」

「不是的！」時進提高聲音打斷他的話，把自己的背包拉鍊一拉，說道：「我不是因為覺得你身體好了才出門的！其實我是出來買這些的，我不好意思直說……雖然我確實挺想和劉勇他們出來玩，但是如果不是急著買這些，我根本不會這麼著急出門！」

刷拉，拉鍊拉開，一大堆包裝五顏六色的東西露了出來。

小死痛苦地關閉自己的意識。

廉君低頭，看著時進背包裡那堆東西，臉上的溫情愧疚一點一點消失，眼睛危險地瞇了瞇，先側頭確認一下汽車後座的擋板已確實升起，然後伸手拿起某盒不和諧的東西，看向時進，嘴唇抿著，喉嚨低低發聲：「嗯？」

喜歡的人拿著那種東西看過來，時進身為一個功能健全的男人，當然是立刻就理智全無。他低咳一聲壓下不好意思，一本正經地說道：「約會那天晚上你沒和我……所以我想著你是不是想讓我主動一點，然後我就……那什麼，我們去度假山莊避暑吧，那裡的山泉池不錯。」說著意有所指地看了眼廉君的臍下三寸，認真地耍著流氓。

「……」廉君交疊起雙腿，默默壓下情緒，轉了一下手裡的小盒子，確認問道：「你丟下我出門，就是為了買這個？」

時進其實很不好意思繼續和廉君談這個，但話已經開了閘，為了不繼續讓廉君胡思亂想，他厚著臉皮選擇誠實，點頭應道：「對，我買了好幾個種類，絕對夠應付我們的第一次了。」

居然還敢點頭。

很好，居然為了買這種東西，不顧外面可能的危險，甚至試圖連保護人員都不帶，丟下他一個人出門。

廉君把包裝精緻的小盒子放回時進的背包，拉上拉鍊，那背包拿過來放到自己這邊，語氣毫無起伏地說道：「我不喜歡用這個。」

時進絲毫沒有意識到危機已經來臨，十分誠實地說道：「不是啊，這個是買來給我自己用的，你的是那些瓶裝的。」

瓶裝——廉君唰一下側頭看他，視線掃過他一點都不像是在開玩笑的臉，腦中屬於理智的那根弦終於斷裂，抬手敲了下汽車擋板，等擋板降下後，朝著望過來的卦一吩咐道：「去萬普花園。」

卦一應了聲是，開始調整路線定位。

「萬普花園，那是哪裡？」時進疑惑。

廉君看向他，嘴角微微勾起，回道：「我們以後的家。」

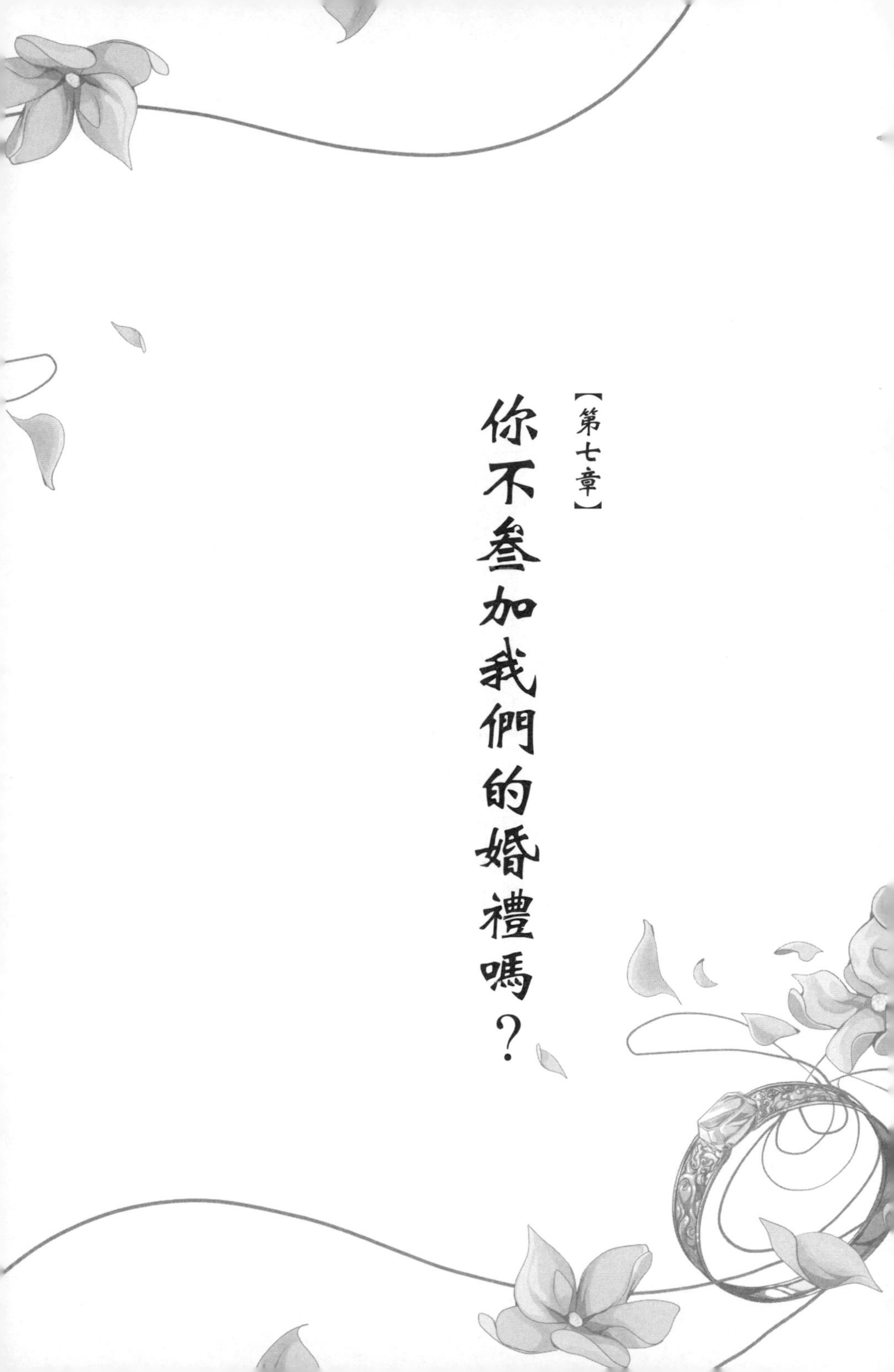

【第七章】你不參加我們的婚禮嗎？

廉君有很多個住處和落腳點，會所、小島、療養院……他的身分註定他這輩子都不會缺少住的地方，但那些地方，卻沒有一處是家。

他看似廣廈萬千，實際卻是居無定所。時進和他在一起，自然也一直是這樣居無定所過著。雖然時進總是毫無芥蒂的把他住過的每一個地方稱為家，也無數次地在言語間表示會所就是他們的家，但不是的，家不是這樣的。一個真正的家，不會讓時進在面對朋友們關於住址的電話詢問時，短暫的為難猶豫之後，選擇用打哈哈的方式把這個問題糊弄過去。

夜色會所，這樣一個地方，怎麼可能是誰的家，這裡分明只是一幫壞蛋和官方官員用來談事的地方，是一個不能對外宣布的灰暗場所。

在看到時進因為糊弄過去朋友的詢問而露出鬆口氣的表情時，廉君意識到不能再這樣下去了。時進只是個普通人，他該擁有一個普通的、可以對外隨意言說的背景；一個普通的、可以直接領出去介紹給朋友，不需要遮掩職業背景的戀人；一個不需要時時防備危險的普通生活環境，和一個普通的、可以坦然告知別人的家。時進不應該為了他，把生活犧牲割裂到這種地步。

所以，他偷偷準備了萬普花園。

萬普，萬千普通人中的一個，這是他為自己準備的新生，也是他要送給時進的最重要的禮物，那是他為他們的嶄新未來，準備的起點和歸宿。

汽車勻速駛入一個還沒建成，暫時對外封鎖著的別墅區。一路壓過剛修好沒多久的主幹道，穿過一片還沒來得及完成綠化的草地和花園，繞過一個還沒來得及注水的人工池塘，最後停在一棟漂亮的別墅前。

廉君拎上時進的背包先一步下車，然後繞到時進這一邊，打開車門，牽著他的手引他出來，帶著他走到別墅大門口，對著門鎖一頓操作後，把他的手放在大門上的指紋密碼鎖上。

「歡迎回家。」

咔嚓，指紋認證完成，大門應聲而開。

時進愣愣看著別墅內部與外面區域的半完工狀態完全不一樣的溫馨裝修，扭頭朝著廉君看去，有些恍惚地說道：「這裡……家？我們的嗎？我們以後要住這裡？」

他之前還以為廉君說的話是在開玩笑……

「嗯。外面的綠化還沒弄完，我本來想等這裡全部弄好了再帶你過來。」廉君回答，牽著他進門，關上大門，彎腰從鞋櫃裡給他拿了雙拖鞋，說道：「這裡也才剛裝修完沒多久，很多東西都還沒準備好。」

時進換上拖鞋，進入客廳轉了轉，眼尖地在偏廳的位置發現一張還沒拆開罩子的麻將桌，眼睛亮亮地扭頭朝著廉君看去，問道：「你還買了麻將桌？」

廉君點頭，被他高興的樣子感染，嘴角也勾了起來。

「太帥了！」時進忍不住誇了一句，在一樓仔細地轉了一圈，然後快速朝著二樓跑去，一間一間房間看過去，最後終於推開主臥室的門。

一個裝著一整面落地窗，鋪著柔軟地毯，傢俱齊全，裝修風格簡約溫馨的寬敞房間露了出來。時進愣住，上前按了按鋪好床單被子的床，「居然連床都鋪著……這裡難道才剛布置好嗎？其他房間可是連傢俱都沒擺上。」

他說完注意到床中間還擺著一個小型的五角星徽章造型的抱枕，忍不住笑了，伸手把它拿起來，「居然還有抱枕。」說著想起自己曾經送過廉君一個和這個差不多造型的徽章，心裡有點感動，扭頭朝著身後的廉君看去，問道：「這個是你訂做的嗎？」

廉君後他一步進入房間，反手把房間門關上，回道：「嗯，讓卦六找人做的。」

時進瞇眼笑，「謝謝，我很喜歡。」

「喜歡就好。」

時進扭回頭，完全沒注意到廉君關門的細節，放下抱枕後又去看了看房間裡的其他地方。

廉君趁著他到處轉的工夫，把背包放到床頭櫃上，走到落地窗前，拉上窗簾。

光源被遮擋，房內的光線立刻暗下，變得曖昧朦朧。

時進愣住，扭頭朝著廉君看去。

「時進。」廉君喚他，朝他招手，「過來看看，這個窗簾的花紋你喜歡嗎？不喜歡的話，我再讓人換。」

——啊，原來拉窗簾是為了這個。

時進不疑有他地走過去，抓起窗簾仔細看了看，說道：「不用換，這個花紋挺好的，顏色也漂亮，我喜歡這個顏色。」

廉君抓住他拉著窗簾的手，輕輕一帶，把他拉到懷裡，環住他的腰，與他額頭碰額頭，喚道：「時進。」

這語氣……時進心裡一顫，抬眼看他。

「我一直想著，我們的第一次，不能隨便將就在連住處都算不上的地方。」廉君說著，鬆開他的手腕，轉而摸上他的臉，聲音低沉，語氣輕緩：「因為你很重要，所以我不想怠慢你。」

時進不自覺屏住呼吸，終於意識到了什麼，視線落在他的嘴唇上，喉結上下滾動了一下。

「但我沒想到我的這種行為會讓你誤會。」廉君又鬆開了他的臉，把手放到他的後背，一點點往下，最後落在他後腰窩的位置，輕輕揉捏，「也是，你年紀這麼輕，身體也很健康，會急一點很正常……是我不對，我道歉。」

——你這可一點都不像是在道歉的語氣！

時進被揉得後背的汗毛都要豎起來了，偏身體不爭氣地在蠢蠢欲動，感知危險的本能讓他覺得現在的廉君不大適合靠近，小心地往後蹭，說道：「不，不用道歉，我……唔。」

廉君把時進壓靠在窗邊的小桌上，低頭輕輕咬了口他的喉結，說道：「現在不到下午兩點，距離天黑還有好幾個小時……放心，你今晚會睡個好覺的。」

好幾個小時？時進虎軀一震，急忙說道：「別，我昨晚熬夜之後太累，澡就是隨便……嗯。」

廉君用吻封住他的抗議，手摸進他的衣服裡，在他的各處敏感點揉捏，直把他吻得身體徹底軟了下來，才後退一點，沉聲說道：「放心，你買的那些東西，我會好好使用在你身上的。」

結果時進用自己的身體，嘗了一遍自作自受這個詞的「味道」。

他買的那些東西，盒裝的全部沒用上，因為他沒機會用，廉君也確實不喜歡用，並且尺寸也不合適，但瓶裝的，廉君倒是全部在他身上用了個遍……那明明是他為廉君買的，結果全部用在他自己身上！

算了，現在在意這些細節也沒什麼用了，往好的地方想，他終於如願以償的和廉君發生了點什麼，這對兩人來說是一大進展，而某些壞的地方……

「進進，你還好嗎？」小死擔憂詢問，語氣詭異地發飄。

時進趴在床上，身上搭著薄被，露出來的肩背上密集散落著各種曖昧的痕跡，看上去十分色氣。他一動不動，雙眼緊閉，似乎還睡著，但他的腦內卻十分清醒，面對小死的詢問，立刻語氣幽幽地反問道：「你看到了吧？」

小死立刻裝傻，回道：「沒、沒有啊，我早在你和寶貝還在車上的時候，就關閉了意識，後面你和寶貝發生的所有事情我都不知道。你昨天沒聽到任何叫聲對吧，我、我如果看到什麼，肯定會忍不住說話的。」

昨天因為廉君突然發動攻勢，小死又一直全程保持安靜，所以時進完全忘了自己腦內還待著個小偷窺狂，直到他被廉君仔細認真的準備工作弄得身體僵硬，神經緊繃，差點撂挑子不幹的時候，他才想起小死的存在，因為他模糊感覺到自己的身體突然變得柔軟了一點，敏感度也高了一些，就

像是被刷上某種奇怪的buff一樣……

「你真的什麼都不知道？」時進陰森森反問。

小死差點被他的語氣嚇出一聲鴨叫，好險穩住了，回道：「是、是啊，我什麼都不知道。」

「那昨天是誰給我刷buff的？你以為我是死人嗎，什麼都感覺不到，小死你這個騙子！」時進突然爆發，「你肯定都看到了！」

小死這次直接叫出聲，拔高聲音說道：「沒有！我沒有！我沒有看到！buff剛刷上去、寶貝都還沒進去你就把我關小黑屋，我真的什麼都沒看到！」

時進腦子要熱得爆炸了，吼道：「你還想看到他進來？你就是看到了！我那副模樣你全都看到了！你給我忘掉，不許記得！」

「我不要！我只是想讓你舒服一點，我又不是故意要看的，而且我都沒看完……最關鍵的地方我都沒看到嗚嗚嗚……進進你幹什麼這麼凶……」小死開始哭。

「你還想看關……」時進被它哭得發不出脾氣了，話說到一半停下，想起昨晚在buff上身後，自己的身體確實變得好受許多，而且忘記把小死關小黑屋本來就是他的錯，心裡又冒出點愧疚來，軟下聲音哄道：「是我不對，我不該吼你……你別哭了，對不起，其實我就是不好意思。」

小死十分好哄地停下哭泣，抽噎問道：「那、那你告訴我，你昨天和寶貝做了幾次？」

時進臉上的溫情瞬間消失，沉聲喚道：「小死。」

小死繼續哭，哭得更加大聲了。

時進頭疼欲裂地用抱枕壓住自己的腦袋，身體徹底放鬆癱在床上，彷彿一條失去靈魂的鹹魚。

僵持十分鐘後，最後小死先妥協，停下哭聲，小心說道：「進進你開心嗎？寶貝呢，寶貝開不開心？我就是擔心你們，情侶之間如果那個事不和諧，很容易出問題的，一輩子還長呢……」

時進被羞窘催得一直壓不下來的高昂情緒聞言稍微回落，眉頭皺了皺，問道：「小死，你怎麼

了，怎麼這個語氣？」

小死不哭了，但也不說話了。

時進明白了什麼，於是也不說話了，扭頭看著半拉上的落地窗窗簾，過了好久，才鼓起勇氣看向腦內屬於自己和廉君的進度條。

自從和費御景初步和解之後，他就再也沒有去看過進度條的數值。小死大概也和他有了一樣的心思，所以也不再像以前那樣時時提醒他進度條的漲落。但說是漲落，其實最近這段時間，他和廉君的進度條只有落，沒有漲。

他第一次，對進度條的降落感到恐懼和抗拒。

上次看的時候，他的進度條是40，廉君的是350，而這一次……20和200，這兩個數字出現在眼前，清晰得刺眼。

時進雖然做好心理準備，但在真的看到這兩個數字時，還是難免出現心慌的感覺。

廉君的康復速度太快了，而他解開心結的速度也太快了。

廉君的所有危險都來源於他的身體狀況和身分，身體狀況方面，龍叔說過，廉君最多再用藥七八次，也就是最多再過七八個月，身體就能徹底康復；而身分方面，現在道上風雨欲來，雖然時進最近不怎麼沾手正事，但也知道滅已經完成生意割捨和內部整合，做好和四大組織打硬仗的準備。打著玉石俱焚為目的的戰鬥，估計也不會耗時太久，最多一年就會結束。到了那時候，丟掉舊身分的廉君，只要搞定官方，應該就徹底安全了。

而他這邊，僅剩這一點的進度條，怎麼想也撐不到一年。五位哥哥裡，他就只剩對時緯崇的心結沒有解，而在時緯崇為他做了那麼多，甚至差點把自己逼瘋後，他心裡其實已經不那麼恨對方了。他有一種預感，最後這一點進度條，大概會在他再次見到時緯崇時快速消失不見。

一輩子那麼長，留給他和小死在一起的時間，卻真的已經不多了。

「廉君說過，等我畢業就和我結婚，我們的婚禮，你不參加嗎？」他低聲詢問，帶著一點希望和祈求。

小死沒有回答。

時進手掌收緊，把臉埋在抱枕裡，長吁口氣，又閉上眼睛。

咔噠，房門開啟的聲音，然後食物的香味飄了進來。

時進動了動，把腦袋從抱枕裡拔出來，扭頭朝著房門處看去。

只穿著一件睡袍的廉君端著一個托盤走過來，裸露在外的脖頸和鎖骨處也有一兩個曖昧的痕跡，脖頸側邊到肩膀的地方還有一個清晰的牙印。時進看得老臉一紅，又把頭扭回去，腦中不受控制地想起某些不和諧的畫面。

廉君做事一向認真，時進很瞭解他這個秉性，但時進沒想到廉君在做那種事情的時候也那麼認真，還超溫柔、超能忍。

昨天做的時候，廉君因為怕他第一次受傷和留下什麼心理陰影，所以有意拉長前戲和準備工作。這就讓時進很難受了，他皮糙肉厚，精力又旺盛，身體一撩就激動，廉君做準備工作的時候為了安撫他，一直不停地親吻撫摸他的敏感點，導致他的身體始終保持在一種亢奮的狀態，他單方面被「玩弄」了個夠，等廉君終於覺得準備工作已經足夠，要正式開始時，他已經癱軟得如同死魚一條。

做的時候就更磨人了，廉君很照顧他，也很顧慮他的感受，該溫柔的時候溫柔，該激烈的時候激烈，這就導致他後來有點爽過頭，失去理智的時候，忍不住就咬了廉君一兩口。

倒不是他在那方面有虐待愛人的喜好，而是廉君太照顧他了，他有點生氣，想讓廉君別那麼放不開，多享受一點。結果等廉君真正開始享受了，他又想死了。

昨晚廉君是只做了兩次，但從發洩的角度來說，他卻是足足被廉君折騰去了四五次。太可怕了，會腎虧的，他到現在都還覺得腿在發軟，腰也不大舒服。

廉君見他看到自己後立刻扭過了頭，還以為他在生氣，急忙把吃的放下，坐到床邊傾身過去攬住他，親了親他的肩膀，問道：「怎麼了，是不是有哪裡不舒服？」說著手已經摸向他的肩膀，試圖鑽進被子裡去。

昨天兩人做完後，廉君雖然有不顧時進的反對，仔細幫他清理過，還塗了藥膏，但到底是第一次，廉君總會擔心照顧時進照顧得不夠妥帖細緻，害時進受傷或者生病。

時進一被他碰到，身體就忍不住敏感地顫了顫。昨天的記憶實在太深刻，身體也好，靈魂也好，全都記下那種讓人瘋狂的快感，他反射性地捲起被子往旁邊一滾，側身只露出上半張臉，看著廉君警告道：「你暫時別碰我，還有我的睡衣呢，我要穿衣服。」

廉君沒想到他會躲，愣了一下後收回手，看著他警惕的眼神，心裡一軟，改為虛撐在他身上，手臂攏在他頭側，問道：「生氣了？」

「沒有。」時進用被子捂緊下半張臉，怕聞到廉君的氣息，身體又不爭氣地亂起反應。

「你昨晚說夢話了。」廉君突然換了話題。

時進立刻被引走注意力，問道：「我說什麼了？」

「你說『寶貝，再來一次』。」廉君回答，語氣十分正直。

時進一愣，然後腦子轟一下炸開，掀開被子就去捂他的嘴，豎眉說道：「你胡說，我從來不說夢話，你肯定是騙我的。」

廉君眼疾手快地抓住他的手，把它們反壓在他的身體兩側，然後身體壓過去，垂頭吻住他，舌頭撬開他的唇齒，奪走他的呼吸。

「唔……你耍詐……嗯……」

兩人慢慢糾纏到一起，廉君一點一點把時進從被子裡引出來，讓他跪坐在床上，然後用胳膊環住他的身體，手摸到他的背部，一點點往下。

啪。時進捉住廉君的手，退開身邊調整呼吸邊問道：「你摸哪裡？」

「這裡……你紅腫的地方昨天雖然擦過藥，但還是要小心一點，我想檢查一下。」廉君任由他抓著，手指輕輕按了下他的臀部中間凹陷處，又碎吻了一下他的嘴角和臉頰，安撫道：「別怕，起碼一個星期內，我不會再動你。」

時進覺得這話的含義不妙，警惕問道：「那一個星期後呢？」

廉君看著他小動物似的防備表情，嘴角微勾，湊到他耳邊，低聲說道：「我剛剛跟魯姨打電話，她答應把度假山莊借給我們了。」

時進虎軀一震，再次明白什麼叫自食惡果，搖頭說道：「別了別了，療養院就挺好的，山上也沒什麼好玩的。」

「山泉池還是很不錯的。」廉君捧住他的腦袋，溫柔地吻了下他的眉心，臉上露出個滿足的笑容，說道：「時進，我很開心。」

時進還從來沒有見過他笑得這麼滿足幸福的模樣，眉毛皺了皺，妥協了，緩下表情，抬手摸了摸他的臉，說道：「你覺得開心，那我也就很開心了。」

廉君臉上的笑意加深，傾身抱住他，吻他的耳朵。

時進也回抱住他，把腦袋擱在他的肩膀上，看到他皮膚上的那個牙印，故意伸舌頭舔了一下，察覺到廉君的身體有瞬間的緊繃，忍不住笑了起來，滿足地閉上眼睛。

別墅還沒裝修完，住起來很不方便，廉君在反覆確定時進沒有受傷，行動都沒什麼影響後，帶著時進回療養院。

回去一路上，廉君始終很小心，伸臂護著時進的腰，一副他受了重傷的樣子。時進認為他太緊張了，覺得用這種狀態回去，大家全得知道他們昨晚做了什麼好事，於是湊到他耳邊，壓低聲音安撫：「真的沒事，我皮糙肉厚，你昨晚又很小心，我除了有點腰痠之外，一點別的毛病都沒有。」

廉君被他的呼吸撩了下耳朵，身體一僵，按住他的腿，稍微後撤了一點身體，忍耐說道：「時進……你暫時不要撩撥我。」

時進莫名，「誰撩撥……」說著餘光掃到廉君突然交疊起來的雙腿，意識到什麼，默了默，突然有點想笑，還有那麼一點點奇怪的成就感。

——看來哪怕是廉君，在開了葷之後，也會有那麼一段受不起撩撥的敏感時光。

「廉君，我愛你。」他故意深情款款地說了一句。

廉君果然呼吸變重了一點，側頭看過來，伸手想把他拉回去。

時進連忙貼到車門邊坐著，假假地扶著腰，皺眉說道：「啊，我腰疼。」

廉君忍耐地深呼吸，稍微冷靜一會後說道：「時進，度假山莊不止有山泉池。」

時進差點被自己的口水嗆到，側頭對上他十分認真的眼神，嘴裡一苦，老老實實蹭回他身邊，靠在他身上，摸出手機打開一盤麻將，低頭認真玩了起來。

廉君滿意地攬住他，調整一下姿勢，讓他靠得更舒服一些。

◆◆◆◆

時進和廉君在療養院綜合樓的大廳裡和費御景狹路相逢，一起遭到費御景的視線掃射。

時進努力穩住若無其事的樣子，扯了扯特意換上的豎領上衣，朝著費御景打了個招呼。

費御景把視線挪回他身上，說道：「夏天穿高領衣服，你不知道這樣很欲蓋彌彰嗎？」

時進一秒噎住。

費御景又看向站在他身邊的廉君，視線在廉君站立著的腿上停了一會，然後挪回他臉上，問道：「談談？」

「可以。」廉君回答，握住時進的手捏了一下，囑咐道：「你先回房休息一下，我一會過去。」

時進眼睜睜看著兩人離開，完全沒有發表意見的餘地，低頭默默看了看自己的衣服，抬手不自在地扯了扯——穿高領真的很奇怪嗎？

卦二不知道從哪裡冒了出來，從後搭住他的肩膀，體貼問道：「時小進，要吃紅雞蛋嗎？」

時進臉一黑，反手對準他的臉就是一個凶狠插眼。

當天晚上，時進陸續接到另外四位兄長的簡訊問候，時緯崇和向傲庭發來的簡訊內容比較含蓄，只說讓他照顧好自己，如果廉君欺負他，就跟他們說。容洲中的簡訊內容超級直白，問他做的時候是在上面還是在下面。黎九崢最靠譜，發了一堆男男那什麼的注意事項過來，還給他推薦幾種好用的醫用藥膏。

時進翻著這些簡訊，臉一會紅一會黑，憤憤地在心裡把費御景大卸八塊！

幾天後，劉勇和羅東豪準時赴約，來到夜色會所。時進早早等在那裡，和廉君一起招待他們去槍館，讓卦二等人抽點時間，冒充教官，帶著劉勇和羅東豪好好玩了一天。

同一天，距離蓉城很近的N市，因為突然「生病」，而在這裡耽擱了幾天的假時進，在從醫院回酒店的路上，遭到不明人士的襲擊。襲擊人員被當場抓獲，假時進安然無恙。

等第二天時進睡醒，被廉君打包塞進去度假山莊的車裡時，章卓源已經把這次的襲擊事件敲定為非合法暴力組織針對警校學生的反社會、反官方襲擊，影響太過惡劣，必須徹底清查。

時進旁聽了章卓源給廉君打來的電話，聽到這個結論時很是驚了一下，等廉君掛斷電話後連忙問道：「性質怎麼定得這麼嚴重，章卓源想幹什麼？」

「不是他想做什麼，是我想做什麼。」廉君放下手機，解釋道：「午門等組織手裡，除了明面上附庸它們的那些合法組織外，還有許許多多見不得光的非合法組織，為了避免以後因為不熟悉它們這部分的力量，而出現什麼不可控的情況，我讓章卓源最近儘量多找機會整頓一下國內的這些非

合法暴力組織，能清掃多少就清掃多少。這次孟青派過來動假時進的組織是個發展得比較好的中型組織，順著這條線查下去，應該能摸出一排小組織出來，對查清午門的暗線很有幫助。」

時進聽明白了，又問道：「有我能幫得上忙的地方嗎？我看卦一他們最近都很忙。」

「你一切照常就好。」廉君抬手摸了摸他的臉，說道：「接下來的博弈和爭鬥全在暗面，生意、資源、地盤、據點……大家都有要去的地方，而你的責任，就是照常生活，陪在我身邊。」

時進皺眉。

廉君看出了他的想法，又安撫地摸了摸他的臉，說道：「你是副首領，後方才是你應該待的地方，你陪在我身邊，並不代表著你什麼都不能做，幫我，好嗎？」

時進皺著的眉頭鬆開，拉下他的手緊緊握住。

航道事件後，國內短暫平穩的局勢，以這個接近蓉城的N市為起始點，慢慢動盪起來。

當孟青得知自己派去暗殺時進的人全被官方的人抓住之後，他終於意識到了不對，然而還不等他反應過來，章卓源就給他一個重擊——他派去的那個組織直接被挖了出來，官方用兵力連夜撬了組織的窩點，並開始順藤摸瓜，強勢清掃起和它有關係的所有小組織。

整個片區的勢力都被扯了出來，孟青搞不懂只是被抓了幾個暗殺人員而已，局勢怎麼就會變成這樣。他派出去的人都是最優秀的，就算被抓也不可能會把自己的歸屬抖落出來，除非……

孟青想到這表情猛地沉了下來——除非官方不用審問，就能知道這些人是從何而來。

最後，魯珊打來的電話讓他徹底意識到自己落入怎樣的陷阱裡。

「你是不是還在打時進的主意？」電話裡魯珊的語氣很急，甚至稱得上是氣急敗壞：「孟青，你這自負和睚眥必報的毛病到底什麼時候才能改過來！你是真的忘了廉君有多聰明嗎？我告訴你，那個C市的時進是假的！我的人昨天得到消息，費御景回國後是直接去了B市！你明白了嗎，真的時進其實一直待在B市，他去見了費御景，然後把費御景接去B市保護起來，那個C市的時進是個障眼法！你真是……是袁鵬對不對？是不是袁鵬慫恿你的？」

這麼劈頭蓋臉的一通質問和責備，讓孟青在驚怒自己的上當之餘，還生出一點對魯珊態度的深深不滿。但他還算理智，沒有直接朝著魯珊懟回去，只是在說了句再詳談之後掛斷電話，然後砸了手機。

怎麼會是陷阱呢，他看過下屬偷拍來的照片，C市那個學生確實是時進沒錯，怎麼會是假的。他想不通，也更加不甘心。被時進坑了這件事已經成了他的心病，他受不了輸給這樣一個人。

嗡嗡，手機震動起來。

他回神，冷靜幾秒，起身又去把手機撿起來。

手機的螢幕已經裂了，上面支離破碎地顯示著魯珊發來一條簡訊。他按了半天才把簡訊按開，然後看到一行彷彿要割他眼球的話：我們的對手是廉君，不是時進，孟青，你清醒一點。

孟青握緊手機，咀嚼著這兩個名字，眼中滿是殺意。

——廉君，時進。

就是這兩個人，他們全都該死。

住進度假山莊的當晚，時進被迫好好享受了一下山泉池。

第二天他理所當然地起晚了，廉君不在房間，他坐起身，發現腰居然不怎麼痠，想起昨晚半夢

半醒間似乎有人在按揉自己腰部，抬手抓了抓頭髮。

「不是做夢啊，廉君到底只睡了幾個小時……」他咕噥著，有點不滿。

廉君雖然已經基本康復了，不用再像以前那樣嚴格遵守調養作息，但也不能太過胡來，還是要保證基本的睡眠時間。別以為他不知道，他送給廉君的那枚戒指，看上去像是已經把紅線拆了，但其實只是拆了手指外面的大半圈線，裡側的線還在，甚至還加厚了一層。

也就是說，廉君其實根本沒胖多少。

必須把廉君的身體養回來！床上運動也是個體力活，萬一做多了，廉君體虛怎麼辦。

時進想得很多，越想越憂心，忍不住拿出手機搜索起各種補腎食品。

小死又有點絕望了，提醒道：「進進，千萬別讓寶貝看到你的手機搜索記錄……」會出大事的。

時進十分莫名：「廉君怎麼可能會看到我的手機搜索記錄，他很尊重我的，從來不亂動我的私人物品。」

小死想了想覺得也是，廉君確實從來不亂動時進的東西，於是把心放回肚子裡。

當晚，廉君的面前出現了一份明顯是用來補腎的湯。

小死：「……」它還是放心得太早了。

廉君看一眼湯，又看一眼直勾勾看著這邊、眼神亮得出奇的時進，問道：「你……覺得我不行？」對任何一個男人來說，看到戀人端上這麼一份湯放到自己面前，心情估計都不會覺得美妙。

時進被問得一愣，然後連忙搖頭，解釋道：「不是，我沒覺得你不行，你……咳，你挺好的，我是怕你體虛，那什麼過度很影響身體的！你看你又沒好好睡覺，我想把你養胖點。」

廉君深深看著他，又問道：「你覺得憑我們現在一個星期一次的頻率，我會體虛？」

時進噎住，見他表情不妙，繼續解釋道：「我不是這個意思，你誤會了，我就是擔心……」

「吃飯吧。」廉君突然拿起湯勺，攪了攪面前的湯，說道：「聽說這種類型的湯，除了補身體

外，還會帶點附帶效果。」

時進突然覺得後脖頸有點冷颼颼的。

「你也多喝點。」廉君也幫他舀了一碗湯放到他面前，還溫柔地摸了摸他的臉，「我不會浪費你的好意的。」

時進：「……」

到達山莊的第三天，時進又起晚了。他清醒後滄桑地靠在床上，深刻反省之後，說道：「我怎麼就忘了，那種湯除了補腎之外，還壯陽……我還是比較喜歡溫柔認真的廉君。」狂野版的太可怕，他受不了。

小死委婉提醒道：「進進，寶貝現在已經基本康復了，你……你或許不用再那麼緊張了，寶貝正在試著慢慢擺脫病人這個枷鎖，你……你幫幫他吧。」

時進聞言一愣，摸了摸自己昨晚又被廉君小心按揉過的腰，看一眼廉君幫他整理好，放在床頭櫃上的衣服，想起廉君這幾天對他無微不至的照顧，終於反應過來。

廉君已經開始展開新的人生，而他卻還在用以前的眼光對待廉君，一有點風吹草動就擔心廉君的身體會出問題，他這種心態，在某種程度上來說，也算是一種病人歧視吧……廉君會不會覺得很受傷、很無奈？

他突然想起昨晚做完之後，他撐著睏意按住廉君幫他按摩的手，催促廉君快點睡覺的時候，廉君低聲說的那句「我也想照顧你」，抬手搓了搓臉，乾脆又躺回床上。

不行，他也得跟上廉君的步調才行。

他在床上滾了一圈，摸出手機，給廉君發了條簡訊。

只過了一分鐘不到的時間，廉君就推門走進來，著急問道：「怎麼突然發簡訊給我，是哪裡不舒服嗎？」

時進的視線落在他即使快走也完全沒問題的雙腿上，定了兩秒後上移，又落在他雖然偏瘦，但氣色紅潤的臉上，朝他伸出手，說道：「對，我心裡不舒服，三次了，每次做完第二天的早上，你都把我一個人丟在房裡，我能理解你是有工作要去處理，但我心裡還是不舒服。」

廉君一愣，然後皺了皺眉，上前坐到床邊，握住他伸過來的手，愧疚說道：「抱歉，是我考慮不周。」

「那下次陪我睡懶覺吧？」時進坐起身詢問。

廉君摸了摸他的頭髮，嘴角微勾，應道：「好。」

住進山莊的第七天，時進坐在池塘邊釣魚的時候，見到提著行李來找廉君告辭的卦九。

「你要幹什麼去？」時進摘下遮陽的帽子詢問。

卦九靠過來看了看他空蕩蕩一條成果都沒有的水桶，朝他伸手，說道：「手機借我用一下。」

時進疑惑，掏出手機遞過去。

卦九按開他的手機，簡單操作一番，然後把手機遞還過去，說道：「釣魚是個技術活，我給你搜索了個交流論壇，你可以在上面取經。君少還等著我，我去了，你慢慢釣。」

時進目送他離開，看一眼手機上的釣魚論壇，皺眉嘀咕：「我這是剛坐下沒多久好嗎，可不是不會釣。」這樣說著，他皺著的眉頭卻始終沒有再鬆開。

一個小時後，卦九提著行李出來，再次站到時進身邊，這次時進桶裡多了兩條大肥魚。

「我要去和卦八、卦十匯合了，孟青學聰明了，想要挖我們的大客戶，我得去幫卦八和卦十收集資料。」卦九說著，突然伸手摸了摸時進的頭，「等我回來了，我們一起釣魚吧。」

「好啊。」時進回頭看他，朝他笑得燦爛，擺手說道：「早去早回，一路順風。」

卦九也微笑，說道：「時進，再見。」

卦九走了，頭也沒回。

時進挑了挑魚竿，驚走了一條快要上鉤的魚。

「你這樣不行啊。」卦二不知何時出現在他身後，嘴裡咬著一根沒點燃的菸，嫌棄說道：「就你這爛技術，每次都只能釣到剛夠你和君少吃的分量，我們幾個做屬下的，什麼時候才能吃到你釣的魚？」

時進對著水面翻白眼，「要吃你自己釣去。」

兩人都安靜下來，蟬鳴和鳥叫被風捲著擦過水面，樹葉和草葉搖擺著，熱鬧又寂寞。

「卦九是我們幾個裡面背景最清白，也最好回歸正途的。」卦二突然開口，語氣難得地有點落寞：「他取代上一代卦九跟在大家身邊也才幾年的光景，手裡沒有沾過人命，也沒有真正涉足過什麼害人的生意，一直隱藏幕後，好多大組織甚至不知道滅代號卦九的資訊收集天才，其實長著一張娃娃臉。」

時進又挑了挑魚竿，沒有說話。

「我就猜到君少要第一個放他離開。」卦二拿出打火機，咔嚓一聲按開，湊到嘴邊想把菸點燃，火焰靠近後，手卻又慢慢鬆了力氣，「等忙完該忙完的，滅裡面就不會再有卦九的存在了，這個代號會成為歷史，它束縛著的人終於自由了。」

「想他了？」時進詢問。

卦二嗤笑一聲，沒有說話。

「你知道他的真名嗎？」

卦二又按開了打火機，「不知道，大家都只知道自己的真實資訊，不知道別人的。君少囑咐過我們，不要互通探聽各自的真實資訊和打算，離開了就永遠不要再回來，也不要再聯繫以前認識的人，遠走高飛、徹底和過去斷掉聯繫，才是真正的安全。」

時進這次沒挑魚竿，說道：「沒關係，等他忙完和我釣魚的時候，我再問他的真名好了。」

卦二明明沒有把菸點燃，卻彷彿被菸嗆到了一樣，怔愣之後，側頭捂著下半張臉咳得驚天動地，緩了好一會才扭頭看向時進的背影，問道：「釣魚？他說要回來和你釣魚？」

「怎麼，不行嗎？」時進反問。

卦二表情變來變去，最後變成咬牙切齒，惡狠狠說道：「可以，怎麼不可以……該死的卦九，臨走了還耍大家一通……等他回來，看我不把他的寶貝電腦給砸了！」

他放完狠話就走了，時進沒有回頭，又挑了一下魚竿，驚走又一條靠過來的魚。

都走吧。

他壓了壓頭上的帽子，面無表情。

這桶裡，只留這兩條魚就夠了。

半個月後，午門成功從滅的手裡挖走兩個大客戶，之後以在和客戶洽談生意時，發現滅私下建了兵工廠的理由，跑去章卓源那裡狠狠告了滅一狀，要求官方把滅下牌。

私建兵工廠，這種事哪怕是合法的暴力組織，也是絕對不允許的。章卓源表面上立刻重視起來，擺出忌憚和要徹查滅的樣子，私底下卻給廉君打了電話。

「他是想挑撥我們的關係，把滅從和官方的捆綁關係裡剝離出來，單獨對付我。」廉君分析了一下孟青的意圖，語氣嘲諷：「沒想到他還真能撬動我的客戶……放心，建兵工廠這種事滅絕對沒有做，滅的資源都是從特殊管道祕密購買的，這部分我之後會和劉少將單獨溝通，你明面上繼續忌憚和疏遠滅就可以了，我們也不能一直捆綁著。」

面對他的乾脆和坦白，章卓源又喜又憂，他組織語言組織了半天，卻仍不知道該說什麼，最後

只說道：「廉君，我希望我們之間的合作是不存在欺騙的。」

廉君回道：「我也希望，章主任，我可以保證我沒有欺騙，你可以嗎？」說完直接掛斷電話。時進見狀立刻丟下平板靠過來，笑著問道：「今天山莊廚房那邊送了兩隻野鴨過來，我做了烤鴨，要吃嗎？」

廉君暖了眉眼，起身朝他靠過去。

幾天後，官方真的派人去高調徹查滅的生意，孟青趁機順著之前從滅那撬走的客戶，順藤摸瓜，拔了滅的一整條生意鏈和幾條資源運輸線，給滅一個不小的打擊，毀了滅在MZ分部的大半生意。

孟青心裡憋著的一口氣終於散了一點，主動給魯珊打電話，「這次多虧了妳提供的信息，我們才能把廉君的真面目撕給官方看，給了滅一個重擊，大家都是盟友，以後再有這樣的『收穫』，可得多多互通有無才好。」

魯珊也難得地緩了語氣：「這次能成，大部分是靠你那邊的資源支援，我這邊就只提供一點僥倖知道的資訊而已，沒什麼。孟青，我前段時間說話不好聽，你別見怪，我當時就是著急，你也知道我脾氣比較臭。現在大家能放開心結好好合作，我這心總算是踏實了。」

「不怪不怪，我前段時間也確實是盲目了點。」孟青喜歡被她這麼捧著說話，於是也給她點面子，稍微自省了一下，然後話語一轉，說道：「那咱們從滅那裡撬回來的生意……」

「我這邊不要，狼蛛現在需要專注國內，沒精力管國外的事，你這次是主力，我覺得你全拿去吧。」魯珊識趣放棄，「對了，這次滅被咬，後面肯定會反擊，大家最近要小心一點。」

孟青十分滿意她的識趣，又和她說了幾句客套話後掛斷電話，想了想，轉而給齊雲打電話，開門見山說道：「她放棄利益了。」

「果然是她的辦事風格，不出大力，但也不要大利，主求穩。」齊雲想了想，問道：「老孟，袁鵬那邊怎麼樣？」

孟青聞言眼神有點沉，回道：「我也不知道他在做些什麼，前一段時間章卓源動了他那些高利貸生意，之後他一直沒什麼消息。」

齊雲聽出他語氣裡的不對，問道：「怎麼了？」

「上次……魯珊跟我打電話的時候，問我是不是袁鵬慫恿我去動時進的，他們之間的關係似乎不大好。」孟青說著，有點疑心，「袁鵬確實曾經問過我調查時進的進展，還說可以提供幫助……你說袁鵬是不是在算計著什麼？」

齊雲聞言也皺了眉，嘴上卻安撫道：「袁鵬應該只是想討好你，G省事件後，魯珊雖然沒動蛇牙，但一直對蛇牙有怨氣，袁鵬應該是知道沒法和她處好關係了，就想拉攏一下實力最強的你。」

這話孟青愛聽，他聲音穩了下來，滿意說道：「既然這樣，那我也不好丟著他不管，畢竟咱們已經聯盟了……這樣，MZ那邊的生意我分一點給蛇牙，你覺得怎麼樣？」

「你決定就好，那些本來就是你的戰利品。」齊雲也十分乾脆。

孟青越發滿意了，懷著一種優越加施捨的狀態，接著給袁鵬撥了電話。

度假山莊，廉君聽完卦十彙報關於蛇牙突然插足MZ生意的資訊，滿意勾唇，吩咐道：「可以準備反擊了。」

一個星期後，滅在MZ的生意，隨著蛇牙的強勢入駐，徹底崩盤。滅把生意網往回收攏，然後開始強勢反擊。

先是午門在MZ各港口的貨物和附近幾個地區的倉庫無故損壞和被攻擊，之後是午門的一條老資源線被搶，再之後是蛇牙，它在MZ剛剛建立的生意鏈，還沒開始接第一波生意，就一夜之間失

不上。

去所有客戶——那些之前被午門撬走的客戶，突然失蹤的失蹤，意外死亡的意外死亡，一個都聯繫不上。

不到一個月的時間，各大組織在MZ地區的生意就徹底變成一鍋亂粥，誰也沒有占到便宜。鬧到最後，除了沒有冒頭的狼蛛和千葉，其他幾個組織全部受到重創。

「廉君這個瘋子！」孟青才爽快沒多久的心情又變差了，氣急敗壞地破口大罵：「他居然把客戶殺了，他想幹什麼？是不想讓大家都好過嗎！」

四方視頻通話中，占據左上角螢幕的魯珊也表情不好看，說道：「你現在說這些有什麼用？這不是很正常嗎，滅這麼被針對，廉君肯定已經發現我們四家結盟的事了，我們得好處，就代表著滅占劣勢，他當然是自己不好過，也不會讓我們好過。看著吧，這事還沒完。我之前不是提醒過你，要小心滅的反擊。」

「妳少在這說風涼話！魯珊，我看妳就不是真心結盟，這次的資訊是妳提供的，妳卻不出力……」孟青說到這裡突然停了停，然後眼帶殺意和懷疑地朝著魯珊看去，「魯珊，妳不會是個雙面人吧？」

魯珊狠狠皺眉，一副被氣笑的樣子，說道：「你說什麼？雙面人？孟青，是你主動找我，硬逼著我交資訊，也是你防備著我，不讓我出手，想自己獨吞好處，我看在大家是同盟的份上，才什麼都沒有挑破，結果你現在反過來這麼說我？」

齊雲皺眉，開口打圓場：「都冷靜點，不要內訌。」

「這不是冷靜能解決的事！」魯珊拍桌子站起身，掰過攝像頭，冷冷看著孟青，嘲諷說道：「孟青，我早就想直白地跟你說了，就你這年紀越大疑心病越重、越輸不起的性子，你憑什麼贏廉君？你說我是雙面人，我倒懷疑你才是！我是不是早就提醒過你廉君會反擊？你自己不小心防備著就算了，居然還把最近根基不大穩的蛇牙也拉下水，甚至連提醒和保護客戶這種基本的事都做不

到，讓MZ直接變成一個爛攤子，你真是活該輸給廉君！我受夠你的不信任和自負唯我獨尊了，聯盟是吧，我退出，你們自己玩去吧！你們打完了滅，可別忘了繼續來把狼蛛也收拾了！」說完直接退出視訊會議。

氣氛死一般的寂靜，袁鵬看一眼畫面中表情憤怒扭曲的孟青，和皺著眉不知道在想什麼的齊雲，想起魯珊之前說的話和蛇牙這次遭受到的損失，壓著脾氣看一眼孟青，說道：「蛇牙因為MZ的損失，影響到根基，我最近可能沒法參加聯盟的活動了，再聯絡。」說完也退出會議。

孟青快要失去理智了，不敢置信道：「袁鵬這個拿了好處的廢物，居然敢跟我擺譜，我……」

「你要怎樣？」齊雲打斷他的話，抬手揉了揉眉心，「老孟，他們是盟友，不是你的屬下，你就算心裡看低他們，也不該表現出來，繼續這麼下去，大家都得完。局勢就擺在眼前，現在不是內鬥的時候。」

孟青沉著臉沒說話。

「我很高興你沒有連我的話也不肯聽，你好好想想吧。」齊雲也退出會議。

孟青看著暗下來的三個對話視窗，用力砸了下書桌，伸手把電腦蓋起來。

退出視訊會議後，魯珊立刻給廉君打電話。

「聯盟的第一波磨合開始了。」她說著，語氣帶著後怕：「孟青那傢伙還真有點敏銳，齊雲的眼神也總是很磣人，我差點就演砸了。」

廉君說道：「辛苦妳了，休息一陣吧，暫時別理他們三家，孟青會主動來找妳低頭的。」

魯珊應了一聲，問道：「你那邊怎麼樣？」

「才剛剛開始。」廉君看著手上的名單和資料，從裡面抽出代表卦九的那份文件，「得一步一步來，不能急。」

「有需要喊我。」魯珊囑咐。

廉君緩下語氣應了一聲，然後掛斷電話。

MZ一團糟之後，滅的反擊依然沒有停下，開始從MZ往外延伸，慢慢擴張到其他幾個大區域，全方面阻斷和搶奪午門和蛇牙的生意。

孟青沒想到廉君的報復心會這麼重，自己焦頭爛額的應付一陣後，終於忍不住主動聯繫齊雲。

「去把大家勸回來吧。」齊雲態度沒有他想像中的糟糕，反而很溫和：「廉君要玩大的了，只靠你一家，肯定玩不過。」

孟青也知道這個道理，咬咬牙壓下心裡的不願意，應了下來。

暑假不知不覺結束，天氣轉涼，大家已經不用再待在山上避暑了，但卻沒有要從山上搬下去的意思——這裡是狼蛛的地盤，誰也想不到滅的首領住在這裡，相比起會所和療養院，這裡更適合做臨時的根據地。

九月來臨，大學開學，去學校報到前，時進忍不住問了卦九的消息。

廉君幫他理了理衣服，回道：「他在蛇牙的主勢力區X區。」

時進猶豫了一下，還是說道：「他離開的時候……記得通知我。」

廉君揉開他不自覺皺著的眉心，點了點頭。

【第八章】一個都不能少

廉君沒有親自送時進去學校，他太忙了，需要時時刻刻關注著前方的局勢變化，處理因為局勢變化而增加的工作，根本抽不出時間。

卦一和卦二也很忙，所以最後是卦三和費御景一起送時進去學校。

汽車停在學校門口，時進下車，朝著車內的費御景說道：「不用繼續送了，回去吧。」

費御景堅持下了車，說道：「我還沒來過你的學校，帶我進去看看吧。」

時進見時間還早，於是點點頭，繞到駕駛座和開車的卦三打了個招呼，然後帶著費御景朝著學校走去。

又是一年新生入校的時候，警校門口很熱鬧，人來人往的，時進看到有自己同年級的同學正穿著制服，以學長學姐的身分接待著新生，心裡突然冒出點感慨來。

居然已經又過了一年，真是不可思議。

費御景順著他的視線，也看向校門口的學生們，看了幾秒，突然拿出手機，像個觀光客一樣，對著校門和來往的學生們拍了幾張。

時進回神，疑惑問道：「你幹什麼？」

「拍給大哥看，他也還沒看過你的學校。」費御景誠實回答，側頭看向他，問道：「你有多久沒和大哥聯繫了，為什麼不聯繫他？」

時進聽他提起時緯崇，反射性地看了一眼腦內屬於自己的進度條，然後低下頭，沒有說話。

「上半年在島上的時候，你明明還和大哥相處得很好，天天電話聯繫，後來也經常交流，也就暑假這一陣子，你突然就完全不聯繫大哥，大哥很擔心你。」費御景把手機對準他，給他拍了一張，然後點開自己的社交軟體，問道：「這個可以視頻聊天，你想見見大哥嗎？」

「別！」時進連忙按住他的手，對上他的視線，手指一緊，又把手收回來，說道：「我這麼做是有原因的……別打擾大哥。」

費御景關掉軟體，問道：「什麼原因，你還恨著大哥？」

時進看一眼腦內的進度條，點了點頭，又搖了搖頭，回道：「不恨了……我只是最近不方便見大哥，沒別的什麼。」

費御景打量一下他的表情，沒有繼續深究，點頭表示明白。

兄弟倆散步似的慢慢往校內走著，在路過操場的時候，費御景停了步，「可以過去看看嗎？」

時進往操場那邊看了一眼，點點頭。

兩人踩上操場的跑道，沿著地上才重新刷好沒多久的新跑道線往前走著。

「每天都要在這晨訓？」費御景突然詢問。

時進點頭，「嗯，計考勤和算學分的。」

「累嗎？」

時進搖頭，「習慣了就不累了，挺鍛煉身體的。」

「畢業之後，想做什麼？」

「當個小員警。」

費御景突然停了步，側身看他，說道：「小進，我相信你自己都明白，廉君和他的一眾親近屬下，想要徹底擺脫現在的生活，過清清白白的新人生，只有詐死這一條路。他們可以擺脫現在的身分，換一個新的身分重新來過，你卻不行，你是用真名和官方打交道，呈現給官方看的也是真實的背景，你甚至還進入這樣一所被官方拿捏著的學校……小進，大家很擔心你。」

時進哪能不明白這個道理，所有人都是可以換背景的，只有他不可以，憑他在滅的地位和與廉君的關係，等廉君也改換身分暫時離開，滅徹底不存在了，他就成為官方唯一一個可以鎖定的相關者。廉君為滅書寫的結局是毀滅，他作為滅的副首領，在滅毀滅、廉君改換身分的那一天，會迎來什麼樣的結局，誰也說不準。

「我不會讓自己成為官方威脅廉君的籌碼。」他突然抬起頭，認真看著費御景，「到那時候，就換我來保護廉君了。」

費御景皺眉看著他，問道：「那誰來保護你？」

時進一頓，回道：「廉君……我自己……還有你們。」

他相信廉君為他安排了後路，也相信有四哥在，等一切塵埃落定後，他不會真的被官方怎麼樣，而且他畢竟是瑞行的小少爺，身上背著的經濟利益太大，官方要動他，也需要考量再三。或者說……他其實暗地裡隱晦希望著官方能一直把他記在小本本上，一輩子監視著他、忌憚著他，那樣他的進度條應該就一輩子都不會清零了。

「對不起，我太自私了，總是連累和利用你們。」他低聲道歉，情緒變得低落，為自己的算計和卑劣。他知道這些兄長們放不下他，所以才敢這麼肆無忌憚。

費御景抬手輕輕揉了一下他的頭，眼裡露出妥協的神色，說道：「不需要道歉，我說過，兄弟之間沒有連累之說……大家會保護你，還有廉君。」

兄弟倆在校園裡逛了一圈，然後費御景來到時進的寢室，拍了拍他的住宿環境。

「這些照片絕對不能讓廉君看到！」拍完之後，時進抓著費御景的手嚴肅囑咐。

費御景抽了抽被抓的手，沒抽出來，問道：「為什麼？」

時進拉他出寢室，指了指走廊盡頭的公共浴室，又指了指沒有獨立衛生間的寢室，丟給他一個你自己領會的眼神。

費御景來回看了看，瞬間領會他的意思，微微挑眉，「他連這種醋都會吃？」

「你沒談過戀愛，你不懂。」時進一臉深沉地戳刀子。

費御景深深看他一眼，說道：「不給廉君看到也可以，你答應我一個條件。」

「什麼條件？」

費御景把他推回寢室，讓他站在自己的床鋪前，然後後退兩步，舉起手機對準他，打開錄影功能，說道：「不方便視頻通話的話，那就以這個為背景，給大家拍一個入學報到的打招呼視頻吧，安安大家的心。」

時進：「……」

「大哥他們很想你。」費御景從手機後歪頭看他，手指不動聲色地按了錄影鍵，問道：「你不想他們嗎？」

時進渾身彆扭，說道：「別拍了吧，怪不好意思的。」

「跟哥哥們有什麼不好意思的，還是說其實你還討厭大家？」費御景故意激他。

時進果然皺眉，看他一眼，嘀咕道：「你明知道不是這樣的……算了，那拍吧，是打個招呼就行了對吧？」

費御景點了點頭，倒也不為難他。

時進於是壓下彆扭和不好意思，看一眼手機攝像頭，站直身，整理了一下自己的衣服，等他那邊說了開始後，乾巴巴地朝著手機攝像頭說了幾句打招呼的話，說自己很好，讓大家不用掛心，然後火速撲到費御景面前，擋住他手機，說道：「拍完了吧，拍完了就快關掉。」

「已經關了。」費御景順勢把錄影關閉，將手機揣回口袋裡，掃一眼空蕩蕩的寢室，問道：「你室友呢？需要我等他們回來，請他們吃頓飯嗎？」

時進連忙拒絕，說道：「不用了，沒那個必要。」

費御景眼神一動，又掃一眼這間並沒有多少時進私人痕跡的宿舍，稍微明白了點什麼，也不強求，順著時進的催促離開寢室。

參觀完學校，時進又把費御景送出去，費御景覺得不用這樣，兩人送來送去的太浪費時間，時進卻很堅持，說道：「不行，我得親眼看著你上車才能安心，你可是被襲擊過一次的人，平時要多

注意安全。」

費御景於是又依了他。

兩人回到校門口，在上車前，費御景回頭看向時進，說道：「小進，大哥已經在那家療養院住了一年了。」

時進低頭，「我知道……在島上的時候，我跟他說過，他隨時可以搬離那裡，但他不願意。」

「在不確定你是不是真的已經不再恨他以前，他是不會出來的。」費御景抬手，摸了摸他的頭，「那是他給自己的懲罰，小進，我不知道你在顧慮和煩惱什麼，也知道這很難，但去試試吧，我不希望你和大哥過得這麼辛苦。」

時進沒有說話。

費御景又輕輕揉了一下他的頭髮，轉身上車。

時進目送汽車離開，看一眼腦內的進度條，想起孤零零留在國外療養院的時緯崇，疲憊地揉了揉額頭。

「進進。」小死突然開口，低聲喚他。

「和你沒關係。」時進連忙回應，勉強打起精神，說著自己都不大相信的話：「我只是還沒做好心理準備，和你沒關係，你別多想。」

上大學以來，這是時進第一次在開學的時候準時出現在學校裡，劉勇和羅東豪見到他的時候差點以為自己出現幻覺，回神後齊齊朝著他撲了過去，開心地和他鬧成一團。

時進每天都會和廉君通電話，詢問他這一天過得怎麼樣，道上的局勢又怎麼樣了，廉君全都會

一一解答，從來不瞞著他任何事。

大半個月後，在某天吃午飯的時候，時進接到廉君的電話。

「卦九死了。」

啪嗒，時進手裡的筷子掉到餐盤裡，然後他很快反應過來，廉君口中的「死了」並不是他以為的那種死了，又連忙把筷子撿起來，壓下瞬間失控的情緒，問道：「那他……安全了嗎？」

「做得很乾淨，『死』在狼蛛的手裡。」廉君解釋，然後安撫道：「別擔心，這週末我會親自去接你。」

「別！你別來，安……身體要緊。」時進注意到對面劉勇和羅東豪看過來的擔憂視線，一句「安全要緊」剛開了頭就及時改了口，怕廉君擔心，又說道：「週末我想吃螃蟹，秋天了，螃蟹應該肥了。」

廉君的聲音果然溫柔下來，說道：「好，我讓人去買。」

時進掛斷電話，劉勇和羅東豪立刻湊過來，劉勇擔憂問道：「怎麼了？你臉色變得好糟糕，還說什麼安全和身體要緊，是廉先生出事了？」

時進朝他們安撫地笑了笑，說道：「沒事，前幾天不是下雨麼，他出門的時候不小心淋了點雨，感冒了，司機還把他的車給刮了，他週末想來接我，我沒讓他來。」

「這樣啊，最近降溫，感冒了確實不適合在外面跑。」劉勇和羅東豪放了心，安慰他幾句。

時進謝過他們的關心，低頭繼續吃飯，舌頭卻吃不出飯菜的味道。

雖然廉君特意告訴他，卦九的「死亡」是狼蛛幫忙處理的，肯定沒問題，但沒有親眼確定卦九的安全，他心裡還是有點不踏實。

頗有些渾渾噩噩的上完這天的課，晚上，時進癱在床上，怎麼都睡不著，最後乾脆摸出手機，準備在熄燈前來玩一把麻將安安神。

結果他點開手機之後，手指卻鬼使神差地打開瀏覽器，找到之前卦九搜索給他的釣魚交流論壇，登了進去。

畫面跳轉，然後意外出現在他面前的不是那個頁面樸素的釣魚論壇，而是一個印著一行黑色大字的空白頁面。

九：我很安全。

時進愣住，然後猛地坐起身，反覆確認過這幾個字後，有點激動地在這個頁面上滑來滑去，試圖找到可以回話的地方。

隨著他的滑動，黑色的字體突然消失，他心裡一驚，連忙停了手指。

又一行黑色字跡顯現出來：希望你們都能平安。

字跡消失，然後頁面也消失了，時進試圖重新登入那個釣魚論壇，卻只能得到一個又一個「該頁面不存在」的提示。他慢慢放下手機，終於明白，卦九告訴他的根本不是什麼釣魚論壇，而是提前準備好的告別信。

熄燈的鈴聲準點響起，沒過多久，寢室的燈暗下來。

時進躺回床上，在被子裡握緊手機，猶豫了一會，找出時緯崇的號碼，給他發了一條晚安簡訊過去——他和每個人能相聚的時間都是有限且珍貴的，不能再浪費了。

◆◆◆◆

面對廉君的強勢反擊，孟青在發現自己無法單獨應對後，主動聯繫齊雲，然後又在齊雲的勸說下，找到袁鵬說了好話，以幫他穩住組織根基的條件，把他拉回聯盟。

最後，只剩下魯珊還沒消息。

「我去和她談吧。」齊雲主動開口，安撫孟青，「我會幫你，你現在最好把注意力放在應對廉君的反擊上，廉君是個狡猾的對手，必須慎重應對。」

孟青難得放軟了態度，說道：「那就多謝了。」

對於齊雲的說和，魯珊在略僵持幾天後，就按照廉君的囑咐，露出軟化的態度。

之後齊雲牽頭，讓孟青和魯珊好好談了一次，孟青壓著脾氣道了歉，魯珊順勢接受，也為自己之前的衝動道了歉。

聯盟的第一次分裂風波算是過去了，之後又是由齊雲牽頭，大家再次開了一次會。

「我之前總想著自己省力，旁觀著你們往前衝，事後還擺出事不關己的態度，確實太過分了一點。」魯珊第一個表態，態度十分誠懇，「現在這局勢，已經沒有人能置身事外了，相信大家都看出來了，廉君這次打的是把大家一網打盡的主意，官方現在看似因為上次兵工廠的事情忌憚疏遠了滅，但私下裡還是幫著它的，廉君這次敢弄這麼大的動靜，背後絕對有官方的授意。我們得合作把滅狠狠扯下來，不能再讓它這麼隨心所欲和肆無忌憚。」

孟青十分給她面子，順著她的話問道：「那妳有什麼想法？狼蛛和滅打交道多年，在對付滅這件事上，妳比大家更有經驗。」

這就是要把決策權給她了？

魯珊挑眉，掃了眼聽到這話後沒什麼反應的齊雲，和明顯表情有些變化的袁鵬，心裡思緒一轉，朝著孟青笑了一下，接了他的話，說道：「也不算什麼經驗，比起你們，我只是更知道該怎麼避開滅的鋒芒而已。廉君這人太有能力，無論我們現在打掉他多少生意，只要他還在，他手裡的人還在，他就有本事把那些東西再賺回來，並且狠狠報復我們。」

齊雲聽得心裡一動，說道：「妳的意思是……」

「我的意思是，廉君本身只是個身體不好的瘸子而已，他之所以能像現在這樣騎在我們頭上作

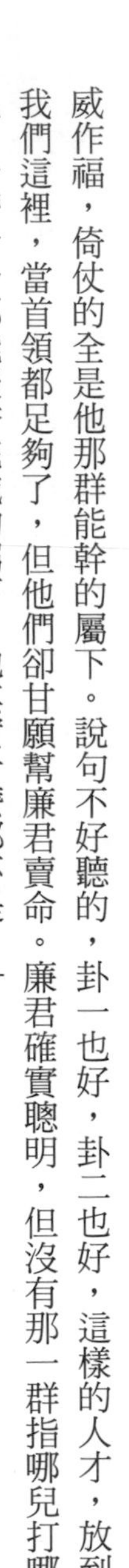

威作福，倚仗的全是他那群能幹的屬下。說句不好聽的，卦一也好，卦二也好，這樣的人才，放到我們這裡，當首領都足夠了，但他們卻甘願幫廉君賣命。廉君確實聰明，但沒有那一群指哪兒打哪兒、什麼命令都能優秀完成的屬下，他其實什麼都不是。」

魯珊掃一眼眾人，說道：「明白了吧，為什麼狼蛛總是能從滅手底下逃脫，有時候還能咬滅一口，因為我從來不緊盯著廉君不放，我防備的是他那群屬下。」

袁鵬也明白了她的意思，問道：「妳想動那些人？」

「是必須動那些人，廉君太聰明了，跟他玩陰謀、鬥心理戰，咱們全部玩不過，但如果只是殺人，我們就算只是用人海戰術，也總有殺得到的那一天。那些卦可不是廉君，可以整天藏在幕後，連點蹤跡都尋不見。」魯珊笑得胸有成竹，看向袁鵬，問道：「廉君最近在動你和午門的生意，對嗎？那你知不知道，廉君派去處理生意的，是哪幾個屬下？」

齊雲先袁鵬一步接話，回道：「卦八和卦十，這兩個人在滅裡面比較低調，平時不怎麼出來活動，但滅的大部分對外經濟事務都是他們處理的。」

「就是他們。」魯珊打了個響指，又看向孟青，說道：「你不是說我不出力嗎？那這次的暗殺，就由我來主導。廉君的處事風格我稍微能猜到一點，多注意一點你們生意鏈的重要區域，廉君絕對會派人過去。」

一個星期後，根據魯珊的猜測，袁鵬果然在蛇牙比較重要的生意鏈區域X區，發現廉君屬下的蹤跡。魯珊立刻配合袁鵬在那裡給廉君的屬下挖了個陷阱，然後當場射殺一個人。

「他們跑得太快了，這個留下的好像只是個技術人員。」袁鵬踢了踢腳邊的屍體，看一眼桌上笨重難看的電腦，皺眉，「我們會不會上當了？這裡好像沒什麼緊要的東西。」

魯珊不理他，走到桌邊伸手在電腦上按了按，又拿起一邊的手機看了看，突然勾起嘴角，「沒什麼緊要的東西？不，我們拿到了最好的戰利品。調幾個懂電腦的人過來，我們打死的這個人，在

滅的地位絕對不低。」

度假山莊，時進在小樓外的空地上架了兩個燒烤架，烤螃蟹。

「這玩意也能烤？」卦二滿臉不信任。

時進翻他一個白眼，擺手趕他，「一邊去，那我一會烤好了你別吃。」

「別別別，一大筐螃蟹呢，你一個人吃得完嗎？別那麼小氣。」卦二連忙投降，執著地湊過去給他幫忙。

樓上書房，廉君站在窗邊，看著院子裡的時進和卦二，問道：「狼蛛的名單送過來了嗎？」

卦一站在他身後，應道：「來了，單子上總共有六個人。」

——居然有六個。

廉君把視線放遠，看向遠處正開著山莊的遊園車，往小樓這邊運菜和燒烤調料的卦五，說道：「多了點……讓卦五去，通知他去做準備。」

卦一愣住，難得的沒有立刻聽從他的命令，沉默了一會，問道：「君少，一定要這麼急嗎？」

「怎麼能不急。」廉君又重新把視線落回時進身上，抬手隔著玻璃摸了摸他的臉，「已經十月份了，這一年很快就要過去了。」

留給大家的時間，並不多了。

螃蟹的香味飄上來的時候，書房裡已經只剩下廉君一個人。他走回書桌邊，從最下面抽屜的小保險櫃裡取出一疊資料，然後抽出屬於卦九的那份。

資料很簡單，只寫著一些基本的居民資訊，還貼著一張近照，他仔細看了一遍，然後取出打火

機，點燃了它。

火焰一點點升起，燒掉上面的文字，模糊了照片上人的面孔。終於，紙張變成一團灰燼，他放下打火機，把剩下的資料放回保險櫃，動作到一半，頓了頓，又把卦五的資料拿出來。

一個一個來。

他捏緊這份資料，像在捏著誰的生命。

一個都不能少。

過了十月之後，B市的氣溫便以一種誇張的速度降下來。

時進看著車窗外漸漸靠近的校門，淺淺吁口氣，問道：「下一個是誰？」

開車的卦五看他一眼，沉默。

「昨天你們臨時開了個會，會議結束出來後，廉君的表情還好，但你們的表情全都很難看……已經決定了對吧，是誰？讓我做個心理準備。」時進側過頭，從後視鏡裡和他對視。

卦五連忙挪開視線，穩穩把車停在學校門口，和他僵持了一會，憨厚的臉上露出一個稍顯可憐的為難表情，嘴張了張，回道：「是我。」

「什麼？」時進唰一下坐起身。

「狼蛛送了名單過來，卦九『死了』，以君少的處事風格，肯定是要狠狠報復回去的，狼蛛也確實需要付出點什麼，來取得孟青和齊雲的徹底信任……君少讓我去『殺掉』狼蛛送來的單子上的人，把他們送去和卦九作伴，這之後……我就得走了。」卦五回答，突然轉過身看著時進，保證道：「時少，您放心，我會再回來的，不會放您和君少兩個人單獨面對以後的事。」

「別回來！」時進幾乎是嚴厲地吼出這句話，見他神情一黯，又急忙緩了語氣：「安全之後，暫時別回來，等大家都徹底安全了，再……不，忘了我們吧，好好過自己的日子。」

「時少。」卦五眉頭緊皺，表情緊繃。

時進伸手拍了下他的肩膀，壓下不捨，說道：「別讓廉君的心血白廢，走吧，要平平安安的。」說完朝他笑了笑，拿起背包，開門下車離開，頭也沒回。

卦五看著他離開，手緊緊握拳，砸了一下方向盤。

魯珊很快確定他們射殺掉的人的身分，還從那個人留下來的電腦和手機裡，截取到一部分系統沒來得及銷毀的資料。

她興奮得不行，在會議上說道：「我們殺的居然是那個總是隱在幕後，幫廉君收集調查各種資訊和資料的新一代卦九！這個人前兩年其實跟著廉君參加過四月份的會議，在大家面前露過臉，但因為他總是跟在卦一和卦二的身後，所以我還以為他只是卦一和卦二帶著的屬下，沒怎麼注意他，結果沒想到他居然就是卦九！廉君果然不會帶沒用的人在身邊！」

「確定他就是卦九？他會不會太年輕了點。」孟青有點懷疑。

「絕對是，我記得前年的會議上，就是這個人一直跟著時進，當時時進只是個第一次出現在會議上的小新人，和他混在一起的人，大家就理所當然的以為也肯定是個不重要的小角色，但你們現在看看，時進在滅的地位是沒什麼緊要的嗎？那當時跟在他身邊的人，又怎麼可能真的是什麼小角色。」魯珊說得十分肯定，然後取出一臺平板，「這裡面裝著從卦九的電腦和手機裡截取到的資料，這些東西也間接證明他的身分。現在廉君肯定已經知道卦九的死訊，並猜到我們拿到這部分資

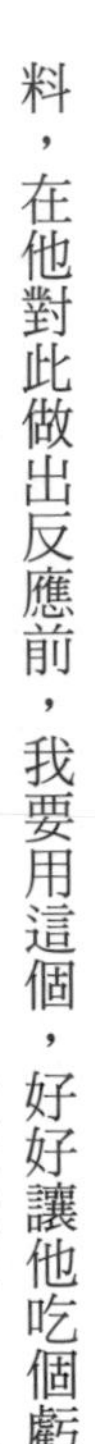

料，在他對此做出反應前，我要用這個，好好讓他吃個虧！」

聽到時進的名字，孟青思考一下，稍微被說服了，但他沒有立刻表態，而是看向齊雲，問道：「你怎麼看？」

齊雲說道：「被動挨打了這麼久，我們確實是時候反擊了，魯珊，妳拿到的資料能不能傳給我一份？」

「當然可以！」魯珊一口應下，掃一眼他們，「接下來，就是緊密合作的時間了。」

還等不到時進下週放假，卦五就在某個清晨獨自離開了。

時進是在晨訓結束後查看手機時，看到卦五發來的告別簡訊，只有簡單一句話：我走了，我會回來的。

他看了這條簡訊很久，然後動了動手指，刪掉卦五的聯繫方式。

狼蛛突然也參與到滅、午門和蛇牙的經濟拉扯戰裡，還穩準狠地抽掉滅埋在X區和DL區的好幾個暗樁，破壞滅試圖在X區和DL區隱祕建立起的騷擾網。

午門和蛇牙被滅攪得不穩動盪的生意網稍微安定下來，兩家趁勢在X區和DL區鋪開對滅的反咬，千葉和狼蛛積極幫忙。

只半個月不到的時間，滅在這兩個區的暗線就被狼蛛拔了差不多，生意也全被午門和蛇牙攪亂，不得不暫時收攏攻勢。

「要趁勝追擊嗎？現在滅在X區和DL區的暗線大部分被拔，生意網也不穩，我們或許可以趁機吃掉滅的這部分生意。」袁鵬主動提議，心中滿是躍躍欲試，他受夠了資源不夠的苦，如果能把

滅的肉咬一塊下來，蛇牙就穩了！

魯珊沒說反對，也沒說支持，只是看向孟青，讓他拿主意的意思十分明顯。

「追！」孟青拍板，豪氣滿胸，「趁著這個勢頭，直接把滅在國外的大部分生意網全部毀了！看它還怎麼穩坐第一！」

十一月來臨的時候，B市開始連續下雨，天氣變得又濕又冷。早已經養好傷的費御景離開了度假山莊，去忙自己的事情，山莊裡顯得越發冷清。

時進舉著傘站在小樓外的池塘邊，看著池面上枯萎的荷葉，淺淺嘆了口氣。

「嘆什麼氣？」容洲中的聲音突然在不遠處響起。

他一愣，不敢置信地抬頭看過去。

容洲中站在池塘上的木橋上看著這邊，手裡也同樣撐著傘。他穿著一件中長款的休閒風駝色大衣，裡面是黑色的高領毛衣，頭髮染黑了，剪得有點短，全部梳到後面，看上去難得有了點成熟穩重的味道。

「你怎麼來了？」時進好半天才找回自己的聲音，驚愕詢問。

「找經紀人要了幾天假，就來了。」容洲中回答，靠過去收了自己的傘，站到時進的傘下，搭住他的肩膀，陪他一起看著面前毫無景色可言的池塘，問道：「想我了嗎？」

時進側頭愣愣看著他，然後笑了，拐了他一下，說道：「怎麼可能。」

「我就當你是想我了。」容洲中也笑，環顧一圈這個度假山莊，問道：「這裡有什麼好玩的？我連續工作好幾個月，急需休息。」

時進的心情肉眼可見地好起來，說道：「這裡哪有什麼好玩的，又下著雨，如果你早來一週，我們還能拉著二哥一起鬥地主，現在他也走了……你吃飯了嗎？我去給你做點？」

「沒吃，餓死了。」容洲中捂住肚子，提要求道：「我想吃牛排。」

「沒有，只有麵條。」時進翻了一個白眼，拽住他的胳膊，帶著他朝著小樓內走去。

樓上，書房窗邊，廉君收回看著樓下的視線，終於捨得把注意力分一點給電話那邊的章卓源。

「……到底是怎麼回事？你不是說要先摧毀另外四家在國外的生意嗎？我甚至都幫你把國外的關係全部打點好了，你要求的事我也全做了，但現在是怎麼回事？就因為你那邊死了個屬下，洩露點資料，就導致你在國外布的線全部崩了？滅現在反而在被那幾個大組織壓著打，還被他們扯了不少肉過去，你是準備養肥他們嗎？你到底在做什麼！」

章卓源越說聲音越大，態度也變得不好。電話開著擴音，房間裡的卦一和卦二全都聽到這番話，臉色瞬間黑下來。

「廉君？廉君你說句話！我就搞不懂了，你怎麼會有那麼沒用的屬下，死就死了，居然還把資料洩露出去，早知道是這樣，我就……」

「你就什麼？」廉君轉回書桌邊，拿起狼蛛之前送來的那份名單，朝著桌上的電話淡淡問道：「你想做什麼？章主任，你著急的心情我可以理解，但我也希望你能理解，我這邊死了一位朝夕相處的重要屬下的心情。」

他的語氣很淡，話語沒什麼起伏，也沒說什麼威脅的話，但章卓源沖頭的熱血卻瞬間涼下來，後知後覺地發現自己剛剛太「放肆」了點，稍微壓了壓語氣，說道：「我沒想做什麼，廉君，我是真的很著急，現在連蛇牙都穩住了，我擔心……」

廉君打斷他的話，說道：「蛇牙現在的穩定只是鏡中花水中月，他們現在吞掉的生意越多，後續受到的反噬就越嚴重。章主任，稍安勿躁。」

章卓源終於從他口中得到點準話，知道他打的是賣利益挖坑套牢敵人的準備，懸著的心一鬆，聲調徹底降下來，說道：「廉君，以後你有什麼打算，最好提前和我說一聲，我好心裡有個準備，也更能幫……」

「你只用幫我做我讓你做的事就行了。」廉君再次打斷他的話，聲音裡終於露出點冷意：「我死了一名屬下，未來可能還要死很多人，最近一段時間我的心情都不會很好，章主任，不要再讓我聽到『你只是死了個屬下』這種話，我不保證我會做點什麼出來。」說完直接按斷電話。

卦一立刻看了眼另一邊的儀器，說道：「章卓源果然在定位我們的位置。」

「嘖，是有多擔心我們偷偷跑路，我們明明都待在他眼皮子底下了。幸虧他不知道這個度假山莊是魯珊的，不然又得應付他的瞎想。」卦二嘲諷出聲。

廉君把手裡的名單放下，問道：「卦五到哪裡了？」

卦一回道：「已經帶隊到達第一個目標人物的附近，隨時可以行動。」

「讓他今晚就動手。」廉君吩咐，坐到書桌後面，「抓緊時間，國外的事情處理完了，就該轉到國內了。」

卦一和卦二聞言全都心裡一緊，齊聲應是，然後默契地退出書房。

卦三候在外面，見他們出來，沒頭沒尾地問道：「是我？」

「君少並沒有提起下一個出去的人會是誰。」卦一回答。

卦三鬆了口氣，但很快又黯然表情，「不過……應該是我吧，你和卦二肯定是要留到最後的……只能是我了。今年的新年，我還能和你們一起過嗎？」

現在才十一月，新年是來年的一月底，這中間足足有兩個多月的時間，很明顯，卦三留不了那麼久。

卦一和卦二全都沉默，最後卦二上前一步，拍了拍卦三的肩膀，說道：「明天就由你送時進返

校吧。」

「這算什麼。」卦三苦笑一聲，然後抬手抹了把臉，說道：「好，我去送。」

容洲中陪著時進在山莊過了個週末，兄弟倆整天沒形象地癱在沙發上玩遊戲，吃零食，看些沒營養的爆米花電影，時不時拌拌嘴，倒也算熱鬧。

返校的那天，容洲中陪著時進一起下山。他沒什麼形象地歪在後座上，問道：「小進，你今年的生日就要到了，準備怎麼過？」

時進用手機玩著麻將，回道：「那天不是假期，我要上課，就不過了，你們也都別忙活了，生日年年都有，不用太在意。」

「那可不行，今年情況特殊，二哥不知道跑哪裡去了，大哥為了安全著想最好別出來，老五可能一直被壞蛋盯著，出來倒是能出來，卻不好來見你，免得暴露你的下落，老四最近不知道在忙什麼，都聯繫不上，現在能給你慶生的就只剩我了，這可是個獨占你的好機會，我必須得好好在意一下。」容洲中故意說著，撞了他肩膀一下，「怎麼樣，想怎麼過？我給你包架飛機，在你學校門口撒糖果怎麼樣？」

時進受不了地回道：「這什麼爛主意，你當我是小孩子還是天真爛漫的小女生？B市能讓你亂玩飛機嗎？別總想著搞個大新聞，我現在需要低調。」

「這也是。」容洲中不大甘心地放棄這個慶祝計劃，見他一副真的對過生日沒興趣的樣子，確認問道：「你真的不想慶祝生日？」

時進抬眼看向他，肯定說道：「不想，一點都不！」

「那好吧。」容洲中妥協。

一路無話，汽車穩穩停在學校門口。

在時進下車前，容洲中突然又開口說道：「之前我因為幫不上你而覺得心情不好，現在我卻有點慶幸我之前沒能幫到你，沒讓那些壞蛋知道我也是你的哥哥。小進，現在只有我可以沒有壓力地來找你，所以你心情不好的時候，就儘管來找我撒嬌吧，我年末很閒，可以隨時來陪你。」

時進回頭看他，突然傾身抱了他一下，然後和開車的卦三道了再見，拿著背包下車。

在娛樂圈混的人，年末會很閒？

他穿過馬路進入校園，把背包甩到背上——怎麼可能。不過，還有個哥哥可以正常見面，他覺得很開心。

四家聯合起來的攻勢，哪怕是滅也招架不了多久，很快，滅就被逼著徹底放棄X區和DL區的利益，並迅速後縮生意網。

午門和蛇牙趁勝追擊，開始瘋狂吞噬滅留下來的利益。千葉和狼蛛則因為生意重心不在國外，所以有所收斂，把大部分利益都讓了出來。

這是白聯盟成立以來，在和滅的爭鬥中，他們迎來的第一次大勝利。

然後在某天，魯珊發現一點不對。

「我放在R國的一個重要屬下被暗殺了。」會議上，魯珊拋出一張一個男人被槍殺的照片，表情很沉，「大家注意，廉君的反擊可能要來了。」

孟青覺得她小題大作，說道：「滅現在被我們壓著打，生意網都縮了一半，哪還有餘力反擊。

只是死了個屬下而已，妳太緊張了。」

「孟青，收收你的自負，我和廉君打了這麼多年的交道，他做事的節奏風格我最清楚，往往那些我們不在意的、或者覺得無足輕重的細節，就是他鋪網的開始！」魯珊表情嚴肅，強調道：「不能再繼續猛追了，全部把力量收回來，接下來這段時間，我們要以防備為主。」

「不行。」袁鵬第一個提出反對意見，「我X區連通國內的新生意網就要成了，這時候退，等於是白白浪費前段時間的努力，還把從滅嘴裡咬下來的肉，還了一部分給它，給了它喘息之機。」

魯珊搖頭說道：「別被利益沖昏頭，袁鵬，太過冒進，小心被反噬。」

袁鵬根本聽不進去，他最近好不容易過了點舒坦日子，還在孟青的支持下，在聯盟裡拿到點話語權，現在想讓他放棄利益，老老實實聽魯珊的話，他不願意。

魯珊皺眉，又看向孟青，說道：「你怎麼想？」

孟青做出苦惱的樣子，說道：「大家都是一起行動的，利益都牽扯在一起，也不是妳說退就能直接退的，不如我們再觀望一陣子？」

這就是不贊成退了。

魯珊表情一沉，又看向齊雲。

「再觀望一下吧，不過魯珊說得對，午門和蛇牙現在擴張得太快，是時候沉澱一下，滅自己的爛攤子已經太大，暫時還緩不過來，也無法組織有效的反擊，大家可以不用這麼急。」齊雲開口，一邊幫著說了一句。

最後經過一番商討，大家一致決定再觀望一下，然後稍微收攏一點攻勢，先穩住現在的生意網。魯珊明擺著不大同意這個決定，但三對一，她最後只能無奈妥協。

又過了兩天，魯珊埋在H國的一個重要屬下也悄無聲息地死了。

魯珊直接炸了，在會議上罵道：「肯定是廉君！我殺了他一個屬下，他居然殺了我兩個，好，

愛呦文創

愛呦文創

生存

TRYING TO LIVE

進度條

不會下棋 著

黎九崢

登場年齡：26歲

身高：178 cm

PROFILE

個性：偏執的天才，容易鑽牛角尖，經常陷入自己的世界，
自虐型和討好型人格，喜歡玩手術刀，後期慢慢矯正

專長：醫術

興趣嗜好：看書

喜歡的顏色：白色

喜歡的食物：餃子和春捲

最在意的人事物：母親、時進

I
950

好得很！」

孟青和齊雲聞言對視一眼，稍微安慰了她兩句。袁鵬則皺了眉，想起自己也參與了上次的事，心裡警醒起來。

暗殺還在繼續，並且頻率越來越快，十二月還沒到，魯珊手底下就折了六名大將，從外通往離島的生意鏈因為失去好幾個關鍵負責人，進入暫時停擺的狀態。

「我必須撤回在外的力量了。」又一次會議上，魯珊暴躁說著，狀態看上去很糟，「總共六個人，直接扯了我一整條線！我確實對滅有點瞭解，但明顯廉君更瞭解我！無論我怎麼防備，我的人還是一個接一個地死了，再這麼下去，我在離島的根基根本不用廉君怎麼花力氣對付，自己就會崩掉！我得把周邊的力量撤回來補這部分窟窿，死守住我還剩下的幾個重要屬下，你們別攔我。」

另外三人對廉君這招釜底抽薪也很心驚，並沒有為難她，還表示可以提供幫助。

魯珊連忙擺手，說道：「別，你們顧自己吧，廉君的反擊絕對沒完，大家都小心點。」

時進生日前後那兩天，小推車不得不重出江湖。時進有些無語，沒想到今年幾位哥哥依然給他寄了大堆生日禮物。

其實相比起去年，大家今年寄過來的禮物數量都稍微克制了一點，但因為今年容洲中沒有像去年那樣提前把禮物送給時進，而是選擇用快遞的方法把禮物送過來，以及不方便過來的黎九崢也用快遞寄了禮物過來，所以箱子的總數看著並沒有比去年少多少。

「我的天吶，一整盒的墨鏡，時進，這是你哪個親戚送的禮物，也太……」劉勇的表情十分一言難盡，從盒子裡取出一副墨鏡看了看，有點手抖，忍不住驚呼：「臥槽，鑲著珍珠，這珍珠是真

的還是假的……」

時進默默蓋上這盒墨鏡，說道：「我這個親戚是位墨鏡發燒友，所以……那什麼，晚上我請你們吃飯吧，你們想吃什麼，火鍋還是小炒？」

劉勇本著宰土豪的心情，認真說道：「我想吃海鮮大餐！」

時進用看智障的眼神看著他，說道：「如果你能在學校裡找出一間賣海鮮大餐的店出來，我就請你吃。」

劉勇扼腕：「為什麼你的生日不是在週末，可惜。」

當天晚飯時間，時進又接到警衛大爺的電話。他有些疑惑，五位哥哥的禮物他已經全都收到了，怎麼還有快遞過來？

劉勇眼睛一亮，立刻祭出小推車，「又有寶藏過來？」

時進迷茫搖頭，帶著他和羅東豪去了校門口。

警衛大爺遠遠見到他過來，連忙熱情地朝著門外一伸手，說道：「同學，你的外賣！」

外賣？時進意外，側頭朝著大爺指的地方看去，就見那裡正停著某家老字號飯店的外賣餐車，車外還站著個穿著侍者制服的人。那人在警衛大爺的呼喚下看到時進，連忙拿著賀卡迎上去，停在時進面前，微笑著把賀卡遞過去，說道：「是時先生嗎？我是ＸＸ飯莊的外送員，今受您兄長的囑託來給您送生日餐，祝您生日快樂。」

時進接過賀卡打開，一行手寫的小字展現在他眼前：今年也要吃長壽麵喲，祝小進長命百歲，生日開心，哥哥愛你。【愛心】

他看著那個愛心，突然覺得鼻子有些發酸，急忙抬手揉了揉鼻尖。

第一場雪落下來的時候，卦五的死訊傳來。

當時時進正在整理老師劃下的期末考試複習重點，在察覺到口袋裡的手機震動時，他像是有了預感般，心陡然沉了下來。

「卦五死了。」電話接通後，廉君的聲音通過手機聽筒傳了過來，近在耳邊，直鑽入心底，「他在暗殺完目標人物撤離時，不幸碰到狼蛛回撤的大部隊，被他們堵在離島上，他怕被捉住成為狼蛛威脅我的籌碼，選擇自我了斷。跳海死亡，找不到屍體。」

時進明知道這些都是假的，聽了卻還是覺得有些難受，淺淺吁口氣，停頓一會後問道：「他現在安全嗎？」

「那個時間海邊經常有漁船駛過。」廉君沒有答得太詳細，又問道：「週末我去接你？」

時進仍是拒絕：「別，不安全。」

廉君那邊沉默了一會，問道：「那讓卦三去？」

時進應了一聲，想問問他下一個離開的人是不是卦三？嘴張開，又默默閉上了。

有什麼好問的呢，這不是顯而易見的事情嗎。

意外逼死了卦五，魯珊並不覺得多麼開心。她在開會時稍顯煩躁地拍了兩下桌子，說道：「你們別不信我，廉君就是個瘋子！這個卦五跟了他那麼多年，現在死在我這裡，我真是……別說我慫，從現在開始我要死守我國內的一畝三分地，你們誰也別想再把我扯出去，廉君發起瘋來誰都扛不住，我得把我的根基穩住。」

袁鵬不理解她的焦躁，甚至覺得她腦子有病，說道：「是妳說必須要對那些卦下手的，現在妳走運弄死了一個，怎麼又自己慌起來了？廉君折了個屬下，妳不該覺得開心嗎？」

「那現在的情況和當時的情況能一樣嗎！我可是死了六個屬下，足足六個！如果是你那邊死了

六個區域負責人，你慌不慌？」魯珊又拍了下桌子，見孟青和齊雲都皺眉看著自己，頓了一下，稍微壓了下脾氣，緩聲說道：「不是我要危言聳聽，實在是那個廉君太聰明！他想做的事我就沒有一次猜對過，現在滅在國外的生意一團糟，他不尋思著收拾就算了，居然跑過來殺我的人，你們能猜出他這樣做的目的嗎？能嗎？換了我們在座的隨便一個人，在國外生意亂成那樣的情況下，我們會像他那麼做嗎？」

沒有人回答，魯珊問到點子上，如果他們是廉君，在滅已經這麼亂糟糟的情況下，他們確實不會像廉君這樣特地調一個得用的屬下，跑去暗殺幾個似乎對現在的局勢並沒有什麼影響的敵方屬下。

「廉君好像完全沒有想要挽救國外生意的打算。」齊雲開口，語速放得有點慢，似乎在邊思考邊說，用詞很慎重：「從MZ到現在的X區和DL區，他都是一路打、一路退，等生意死透了再報復，沒有什麼有效的救市舉動，總覺得……有點奇怪，以廉君的能力，不該把局面弄成這樣。」

「就是這個！」魯珊坐直身體，一副自己想說的話，終於有人懂了的樣子，「奇怪！這個是重點！每次我一覺得廉君做的事很奇怪，我後面就要吃大虧！反正我覺得現在的局勢有點不對勁，大家必須小心一點。」

孟青也皺著眉，仔細琢磨了一下目前的局勢，「但現在的局面，確實是我們耗費資源打出來的，除非……我們從那個卦九那裡拿到的資料有假，我們一開始就鑽套了。」

「不可能！」袁鵬第一個否定，肯定說道：「那些資料我們在最開始就核查過，你們也都說資料應該是真的，現在再來判假，不覺得很荒謬嗎？魯珊，妳不要危言聳聽擾亂軍心，妳太怕廉君了，所以總是不自覺放大他的行為，妳這樣意志不堅定的人，實在不適合當行動的領頭人。」

魯珊冷笑，諷刺道：「我不合適，難道你就合適了？處事謹慎一點就成了你口裡的意志不堅定，你對我的偏見可真是深。袁鵬，知道蛇牙為什麼總也成不了大氣候嗎，就是因為你的魯莽和沒有大局觀！」

「妳……」

「好了！」孟青拍了下桌子，沉著臉掃一眼兩人，「現在不是吵架的時候，都冷靜一點。」

魯珊和袁鵬全都閉了嘴，最後魯珊像是忍不住了，為自己辯解道：「說是四家聯盟，但現在我們這四家，午門和蛇牙得了好處，千葉隱在二線沒受任何影響，就只有我狼蛛被廉君戳成了篩子，別怪我這個態度，那是因為錘子沒砸到你們頭上，你們不知道疼。」

她說得也有道理，局面發展到現在，確實是狼蛛一直在吃虧。

孟青緩了語氣，說道：「妳放心，大家會幫妳一起撐過狼蛛這次的難關。」

魯珊按住額頭，沒有說話。

齊雲突然說道：「會不會這就是廉君的目的？把我們逐個擊破，內部分化我們。一對四對滅來說，顯然是不現實且很吃力的，但如果只針對打擊一個，以滅的實力，卻是輕而易舉。卦五在滅的地位很高，廉君特地派他去暗殺狼蛛的重要負責人，想來是很重視這次針對狼蛛的暗殺行動。魯珊說得對，廉君不會做沒意義的事。」

另外三人全都朝他看過去，順著他的話思考起來。

齊雲繼續試著分析道：「還有一個可能，廉君花這麼大力氣暗殺狼蛛的高層，會不會是故意想向魯珊施壓，逼她把力量回撤，使我們在國外對滅的整體壓制和攻勢出現一個缺口，然後趁機做點什麼。」

這猜測一出，孟青和袁鵬立刻表情凝重，現在國外的利益大部分是被他們兩家分了，如果廉君真的打算引走狼蛛的力量，鑽空子搞文章，那他們就危險了。

他們忍不住朝著魯珊看去。

魯珊接受到他們的視線，想也不想就拒絕道：「不，我不可能再把力量調去國外，萬一廉君這時候再派別的人來暗殺我的屬下怎麼辦？這樣的損失我真的再也承受不住了。」

孟青和袁鵬深深皺眉，一個心裡仔細盤算起來，一個則明顯變得焦躁。

「妳這樣只顧著自己，算什麼盟友？」袁鵬忍不住出聲質問。

魯珊臉一沉，說道：「我只是你的盟友，不是你媽！讓我頂著自己完蛋的危險去保護你，去賭一個還不確定的可能，我辦不到！我看是你不把我當盟友才對，萬事只考慮自己！」

「別吵了！」孟青出聲打斷兩人的話，看向齊雲，問道：「你有什麼想法？」

齊雲掃一眼劍拔弩張的魯珊和袁鵬，回道：「狼蛛現在的情況確實很危險，這樣，我這邊可以撥一些人去狼蛛幫忙，至於國外的部分，魯珊，我希望妳還是堅持一下，我們各自負責的區域不同，現在周邊有些地方的生意只有狼蛛可以操作，妳撤了，對我們來說確實不利。」

「我也可以撥人去幫忙。」孟青也開了口，看來是很滿意齊雲的建議，看向魯珊說道：「妳別急，大家是盟友，妳那邊有危險，大家肯定會幫忙的。」

袁鵬沒表態，讓他去幫魯珊，還不如殺了他。

齊雲和孟青全都做了退步，魯珊的表情總算好看一點，妥協說道：「那我再堅持一陣……大家必須儘快找到突破口，僵持的局面不能長久，我們要麼繼續前進，要麼就此罷手，再拖下去，保不準廉君又能琢磨點什麼出來。」

孟青聽她又說起了風涼話，差點沒忍住露出不耐煩的樣子。

好在齊雲迅速開口，接了魯珊的話：「罷手已經不大可能，滅和我們現在是不死不休的局面。也確實不能再繼續僵持，我覺得我們應該回歸到最初的計劃，滅在國外的生意，之所以還能在我們的強攻下垂死掙扎，是因為有卦八和卦十幫忙撐著，我們上次沒能殺了他們，這一次，我們必須想辦法把他們解決掉。」

這是齊雲第一次提出計劃，三人全都看著他，魯珊開口問道：「那你要主導這次的暗殺嗎？」

齊雲微笑，「大家都有各自要忙的事情，這次就由我來吧。」

度假山莊，書房。

廉君燒掉屬於卦五的資料，然後一次性把卦八、卦十，還有卦三的資料全部抽出來。

恰逢週末，時進回到山莊，此時正窩在書房的沙發上和馮先生一起確認期末考試的複習大綱。他稍微聽了一耳朵廉君和魯珊的電話，此時見廉君又是點火燒紙，又是往外拿資料的，很快意識到了什麼，側頭看向廉君手裡的三張紙，說道：「這次要派三個人出去？難道卦一和卦二也……」

「不是他們，是一直在外面的卦八及卦十。」廉君回答，看向時進面前正掛著通話介面的平板，問對面的馮先生：「您老想要什麼時候離開？」

時進一愣，扭頭朝著視頻通話對面的馮先生看去。

馮先生頭髮又白了一些，但精神氣依然很足，聞言冷哼一聲，說道：「你少操心我，先把小子們安排好吧，我清清白白的，到時候隨便找個培訓學校一待，就夠養老了。」

「話不能這麼說，萬事還是小心一點比較好。」廉君搖頭，問道：「等時進期末考試結束，我安排您去環球旅行怎麼樣？或者我給您組一個老年科考團，您可以去做些您喜歡的事情。」

馮先生聞言臉黑了，「你都安排完了還問什麼問！自作主張的混小子，一點都不尊師重道！」

說完直接把通話掛掉了。

時進回頭去看廉君。

廉君回看向他，把手裡的資料反扣在書桌上，走到他面前，伸手摸了摸他的頭，輕聲說道：「今年的新年可能會冷清一些……我會想辦法把黎九崢請過來的，還有時緯崇，他一個人在國外療養院待著，母親又是那個情況，新年應該不好過，我們也把他接來怎麼樣？」

「不用。」時進連忙阻止，看向他反扣在書桌上的資料，問道：「我能看看那些嗎？」

廉君沉默，又摸了摸他的頭，說道：「時進，要怎麼去過新的人生，是他們的自由，我們能做的，只有祝福。」

時進收回視線，伸臂抱住他的腰，把腦袋埋在他的胸腹間。

「把五哥接來吧。」過了好一會他才開口，又補充道：「大哥那邊，你跟療養院那邊說一聲，好好關照他一下，我也會讓二哥多注意一點大哥的。」

廉君應了一聲，彎腰吻了一下他的頭頂。

【第九章】

不要說再見

這週依然是由卦三送時進返校。兩人都沒說話，直到車停在學校門口，時進要下車時，卦三才開口說道：「時少，新年快樂。」

這個新年祝福提前太早，時進開門的動作一頓，低頭用力眨了眨眼，笑著回道：「我還是比較喜歡聽你喊我的名字。」說完拉開車門下車，頭也不回地朝著校門走去。

卦三目送他的背影消失在校門內，靠到椅背上發了會呆，然後抬手抹了把臉，調頭離開。

地獄般的複習週開始了，時進整天泡在圖書館，頗有些兩耳不聞窗外事，一心唯讀聖賢書的味道。轉眼週末來臨，時進在放學後來到校門口，找到熟悉的車，面無表情地拉開車門坐進去。

卦二滿臉不滿，「你這是什麼表情，看到是我來接你，很不樂意？」

「你廢話太多了。」時進依然面無表情，翻出複習資料說道：「每次你來接我，我的耳朵就清淨不了。你今天安靜一點，我要複習功課。」

「嘖，說話真不好聽，你也不怕坐車的時候看書頭暈。」卦二嫌棄嘀咕，發動了汽車。

這個週末，時進沒在山莊看到卦三。他在小樓門口架了個火堆，用錫紙包了幾個紅薯塞進去，用撿來的柴火烤了幾個紅薯，分給大家吃了。

最後紅薯多出來三個，卦二還想吃，時進沒讓，面無表情地把紅薯埋到土裡。

「熟了的紅薯就算埋到土裡，來年春天也發不了芽，長不成新的紅薯，你這麼浪費掉，還不如讓我吃了。」卦二仍對那些香甜的烤紅薯虎視眈眈。

時進翻了一個白眼給他，用手沾了點柴火灰，抬手抹到他臉上。

期末考試結束後，寒假來臨，時進回到山莊，整天悶在廚房裡，研究各種或黑暗或奇葩的料理。卦二吃得頭皮發麻，見到他就跑，兩人吵吵鬧鬧的，把沒什麼人的山莊襯得熱鬧了點。

一直失聯的向傲庭在某個下雪天突然給時進打了電話，問他今年的團圓飯是什麼時候吃。

時進趴在小樓客廳的窗邊，看著外面堆積得厚厚的雪，笑著回道：「今年不吃團圓飯了……等

明年天氣暖和了，大家再找個時間出來聚聚吧。四哥，你最近在忙什麼，怎麼一直聯繫不上你？」

「出了個任務。」向傲庭回答，突然說道：「小進，你別難過。」

「四哥你說什麼呢，我有什麼好難過的。」時進依然聲音帶笑。

向傲庭沒有接話，過了好一會，時進又妥協似地放低語氣：「四哥，我心裡憋得慌。」

向傲庭安慰道：「沒事的，再忍一忍，明年夏天之前，一切都會結束的。」

時進愣住，心裡一緊，趕忙坐起身問道：「你這話是什麼意思？你為什麼這麼確定一切會在明年夏天之前結束，難道官方那邊要有什麼動作了？」

「你別急。」向傲庭連忙安撫。

「我怎麼可能不急，四哥你……」時進突然想到了什麼，硬是壓下繼續詢問的欲望，說道：「是祕密行動對不對？對不起，我不該打探這些的……四哥，廉君會有危險嗎？」

「不會的。」向傲庭答得肯定，帶著承諾：「你和他都會沒事的，小進，你別急，官方在忙的事，廉君不一定不知道。」

大家都沒想到，齊雲的行動居然這麼有效率。他們前一天才在會議上定下要在守住自身的情況下，想辦法殺掉卦八和卦十的計劃，齊雲第二天就鎖定了卦八和卦十的方位。

孟青有點疑心：「難道你在滅安插了探子？」

齊雲好笑擺手，「如果能安插進探子就好了，我只是一直派人緊盯著滅這一陣子的生意動向，幸運推測和僥倖鎖定了他們的位置而已。先不說這些，卦八和卦十的真實長相，大家都不確定，為了避免這次我鎖定錯了人，我需要你們的協助。」

「怎麼幫？」魯珊詢問。

「這次的行動，最好一條漏網之魚都不要放過，我希望你們幫我封死卦八和卦十的逃跑路線，我要關門打狗。」

「可以。」袁鵬第一個表態，積極回應，贊同道：「國外的局勢不能再這麼僵著了，卦八和卦十必須死。」

針對卦八和卦十的追殺開始了，齊雲確實有些本事，只花了一個星期的時間，就把卦八和卦十各自逼死在一個無法求援的孤島裡。

不過齊雲沒有立刻去殺他們，而是打起活捉的主意。

袁鵬不喜歡這種臨時更改計劃的行動方式，忍不住催促道：「直接殺了他們不行嗎！這兩人眼見著自己要死，居然開始不管不顧地自毀生意，想拉我們一起下地獄，而且廉君肯定已經發現不對，援軍說不定就在路上了，別耗著了。」

齊雲還是淡定的模樣，安撫道：「稍安勿躁，來了援軍更好，更方便我們談判。廉君重情，活的卦八和卦十，絕對比死了的更有價值。」

「那要捉就快捉。」魯珊也皺著眉，有點煩躁，「我這邊真的耗不起了，就像袁鵬說的，卦八和卦十開始不管不顧地經濟反撲，我得調資源和人手去防備，太艱難了。」

孟青心裡計較了一番，說道：「需要我幫忙嗎？我可以派人和你一起捉。」

齊雲看他一眼，臉上沒什麼，手指卻不開心地摳了下桌面，回道：「這就安排去捉人了，大家稍安勿躁。」

當天晚上，千葉的人開始收攏包圍圈，想活捉卦八和卦十，然而就在他們各自接近卦八和卦十的躲藏地點，準備衝進去的時候，爆炸聲響起。

卦八和卦十死了，自爆，死無全屍。這邊爆炸剛起，國外各大區的滅的分部突然就一起行動起

來，以迅猛的態勢，朝著四大組織的各個據點直攻而去。

同一時間，國內狼蛛位於離島和G省的據點突然被攻擊，國外連同國內一場大混戰毫無預兆地拉開了序幕。

廉君把爭鬥直接從經濟層面，上升到最無可挽回的火力衝突和地盤攻擊階段。午門等組織毫無防備，被打了個措手不及。

蛇牙首當其衝，位於X區的好幾個據點連夜被撬。它因為之前要鋪開生意網，所以人員力量過於分散，又因為要幫千葉圍堵卦八和卦十，所以把人員調離據點，導致面對滅的猛攻，它的各個據點幾乎是毫無反抗之力就被打散了。

「他瘋了嗎？」袁鵬驚怒不已，不敢置信，「這麼直接開火，他到底想幹什麼，他真的不想要國外的生意了嗎？」

「我就說要小心防備廉君的反擊，不要貪利、不要妄動……該死，廉君是真的瘋了！」狼蛛的情況更糟糕，是國內外一起被打，魯珊焦頭爛額，忍不住咒罵。

孟青掛掉屬下打來的電話，皺眉說道：「這次帶隊展開國外攻勢的是卦三，廉君早有準備，他們一開始打的就是直接動火的主意，從來沒想和我們打什麼經濟戰！」

齊雲眉頭緊皺，心情很不妙，他以為他終於勝了廉君一籌，摸清廉君的目的和想法，結果事實卻給他狠狠一耳光。不過他很快就收斂這些情緒，好好回憶了一下滅這幾個月的動向和現在的局勢，心裡一驚。

「我明白了。」他突然開口，聲音乾澀：「完全不挽救生意，連客戶都敢殺，任由我們鋪網占據利益，把屬下的性命當做誘餌和棋子，再趁我們勢力鋪得太分散時一波猛攻……」

孟青皺眉看著他，說道：「你說什麼呢，亂七八糟的。」

「一點都不亂。」齊雲看向他，表情沉得可怕，「好好想想廉君這段時間做的事，他完全不自

保、不自救，任由滅一步一步被我們重創，再反過來拉我們下水，只有一心求死的人，才會這麼不管不顧地消耗自身資源。孟青，別再保留實力了，這次大家不拿出全力來，恐怕全得被滅拉著一起下地獄！」

四大聯盟開始反擊，大混戰終於開始。

前期的突襲優勢，為滅在國外的爭鬥奠定良好的基礎。蛇牙被打得凝聚不起力量；狼蛛要分心應對國內和國外的聯合攻勢，反擊顯得疲軟；午門還有一戰之力，但因為孟青依然想儘量保全生意，所以打得束手束腳；千葉是最難啃的一塊骨頭，滅從一開始就派了最主力的力量去動它。

在滅不顧後果的猛攻下，蛇牙和狼蛛很快成為聯盟十分明顯的弱點，特別是蛇牙，它才被打了半個月，國外的勢力網就全崩了，生意也全部被廢。狼蛛緊跟其後，國外的勢力網搖搖欲墜，在國內及國外無法兼顧的情況下，魯珊不得不做了儘量保全國內的決定，乾脆俐落地放棄國外的全部勢力和利益，收攏力量。

袁鵬驚怒交加，在會議上朝著魯珊吼道：「妳居然直接撤了，妳想丟下大家當逃兵嗎？」

「當逃兵也比耗死在這裡強，我不能讓外面的那點生意，影響了我的根基！」魯珊拍桌子吼回去，一點不讓。

孟青這次可沒什麼心情去勸他們別吵架，沉著臉坐在一邊，任由他們吼來吼去，也不知道在想些什麼。

最後是齊雲開口打斷魯珊和袁鵬的爭執，各自安撫一下後，朝著孟青說道：「老孟，蛇牙本身根基不穩，狼蛛還要兼顧國內，現在國外能打的，就只有你我，別再顧忌那些生意了，廉君捨了一切和我們打，我們不拿出全力是鬥不過他的。」

孟青怎麼可能不明白這個道理，他就是不甘心！午門紮紮實實發展這麼多年，好不容易才爬到現在這個位置，有了現在的規模，要讓他一下子放棄國外的利益和地盤，和滅死磕，他做不到。

「廉君確實太聰明了，放任了根基不穩的蛇牙狂吞利益，劍走偏鋒地殺了狼蛛的重要高層，逼狼蛛分心顧慮國內，還用生意拖住你……我們四家，居然一下子就被安排了三家，滅確實無法一對四，但要一對二，或者一對三，在捨棄全部的情況下，它確實可以拚一拚。」齊雲還在說著，語氣不疾不徐，淡定得彷彿被打的不是他一樣，「魯珊說得對，我們之前不該妄動、不該冒進，甚至不該主動去吃掉滅的生意。」

孟青聽得煩躁不已，忍不住說道：「你現在來給廉君戴高帽是想長敵人志氣嗎？他確實聰明，但他再聰明也只是個瘸子！」

魯珊差點沒忍住翻白眼，瘸子又怎麼了，瘸子都比你厲害！

「齊雲，你說這些是想幹什麼？大家聚在一起可不是來聽你誇廉君的！國外我們奮力爭一把，未必贏不了廉君，你別太小看大家！」袁鵬也開了口，態度很糟糕。

「我是想讓你們冷靜一點。」被這麼懟，齊雲也並不動氣，他拿起茶杯喝了口茶，緩緩說道：「廉君想拖著大家一起死，他這麼做，背後肯定有官方的授意，國外這場仗，我們怎樣都是贏不了的。魯珊的做法是最正確的，我們現在最該擔心的是國內。」

魯珊心裡一動，側頭朝他看去，面上卻做出附和的樣子，說道：「確實，以我的瞭解，廉君如果真的打著和大家一起下地獄的主意，那在我們專注國外的時候，他很可能會突然在國內拉開戰火。大家都好好想想，是國外那些隨時可以重建的據點和生意網重要，還是在國內的根基重要？」

孟青和袁鵬聽得心裡一凜，壓下情緒冷靜思考起來。

齊雲看一眼魯珊，讚賞說道：「不錯，就是這個道理。」

「那國外就不打了？我們直接回防國內？」袁鵬詢問。

齊雲搖頭，分析道：「不，要打。我們要給廉君製造一個我們仍然注意國外的假象，然後在國內聚集力量，像這次滅突襲我們一樣，打滅一個措手不及！根基對我們來說很重要，對滅來說，又

何嘗不是呢？」

孟青忍不住坐直了身體。

齊雲掃一眼眾人，問道：「要打嗎？」

孟青第一個拍板，沉著臉說道：「打！無論如何，滅都必須散！」

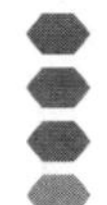

「午門開始放手反擊了。」卦一彙報，眉頭緊皺，「卦三一個人主導國外的局勢，會不會太吃力了點？」

廉君手指點了點桌面，說道：「讓他不用太過努力，該放棄就放棄，資源想用就用，必要的時候可以找官方調人手，章卓源會給的。卦七到哪裡了？」

卦一手指一緊，回道：「已經到國內了。」

「讓他去蛇牙的大本營V省埋伏起來。」廉君吩咐，看了眼日曆，說道：「年前或者年後，你和卦二挑個日子吧。」

終於還是到了這一天，卦一沉著臉，忍不住說道：「君少，讓我陪著你吧。」

廉君搖頭，說道：「卦一，國內的混戰隨時可能開始，章卓源已經有了小動作，你和卦二必須儘快撤離，否則就走不了了。」

「走不了就不走！」卦一上前一步，堅定說道：「君少，讓我跟著你！」

「卦一！」廉君沉了表情，「這是命令！」

卦一身體一震，不甘地握緊拳，後退一步，良久，低頭應道：「是。」

廉君緩和了神色，又補充道：「讓卦六也準備一下，還有下面的卦十一……今年的團圓飯，大

家都提前吃吧。」

卦一再次應是，頭始終沒再抬起。

黎九崢是在距離過年還有半個月時抵達度假山莊，卦二親自去接人。見到時進後，黎九崢立刻上前抱住他，把臉埋在他的肩膀處。

時進愣了一下，然後笑著回抱住他，拍了拍他的背，問道：「醫院忙不忙？讓你這麼過來，很困擾吧？」

「沒有。」黎九崢搖頭，慢慢鬆開他，仔細打量一下他的臉，皺眉，「你瘦了。」

「是嗎。」時進抬手摸了摸自己的臉，笑得眼睛都彎了起來，「瘦點好，免得過年吃得太好，胖成一頭豬，回學校被朋友嘲笑。」

黎九崢眉頭皺得更緊了，抬手摸了摸他翹起的嘴角，抿緊唇沒有說話。

多了一個人，小樓裡總算又熱鬧了一點，大家為即將到來的新年做起準備，每天忙來忙去的，也沒時間去胡思亂想。

祭灶節的時候，時進在小樓前掛上一個大大的平安結，在下面站了好久。

外面風風雨雨，小樓裡卻和樂一片。

年二十七的時候，容洲中突然來山莊，硬拉著時進吃了一頓提前的團圓飯。吃飯時，他做主挨個給向傲庭、費御景、時緯崇撥了視頻電話，大家隔著螢幕笑談，也隱約有了點團圓的味道。

時隔快一年，時進終於又見到時緯崇，和對方說話時，他一直小心盯著進度條，見進度條沒有降，才稍微放了心。時緯崇發現他的心不在焉，以為他依然不大能接受自己，眼神黯然一瞬，漸漸

的話便少了下來。

年三十那天，廉君和章卓源吵了一架，是章卓源先挑起來的，他覺得廉君的屬下一個接一個死得太蹊蹺、太快，認為這裡面有問題。

廉君眉眼間滿是冷意，「章主任，你說這話就不覺得誅心嗎？他們死不死，對你有什麼影響？我廉君是沒幫你攬了午門及千葉在國外的生意，還是反過來咬你一口了？」

章卓源辯解：「我不是這個意思，當初我們定下的約定裡，可沒有……」

「現在有了。」廉君沉聲打斷他的話，語含威脅：「這麼多年，我那些屬下幫你做了多少事，你自己心裡明白。章卓源，我也不怕和你撕破臉，別以為現在的局勢你就穩了，如果我抽身而退，我保證你這次會竹籃打水一場空！到時候午門和千葉只會比現在的滅更讓你頭疼！」

章卓源還是第一次見他這麼明顯的發脾氣，直接被震住，稍微軟了一點語氣說道：「我不是要和你撕破臉，只是我得知道你那些屬下的動向，他們身分特殊，上面這麼要求了，我只有……」

「那你讓你的上面來聯繫我。」廉君再次打斷他的話，語氣冷酷：「還有，死人哪來的動向！你想找卦五他們的下落？可以，卦五死在海裡，卦八和卦十連個全屍都沒有，卦九被狼蛛一槍斃命，屍體就地埋了，你儘管去找他們，看他們會不會回應你！」

章卓源有點頭疼，說道：「廉君，你……」

「我要人。」廉君突然又淡了語氣。

章卓源皺眉，「什麼？」

「國外的局勢已經支撐不了太久，如果我沒猜錯，結盟的四個組織很快就會在國內組織進攻，打滅一個措手不及。我留在國內的都是沒沾過人命惡事的底層人員，他們這些年老老實實做生意賺乾淨錢，比所有你保護的普通民眾都更守規矩，我不會讓他們去送命的。你撥人給我，我是在幫你們清掃國內環境，想全部讓我出人出力，不可能。」

章卓源震驚，聲音陡然提高：「什麼叫你留在國內的都是沒沾過人命惡事的底層人員，你的高層和中層人員去了哪裡？難道你把他們……」

「他們全部在國外，在最前線送命。」到了這個份上，廉君也不在意告訴他一些事情了，冷冷說道：「章卓源，別想著跟我秋後算帳，你當初答應我的條件，從現在開始，我要你一件一件做到。是你許諾要給我的屬下一個重新做人的機會，那麼從現在開始，所有『死了』的人，你最好不要再追究！話我放在這裡，國外官方不方便插手，所以我全部自己擔了，而國內，你不撥人給我，那國內我將毫無招架之力，大家等著一起死吧！」說完直接撂了電話。

「你什麼意思？廉君，廉……」章卓源聽著耳邊傳來的嘟嘟聲，放下手機，用力砸了一下桌子，低咒道：「居然來先斬後奏這一招，該死！」

書房裡死一般的寂靜，廉君看向沉默站在書桌後的卦一和卦二，說道：「章卓源敢這麼直接質疑我，應該是已經動了心思，你們今晚就動身。」

「君少……」卦二皺眉開口，想說點什麼，卻被卦一攔住。

卦一按住卦二的肩膀，問道：「君少需要我們做什麼？」

廉君看著他們，只說了兩個字：「活著。」

跨年的鐘聲敲響，時進看一眼二樓的方向，緊了緊身上裹著的毯子。

「三哥的節目怎麼還沒開始，太慢了。」黎九崢皺著眉，把剝好的堅果送到時進面前，問道：「睏了嗎？別等了，回房睡吧。」

時進搖了搖頭，接過堅果吃了一顆，看著電視裡正熱鬧慶祝著新年到來的人們，含糊說道：「再等等吧，快了。」

半個小時後，他們終於等到容洲中的單人節目，兩人一點都不熱情的把節目看完，嫌棄地評價幾句，然後關了電視。

廉君剛好從書房裡出來，下樓來到時進身後，摸了摸他的頭，說道：「太晚了，睡吧。」

時進看一眼樓梯，沒看到卦一和卦二的身影，縮在毯子裡的手緊了緊，然後笑著掀開毯子站起身，說道：「那睡覺吧，五哥，你也快去睡吧，晚安。」

黎九崢站起身，看一眼他翹起的嘴角，上前抱了抱他，轉身回自己的房間。

凌晨四點多的時候，時進一直放大的聽力裡，終於聽到一點響動。

開門關門聲，拖動行李箱的聲音，腳步聲……然後是隱約的汽車解鎖聲，開汽車後備箱的聲音，放行李箱的聲音，拉車門的聲音……最後傳來汽車發動的聲音。

「居然是這麼離開的，連句再見都沒說。」

是卦二的聲音。

「開車吧，天要亮了。」

然後是卦一的聲音。

夜很深，輪胎摩擦地面的聲音過去後，一切回歸安靜，彷彿什麼都沒有發生過。

時進閉上眼，抱緊廉君的腰，把臉埋在他的胸口。廉君像是睡著了，又像是沒有，微微收緊了抱著他的手臂。

第二天早晨，大家理所當然地沒有在小樓裡看到卦一和卦二的身影，沒有人提起他們，大家默契地聊著別的話題，彷彿卦一和卦二從來沒有存在過。

廉君這一天難得的不忙，和黎九崢一起陪著時進玩了一天的三人麻將。

晚一些的時候，章卓源給廉君打電話，這次兩人沒再吵架，心平氣和地說起正事。更晚一些的時候，劉振軍也給廉君打了電話。

三天後，卦三的死訊傳來，他在滅和千葉的一次正面衝突中，被流彈重傷，最後不治身亡。同一時間，國內各地突然一起爆發暴力組織之間的衝突，給這一年的新年蒙上一層血色的陰影。

孟青等人誰都沒想到，滅居然會硬扛住了他們的第一波國內突襲。

「怎麼可能，那樣的人員配備，廉君是怎麼辦到的？」

魯珊百思不得其解，「滅被我們拖了那麼多人在國外，又被我纏了一部分人在G省和離島，其他地區的人員配備應該沒這麼足才對，奇怪了。」

孟青也想不通，說道：「而且那些人太訓練有素了……不過有一點可以確定，廉君對我們國內的突襲，肯定早有了準備。他是太聰明，所以已經想到了，還是我們裡面……」說完掃一眼眾人，眼神含義不妙。

另外三人被看得皺眉，被懷疑過一次的魯珊更是冷笑出聲，說道：「孟青，你老毛病又犯了？這個節骨眼，你這麼說是想幹什麼，挑撥大家的關係？」

齊雲出來打圓場，「行了，別吵，老孟，現在說這些沒意義。」

孟青看他一眼，沒有說話。

會議氣氛變得沉悶，現在國外的爭鬥已經到了最白熱化的時候，國內的爭鬥也拉開序幕，大家頭上都懸著一把要落不落的刀，心情難免浮躁。

手機鈴聲突然響起，四人互相看了看，最後孟青皺了皺眉，拿出自己的手機。

一分鐘後，孟青不敢置信地站起身，朝著手機吼道：「什麼？滅在國外的勢力全部解散了？據點是空的？」

也不知道那邊回了什麼，孟青突然咒了一句「該死」，掛掉電話朝著眾人看去，說道：「我們又中套了！」

「什麼意思？」袁鵬連忙詢問。

「廉君就沒想著和我們在國外打！卦三死後，我們組織的反撲全撲了空，滅的人像是早就準備好了一樣，只一天的工夫就消失無影無蹤，現在滅在國外的所有據點都成了空殼！情況不對，我們

國內攻勢一起，卦三就死了，然後滅的據點就空了，這明顯是個圈套！」孟青失態咆哮。

「什……」齊雲不敢置信，然後陡然意識到什麼，說道：「章卓源！」

魯珊迷茫又著急：「什麼？到底是怎麼回事？為什麼又提到章卓源了？廉君國外的力量全散了，散去哪裡了？祕密回國了？」

「不是。」齊雲回答，額頭隱隱滲出冷汗，「原來是這樣，這才是廉君的目的……」

「什麼目的？你把話說清楚！」袁鵬忍不住催促。

齊雲看一眼眾人，說道：「我們都忽略了一個人——章卓源！在國外我們怎麼折騰都不要緊，但在國內，我們還是受官方束縛的合法暴力組織，一旦我們在國內做得太出格，官方就有理由動我們，這才是廉君打的主意，他就是要逼我們一起在國內動手……他還斷了我們往國外遁逃的後路，先把我們在國外的勢力全攪散了。」而且這個圈套，還是他鼓勵大家一起鑽的。

輸了，他又輸給了廉君。

眾人聞言一靜，然後齊齊後背一涼，後脖頸甚至感受到刀刃下壓的涼意。

「我要殺了他！」孟青咬牙開口，表情沉沉。

「廉君果然是官方的走狗。」袁鵬眼中滿是殺意。

魯珊則有點崩潰了，抬手按住額頭說道：「從和滅對立開始到現在，我們退是踩陷阱，進也是踩陷阱，主動攻擊肯定掉坑，忌憚防備就是被動挨打……玩不過，我們真的玩不過廉君。」

齊雲突然說道：「我們必須去和廉君談判，趁著現在國內爭鬥還沒激烈起來，廉君還沒拉著大家不死不休。」

「什麼？」三人異口同聲，一起朝他看去。

「談判……然後求和，事到如今，除非滅主動停下攻勢，否則我們只有死路一條。」齊雲咬牙壓下不甘，說道：「推個人出來吧，如果都不想去，那麼我去！」

「不行！」孟青直接否決，恨恨說道：「大不了大家以後不在國內混了，廉君必須死！」

齊雲看向他，沉聲說道：「我們這段時間把國外各地區的生意和勢力攪得亂七八糟，沒了國內的根基，我們無論去哪裡都是被針對被追殺的對象，孟青，現在不是意氣用事的時候。」

「讓魯珊去談判吧。」袁鵬突然開口，居然笑了起來，冷冷說道：「滅和狼蛛仇怨最大，仇敵向他服軟，應該會讓廉君心裡舒坦一些，而且魯珊是女人，以廉君的性子，他應該不會對年長的女人太過分。」

魯珊震驚，拍桌而起，怒道：「袁鵬，你找死！」

「這也是為了大家著想。」袁鵬一點不懼地迎著她的視線，滾刀肉一般聳了聳肩，說道：「大家是盟友，不是嗎？」

孟青心思一轉，視線在兩人之間掃了掃，說道：「那就魯珊去吧。」

魯珊不敢置信：「孟青，怎麼連你也……」

「我也覺得魯珊去比較合適。」齊雲也開了口，看向魯珊，語氣緩緩：「現在我們四家裡面，就屬狼蛛的處境最為艱難，妳去談判，確實更有說服力。」

魯珊被氣笑了，冷笑著掃一遍他們，點了點頭，說道：「你們現在倒是一條心了，好，我去當這個滅火器和炮灰，孟青、齊雲、袁鵬，你們可得好好記住你們今天說的話！」

魯珊說完直接掛了通話。

三人安靜了一會，然後孟青斂了表情靠回椅背，說道：「袁鵬，把狼蛛的肉分給你，你總該能穩住了吧。」

袁鵬笑得滿意，說道：「那是自然，只希望魯珊這個試路石能多試點東西出來，給我們多爭取一點準備時間。」

「準備一下吧。」齊雲眉頭微皺，心情可沒有他們那麼好，「接下來是場硬仗。」

賣了一個狼蛛，他們可不一定能全身而退。

時進發現自己和廉君的進度條開始漲了，廉君的漲幅較快，他的稍慢一些。他覺得有些心慌，急忙催促廉君儘快安排他自己撤退的事情。

「不急，等年後你去上學了我再離開。」廉君安撫，抬手摸了摸他的臉，「卦一和卦二他們還沒確定安全，魯姨也還沒從局勢裡逃脫，我現在不能走。」

「那起碼不要再待在B市了，去國外吧，到了國外，你一樣可以遠端關注遙控局勢，這裡太危險了。」時進還是不放心。

廉君搖頭，說道：「我不能動，一旦我動了，章卓源就要動了，再等一等。」

時進眉頭緊皺，情緒有點崩潰：「這也不行，那也不行……為什麼一定要這麼趕盡殺絕……」他抬手按住額頭，焦躁又痛苦。

廉君心疼地抱住他，慢慢順著他的脊背，看著窗外被陰雲籠罩的天空，說道：「因為官方不需要我這樣一個『幫手』，新的歷史上也絕對不能留下我的名字，我對於他們來說，是污點、是隱患、是必須抹除的存在。別擔心，我不會有事的。」

時進抱緊他，說不出話。

魯珊真的去找廉君談判了，十分大張旗鼓。結果可想而知，廉君並不樂意搭理她。魯珊把這事

告訴孟青等人，擺出一副「我已經努力過了，但對方死活不接茬，我也沒辦法」的態度。

孟青等人皺眉，最後齊雲站出來給出建議，讓魯珊去找章卓源居中牽線，聯繫廉君。

魯珊嘲諷地看他一眼，冷笑著應下了。

當晚，魯珊給章卓源打了電話，希望章卓源能幫她聯繫一下廉君，做一下談判的中間牽線人，並稍微解釋一下國內現在各大組織時常交火的情況，表示這種亂象很快就會結束，算是安撫了一下章卓源。

章卓源假模假樣地和她打了一會官腔，然後轉頭就打電話給廉君，問道：「你不會真的要和魯珊談判講和吧？你應該明白，現在的局勢是不允許你們講和的。」

這話說得就差直接讓廉君去和孟青等人抱團去死了。時進聽得想罵人。

廉君安撫地拍拍他，沒有因為章卓源的話動氣，心平氣和地問道：「滅現在國內的大部分據點裡，待著的都是官方的人，我等於把整個家底都掀給你看了，你現在來問我這個，是想侮辱我？」

章卓源噎住，厚著臉皮說道：「可你不是還有一批暗線沒有告訴我……」

「那些你不用知道，那是我最後用來和午門等組織同歸於盡的底牌。章主任，你也不想國內的暴力組織爭鬥變成持久戰吧，那樣國內的經濟肯定會大損。還是說，你已經另有打算？」廉君慢悠悠詢問，語氣堪稱親切。

章卓源聽得心裡一驚，說道：「打算當然是沒有的，我只是希望你在做什麼之前，能提前跟我打個招呼，我好有個心理準備。」

「那就告訴你吧。」

章卓源愣住：「什麼？」

「四大組織的聯盟，真正派來和我談判的人不是魯珊，魯珊只是他們推出來讓我出氣的炮灰，真正要和我談判的是午門的孟青，在魯珊高調告訴你，她希望和我談判之後，孟青已經派人給我遞

了消息。」

章卓源皺眉，意識到不對，問道：「孟青他們想做什麼？」

廉君語氣依然淡定，回道：「我大概能猜到一點孟青的計劃，他可能是有兩個打算，一個是單純送魯珊出來給我出氣，等我氣消後，他那邊再許別的好條件哄住我，換我的收手；另一個是告訴所有人魯珊來和我談判了，然後找機會殺了魯珊，嫁禍給我，用你發的那個惡意競爭條款逼你壓制我，給他們爭取一個喘息的機會。從目前的情況來看，我比較傾向後一種推測，所以章主任，別再把注意力放在我身上了，如果魯珊真的死了，最後的魚死網破就要來了，好好整理人手吧。」

章卓源越聽他分析越心驚，顧不得再和他掰扯，說了句再聯絡就掛了電話。

廉君掛斷電話後，時進立刻湊到他面前，眉頭緊皺。

「這樣，魯姨就能解脫了。」廉君看向他，嘴角微勾。

時進伸臂抱住他，板著臉揉了揉他的後腦杓。

年初八，魯珊從躲藏地回到G省，準備安頓一下後去找章卓源，讓他安排自己和廉君見面。當天晚上，孟青派去的暗殺人員鎖定了魯珊的位置。

一切準備就緒，孟青給廉君打了電話。

廉君直接拒接。

「他拒絕了。」孟青放下手機，看向視頻通話對面的齊雲，「廉君果然是鐵了心要和我們打，我和魯珊遞過去的橄欖枝他全都不接，魯珊那邊只能動手了。」

齊雲從沉思中回過神，聞言吩咐道：「那我們就動手吧，安排好暗殺人員，別嫁禍不成，反而

引火焚身。」

「放心，我派去的都是好手。」孟青十分自信，又問道：「這波過去，你有什麼打算？」

齊雲思索了一會，搖了搖頭，說道：「我之前說過，無論表象如何，官方暗地裡肯定是偏幫著滅的，這次就算我們殺了魯珊，讓滅背鍋，官方也不一定真的會動滅，多半只會做一些表面工夫應付我們。我們能爭取的喘息時間沒有多少，必須早做打算。」

孟青聽得皺眉，問道：「局勢真的已經糟糕成這樣？」

「不，是只會比我們現在看到的更糟糕。」齊雲臉色有些頹敗，「老孟，做好金蟬脫殼的準備，現在不是我們能不能打掉滅的問題了，是官方根本不會放過這次收拾我們的機會。官方的態度已經太明顯，這次我們大概是在劫難逃了。」

孟青臉色一變，說道：「可你前幾天不是還……」

「前幾天那是因為有袁鵬在。」齊雲看向他，不得不把話說得直白一些：「袁鵬沒什麼腦子，不給他製造一種我們還有可能掙扎的錯覺，他估計會第一個不管不顧地和滅撕扯起來。我們現在需要時間……總之你儘量安排吧，官方已經不允許有大組織繼續存在，我們只能先藏起來，等這次風波過去後，再用別的殼子另謀未來。」

孟青沉默，最後咬了咬牙，說道：「我明白了。」

年初十，魯珊從G省動身前往B市，準備找章卓源面談。當天晚上，她落地B市，入住狼蛛名下的某家酒店。

半夜，有疑似滅的人出現在狼蛛的酒店裡，要求和魯珊接洽，商量談判事宜。

第二天，當章卓源帶著人前往魯珊所住的酒店，準備和魯珊好好談談時，卻發現那裡火光熊熊，濃煙滾滾，魯珊的房間早已被一片火海吞沒。

章卓源大驚，給廉君打了電話。

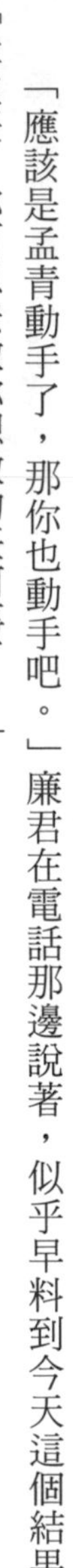

「應該是孟青動手了，那你也動手吧。」廉君在電話那邊說著，似乎早料到今天這個結果，「章主任，你可以去做你想做的任何事了。」

章卓源看著面前被消防車包圍的酒店，心裡突然生起一種夢想快要實現的不真實感，緊了緊握著手機的手，說道：「廉君，多謝。」

魯珊死了，狼蛛群龍無首，內部亂成一鍋粥。

袁鵬趁機在孟青和齊雲的幫助下，強勢入駐G省和離島，以盟友的身分吞掉狼蛛的生意。

另一邊，孟青和齊雲在魯珊死後，立刻以滅惡意競爭，殺掉魯珊的理由，把滅告到章卓源那裡，要求官方給滅下牌，並做出懲罰。

章卓源表面上驚怒不已，擺出要徹查這件事，狠狠收拾滅的意思，暗地裡卻已經調動偽裝成滅各個分部成員的官方軍隊，做好打著滅的旗號，清剿午門、千葉、蛇牙的準備。

沒人知道的暗處，孟青和齊雲正背著袁鵬偷偷分割清點自己的力量，緊急打造後路。

局勢一觸即發，然後，新年結束了。

◆◆◆◆

廉君在用完這個月的藥之後，對著正在整理醫藥箱的龍叔說道：「走吧。」

龍叔收拾東西的動作一頓，皺眉看他。

「你和黎醫生一起去蓉城，那裡會有人接應你，送你出國。」廉君壓下用藥後的噁心嘔吐感，起身來到書桌後，翻出一個文件袋，遞給龍叔，「這個，你的新身分，總共三個選擇，你自己選一個。龍叔，這麼多年，辛苦你了。」

龍叔站直身，看著那個文件袋，沒有接。

「走吧。」廉君又把文件袋往他面前遞了遞，加重聲音喚道：「龍叔。」

龍叔板著臉，說道：「每個月的藥……」

「別擔心，只是對著胳膊扎一針而已，我自己就會，而且也沒剩幾針了。」

龍叔又看一眼低著頭沉默坐在一邊的時進，手掌緊了緊，接過文件袋，彎腰提起醫藥箱，大步走到門邊拉開門，跨出去後又停了腳步，頭也不回地說道：「別讓我白髮人送黑髮人。」說完帶上書房門。

黎九崢拿著行李箱等在小樓門口，見龍叔出來，彎腰把箱子提起來，然後後退兩步，仰頭朝著書房的窗戶看去。

時進剛好走到窗邊，見狀連忙擠出一個笑容，朝黎九崢擺了擺手。

黎九崢也朝他擺了擺手。

龍叔走出小樓後停步，也扭頭朝這邊望了一眼，然後迅速收回視線，什麼都沒說，也什麼都沒做，先黎九崢一步大步朝著外面走去。黎九崢愣了一下，然後連忙跟上，邊走邊回頭朝窗戶這邊張望，很是捨不得的樣子。

兩人的身影消失在道路盡頭，時進舉起的手放下，眼神怔怔的，一點神采都沒有。

都走了，只剩下他和廉君了。

廉君從背後抱住他，親了親他的耳朵，說道：「過幾天的返校，我安排其他人來接你。」

時進握住他的手，問道：「你什麼時候走？」

「快了。」廉君回答，把下巴擱在了他的肩膀上，「等大家都安全了。」

在各大高校的返校高峰期到來之前，各大組織之間的火力衝突密集爆發了。

全國各地的滅的分部毫無預兆地躁動起來，彷彿饑餓已久的嗜血猛獸一樣，朝著其他大組織的據點狂撲而去。

蛇牙立刻反撲，午門和千葉後續跟上。

各省形勢被攪得不停動盪，暴力組織火拚的新聞頻出，國內上下人心惶惶，普通民眾對暴力組織的怨恨慢慢堆積，逐漸燃到頂點，要求官方干預的呼聲越來越大。

然後在某一天，廉君埋在各大組織大本營所在省的暗線突然全部發動，以命換命的方式，一夜之間暗殺掉午門、千葉、蛇牙的大部分中高層人員。

蛇牙、午門、千葉的反撲立刻疲軟下來，敗跡初現。

章卓源震驚，這才知道廉君藏著的暗線是什麼——廉君手裡居然還握著這麼一支專門用來暗殺的隊伍，而且廉君居然早就在各大組織內部安插好釘子，摸清了他們的人員分布！

到底是從什麼時候開始的？這些暗線，還有廉君針對各大組織中高層人員的調查，這些到底是從什麼時候開始的？暗殺的計劃又已經進行多久？

同樣震驚的還有孟青和齊雲，他們精心打造的後路眼看著就要成了，最多再過一個星期，他們就可以把蛇牙推出去當炮灰，然後祕密帶著午門和千葉的精銳逃掉，結果因為這一波暗殺，他們的計劃直接崩盤。

「不可能！」孟青失控大聲吼道：「我昨天才和他們聯繫過，確認過他們的安全，今天怎麼就……不，不可能！絕對不可能！」

齊雲在怔愣之後，突然放鬆身體靠在椅背，啞聲說道：「逃吧。」

孟青表情扭曲，「你說什麼？」

「放棄一切，逃吧，沒有後路了。」

孟青不理解，也不甘心：「你說什麼胡話呢！怎麼會沒有後路，就算沒法帶走精銳，只要我們還有那些偷偷培養的小組織，有提前轉移的資產，我們就可以從頭再來！」

「來不了了。」齊雲抬手按住額頭，語氣寡淡沒有生氣：「孟青，別再這麼蠢了，還看不懂

嗎？章卓源和廉君想動的不止我們這些大組織，還有整個黑道……你也懷疑過吧？國內滅的分部成員行動起來太訓練有素了，更像是官方的隊伍，還有那些輿論……聽聽外面民眾的呼聲，沒有以後了，我們待著的這個灰色世界，已經徹底斷在廉君的手上，大清洗要來了。」

孟青不願意聽清齊雲說的話，剛好袁鵬打電話過來，他乾脆直接掛了齊雲的通話，伸手撐著桌子，表情扭曲地說道：「什麼沒有後路，可笑……只要我孟青還在！到處都是後路！」

午門和蛇牙開始瘋狂反撲，像是死前的最後掙扎，千葉則慢慢安靜下來，一副死心等待結局的樣子。

一切都在按照計劃進行，章卓源卻突然不敢再聯繫廉君，但他躲著也沒有用，廉君在某天早上用一個陌生號碼主動聯繫了他。

「卦一、卦二、卦七、卦十一，總共四個人，分別死在了針對午門、千葉、蛇牙、狼蛛各中高層負責人的暗殺行動裡。」廉君開門見山，平靜的聲音讓章卓源不寒而慄，「我付出了我的所有，最後只有一個要求，不要動時進。」說完就掛斷電話。

章卓源慢慢放下手機，良久，突然深吸口氣站直身，喊來助手，吩咐道：「準備下發文件，滅、午門、千葉、蛇牙、狼蛛為了一己私利，不顧國際國內形勢，枉顧民眾安全，引發大面積火力衝突，造成的經濟損失不可估量，嚴重違背合法暴力組織約束條約，從今天起全部下牌，進入清剿程序。發布內部通緝令，全力抓捕以上組織首領，如遇反抗……當場射殺。」

助理被他這番話裡的信息量驚住，半天沒回話。

「還不快去！」章卓源突然爆發，扭頭朝他大吼。

助理嚇得一抖，終於回過神，應了一聲，轉身左腳絆右腳地出了辦公室。

章卓源在他離開後軟下身體坐在辦公椅上，過了好一會，拿出手機給劉振軍打電話：「準備收尾，派人去XX度假山莊……逮捕廉君。」

時進返校前一天，廉君學著時進的樣子，在小樓門口弄了個火堆，然後把書房裡的小保險箱提下來，取出裡面的資料開始燒。

時進剛從屋裡搬出一個小馬紮坐在火堆邊，邊看著廉君燒保險箱裡的東西，邊給費御景和向傲庭發簡訊。

一張又一張，保險箱裡的東西很快燃燒完畢。

廉君把保險箱丟到一邊，又取出好幾臺平板和手機，逐一格式化裡面的東西，然後拿來一把錘子，把它們砸碎，摳出電池，將其他部件丟入火堆。

時進看得牙疼，嘀咕道：「好浪費。」

「嗯，浪費不好。」廉君朝他笑了笑，然後取出自己的手機。

時進發簡訊的動作一頓，抬眼朝他看過去。

「不能留下任何痕跡。」廉君這麼說著，按開手機螢幕，看著桌面上自己和時進的合照，停了好一會，還是選擇把手機恢復出廠設置，然後砸碎，摳出電池丟入火堆。

嗡嗡。有簡訊進來，時進低頭看向自己的手機。

廉君站起身，來到他身邊。

時進一僵，抬眼朝他看去，舉了一下自己的手機，問道：「這個，也要砸嗎？」

「必須全部清掃乾淨，這也是為了你好。」廉君摸了摸他的頭，彎腰和他額頭相抵，溫聲說道：「你不想的話，我可以幫你。」

「不用。」時進垂眼，摩挲了一下手機後殼，「稍等一下，我和哥哥們說一聲，免得他們聯繫不上我擔心。」

廉君應了一聲好，退開身。

時進給兄長們群發了一條更換聯繫方式的通知簡訊，然後返回手機桌面，打開相冊，點開裡面自己和廉君的合照，一一看過去，又翻出卦一等人的照片仔細翻看一遍，最後壓下不捨，選擇刪除所有照片，把手機恢復出廠設置，遞給廉君。

廉君接過，蹲回到火堆邊，拿起錘子。

砰砰砰。手機變成碎片，同樣投入火焰中。

時進看著火焰，緊了緊空落落的掌心，問道：「今天還是明天？」

廉君隔著火堆看向他，回道：「明天早上，我想一個人去看日出。」

時進心弦一顫，明白了他的意思。

這一天的晚飯，廉君堅持要親手做。他其實根本不會做飯，照著網上的教學弄出來的菜，不是鹹了就是焦了。他不好意思，想把菜倒掉，時進卻堅持把它們端上桌。

兩人各自落坐，時進挾起一塊有點焦掉的炒雞蛋放進嘴裡，仔細品嘗了一下，「嗯……進步空間很大。」

廉君微笑，給他倒了杯水遞過去，說道：「我還以為你會昧著良心誇我。」

「我可不是那麼不誠實的人。」時進喝了一口水，垂眼戳了戳碗裡的米飯，說道：「下一次……我得看到你的進步。」所以一定要有下一次。

廉君手指收緊，起身靠過去吻了吻他的眉心，把不捨壓在心底。

晚飯後，兩人一起去山泉池那裡泡了個澡，然後默契地糾纏在一起。

天邊泛起魚肚白的時候，時進發現廉君起了身。他沒有動，依然閉著眼睛，假裝還在熟睡。

半個小時後，廉君洗漱完畢，來到床邊，彎腰吻了吻他的額頭，低聲說道：「我去爬山了。」

時進依然閉著眼，沒有動。

廉君低聲道：「返校的行李我已經幫你整理好了，來接你的人九點左右到，他會給你帶早餐，你可以多睡一會。」

時進還是沒有動。

「登上山頂之後，我會給章卓源打電話，告訴他卦一他們的死訊。大約在那半個小時後，他或者劉振軍就會帶人來到這裡抓我，你別怕，也別跑，來接你的人會護住你的安全，讓你成為這場清剿事件裡功勞最大的英雄。」

時進在被子裡的手忍不住收緊。

「我愛你。」

腳步聲響起，然後是房門開合的聲音。

時進唰一下睜開眼，室內空蕩一片，他坐起身，看向房門。

「進進，去和寶貝告別吧。」小死忍不住開口。

「他又不是不會回來了，有什麼好告別的。」時進面無表情，又躺回床上，用被子裹緊自己，

「別吵我，我要睡個回籠覺。」

【第十章】只剩一個進度條

說要睡回籠覺，但其實時進只躺了大半個小時就起床了。

他仔仔細細洗漱好，換好衣服，對著衣櫃裡廉君剩下的衣服發了一會呆，然後提起廉君幫他整理好的背包，頭也不回地走出這棟小樓。

冬天早上的山上又冷又潮濕，還起著霧。

時進踩上池塘上的木橋，抬起手腕看了看錶，在心裡估算一下從這裡登上山頂所需要的時間，側仰頭朝著山頂的方向看去。

差不多一個小時了，廉君如果真的要爬山，那現在應該已經到山頂了……可惜這麼大的霧，應該是看不到日出了。

小死突然開口：「進進，要刷buff嗎？會看得更清楚一些。」

「不用了。」時進靠在橋欄杆上，收回視線，低頭看著結了薄薄一層冰的池塘水面，說道：「我就是想在這站一會，不想看到什麼。」

誰會想看戀人離開的畫面。

時間一分一秒流過，大約一刻鐘後，廉君的進度條出現了一波明顯的下降。

時進心裡一跳，眉尾稍微抬了抬，又沉默地望了一眼山頂的方向，然後站直身，朝著山莊的主幹道走去。

「進進，你要幹什麼？」小死詢問，有些著急，大聲提醒道：「別亂跑吧，小心錯過了寶貝安排來接你的人。」

「不會的。」時進搖頭，踩上離開山莊的主幹道，看向了山莊大門的方向，「我只是想去門口迎迎他們。」

時進這一迎，就直接迎到下山的山道上。

當一整排印著某軍區編號的車輛出現在視野裡時，他停下腳步，抬起手腕又看了看錶。

八點半，抓人的隊伍來得比他預想中的快，是早就埋伏在山下了嗎？他看一眼腦內廉君那又開始緩慢增漲的進度條，手心有點冒汗。

廉君現在應該已經不在山上了吧？

「進進……」小死擔憂呼喚。

「沒事的。」時進開口，把手揣進羽絨服的口袋，安撫小死，也是安撫自己，喃喃說道：「廉君會沒事的。」

吱。車隊靠近，領頭的車輛急停在時進面前，劉振軍從車輛的後座探頭出來，看了眼時進，又看了眼時進身後，問道：「廉君呢？你為什麼一個人在這裡？」

時進努力保持若無其事的樣子，抬眼看他，回道：「廉君還在山莊裡，我今天返校，他腿腳不方便，沒法送我去學校，我就自己走下來了，準備去山腳叫車。劉少將您怎麼會在這裡，找廉君有事嗎？」

劉振軍皺眉，說道：「時進，別裝傻。」

「我沒裝傻。」時進動了動口袋裡的手，反問道：「我為什麼要裝傻？你問，我答，這麼正常的對話，我哪裡裝傻了？」

劉振軍眉頭皺得更緊，突然伸手從內開了車門，示意道：「上車，帶我去見廉君。」

「我不上，我要去學校。」時進收回視線，作勢要繼續朝著山下走去。

停在後面的幾輛車裡突然下來十幾個人，他們下車後立刻默契地散開，擋住時進下山的路。

時進停步，表情變得緊繃。

劉振軍下車，看著他的背影說道：「時進，現在山下全是我的人，他們封鎖這座山所有的出入口，沒有我的命令，一個人都不會放出去。B市的各個主要交通關卡，章卓源也全部安排人守著。別讓我再說一遍，上車。」

時進用力閉眼，看一眼廉君那還在緩慢增漲的進度條，轉身來到劉振軍面前，看他一眼，和他擦肩而過，上了他的車。

「進進，你的進度條也開始漲了。」小死擔憂開口。

「沒事。」時進在心裡安撫它，側頭看向了山道外的風景，「要相信廉君。」

劉振軍後一步上車，坐到他身邊，朝著駕駛座的司機說道：「開車，去廉君住的小樓。」

時進又被帶回了小樓前，他堅持不進門，蹲在池塘邊撿了根樹枝，像個孩子一樣戳池面上的薄冰玩。

劉振軍帶來的人很快把小樓搜了一遍，結果自然是什麼都沒找到。劉振軍皺眉，來到時進身後，問道：「廉君去了哪裡？什麼時候走的？從哪個方向走的？」

時進沒說話，戳冰面的力氣卻加大了一點。

「小樓門口有燃過火堆的痕跡，旁邊有一個壞掉的小保險箱，客廳垃圾桶裡丟著幾塊電池，樓上的書房也有整理過的痕跡，你們燒了什麼？又整理了什麼？」劉振軍繼續詢問。

這次時進回話了，他頭也不回地說道：「烤了幾個紅薯吃而已，那個保險箱壞了，所以就丟了，書房裡本身就沒什麼東西。」

「學員時進，請正面回答我的問題！」劉振軍加重了語氣，「這是命令！」

時進拿著樹枝的手一僵，頓了頓，低頭丟開它，站起身拍了拍手，轉身面對著劉振軍，抬手行了個軍禮，回道：「是，長官。」

劉振軍看著他滿是抗拒防備的臉，想起上半年會議時他的自信和活潑，心情變得複雜，皺了皺眉，緩下聲音問道：「廉君去了哪裡？什麼時候走的？從哪個方向走的？時進，好好回答我的問題，我不想為難你。」

時進放下行禮的手，看一眼廉君的進度條，見它已經漲到800，牙根緊了緊，抬眼對上劉振軍

的視線，說道：「他說他想一個人爬山，去看日出。我起床的時候他已經不見了，我不知道他是什麼時候走的。這個山莊上山的路有好幾個，我不知道他會從哪條路上山。」

廉君走前特意告訴他爬山的資訊，想來這些應該是可以說的——相信廉君、相信廉君。他自我催眠著，逼自己不去關注廉君的進度條。

劉振軍聞言狠狠皺眉，說道：「廉君一個殘疾人，怎麼可能自己去爬山，時進，別和我開玩笑，你現在所說的一切都會記入檔案，別為了一個罪犯毀了自己的前程。」

「罪犯？」時進忍不住反問，情緒逐漸克制不住，「所以你們是一直在依賴著一個罪犯的力量嗎？卸磨殺驢，過河拆橋，劉少將，我以為你不是會做這種事的人！」

劉振軍覺得有些無法直視他的眼神，低喝道：「時進！」

「我說的全是實話！」時進也提高聲音，豎起渾身的尖刺，「這就是他告訴我的，他要上山，要看日出！除了這些，我無可奉告！」

劉振軍皺眉瞪眼和他對視，最後深吸口氣壓下情緒，喊來屬下，吩咐道：「派人搜山，然後把時進帶去車上看守起……」

「你要把時進帶去哪裡？」

一道陌生的男聲突然在不遠處響起，劉振軍抬眼看去，然後在看清來者的面貌後表情難看了一瞬，問道：「王委員長，您怎麼來了？」

「這明明是我要問你的問題，你一個海軍的將官，不好好在自己的地方待著，跑這邊來幹什麼？」王委員長走到兩人近前停下，表情不滿，「抓廉君不該是我這邊的活嗎？章卓源怎麼搞的，怎麼讓你來了？」

劉振軍臉黑了，說道：「我只是在按照上面的命令，協助章卓源處理暴力組織的各項事宜而已，這些都是有檔案的，王委員長難道不知道嗎？」

「那是舊檔案，新的檔案還沒發下來吧？」王委員長從隨身帶的公事包裡取出一份資料遞到他手上，意有所指地說道：「別腦子一熱就瞎辦事，有些具有爭論的事，可還沒商量出個結果來。」

劉振軍意識到什麼，連忙拿起這份資料翻了翻，然後表情變得十分精彩，不禁遲疑說道：「這、這……」

「你有你的上面，我有我的上面，經濟部門那邊，也有他們的上面。隱患還大的時候，大家當然是一條心地想把毒瘤給拔了，可這拔了之後呢，分歧就來了。底層民眾還要吃飯，那些個被暴力組織蠱惑，現在終於回頭是岸的人，也需要地方去教育安置。現在各省各地都吵吵鬧鬧的，事情還沒真正了結呢，你這邊真把源頭給除了，後邊指不定還有別的禍患出來，我希望你們也多考慮考慮各善後部門的立場，別一門心思往前衝。」王委員長突然換了一副苦口婆心的姿態，雲遮霧繞地和劉振軍打起官腔，哭起難處。

劉振聽得額頭狂冒青筋，捏緊資料，突然朝著時進看過去。

時進扭頭假裝看風景。根據他突然停下增漲的進度條推測，這個不知道從哪冒出來的王委員長，應該就是廉君安排來接他的人，有對方在，他還是別亂說話，老老實實看戲就好。

「劉少將，你看人家學生幹什麼，我這和你說正事呢。」王委員長幫時進擋了一下。

劉振軍皺眉收回視線，心裡暗恨章卓源的不靠譜，更氣上面那些人的彎彎繞繞，虎著臉把資料往王委員長懷裡一塞，說道：「你想怎麼辦？」

王委員長也不在意他粗魯的對待，把資料理了理放回公事包裡，說道：「不怎麼辦，既然章卓源拜託了你，那我也不搶你的活。你繼續辦你要辦的事，該鬆就鬆，該嚴就嚴，這個無辜的學生呢，我就先帶走了。」

什麼該鬆就鬆，該嚴就嚴，這明顯是在要他放水，對搜查廉君的事別太較真！

劉振軍想起剛剛看到的資料內容，表情差點沒忍住又扭曲了，看一眼時進，到底沒說什麼，喚

了一聲自己的屬下，抬腿繞過他們，親自帶人去搜山了。

「降了降了，進進你的進度條開始降了！寶貝的進度條也停止增漲了。」小死驚喜出聲。

時進心裡稍鬆，側頭朝著王委員長看去。

王委員長十分和藹地朝他笑了笑，從公事包裡掏出一個被壓得有點扁的紙袋和一袋豆漿，遞過去說道：「給，廉君千叮嚀萬囑咐讓我給你帶早餐，有點涼了，吃吧。」

一個剛剛還滿身官腔的人，突然和藹可親地從包裡掏出一份早餐來，這反差……時進頓了頓，伸手把早餐接過，道了謝。

「那你這就跟我走吧，我送你去學校。這次你作為警方臥底成功，進入滅的高層，迷惑住滅的首領，讓滅帶著其他幾個大組織自取滅亡，功勞甚大，我這邊得好好給你安排點獎勵才行。」王委員和藹招呼。

時進拿豆漿的手一緊，呲一下把豆漿全從剛剛咬開的口子裡擠了出來，濺了自己一身，懵傻說道：「什麼？我？臥底？」

「對，臥底。」王委員長笑咪咪，取出一包紙巾給他，說道：「不過呢，因為你這次的臥底任務後續影響太大，所以這次的任務，我們不會在明面上給你記入檔案和對外公布，不過你放心，該給你的獎勵我們一樣都不會少，你也不用怕被報復，我們這邊會把你納入重要人物保護系統，給你的履歷和檔案進行一次大更新，你安心讀書，以後只要你不犯太嚴重的事，沒人敢動你的。」

時進傻愣愣地接過紙巾，抽出一張紙擦了擦衣服上的豆漿，擦著擦著動作就慢了下來，鼻子一酸，眼眶一紅，扭過了頭。

廉君居然給他安排這樣一條後路，他走前說的要讓他成為英雄的話，居然不是在哄他。臥底？虧廉君能想出來，他還以為自己這次就算不被追究責任，也免不了要被狠狠收拾一番。

「你為什麼會幫廉君？」他抬手抹了把臉，藉由聊天調整自己的情緒。

王委員長看著他發紅的眼眶，說道：「說個大實話，我不是在幫廉君，而是在幫章卓源。滅現在看著是完了，也不像其他大組織那樣，本體死了，下面卻還留著一大堆下線組織，後患無窮。但這只是明面上的，暗地裡呢？現在章卓源只是清掃掉了頂尖的幾個大組織、砸開舊有的局勢而已，下面那些烏央烏央的中小型組織，可還得花時間折騰呢。你說萬一那些中小型組織裡就偷偷藏著那麼一兩個廉君安置的釘子，然後廉君手下那些能幹的屬下，也還活著那麼一兩個……想不得、想不得，一想我覺都睡不好了。章卓源這人死腦筋，專心做一件事太久，心裡的壓力和包袱漸漸讓他變得不理智，不明白那些個真正聰明的人物，真的只適合招安，不能夠趕盡殺絕。」

時進聽得心驚，不清楚這委員長是真的知道什麼，在用話試探他，還是只是在猜測，不敢亂接話，低頭從紙袋裡拿出包子，默默啃了起來。

「其實我挺開心你在廉君身邊的。」王委員長突然話語一轉，笑著抬手拍了拍他的肩膀，「有你在，我就不用擔心廉君會做什麼了。小夥子好好幹，我瞧著你就是個當警察的好料子！」

說來說去，這些人還是在怕廉君還留著其他後手，怕真把廉君逼到絕路，廉君又會折騰起另一場風雨來。而他之於官方，大概就是一個可以限制威脅廉君的好工具。

這樣也好，官方越怕廉君，廉君就會越安全。

時進垂眼把包子三兩口塞進嘴裡，鼓著臉頰，扯起嘴角朝著王委員長笑了笑。

王委員長也笑，又說道：「不過萬一啊，我是說萬一，你和廉君還能說上話，你能不能幫我們跟廉君說點好話？他做生意是真的有點本事，根基又那麼厚，等那些暴力組織都清掃完了，社會上多出來的那些閒散人員，還有各地荒廢的產業，總得有人去收拾一下。」

居然還想讓廉君去幫忙收拾爛攤子，真是物盡其用。

時進心裡嘲諷，面上卻不露，又扯起嘴角朝他笑了笑。

早餐吃完後，時進沒有立刻跟著王委員長離開，而是堅持要等到搜山的結果出來後再走。王委

員長沒有為難他，應了他的要求，十分好脾氣地陪著他一起等。

一個小時後，劉振軍的搜山結果出來了——搜查隊在山頂發現廉君的輪椅，推測廉君畏罪自殺，跳山了。

廉君的進度條在這結果出來的瞬間降到400，時進緊握的手指慢慢鬆開，低頭遮掩住表情——降到400了，這證明廉君已經沒有直接的生命危險，剩下就是能不能成功脫身改換身分的問題了。

「走吧。」王委員長站起身，說道：「這應該就是最後的結果了。」

時進也跟著站起身。

劉振軍見狀喊了時進一聲，皺著的眉頭微微鬆開，緩聲說道：「以後如果遇到困難，你隨時可以來找我。」

王委員長挑眉，停步來回打量他們。

時進有些意外，看向劉振軍，見他眼神誠懇不似作假，也緩了一點表情，客氣回道：「多謝好意，不過不用了。」以他現在的立場，除了向傲庭，他最好不要再和官方的人有什麼私人聯繫。

「走吧。」王委員長收回視線，催促了一句。

時進低應一聲，又朝劉振軍點點頭，轉身隨著他離開。

劉振軍看著時進的背影，眼神慢慢變得複雜，最後沉沉嘆了口氣。

時進被王委員長送去學校，並在對方的貼心關照下，有幸讓校長親自給他辦理報到手續。他心裡有點空茫茫的，聽著王委員長和校長你來我往的官腔，手指無意識地搓起羽絨服上的豆漿痕跡。

現在廉君會在哪裡？成功離開B市了嗎？離開B市之後，他又會走哪條路線出國？只要離開B

市，他應該就基本安全了吧？官方並不知道他的腿已經好了，只要他以正常人的姿態在外活動，應該就能很輕易地糊弄過去官方的搜查。只要以正常人的姿態活動……

「時進。」王委員長突然側頭喚了他一聲，臉上帶笑。

時進回神，疑惑看向他。

「時間也不早了，你去寢室整理一下東西吧，好好上學，叔叔我下次再來看你。」王委員長和藹說著，一副和時進關係很親近的樣子。

時進微微皺眉，看一眼探究看過來的校長，也懶得去猜王委員長特地在校長面前這麼親密對待他的原因，應了一聲，乖乖起身告辭，離開校長辦公室。

「這孩子能力很足，就是性子靦腆了點。」

「時進入校後成績一直很優秀，想來是您這位叔叔教得好。」

「哪裡哪裡……」

咔噠，辦公室門關閉，把一室虛偽的對話關在門內。時進嘲諷地扯了扯嘴角，嘀咕一句：「叔叔？」搖了搖頭，邁步離開行政樓。

終於能一個人獨處，時進卻突然不知道該去做什麼。現在才只是上午，劉勇和羅東豪一般都是下午返校，他的手機和平板全被砸了，也沒法聯繫別人，更無法玩麻將打發時間。

去吃飯？可是根本不餓。

去買手機？懶得再出學校。

時進停步，看一眼廉君卡死在400沒動的進度條，抬手扯了扯背包帶，轉動腳步朝著寢室樓走去——今天起得太早，回寢室睡個午覺吧。

寢室裡空蕩蕩的，室友們全部沒回來。他把背包一甩，打開寢室所有的窗戶，散掉室內關了一個寒假積累的霉味，然後去拎了一桶水過來，擦桌、擦床、擦櫃子，還拖了兩遍地。

寢室打掃完時，午飯的時間已經過去一會了，小死小聲勸道：「進進，去吃飯吧。」

「我不餓。」時進擦掉額頭的汗，又取出櫃子裡的被褥放到陽臺上曬著，然後拿出一套睡衣，也不嫌睡衣放了一個寒假有點受潮了，直接去公共浴室。

隨便洗了個澡，套上睡衣，時進回到寢室，關上大部分窗戶，收回只曬了一會的被褥鋪到床上，然後把自己往床上一摔，裹上被子，閉上眼睛。

「進進……」小死擔憂呼喚。

「我睡一會。」時進把頭往枕頭裡埋了埋，逼自己放鬆意識，輕聲說道：「等睡醒，廉君應該差不多就安全了。」

小死於是安靜下來，有點想哭，又硬是憋住了。

時進也不知道自己到底睡著了沒有，他好像很清醒，能聽到室友們陸續返校後在寢室裡說話整理東西的聲音，還知道劉勇和羅東豪來找過他。他又好像睡得很沉，沉得夢境都變得黏稠起來，眼前浮動的全是些怪物拉伸縮小著扭曲身體的畫面，猙獰又可怕。

「進進，醒醒，寶貝的進度條降了，你去吃口飯吧。」

「小進。」

「小進？小進！」

「他臉上怎麼全是汗，是不是生病了？」

「我看看。」

一雙微涼的手掌貼過來，扭曲的夢境瞬間消散，意識回籠，時進唰一下睜開眼睛。

室內光線有些暗，沒開燈，周圍很吵，好像有很多人圍在床邊，逐漸清晰的視野裡，最先看到的是黎九崢滿是擔憂的臉。時進緩慢地眨了眨眼，有些迷茫。

怎麼會看到黎九崢，他是還在做夢嗎？

「醒了？小進，能說話嗎？」黎九崢見他醒了，湊到他面前，輕輕揉了揉他的額頭。

「進進，寶貝的進度條降了。」小死開口提醒。

降了？什麼降了？頭好重……等等，進度條！

時進連忙坐起身，朝著腦內的進度條看去。

20……不、不對，這是他自己的進度條。那另一個……也是20？不不不，他肯定看晃眼了，再確定一下……

「是20沒錯，寶貝的進度條降到20了，他安全了。」小死語氣肯定，小聲哄道：「等寶貝用了最後幾針藥，徹底清完毒素，他的進度條應該就能消掉了。進進，你成功了，你救了寶貝，別擔心了，寶貝沒事了。」

時進怔怔看著那個數字，再次懷疑自己是不是還在做夢。

黎九崢被時進突然坐起來的動作嚇了一跳，回神後見時進傻傻坐著，眼神完全沒有焦距，心裡一緊，再次湊了過去。

站在他身後的容洲中也忍不住了，硬是擠著湊上前打量了一下時進的模樣，抬手在他面前揮了揮，見他完全沒反應，急了，扯住黎九崢問道：「小進怎麼一點反應都沒有？明明都醒了，這是丟魂了？」

「老三，別亂說話。」站在兩人身後的費御景警告出聲。

被他們擠到最外邊的向傲庭看著時進坐在床上神思不屬的樣子，深深皺眉，上前扯開容洲中和黎九崢，站到時進面前，伸手按住他的頭頂，彎腰看著他的眼睛，沉聲說道：「上面已經下了文

件，蓋章確認了廉君的死亡。你讓我和老二注意的事，我們也都注意了，沒抓到，沒事，萬一切都好。小進，全都沒事了。」

全都沒事……頭上的手掌很暖，時進終於有了點真實感，抬眼看著向傲庭，然後視線往後挪，一一掃過正試圖重新擠過來的容洲中、表情擔憂的黎九崢，和最後方眉頭緊皺的費御景，心裡一暖，緊繃太久的神經瞬間鬆下，最後又看一眼腦內屬於廉君的進度條，忍了許久的眼淚終於忍不住，直接掉了下來。

——廉君安全了，終於……終於。

「老四你幹什麼了？怎麼把小進弄哭了！」容洲中炸了，抓住向傲庭的衣服就把他往回扯，想把他撕開。

時進卻伸臂抱住向傲庭，把臉埋在他的腰腹間，肩膀聳動著，無聲哭了出來。

容洲中拉向傲庭的動作停下。

黎九崢往前一步，伸手想去摸時進，手伸到一半又猶豫著放下。

費御景則淺淺吁口氣，放了心——會哭就好，情緒發洩出來總比一直憋著強。

「沒事了。」向傲庭回抱住時進，輕輕拍了拍他的肩膀，笨拙安撫道：「都過去了，沒事了，別哭。」

時進收緊手臂，再次覺得能和這群哥哥們和好真是太好了。在身邊人散了個乾淨之後，還有這樣一群家人陪在身邊，是他天大的幸運。

被擠在圈子外的室友們傻愣愣看著時進這邊，視線一一掃過費御景等人，重點在曾經見過的向傲庭和沒有遮臉的容洲中身上停了停，心中驚濤駭浪掀過，乾巴巴嚥了口口水。

這群突然找上門的人就是時進的哥哥們啊……這個容洲中是真的嗎？不會只是長得像吧……天吶，他們在做夢嗎？

哭完之後，時進隨便用被子抹了抹臉，起床洗漱換衣服。

容洲中對時進那件沾著豆漿印的羽絨服十分不滿，打開他的櫃子想給他換一件衣服，卻發現他的櫃子裡除了制服就沒有別的厚衣服了，眉毛一皺，張嘴就想抱怨廉君是怎麼照顧人的，話湧到喉頭，想起現在的情況，又閉了嘴。

向傲庭則趁著時進去洗漱的工夫，幫他整理好床鋪，清點一下他的日用品，把缺的幾種一一記了下來，準備一會去買齊。

黎九崢和費御景一個幫時進疊好換下來的睡衣，一個拿出手機訂了餐廳，準備一會帶時進出去吃飯。

等時進洗漱完回來時，寢室裡已經全部整理妥帖。四位哥哥擠在他不寬敞的寢室裡，你嫌我礙事，我也嫌你礙事，互相推來扒去，畫面有點滑稽，卻十分讓人暖心。

他深呼吸吐出胸腔裡最後一口積壓的濁氣，朝著兄長們露出一個真正放鬆的笑容，說道：「我收拾好了，出發去吃飯吧。」

這應該，就是新的開始了。

外界的風雨還在繼續，但那已經和時進沒關係。

他買了新的手機，換了新號碼，每天按時上課下課，時不時應付一下劉勇和羅東豪針對他三哥到底是不是容洲中的八卦，聽劉勇嘀咕一下外面又傳了哪些或接近真相、或完全離譜的流言，每天關注一下國內與國外的重大新聞，日子過得單調又無趣。

不知不覺一個星期過去，週末來臨，時進習慣性地拿起背包第一個離開教室，反射性地朝著校

門走去，等到了校門口，又恍惚反應過來，他已經沒有可以去的地方了，那些每週都會來接他的人，也不會再來了。

他們散落去了世界的各個地方，今生也不知道還有沒有機會再見到。

拿著背包的手慢慢鬆開，他看著不停有家長開車靠近的校門口，突然有種天地茫茫，無處是家的感覺。

他自來到這個世界起，就一直是被廉君照顧著，現在廉君走了，他又能去哪裡。會所？那裡失去了主人，現在應該已經被官方控制了。度假山莊？可那裡本來就只是個臨時的落腳點，而且肯定也被官方控制著。國外的小島？G省近島的別墅？甚至是最初住過的Y省的果園？

不，沒有一個地方是家。

不對，還有一個地方，一個他只去過一次，還沒建好的地……

「小進。」身前突然籠罩了一層陰影。

他回神，抬頭看去。

費御景站在他面前，抬手看了看錶，說道：「應該是剛好趕上，走吧，回家，我讓保姆煲了湯，回去應該剛好能喝。」

時進愣愣看著他，問道：「二哥，你怎麼在這裡？」

費御景放下手，回道：「當然是特地過來接你回家過週末的，你還沒去過我在B市的住處吧，今天帶你去認認門。」說著伸手抓住他的胳膊，帶著他穿過校門口的人群和車流，走到自己開來的車邊，打開車門，把他塞進去。

車門關上，時進看著費御景繞過車頭，拉開車門坐到他身邊的駕駛座，在費御景伸手過來幫他繫安全帶時，終於找回完整思緒，說道：「二哥，我想先去一個地方。」

費御景幫他把安全帶扣上，問道：「哪裡？」

「萬普花園。」時進回答，好像只是說著這個名字，心就慢慢踏實下來。

費御景看他一眼，坐回去扣好自己的安全帶，發動了汽車。

一個小時後，汽車停在萬普花園別墅區的外面。別墅區的大門從外面鎖著，透過門縫往裡看，可以看到裡面依然是一副未完工的模樣，而且十分冷清，一個人都沒有。

「好像是停工了，大門都鎖著。」費御景張望一會後說道，側頭看向時進，問道：「要想辦法進去看一下嗎？」

時進收回視線，搖了搖頭，「不用了，走吧。」

費御景喚他：「小進。」

「我沒事。」時進朝他笑了笑，眉眼放鬆，確實不像是十分難過的樣子，「這是廉君給我留下的資訊，等這裡重新開始動工了，他估計就要回來了，我會等的，沒事。」

費御景皺了皺眉，到底沒說什麼，發動了汽車。

費御景很忙，並不能常駐B市，時進十分清楚這點，所以他並不指望下一個週末費御景還能來接他，而費御景在送他返校時，也果然沒說下週要來接他的話。

單調乏味的一週又過去，週五放學後，時進抱著書本直接回寢室。

十分鐘後，容洲中的電話打了過來。

「你怎麼還沒出來？老師拖堂了嗎？」

時進有點懵：「……啊？」

「啊什麼啊，二哥沒跟你說我這週要來接你過週末的事嗎？可以接電話那就是下課了吧？快來

校門口，我等著你。」容洲中語速很快，一副正被誰追在後面咬的樣子，突然又壓低了聲音：「快一點，我是翹班來的，經紀人要來抓人了。」

時進：「……」

他慢慢放下手機，嘴角忍不住翹起來，快活地把書往床上一丟，轉身朝著校門口狂奔而去。

又又一週過去，週五放學後，時進已經意識到了什麼，心情不錯地告別劉勇和羅東豪，在兩人是不是急著見男朋友的調侃聲中，拎著背包來到校門口，一眼看到等在門口的黎九崢，臉上笑容加大，朝著那邊喊了一聲：「五哥！」

黎九崢聽到聲音側頭看過來，未語先笑，說道：「小進，我來接你回家了。」

又是一週的週末，出現在學校門口的人變成了向傲庭。

時進挑眉，問道：「四哥你居然有假？現在不是全國的部隊都在忙著處理那些事情嗎？」

「假期擠一擠總會有的。」向傲庭回答，接著上前捏了捏時進的肩膀，滿意誇道：「不錯，結實了一點。」

時進笑著捶他一下，說道：「我可不止結實了一點，咱倆找個地方練練？」

「可以。」向傲庭應下了挑戰。

生活漸漸安穩下來，雖然廉君不在，但時進卻有了四個可以隨時回去的家，和可以自由自在，想和朋友去哪裡玩，就和朋友去哪裡玩的普通人的人生。

一旦不再身處其中和特意關注之後，什麼午門、蛇牙、千葉、狼蛛的，一下子就變成特別遙遠的事情，遙遠得好像這輩子都不會再觸碰。

生活變成普通的上課下課，吃飯喝水，每天最大的煩惱，是老師怎麼又布置了這麼多作業，和食堂阿姨舀菜的時候，手腕什麼時候才不會抖。

偶爾時進會從一些很偶然的途徑，聽到一點關於暴力組織的消息，比如劉勇的隨口八卦、老師

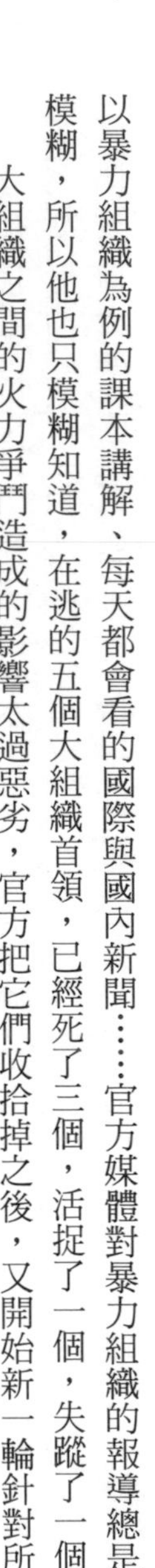

以暴力組織為例的課本講解、每天都會看的國際與國內新聞……官方媒體對暴力組織的報導總是很模糊，所以他也只模糊知道，在逃的五個大組織首領，已經死了三個，活捉了一個，失蹤了一個。大組織之間的火力爭鬥造成的影響太過惡劣，官方把它們收拾掉之後，又開始新一輪針對所有合法暴力組織的調查，然後無數組織被下牌，又一輪風雨被掀起。

在劉勇興沖沖地八卦國家突然對暴力組織的大力打擊時，時進埋頭翻開課本，提前為即將到來的期中考試做起準備。他現在只是個普通的警校學生，最該關心的顯然應該是學習。

廉君的生日不可避免地到了，那天剛好是個週末，時進提前和哥哥們打了招呼，讓他們別來接他，說週末要和朋友們出去玩。他也確實和朋友們出去玩了，不過只玩了半天。

晚上，他獨自坐車來到萬普花園，站在依然封鎖著的大門外賞了一會不大明顯的月亮，對著空氣說了句「生日快樂」，然後轉身離開。

第二天，時進發現廉君的進度條降了幾點，於是他知道，廉君肯定在昨天注射了這個月的藥物，身體又變得健康了一些。

春天短暫得讓人心慌，好像只是眨個眼的工夫，夏天就到了。

時進在期末考試結束的當天，又去了一趟萬普花園。

那裡依然關閉著，他笑了笑，搭車去了夜色會所。

會所果然也封著，門前甚至已經長起雜草，也不知道已經荒廢了多久。

計程車司機是個和善話多的人，見時進一直看著那裡，操著大嗓門說道：「聽說政府重新規劃了這裡，所以這裡的店全給封了，要拆呢，就這塊地，好像是要建一個兒童樂園，附近社區的家長

們都開心極了，以後孩子們放假，就有地方玩了。」

「那挺好的。」時進看著這棟曾經包容著黑暗和地下世界的建築，想像著以後這裡可能會建起一個代表著未來和希望的兒童樂園，真心實意地笑了起來，微笑說道：「等兒童樂園建成了，我一定要來看看。」

「那你記得給我打電話，我還來送你。」司機還不忘趁機攬客。

最後，時進回了大學城，來到黎九崢所住的社區，搭電梯上去，用備用鑰匙開了門，放輕腳步走到廚房門口，看向裡面正皺著眉和一鍋湯較勁的黎九崢，笑著說道：「五哥，我回來了。」

黎九崢嚇了一跳，差點掀了湯鍋。

時進於是笑得越發快活了。

暑假正式開始，時進隨著黎九崢去了蓉城，住進黎九崢的私人醫院。

醫院不知何時換了裝修，裡面清一色的暖色調，外面還多了個花園，可以說除了構造格局，這裡已經沒了一點時進噩夢裡的樣子。

一切都不一樣了，時進滿意地在花園裡轉了轉，仰頭看向黎九崢辦公室所在的方向，剛好對上黎九崢站在窗邊望過來的視線，笑著朝他揮了揮手。

黎九崢沒想到偷看會被逮個正著，嚇了一跳後連忙也朝時進揮了揮手，抿唇小小地笑了起來。

在院長辦公室後面的小套房安頓好後，時進萬事不幹的休息了兩天，然後就近報了個駕校，開始學車。黎九崢見了，又默默翻起汽車雜誌。時進看得黑線無比，偷偷把那些雜誌全給藏了起來。

暑假的尾巴，時進成功拿到駕照，黎九崢變得悶悶不樂，不想放時進離開。

「我放假了就來看你。」時進笑著哄他。

黎九崢眉頭緊皺，看他一眼，突然說道：「比起來看我，我更希望你去看看大哥。」

時進臉上的笑容淡去，看一眼腦內自己那只剩二十點、廉君只剩五點的進度條，手指緊了緊，

低低應了一聲。

這麼久了，他也確實該去見見時緯崇了，時緯崇已經吃了太多苦，他不該再繼續因為自己的原因，讓對方承受代價。

再開學時，時進升上了大三，終於告別過去的室友，搬去擁有獨立衛生間的四人寢，和自己班上的同學住在一起。

也不知道是巧合還是有人故意安排，學號和時進並不靠近的劉勇和羅東豪，居然全部和時進成為室友。劉勇大呼幸運，時進則在腦中轉了一遍向傲庭、劉振軍，甚至王委員長的臉，笑著附和了一下劉勇的話。

「是啊，真幸運。」

在一個普通得不能再普通的午後，時進發現廉君的進度條開始閃爍，上面僅剩的五點數值，開始逐漸減少——很明顯，廉君應該正在用他最後一份藥。

他一下子坐直身體，喚道：「小死。」

「什麼？」書桌和他並排著的劉勇聽到他的聲音側頭看過去，疑惑詢問。

時進回神，表示沒什麼，起身出了寢室，在外面找了個安靜的角落坐下來。

此時進度條已經降到三，然後很快，那數字變成二，又跳成一，最後終於歸零，進度條劇烈閃爍幾下，突然如煙般消失了。

真的消失了，無論時進怎麼看，他腦子裡的進度條都只剩下一個。

「進進。」小死突然喚他。

他沒有說話，還有點反應不過來。

「寶貝自由了。」小死的聲音聽上去有點怪，像是想笑，又像是在哭，「謝謝你，進進。」

進度條的消失，並沒有給時進的生活帶來什麼變化。日子還是照樣過，然後慢慢地時進發現自己似乎……變聰明了？

「我以前記憶力有這麼好嗎？」他拿著課本滿臉疑惑，特地翻到後面還沒學到的篇章，選了一篇字多的文章看了一遍，然後閉目默背了一下，發現完全能背得下來，驚了，說道：「小死，我腦子好像變異了！」

小死：「……」

時進滿心驚悚，又拿了一本曾經最讓他頭疼的機械書嘩啦啦翻了一遍，發現書裡那些以前覺得如同天書的內容，現在居然勉強能通過書上簡單的講解看得懂，嚇得差點懷疑世界：「小死，你給我刷什麼奇怪的buff了嗎？這種天書我居然都看得懂，難道有個學霸的靈魂鑽入我的大腦？我被奪舍了？」

小死忍不住了，提高聲音喚道：「進進！」

「真的很奇怪！」時進也提高聲音，還抬手砸了砸額頭，「我以前被馮先生那麼壓著學習，成績都只能算是中上，可見我並不是什麼讀書的料。但現在是怎麼回事，我過目不忘了？這還不是腦子變異了嗎？」

「進進，這是……這是獎勵。你知道的，我沒法直接給你的大腦刷太過影響神志的強烈buff，你就是單純變聰明了。」小死回答，聲音慢慢低了下來，「進進，你沒什麼想問我的嗎？寶貝的進度條都消失好多天了……」

時進的表情迅速緊繃，放下砸額頭的手，低頭看著手裡的機械書，硬邦邦回道：「沒有。」

小死無奈：「進進……」

「你敢說多餘的話，我就把你關進小黑屋！」時進威脅，放下書站起身，「一個星期後集訓就要開始了，我得提前讓身體進入狀態，跑步去了，你不許亂說話。」

小死安靜下來，心裡大概明白時進為什麼這樣，心中滿是無力。

廉君的進度條消失後，時進什麼都沒問，什麼都沒說，假裝一切如常。小死明白時進這麼裝傻逃避，是怕問得太清楚了，瞭解一切後，就必須去面對最後的別離。

被留下來的人才是最可憐的，時進已經被太多人留在原地，它能理解時進現在的心情。可是該怎麼辦呢？進度條的數值已經只有那麼點了。

寶貝什麼時候才會回來……它有點想哭，覺得自己太過沒用。它不想把時進一個人留下，起碼在它走的時候，它希望時進身邊是有人陪著的。

集訓很快來臨，然後訓著訓著，時進發現自己的身體素質和五感敏銳度全部在慢慢提升，這絕對不是鍛煉能達到的效果，很明顯，小死口中的那些獎勵還在繼續降臨。

他並不覺得高興，甚至為此覺得焦躁憋悶，這些改變每天都在提醒他一件事——無論他怎麼逃避無視，離別的腳步都依然穩步靠近著。他被動接受著這些用進度條的消失換來的獎勵，被推著慢慢靠近那個註定和小死分別的未來，毫無挽回的辦法。

憋到極致的時候，他腦中出現了一個瘋狂的念頭。不就是致死因素嗎，消了一點，那再去弄一點來不就行了？求生不易，但作死卻不難。

他開始想給自己找點麻煩，比如故意增加訓練強度折騰身體、拉練時走危險的道路想讓自己受傷、教訓刺頭學生試圖給自己拉仇恨……他處處出頭、處處高調，然後他絕望地發現，獎勵的範疇遠比他以為的廣。

身體折騰了半天，累是累了，但睡一覺又恢復了，一點毛病沒留下，根本積累不起致死因素；想受傷更是不現實，他從坡上滾下去，居然只是擦破了點手掌上的皮，簡直是天生幸運兒；教訓刺

頭學生後，那位所有老師都拿他沒辦法的學生，突然就幡然悔悟了，決定好好訓練、好好學習，立志當個好員警，最後他不僅收穫了被刺頭欺負過的學生們的感激，還獲得教官和指導員的嘉獎……如此種種，他終於意識到，沒用了，他已經被那些獎勵變成真正的人生贏家，連想給自己找點苦吃都找不到。有一隻無形的大手正推著他往幸福的方向走，而他拗不過對方。

時進作死的時候，小死全程安靜地看著，等到他終於消停下來，它才開口說道：「寶貝雖然不是我的宿主，但也是進度條的主人，進度條消失後，他也會獲得一些獎勵，然後擁有平安順遂的一生，和未來的你一樣。」

也就是說，沒用的，進度條消失後給予的饋贈是強制性的，受贈人註定一生平安。除非時進有辦法再把進度條長回去，否則無論他怎麼折騰，他已經被獎勵籠罩的人生都不會出現波折。

「……我都說了不許說多餘的話。」時進坐在操場角落，抬起胳膊壓住耳朵，想擋住小死的聲音，意識到這樣沒用後又站起了身，倔強說道：「我會找到辦法的，一定。」

於是小死沉默下來，不再多勸。這麼久了，它已經學會怎麼憋住哭泣。

集訓返校後，天氣徹底轉涼。學校給大三的學生開了駕駛課，要求學生們必須儘快拿到駕照，拿不到駕照不允許畢業。

寢室裡唯一沒有考駕照的劉勇開心瘋了，時進同情地看著他，不忍心告訴他一個殘忍的真相——駕照什麼的，還是去外面的駕校考比較好，軍校和警校裡的教官，一般情況下，會比外面學校的教練凶殘兩倍到三倍。

果不其然，在被警校教官摧殘了幾節課後，駕駛課迅速成了劉勇最不想上的課之一！而拿到駕

照的時進等人就輕鬆多了，因為拿到駕照，所以教官對他們不大嚴厲，駕駛課就是去學學技巧和經驗，練練車，十分輕鬆。偶爾教練車不夠用的時候，教官還會直接給考到駕照的學生們放假，讓他們自由活動。

時進因此得了很多假期，他閒得沒事做，乾脆泡圖書館，每天找各種各樣的書看，試圖在書裡找到解決目前困境的答案。但找不到，無論他怎麼找，都找不到。小死的存在太玄乎，這世上沒有任何一本書，可以解釋它的存在。

要留下小死，就必須要致死因素，而致死因素分主觀和客觀。主觀上，現在沒有人恨他要殺他，客觀上，他的身邊毫無危險。而且他也沒法只是因為自己想倒楣一點，就主動去攪動旁人已經安穩下來的人生。

借助外力已經註定不可行，最後，他把視線鎖定在自己身上。

當一個人想要從心靈自我毀滅的時候，全世界都攔不住，不是嗎？他還剩下的那二十點進度條，不就是來源於他靈魂深處的不甘和自毀情緒嗎？或許他可以放大這些……

「進進。」小死終於開口，輕輕說了一句話：「寶貝在想你。」

鑽入死胡同的思緒瞬間潰散，時進放下手裡的書，想起廉君為了給大家奮鬥出一個普通平安的人生，而拚命努力的模樣，身體一點一點委頓在了圖書館的椅子上。

不可以，他不能自己把自己變得不幸，大家會擔心的。他想好好和廉君過一輩子。

「怎麼辦？」他抬手捂住臉，像隻困獸一樣熬紅了眼眶，「我捨不得你，怎麼辦？」

小死沒有說話，離別對於誰來說，都是太過困難的一件事。

越想留住什麼的時候，時間似乎就會過得越快。不知不覺間，時進的生日又要到了。

生日的前一個星期，費御景特地抽時間來接時進回家過週末。在回去的車上，他突然說道：「大哥生病了，他不讓我告訴你。」

時進愣住，然後收緊了手指。

「小進，懲罰還沒結束嗎？」費御景詢問，不是責備他，而是單純的疑惑，「你心裡到底有什麼坎過不去，能告訴我嗎？」

「……對不起。」時進低頭，沉默了一會，問道：「大哥生了什麼病，嚴重嗎？」

「沒什麼，就是有點發熱。」費御景回答，見他不想多說，也不再深問，轉而說道：「大哥身為瑞行總裁，這麼久沒在外面露面，外界已經有流言傳出來了。」

時進還是低著頭，再次說道：「對不起。」

費御景有點無奈，說道：「小進，我不是在責備你。我只是覺得，如果你真的有心結，我建議你去和大哥當面談談，這麼拖著對你們都是折磨。」

「我知道。」時進有些討厭這樣的自己，聲音都變得乾澀起來：「我知道……真的對不起。」

小死忍不住喚他：「進進……」

「對不起。」時進彎腰捂住臉，站在岔路口進退兩難。

時緯崇不該繼續受罰，可他也不想讓小死離開。該怎麼辦才好？誰來教教他該怎麼辦才好。他也知道這樣拖著對大家來說都是折磨，可是到底該怎麼辦才好？小死又不像其他人那樣，走了也可能還會回來，可以讓他看得見摸得著。

費御景被他的反應驚住了，眉頭皺起，把車開到路邊停下，側身搭住他的肩背，輕輕拍了拍，問道：「怎麼了？」

時進搖頭，良久，突然坐直身，側頭看向他，朝他難看地笑了笑，說道：「沒事……再等一等，你讓大哥再等一等，我會去接他的，親自去。」

費御景看著他臉上勉強的笑容和沒有神采的眼睛，深深皺眉。

生日那天，時進沒讓任何兄長過來給他慶祝，也不允許他們再寄禮物過來。普通地上完一天的

課後，他找輔導員要了外出假，獨自搭車來到萬普花園。

萬普花園依然大門緊鎖，他順著大門走到一處位於街邊監控死角的位置，俐落地翻牆進去，然後順著記憶，朝著只去過一次的那棟別墅走去。

花園還是光禿禿的，挖出來的人工湖也依然沒有注水，到處都是荒涼蕭索的景象。他一一看過，最後來到別墅前，站在外面看了一會，然後上前用指紋鎖開門，進了屋。

因為停工，別墅區裡的水電已經全部斷掉，他站在玄關處，靠著傍晚黯淡的日光觀察了一下，發現別墅裡已經落了厚厚一層灰，完全沒有要重新動工的跡象。

他的眼神黯淡下來，彎腰打開鞋櫃，從裡面拿出也沾了一層灰的拖鞋，抖了兩下後換上，踩著拖鞋徑直朝著二樓主臥走去。

主臥室裡的傢俱上都蒙著白布，他在門口站了一會，上前扯掉床上的罩子，發現上面只剩一個床墊，又放下罩子，來到衣帽間。

衣帽間也是空的，他想在裡面找到點床上用品，卻什麼都沒發現。這裡收拾得太乾淨了，一點他上次來時的痕跡都沒留下。

留個抱枕也好啊……

他在心裡低嘆，走到落地窗邊，摸了摸束起來的窗簾，輕輕把它解開拉上，也不嫌窗邊的桌椅髒，就這麼在窗簾揚起的灰塵裡坐下，在窗簾擋出的黑暗裡趴到桌上，閉上眼睛。

生日快樂，晚安。

明天會是新的一天。

【第十一章】

穿越的真相

天矇矇亮的時候，時進睜開眼睛。

他起身活動了一下僵硬的身體，上前把窗簾重新束起，站在窗邊，看著天邊一點點明亮起來的光線，開口說道：「小死，我是不是太自私了？」

小死立刻回道：「沒有，進進你是最好的。」

「肉麻。」時進微笑，拍了拍身上的灰塵，瞇眼看著升起的朝陽，終於死了心，或者說，終於接受現實，認真說道：「小死，綁了你這麼久、任性了這麼久，對不起。所有人都該是自由的，你和大哥也不例外，我不該這麼拖著你們。」

小死意識到什麼，聲音緊縮起來，說道：「沒有，進進你沒有。」

「怎麼會沒有……我居然還想著綁你更久，實在太卑鄙了。」

時進低頭，轉身背對著朝陽，伸了個大大的懶腰，「謝謝你陪我過生日，我很開心……走了，該去做自己該做的事情了。在寒假到來之前，那些你以前不願意告訴我的事情，這次你可得一五一十的全部跟我說清楚。」

拖了這麼久，他終於還是想通了、認命了。小死本該高興的，可聲音一出口，卻已經帶上哭腔。它嗚嗚嗚地說著一些沒人能聽清的含混話語，說著說著，又乾脆扯著嗓子大哭起來。

時進仔細聽著它的哭聲，用自己變得特別好的記憶力，把這些聲調細細記下。

以前他總覺得小死的哭聲太吵，現在他卻覺得，這些哭聲是值得他一輩子珍藏的寶物。

翻牆出去的時候，時進隱約聽到別墅區大門的地方傳來一點響動。他疑惑，想著難道是有人也和他一樣在翻牆，眉頭一皺，急忙翻出去順著圍牆拐到大門口。

門口，一位頭髮花白的老大爺正拿著一把鑰匙埋頭開著大門上掛著的鎖，身後還站著幾名戴著安全帽、拿著圖紙的工人。

時進愣住，然後意識到了什麼，心跳不受控制地加快，問道：「大爺，您是負責別墅區的人

嗎？這裡要重新開工了？」

大爺聞聲側頭看過來，上下打量一下時進。

本來嚴肅的表情突然秒切成熱情微笑臉，接話回道：「是呢，這裡其實昨天就該開工了，但昨天圖紙下來得慢了，所以就又拖了一天，上面為此發了好大一頓脾氣……唉，不說這個，小夥子你大清早的怎麼一個人在這裡，還髒兮兮的，迷路了？」

——昨天就要開工的，昨天……

「沒有沒有，我就是……」時進反射性回答，有點愣，有些開心，看看大爺手裡打開的大鎖，又看看他身後的工人，眼睛一點點亮了起來，突然衝上前用力抱了大爺一下，開心說道：「我就是太開心了，我昨天過生日，他肯定是故意的！大爺謝謝你，謝謝你，大爺我愛你！」

大爺嚇了一跳，抬手推開他，見他樂得像個傻子一樣，自己也不自覺笑了起來，笑到一半又板了臉，抬手拍了拍身上沾到的灰，數落道：「你這年輕人發什麼瘋呢，真是……別開心了！該上學上學、該上班上班去！看你這一身灰，小心回家後你家裡人揍你！」

「對，上學，我要去上學。」時進開心得找不到北，傻乎乎地轉身朝著地鐵站走，走了幾步又回頭看向別墅區大門的方向，看著那些工人拿掉大鎖一點點推開大門，傻樂幾聲，突然鼻子又發起酸來。

「別別別，不能這樣，這是開心的事情。」他抬手狂揉了一下自己的臉，又定定看了一會徹底打開的大門，然後轉身，快步朝著地鐵站跑去。

雖然沒有和廉君聯絡，但他知道，這是廉君送給他的生日禮物——要回來了，他的大寶貝終於要回來了！

「哇啊啊啊……」小死的哭聲突然拔高了一個度。

別墅大門外，本來已經進了門的大爺又走出來，看著時進離開的背影，若有所思。

時進多了個愛好，每週末去萬普花園那裡看看工程進度。

那天開鎖的守場子大爺都眼熟他了，好奇和他聊了聊，才知道他居然是這裡的業主，買了間新房在裡面，準備結婚用的。

大爺恍然大悟，調侃道：「我說你怎麼這麼積極呢，不過你家裡有人是萬普的員工吧？這個別墅區聽說是萬普的老闆建來自己住的福利社區，不對外售賣的。」

時進啃著街邊買來的烤玉米，含糊答道：「嗯，算是吧，我對象是萬普的。」

「高層？」大爺詢問。

時進笑而不語。

大爺沒好氣地拍他一下，見套不出話來，索性放棄，點了根菸吸了一口，說道：「其實我孫子也是萬普的，不過他是今年才新入職的員工，得等萬普國內的分公司立起來才能正式開始上班。萬普福利是真不錯，我能拿到這個看場子的活，也全是託了我孫子的福。」

「分公司？」時進疑惑。

「你不知道？」大爺抖了抖菸灰，解釋道：「我孫子說萬普是今年上半年決定要入資國內，但政府那邊不知道為什麼，一直卡著萬普不讓過。不過萬普霸氣啊，一邊和政府談著，一邊就買樓招人開始做開張準備了，一副咬死政府要鬆口的樣子。這不，政府最後果然還是鬆口了，不然萬普今年在國內花的錢可全得白費。」

上半年，那不就是廉君剛逃出國後沒多久？

時進把玉米嚥下，嘴角要翹不翹的，心裡有點發甜——看來在他等得煎熬的時候，廉君也一直在努力。

大爺卻突然回味過來，狐疑地看著時進，說道：「不對啊，你對象是萬普的，怎麼會連這些都不知道？萬普在國內雖然不出名，但內部員工沒道理不知道這些啊，你這小子真的是萬普員工的家屬？不會是騙我的吧？」

時進心裡一凜，連忙擺手說道：「我騙你這些幹什麼，又不能多長一塊肉……那什麼，我哥還在等我吃飯，下週我再來找您，再見！」說完起身就跑，頭都沒回。

大爺目送他離開，臉上的疑惑慢慢褪下，低哼一聲：「這就是君少……咳，老闆瞧中的那個時……咳，那個小老闆啊，怎麼看著傻不拉幾的……」

「張工！」一個工人突然跑過來朝這邊喊了一嗓子，著急說道：「人工湖出了點問題，您老來看看吧！」

老人臉一黑，沒好氣地站起身，皺眉說道：「外面的傢伙果然沒有自己培養的好用……來了來了！別喊了！都說了週末的時候別喊我張工！」

手機鈴聲突然響起，他停步，摸出手機看了看，見是老友打來的電話，笑了，連忙接通電話，說道：「喂，老馮，你的科考團怎麼樣了……我？我好得很吶，旅遊回來找了工作……不是不是，沒去之前說的那所學校……哈哈哈，果然瞞不住你，我那不是不放心嗎，畢竟是君……咳咳，是老闆以後住的地方，我不得混回來看一眼……行，等你回來一起喝酒。」

◆◆◆◆

期末考試結束後，時進輕裝上陣，坐上飛往國外的飛機。

「好久沒見大哥了，有點緊張。」他在心裡跟小死這麼說著，手裡卻已經拿出平板，打開麻將軟體，隨口問道：「小死，你緊張嗎？」

小死沒說話。

「又裝死？」時進挑眉，低哼一聲，習慣性地查看一下自己的遊戲帳號資訊，視線掃過已經變成空白的綁定伴侶欄，憂傷地嘆口氣。

廉君在離開前抹除過去痕跡時，喪心病狂地連遊戲帳號都註銷了，導致他現在無論是現實裡，還是遊戲裡，都是配偶失蹤的狀態。

「居然做到這種地步，小心我不開心劈腿找別人去！」他惡狠狠地說著一些不可能會實現的狠話，退出帳號資訊，開了一把遊戲。

吃吃玩玩睡睡，不知不覺十幾個小時過去，飛機馬上就要落地了。

時進突然在心裡說道：「小死，時間不多了。」

小死終於無法再裝死，喚道：「進進。」

「嗯，我在。」時進低應了一聲。

小死又安靜下來。時進也不再催它，低頭繼續玩遊戲。

那天的生日過去後，時進和小死之間的情況出現一個奇妙的對調。

時進逼著自己想通了，想積極面對別離，大哭一場的小死卻突然又逃避上了。

面對時進的疑問，它總是裝死沉默，似乎覺得只要它什麼都不說清楚，離別就不會來臨。

但時間從來不等人，可怕的複習週之後，時進完成期末考試，迎來寒假，然後如生日第二天他決定的那樣，坐上去接時緯崇的飛機。

現在，飛機就要降落，離別的魔獸已經張開爪牙，再也拖不下去了。

「我……」小死嘗試開口，停頓半晌，又低落地失去言語。

時進在它開口時就停下出牌的手，等待半天沒有等到下文，稍微猜到它「不知該從何說起」的難處，把牌局給系統託管，安撫說道：「沒關係，你不用考慮怎麼開口，我問你答，你只用回答我

的問題就好了。」

小死過了好一會才低低應了一聲，不大有精神地說道：「你問吧，進進。」

時進卻沒有立刻開始問問題，而是關掉平板，扭頭看一眼窗外的萬里高空，說道：「再稍微等等吧……飛機要降落了。」

小死：「嗯。」

廉君給時緯崇安排的療養院，位於D國靠海的一個半與世隔絕的小鎮上，之所以說這個小鎮半與世隔絕，是因為它的地理位置有些特殊，位於一塊雖然與大陸相連，卻只連了一條「線」的高地上。那裡更像是一個小島，只是因為與大陸連接著一條「線」，所以還與大陸保持著相對於真正的小島來說，要稍微緊密一點的日常聯繫。

從機場去那個小鎮，坐車最快也要三四個小時。時進放棄速度較快的城市地鐵和計程車，選擇坐專門供給遊人乘坐的長途觀光巴士。

「現在是D國本地時間早上十點半。」時進挑了觀光巴士後排靠窗的位置坐下，把背包抱在身前，拿出手機看了下時間，「到十二點的時候，我會隨便挑個地方下車去吃午飯，順便給時緯崇買點禮物，然後繼續上車出發，保守估計的話，我們還有一整個下午的時間用來聊天，嗯，算是比較充足的，應該夠你講故事了。」

「不是講故事。」小死委屈反駁。

「是是，小死大人從來不講故事。」時進笑著哄它，抬手撐住下巴，看著窗外異國他鄉的街道，瞇了瞇眼，「咱們就當是來旅遊的，邊看風景邊聊吧。」

當巴士經過一座古老厚重的大橋時，兩人終於開始這場拖延許久的談話。

「這個世界真的是一本書嗎？」時進翻著巴士上的旅遊指南，選了個比較好答的問題做開頭。

小死回道：「不是書，沒有書，這個世界是真實存在的，你最開始看到的書，是我根據你……根據原主的人生和記憶具象化出來的。」

時進對此早有猜測，聽到這個結果也不意外，點了點頭，進一步問道：「書的最後原主重生了，發誓要報復五個哥哥，這部分是你編造的？」

「不是……重生而來的是你，想要報復五個哥哥是原主死前最大的執念。」

時進摩挲著旅遊指南的頁角，想了想，繼續問道：「那書裡寫著的到底是我的，還是原主的人生和記憶？」

小死沉默了一會，回道：「是時進的。」

——時進的……哪個時進？這個時進，還是那個時進？還是同一個時進？

時進腦中轉著這些念頭，看著窗外逐漸進入視野的大教堂，視線上移，望著教堂尖頂上的十字架，側身趴在窗欄上，逃避似的嚥下這些疑問，換了個問題：「那你是什麼？難道你真的是一個玄乎的系統，而我是被系統選中的天選之子？」

「我確實選擇了你。」小死的語氣變得遲疑：「而我……我是……我不知道。」

時進提到一半的心卡在半路，不敢置信地問道：「你不知道？」

「嗯……但我模糊能感受到一點。」小死猶豫著回答，像是不知道該怎麼解釋了，磕巴了好一會，突然說道：「進進，你知道你和寶貝的進度條為什麼一個是999，一個是1000嗎？」

時進對這個確實很好奇，回道：「為什麼？」

「因為前面還有998個進度條，每一根進度條都有一個主人，他們都是在原本的人生軌跡裡會悲慘死去，然後有機會改變命運的人。」

時進驚訝，問道：「進度條居然有這麼多個？那你也做過那些進度條主人的系統嗎？這些人是誰選出來的？每個人擁有的進度條最大數值，又是怎麼確定分配的？」

「有，做過，是進度條自己選擇他們的，至於最大數值……」小死組織了一下語言，回道：「進度條的最大數值代表著進度條擁有者們扭轉人生的可能性，可能性越高，改變命運的難度越高，危險性也越大，但反之，改變命運時的容錯率也會高一些。每個人的數值多少不是旁人分配的，是他們自身的條件決定的。」

時進消化了一下這些資訊，遲疑問道：「那在我前面的那998個人，進度條都消掉了嗎？」

「沒有，進度條是一條影響著一條的，如果有一條消掉了，那麼後面的進度條根本就不會產生。」小死低聲回答。

「那沒有消掉進度條的人……」

「應該是都去世了。」

時進覺得「應該」這個詞用得有些奇怪，問道：「應該？」

小死的聲音越發低了，幾乎聽不清：「嗯……其實我不大記得了，每離開一個宿主，我的記憶就會被清空一次，只保留一些基本的資訊。按照常理來說，在宿主的進度條沒有被消除掉的情況下，我是必須待到宿主死亡才可以離開的。」

哐噹。時進胳膊一歪，腦袋撞到了車玻璃上，唰一下坐起身。

小死嚇了一跳，急忙補充道：「不過你和寶貝是不一樣的，就算我離開你們，我也會記得你們的，因為你們成功改變了命運，把進度條消掉了！」

時進有點炸毛：「你怎麼能保證你能記得，你都忘了998個人了！」

「我真的會記得的，我的直覺告訴我，我會記得。」小死保證。

「你居然只靠直覺就這麼確定這件事？」時進不敢置信，情緒接近崩潰，「萬一你的直覺騙了

你怎麼辦？那你不就也會忘了我嗎？」

「沒關係的，如果我忘了你，相對的，你也會失去關於我的記憶。」小死連忙安撫。

時進只覺得頭上被倒了一桶熱油，然後還有人遞了根火把過來，氣笑了，說道：「你如果敢動我的記憶，讓我忘了你，我就……就……」

就什麼呢？如果真的被奪走了記憶，他又能做什麼呢？估計只會像個傻子一樣，樂呵呵地過完這一輩子吧。

他高昂的情緒慢慢回落下來，軟在椅子上，良久，妥協說道：「小死，我相信你，你可千萬別忘了我……你不是總說你是我和廉君的爸爸嗎，哪有爸爸會忘了孩子的。」

「不會的，我肯定不會忘記你們！」小死再次保證，甚至還發了毒誓。

時進覺得它發毒誓的語氣有些好笑，但因為心裡壓著事，又實在是笑不出來，見時間已經過了十一點，乾脆拎起背包，在四周遊客看精神病患的視線裡，隨便找了條人多的街道下車。

用美食改善一下心情，然後給時緯崇買了一些小玩意當禮物，十二點半，時進重新登上一輛前往小鎮的觀光巴士，整理好情緒，再次擺開聊天的架式，在心裡問道：「所以你其實是一個專門去改變別人命運的系統？」

「不是。」小死回答，又斟酌了一下語句，說道：「我的最終目的不是這個，但想要達成我的最終目的，我必須先幫你們改變你們的命運，讓你們好好活下去。」

時進疑惑，問道：「那你的最終目的是什麼？」

小死的語氣突然變得嚴肅鄭重起來，字正腔圓回道：「拯救世界！」

時進掏了掏耳朵，「……什麼？」

「我的最終目的，是拯救世界！」小死又字正腔圓地重複一遍。

時進深沉低頭，思考十分鐘，然後抬起頭打了個響指，說道：「我大概是被時差折騰得有點神

志模糊，剛剛居然出現幻聽，來，我們換下一個問題。」

「進進，你不信我。」小死的語氣變得委屈。

時進噎住，然後崩潰地搓了搓臉，扭頭看了看外面的異國美景洗洗腦子，說道：「我不是不信你，我就……就是需要一點時間消化，我其實是個唯物主義者，你信嗎？」

小死委屈地哼唧了一聲。

「好吧，其實我自己也不信。」時進面無表情地收回視線，覺得自己還是太不冷靜了。事到如今，重生和腦子裡多一個系統這種玄乎的事情他都接受了，那一個系統高喊著要拯救世界這種事，又有什麼好大驚小怪的。

他認真且仔細地消化一下「拯救世界」這四個字，好好做了心理建設，直到自認為心理強大到接下來無論小死說什麼，他都能冷靜接受後，才再次開口問道：「所以你的每一任宿主都是像我一樣死亡之後又重生的嗎？假如我也改變命運失敗了，然後你綁定到廉君身上，那麼他也會擁有一次重生的機會嗎？還是說他的身體會被另一個靈魂占……等等。」

他突然意識到了不對，皺眉說道：「你之前不是說，進度條是一條影響著一條，如果有一條消掉了，那麼它後面的進度條根本就不會產生。反過來推，就是進度條是這一條消除失敗了，等進度條的主人死亡了，下一條才會產生，對吧？」

小死沒想到他這麼敏銳，回道：「一般情況下是這樣的，但寶貝不一樣。」

「哪裡不一樣？」

「他是最後一個，也是最關鍵的一個。」小死回答，語氣變得沉重：「進度條就是機會，而我的機會，只有一千次。他過早出現，我甚至無法像以往那樣立刻確定他的身分和位置，因為他前面還有一個你。」

時進深深皺眉，「你的意思是，在你拯救失敗了998次之後，你的面前突然一下子蹦出兩個需

要消掉的進度條？」

「基本是這樣。」

「那如果我和廉君都失敗了……」

「我會徹底消失，拯救任務失敗。」

時進還是覺得拯救世界什麼的太不真實，說道：「我和廉君怎麼就變成拯救世界的關鍵了，這簡直……廉君還有可能影響下世界，畢竟他之前身分地位特殊，人也很聰明，如果他一門心思要當什麼黑道霸主，在各國攪風攪雨，估計也沒人能攔得住他，但是我？我這種平凡普通的……」

「進進，你和寶貝都很重要。寶貝的影響力，在於他本身，你的影響力，在於你的家庭背景。你或許不優秀，但你可以影響另外五個足夠優秀的人。」

時進不說話了，琢磨了一下之後，不得不承認，小死說的這些看似完全玄幻的話裡面，居然真的存在著某種因果邏輯。

時進忍不住問：「小死，我想知道，在原本的命運中，我和廉君死後，大家都發生了什麼事？我是指時家五兄弟，和卦一他們。還有，如果我不出現在廉君身邊，你又沒來得及綁定到廉君身上，他會死在哪裡？」

小死沉默了一會，回道：「那些都是沒發生的事，你們的命運已經全部改變，對假設性的問題我無法給出回答。」

時進靠到椅背上，低嘆口氣：「算了，我也不需要你回答。」

這問題的答案他自己就能腦補出來。

如果命運沒有改變，他沒有重生，那麼以徐潔的性情，在解決掉原主後，她肯定還會朝著時家另外幾兄弟伸手。時家另外幾兄弟又都不是什麼好相與的人，最後幾兄弟之間的關係肯定會變得一團糟，成仇和互相殘殺都有可能。而越是優秀的人，爭鬥起來造成的影響就越大，時家五兄弟站在

各個行業的高層，一旦動起真格，造成的動盪只會大不會小。

還有廉君，如果廉君死了，那麼卦一他們肯定會被困死在黑暗的世界裡，無法走出來。他們可能會繼承廉君的意志，想辦法給滅洗白，但沒了廉君的指引，結局如何還真不好說。

而廉君會死在哪裡……如果他不出現，在果園的時候，廉君就會被吊燈砸死吧。

他發了一會呆，思緒慢慢有點鑽牛角尖，問道：「我還是不大明白，既然你都要拯救世界了，那證明世界肯定是出了很大的問題對吧？可世界怎麼會出問題呢？就算人類死絕了，地球也還是地球，怎麼會需要拯救？難道你其實要拯救的是人類？可人類就算世界大亂、大戰爆發，也不大可能滅絕吧，那只要不滅絕，人類肯定能自己緩過來，沒必要特地去拯救。」

小死像是被他問住了，過了好一會才說道：「進進，你知道重生嗎？」

時進跟不上它的話題，回道：「當然知道，我不就是重生……難道你要說這其實是假的？還是說其實是我瘋了，你根本不存在，所有的一切都是我瘋掉之後的想像？」他說著說著自己把自己嚇到，連忙看了看周圍的人，還掐了自己一把，想確定自己現在經歷的一切都是真實的。

小死說道：「你的重生當然是真的，這世上很多人的重生都是真的。」

時進愣住，然後唰一下瞪大了眼，「很多人的重生？什麼意思？」

「不止重生，還有穿越、靈魂互換……等等一切非自然的現象，這些都是在這個世界時常發生的。」小死的語氣又沉重起來，還帶著一絲無奈：「所有生物都按照著一定的規律出現、生存和滅亡，他們共同組成這個世界，推動著世界的發展。然後某一天，這個規律在人類社會出現一個小意外。一抹不屬於這個世界的靈魂來到這裡，占據一個本土人類的身體，然後蝴蝶搧動了翅膀，世界的進程改變了。」

時進慢慢皺起眉，專心聽它說。

「如果這種意外只有一個，那麼規則還有辦法去慢慢消化掉他造成的影響。但當這種意外出現

了第二個、第三個……甚至當本土人類裡也出現了破除規律的人……肯定有哪裡不對了，規則出現漏洞，如果繼續放任下去，誰也不知道會發生什麼。為了彌補漏洞，和消除各種意外造成的影響，進度條出現了……」

隨著小死的講述，一個時進完全無法理解的世界展現在他眼前。

在小死的講述中，時進生存的世界成了一個必須按照規律運轉才能健康存在的容器，然後某一天，一個外來者不知道用什麼方法擠進來，他利用不屬於這個世界的知識攪弄風雨，改變很多很多人的命運，破壞這個容器自身的運轉方式，導致容器上出現裂縫。

有了裂縫後，擠進來的外來者越發多了，甚至漸漸的，容器內部的人也出現問題。容器的運轉變得一團糟，這樣惡性循環下去，容器遲早會損壞。容器自身終於意識到不對，她開始盡力用規則自救，但這種方式起效太慢了，在外來者和異變者已經越來越多的身居高位，大力影響改變著世界，無法隨意抹殺的情況下，世界想了一個能直接接近問題源頭，比較快速的自救辦法，這個辦法就是進度條。

要自救，就必須消掉裂縫。而消掉裂縫，就必須先消除那些外來者和異變者帶來的影響，把容器的運轉方式導回正軌。所以問題最根本的解決辦法，是消除那些外來者和異變者帶來的影響。

進度條選擇了那些被外來者和異變者影響命運影響得最深的人，綁定他們，用幫他們改變命運的方式，導正世界的進程。

「暴力組織本來是不該出現的，時行瑞是老來得子，被親戚拖累一生的命格。」小死最後用一句震得時進大腦空白的話，做了這番講述的結尾，「但是因為某個外來者的推動和某種異變，暴力組織成為合法的存在，時行瑞成立瑞行，生下六個兒子，你和寶貝都被無形中改變了命運。」

時進徹底說不出話來了。

「進進，你問過我很多次為什麼是你。」小死停頓了一下，艱難說道：「過去我從來沒有跟你

說過實話……因為只能是你，那是你的人生，只能由你去改變。」

時進只覺得耳邊嗡地一聲，心像失去了支撐一般，沉沉往下墜去。

「我失敗了998次，只剩你和寶貝了，我已經沒有辦法了，所以我做了最不想做的事，動用了我能動用的最大力量。」小死的聲音十分乾澀，含著濃濃的愧疚，「我需要一個心理強大且樂觀的宿主，但過去的你不行，你太脆弱，心中滿是仇恨……我幾乎可以預見我的第999次失敗。寶貝的提早出現，讓我不得不劍走偏鋒。」

「你做了什麼？」時進詢問。

「我讓你也做了異變者，破格扭轉你的時間，讓你回到你還來得及拯救一切的時候，然後剝離了你的記憶和感情，把你送去其他地方，讓你像那些來這裡的外來者一樣，去別的地方過了另一個完全不一樣的一生，然後在你能夠對另一個世界造成影響之前，殘忍地用死亡的方式把你帶回來，讓你以旁人的視角，去拯救你真正的人生。你的上輩子，在這個世界，其實只是你靈魂短暫出竅時做下的一場美夢。」小死的聲音慢慢帶上哭腔：「進進，對不起，我從一開始就騙了你。」

靈魂出竅時做下的美夢，小死是這樣定義時進的上一輩子的。

時進突然有些茫然，他想起養父母，想起了進進超市，想起了他從小到大遇到過的那些朋友、同學、戰友、同事……那些人是那樣鮮活，和他們生活過的記憶是那樣真實，他明明就真真切切地過了那麼一輩子，怎麼可能是夢呢？

正是因為堅信著他只是個在普通家庭長大，擁有著父母關愛的時進，相信著自己只是倒楣了一點，才不得不去經歷旁人的一生，他才能真正擺脫原主那些陰暗扭曲的情緒，走到今天這一步。

如果他賴以支撐的只是一場夢，如果他的來處不是那個溫暖的世界，那他該如何自處？

「小死，你在騙我。」他沉沉出聲，隱含祈求。

小死哭了起來，不停說著對不起。

對不起，時進現在最不想聽到就是這個詞。第一次，他在沒有和廉君親密的情況下，勾了一下進度條，把小死關進小黑屋。

世界安靜了，哭聲消失，他呆坐在椅子上，腦子混混沌沌的，突然不知道自己到底是誰，然後很快，他得出結論。

他是時進，扭曲又陰暗的時進，卑鄙的去另一個世界、竊取了一段不屬於他的人生的時進。對於養父母來說，他是不該出現的外來者，那個他本來以為是故鄉，是來處的地方，其實才是真正的異鄉。

多麼可怕的一件事，他以為的美好，只是小死為了改變真實陰暗的他，而給他精心準備的一段奇幻冒險。

其實是有過猜測的，對於真相，他也不是沒有心理準備，但是……好難受。他彎腰抓住臉，腦中突然閃過那些他曾經堅定以為是屬於已經死去的原主的記憶，心臟像是要爆炸一般的疼痛起來。

那才是真正的他，那才是他真正的人生，他其實是那樣一個醜陋悲哀的人。他一出生就待在牢籠和地獄裡，擁有的一切美好都是由陰謀噩夢偽裝編織出來的假象，他的心也早就腐爛掉了。

假的，都是假的。

美好是假的，幸福是假的，所有的一切都是他偷來的，是不該屬於他的，他……

「@#￥%？」一句帶著關切擔憂的陌生語言突然在耳邊響起，緊接著肩膀被搭住了。

時進一愣，鑽入牛角尖的思緒陡然回轉，鬆開手看向身邊望過來的異國老人，對上對方經過歲月沉澱而格外安靜溫柔的眼神，神思一晃，竟像是看到他那位有著同樣眼神的養父。

「進進，爸爸和媽媽最愛你，所以你也要好好愛自己。」

老人去世前，曾對著他這樣不捨囑咐。他握著老人的手，心裡暗恨著時光的不留情，面上卻露出一個笑容，對著老人說道：「我會的，爸，您就安心吧。」

「我怎麼能安心。」老人伸手摸了摸他的頭，眼裡是無邊的留戀和不捨，「你總是這麼好……進進，爸爸捨不得你，你還沒真正長大呢。」

「老頭子又瞎說什麼呢。」他的母親從後面搭住他的肩膀，一貫俐落的語調，因為老伴的即將離開，也稍微顫抖起來，「我們家進進早就是頂天立地的男子漢了，看這警服穿得多帥氣，老頭子你就別總是亂操心了。」

記憶氾濫而來，情緒徹底崩潰。時進伸臂抱住面前的老人，像個孩子一樣哭了起來。

才不要是夢，那就是他的父母，是他的家人，他的爸爸總是那麼溫柔，他的媽媽總是那麼貼心，才不要是夢，那就是他的來處，是他的根。

「@#¥%……&#?」老人嚇了一跳，越發擔心，猶豫著抬手回抱住他，還側頭貼了貼他的臉頰，想看看他是不是生病了。

周圍的乘客也被這邊的動靜吸引了注意力，紛紛側頭看過來。

時進已經顧不得那麼多，他抱著老人，把自己的委屈和不願全部哭了出來。

傍晚時分，時進頂著一雙紅腫的眼睛從當地的警局出來，滿臉不好意思地告別好心的老人和員警，抬手搭了輛計程車，跟司機報了療養院的地址。

哭了一場，還被好心的老人以為是和家長走散的孩子，害得觀光巴士停車，引來員警被送去警局等等一系列事情，時進心裡積壓的亂七八糟情緒全散了，終於冷靜下來。

他揉了揉有些酸澀的眼睛，摸了摸手指上的戒指，把小死從小黑屋裡放出來。

「進進。」小死立刻呼喚，小心觀察了一下四周情況，見一切還好，稍微鬆了口氣，帶著勉強

壓下的哭腔小心翼翼問道：「你討厭我了嗎？進進，對不起。」

聽到它哭，時進的心瞬間軟了下來，但他還是板了一下語氣，說道：「不許再說對不起，不然我真的要討厭你了。」

小死立刻閉嘴，語氣變得更小心了，問道：「那……那進進，你還好嗎？」

「不好，在陌生人面前丟人的哭了一場，還被帶去警局，這絕對是我人生的黑歷史。」時進繼續板著語氣：「而且我懷疑這又是那些獎勵鬧的。」

這世上哪有那麼巧的事，剛好在他鑽牛角尖鑽得快發瘋的時候，一個有著和他養父相同眼神的老人對他伸出手，把他從那些思緒裡拉出來，還一直好心地陪著他、安慰他。

也許是他陰暗吧，反正他不覺得這個該死的世界以前有對他這麼溫柔過！他以前痛苦想哭的時候，可從來沒有剛好出現個懷抱給他靠！

——什麼獎勵鬧的？

小死被他的回答弄得懵了一下，見他眼睛果然紅紅的，明顯是哭過，瞬間心疼死了，顧不得再疑惑獎勵什麼的，邊小心給他刷緩解buff，邊說道：「都是我的錯，對不……」

時進語氣一沉：「嗯？」

小死連忙把說到一半的對不起打住，噎得自己打起嗝來，邊打嗝邊說道：「都怪我，進進，你罵我吧，繼續把我關小黑屋也可以，我只求你別討厭我……你別難過，都是我的錯，你還是把我關小黑屋吧……」

「不關了，我們已經沒剩多少相處的時間了。」時進的心徹底軟了，不再板著語氣，低頭又摸了摸戒指，緩聲說道：「小死，我不討厭你，你救了我，我感謝你。你明明可以直接放棄我的，我過去那麼糟糕，一點拯救的價值都沒有，但你卻沒有放棄我，還費心為我安排了一切，讓我看到很多我本來接觸不到的美好事物……其實如果你放棄我，直接寄宿到廉君身上，你那個拯救世界的任

務估計還能快一點完成，是我拖累了你，對不起，還有謝謝。」

小死被他說得又想哭了，「不是的，你也是我的寶貝，我不會放棄你，你也沒有拖累我。」

時進眉眼緩了下來，低低嗯了一聲，安靜了一會，突然認真問道：「小死，我的養父母是真實存在的，對吧？」

小死不知道他為什麼這麼問，怕他是還有疑問，連忙解釋道：「當然是存在的，我雖然在你的靈魂離開那個世界後，立刻就抹除掉你在那個世界存在過的痕跡，但你的養父母是真實存在的。」

時進聽到抹除痕跡這幾個字心裡又難受了一瞬，但他很快調整過來，繼續問道：「所以我是真的在養父母膝下重新長大了一遍，對不對？」

小死的語氣變得猶豫遲疑起來，回道：「是真的，雖然……」

「不許說雖然！」時進連忙打斷它的話，握緊了戴著戒指的手，「這就夠了，別的我都不想知道了，莊周夢蝶還是蝶夢莊周都隨意吧，我只用知道我確實和養父母生活過那麼多年就夠了。」

小死立刻明白他的想法，越發心疼，連忙再次肯定說道：「進進，你是被你養父母愛著的，這點毋庸置疑。」

時進心裡的不甘、害怕、不安……等等情緒，就在這句肯定裡慢慢沉澱下來。

時進看著窗外漸漸亮起的萬家燈火，長長吁口氣，突然說道：「小死，把我的記憶和感情，全部還給我吧。」

小死愣住，然後語氣瞬間緊繃起來，磕巴說道：「什、什麼？」

「你不是剝離了我的感情和記憶嗎，把那些全都還給我吧。」時進說得認真，認真地想要去面對一切，「我雖然知道原主……知道我過去的所有記憶，也以夢境的方式感同身受了大部分情緒，但那終歸是不完整的。」

如果小死有心臟的話，那它現在的心跳速度絕對已經超過人體能承受的極限，它甚至有些害

怕，說道：「進進，你、你沒必要這樣，等你見到了時緯崇，你自然會……」

「我不想一段一段地去想起自己的記憶和情緒，你一次性還給我吧。」時進很堅持，甚至還反過來安撫它：「不用擔心，我知道自己在做什麼，我只是想找回完整的自己。」

小死囁嚅說道：「進進，會很難受的……片段式的記憶接受起來會簡單一些，一次性恢復所有的話，那些你以前釋然的記憶和情緒，很可能會被挑動影響，然後重新氾濫。」

「沒關係。」時進低頭，握緊戴戒指的手，像是握住那個可以給他力量的人，「為了以後，我總該確定一下，我現在和過去是真的不一樣了。重新氾濫也沒關係，大不了再去解一次心結，這樣你還能多留一段時間，是我賺到了。而且我不會有事的，有那些獎勵在，我現在想死都死不了。」

小死沒辦法，終是妥協，依了他。

進度條開始閃爍發光，腦中那些曾經看到過的記憶碎片重新氾濫，交織在一起，慢慢組成一段完整的人生。時進閉上眼靠在汽車後座上，讓意識走入那些記憶。

◆◆◆◆

星光灑滿天空的時候，計程車穩穩停在療養院門口，時進睜開眼，平靜地付了車費，謝過司機，拿著背包下車。

小死簡直要嚇死了，喚道：「進、進進……」

「你慌什麼。」時進目送計程車離開，轉身面對著療養院緊閉的大門，望向裡面漂亮的白色圓頂建築群，評價道：「是個好地方，廉君真會挑。」

他越平靜小死越慌，聲音都發抖了：「進進，你的進度條，死、死緩了啊……」

是真的死緩了，而且已經死緩了好一陣子。現在時進身邊沒有任何可能致死的東西存在，所以

時進的進度條能走到死緩，只能是因為他自己。

他想死，或者說，他想做點什麼會害他走向死亡的事。

時進還是不可避免地被那些重新深刻起來的記憶和情緒影響了。

「別怕，我心裡有數。」時進安撫，把背包甩在背上，拿出手機撥了時緯崇的電話。

幾分鐘後，時緯崇氣喘吁吁地跑到大門口。他腳上穿著室內拖鞋，身上隨便裹著一套睡衣，頭髮濕漉漉的，像是洗澡洗了一半匆匆跑出來的。

「小進，你怎麼來了？」時緯崇拉開小門出來，看著時進，想靠近又猶豫，一副懷疑自己出現幻覺，怕一靠近就清醒過來的樣子。

「大哥，我來接你了。」時進打量著他的表情，朝他露出一個笑容，主動上前抱住他，拍了拍他的背，「讓你等了這麼久，對不起。」

接觸到他的體溫，時緯崇終於有了點真實感，回抱住他，眼裡冒出些驚喜的情緒來，略顯激動地說道：「不，是我對不起你，小進你真的來了……謝謝你來，我很開心。」

時進聽著他語無倫次的話，眼神黯淡了一瞬，又很快重新染上笑意，稍微掙開一點他的懷抱，說道：「大哥，我坐了一下午車，還沒吃晚飯，好餓。」

「坐了一下午車？」時緯崇皺眉，打量一下他的臉，見他眼睛紅紅的，臉色很差，一副很沒精神的樣子，急忙拉住他的手，轉身朝著療養院內走去，說道：「從機場到這邊最多只要三個小時，你怎麼坐車坐了一下午，遇到黑車了？D國的治安其實沒有看上去那麼好，你應該讓我去接你的。你是什麼時候下的飛機？就只帶了這麼點行李嗎？這邊氣溫要更低一些，冷不冷？」

時進從來不知道時緯崇可以這麼嘮叨，他看一眼時緯崇牽著自己的手，又看一眼時緯崇身上單薄的睡衣，想起小時候時緯崇牽著他，耐心教他騎玩具木馬的畫面，臉上露出個想哭的表情來，連忙側頭偷偷深吸口氣壓住情緒，反握住他的手，笑著說道：「大哥，你看看你自己穿的什麼，該冷

的是你吧。」

時緯崇一愣，低頭看了看身上的睡衣，尷尬起來，側頭低咳一聲，回頭看向他說道：「我都沒注意……抱歉，穿成這樣出來見你。」

時進仍是微笑的模樣，看著他不好意思的樣子，在心裡說了句沒關係。

時緯崇引著時進到他住的套房，安頓他在客廳的沙發上坐好，給他沖了一杯熱可可，拆了兩份好消化的點心放到他面前，然後隨便披了件外套，走到門口說道：「我去小廚房給你弄點吃的，你先用這些墊墊肚子，我很快回來，手機我帶著，你有事給我打電話。」

時進笑著點頭，邊往嘴裡塞點心邊擺手示意他快去。

時緯崇被他猴急的樣子逗笑了，囑咐了一句慢點吃，帶上房門走了。

室內安靜下來，時進臉上的笑容慢慢卸下。他拍掉手上的點心渣，站起身，在這個兼顧了客廳和書房的房間裡轉了轉，視線掃過書桌上某本寫到一半的筆記，停步靠過去，伸手摸了摸筆記上的字跡，翻到扉頁，果然在上面又看到熟悉的「贈幼弟」幾個字，手指一緊，輕輕把筆記蓋上，轉身朝著時緯崇的臥室走去。

他記得，時緯崇一般會把比較重要的東西放在床頭櫃下面一層的抽屜裡……

他腳步一拐，走到右邊床頭櫃處，蹲下身，摸了摸第二格抽屜上掛著的小鎖，也懶得找鑰匙，直接暴力撬開，把抽屜拉開來。

裡面的東西露出，幾份文件、一個相框、一把槍，幾盒子彈，這就是抽屜裡的全部內容。

時進找到自己想要的，伸手把槍拿起來，又摸了一顆子彈，一起放進外套口袋，起身準備離開，當他轉身時視線掃到抽屜深處正面朝下放著的大相框，動作頓了一下，又蹲回去，伸手把相框拿出來。

相框有些老舊，應該已經存在很多年了。時進把它翻轉過來，然後一張拍攝於某年新年的全家

福展現在他眼前。

全家福上，時行瑞的位置被挖空了，只剩下圍坐在沙發邊的幾名孩子。

他心弦一顫，視線掃過還都只是少年模樣的哥哥們，最後在時緯崇的膝蓋上，找到正傻笑著抱著玩具的自己。

舊時光就這麼在他毫無防備的時候衝到他面前，他收緊手，仔細掃過這些照片上的人，發現除了他，時家五兄弟臉上的笑容全都是僵硬且勉強的，他們的眼神或暗沉或黯然或空洞，完全沒有少年人的神采。

照片背景中的屋子布置得溫馨又喜慶，到處都是象徵著幸福和團圓的新年裝飾，但照片中的人，除了幼年的他，卻沒有一個是真正開心的。

假的。為什麼要委屈自己露出這種樣子，權力金錢就那麼重要嗎！

他忍不住憤怒，想拆掉相框，抽出這張照片，卻在揭開相框後蓋後，看到了另一張藏在裡面的照片。他一愣，把照片抽了出來。

一個抱著孩子幸福微笑的女人露了出來，他瞬間認出這是徐潔，年輕時的徐潔。他的表情變得緊繃，想起過往遭遇的種種，只恨不得立刻把這張照片撕碎。

但他沒有這麼做，他強壓下想要撕碎這張照片的衝動，看向徐潔懷裡的孩子。

那是一個長得很胖很白的孩子，應該只有幾個月大，笑得傻傻的，一點看不出未來時緯崇的影子。他鼻尖陡然發酸，像是被抽掉渾身的力氣般，坐到地上。

時緯崇珍藏這樣兩張照片的心情，他不敢想。如果……如果沒有後來那些事，徐潔不那麼功於心計，時行瑞不那麼扭曲無情，時緯崇會不會擁有一個普通幸福的家庭？會不會也能享受到自己在養父母膝下長大時享受過的那種美好？

他低頭把這兩張照片擺在一起，看著照片中的兄長們，看著幼年的自己和嬰兒時期的時緯崇，

手指慢慢收緊。

不是因為權力金錢……只是為了愛而已，父親的愛、母親的愛。時緯崇他們被母親逼著去父親面前演戲的時候，當年最大的時緯崇也才十歲出頭，還只是個孩子。為了不惹怒母親、為了接近父親，他們除了順從，還能選擇什麼？

孩子是無辜的，壞的是逼迫和引導他們去做壞事的大人們。

他慢慢面無表情，起身朝著外面走去，步伐越來越快。

「進進，你要去幹什麼？」小死直覺不好，連忙開口詢問。

時進沒有回答，悶頭往前走著，很快就出了時緯崇住的樓，四顧一下，找到療養院最深處的一棟樓，快步走去——他真正要找的人，應該就被關在那裡。

「進進！」小死識破了他的意圖，聲音不自覺拔高：「你別衝動。」

時進沒理它，衝進最深處的樓，靠著靈活的身手躲開所有看護，來到病人所在的樓層，一間一間房地快速看過去。

「進進，你停下好不好，求你了。」小死已經要嚇哭了。

時進還是不答，很快找完這一層的病房，朝著下一層走去。

「進進，你別這樣……」小死的聲音帶上了哭腔。

時進發現自己的身體突然變得沉重，他終於停步，沉聲說道：「把buff撤掉。」

「進進，我們回去吧，寶貝還等著和你重逢。」小死哀求。

「撤掉。」時進重複：「別逼我把你關起來。」

這是威脅，哪怕小死從來沒說過，時進也能從每次小死被關小黑屋後，不能即時關注進度條漲幅這種細節，推測出只要關閉小死的意識，他身上被刷上的buff就會被動斷掉。

小死沒辦法了，只能撤掉他身上的buff，繼續勸他。

時進完全無動於衷，繼續前行，終於，他在住院部最深處的某間病房裡，找到自己想見的人。病房裡開著燈，從觀察窗往裡看，可以看到一個穿著病號服的女人，正低著頭坐在桌邊看書。

看書？可真是悠閒。

時進冷笑，粗魯地推開門，在女人望過來的驚愕視線裡大步靠近，掏出口袋裡的槍，頂上她的眉心，開了保險栓。

「好久不見，徐潔。」他微笑，滿滿的惡意。

徐潔慢慢睜大眼，不敢置信地看著他。

「聽說妳真的瘋了？」時進用槍口敲了敲她的額頭，上下打量她一下，「看來妳的老朋友把妳照顧得很好，妳現在的樣子，可真是又老又醜。」

被關了這麼久，又被當年的護士精神折磨，現在的徐潔早已沒了當初的精緻優雅，整個人蒼老了十歲不止，身體變得臃腫，皮膚蒼白鬆垮，臉上的長疤把五官扯得微微扭曲，眼睛渾濁無神，頭髮毛躁花白，已經徹底是個老太太的模樣了。

「時進。」徐潔咬牙出聲，眼神變得猙獰仇恨，「是你。」

「是我，我來要妳的命了。」時進的手指摸上扳機，眼神也變得仇恨，「所有人都是可以被原諒的，哥哥們也好，他們的母親也好，大家各有各的苦衷，各有各的迫不得已，有的甚至也是受害者……她們只是不配做母親，而妳，妳是最大的惡！」

徐潔後仰著脖子，一點不怕他的威脅，罵道：「你這個該死的野種。你不敢動手的，緯崇不會允許。」

「野種？妳說的對，不止我，時家的孩子，都是野種。」時進摸著扳機的手指慢慢下壓，眼裡幾乎要恨出血來，「我們寧願沒有父母，做天生地養的野種，也不願意有一個時行瑞那樣的父親，和一個像妳這樣的母親。」

外面的走廊上傳來奔跑聲，徐潔笑了，說道：「你錯了，我兒子需要我，他來保護我了。」

「是嗎。」時進也笑，用力按下了扳機，「可惜，大哥以後不會再是你的兒子了，他只是我的哥哥。」

見他真的要動手，徐潔終於慌了，急忙抬手去推他的胳膊，說道：「不，你不能……」

砰。那些被黑暗折磨的歲月，那麼多個痛苦等死的日子，心裡一天一天積累起來的恨和不甘，彷彿全都隨著這一槍被打了出去。

噗。心像漏了個洞，裡面藏著的、膨脹著的惡意傾瀉而出，像是要把靈魂都抽空。

「不！」小死尖叫。

【第十二章】

能陪着你這麼久，我很開心

時緯崇滿頭是汗地衝進病房，眼睜睜看著時進收回槍，然後徐潔的身體朝後仰去。

他腦子一懵，差點軟倒在地上，說道：「小進，你做了什麼……」

「她死了……」時進轉身看向他，把槍丟到一邊，「……在我心裡。大哥，我報仇了。」

哐噹。徐潔帶翻椅子倒在地上，捂住額頭大口大口地喘氣，身體不受控制地發抖，明顯被嚇得不輕。

時緯崇一愣，然後連忙越過時進朝著徐潔衝去，把她從地上扶起來，看向時進，問道：「小進，你……你還是恨我嗎？」

「我不恨你。」時進把手揣進口袋，側身看他，掃一眼緊緊抓著他，仇恨看過來的徐潔，扯了扯嘴角，說道：「大哥，徐潔根本沒瘋，她在騙你，她剛剛還在喊我野種。」

徐潔表情一變，連忙低下了頭。

時緯崇再次愣住，然後猛地扭頭朝徐潔看去。

徐潔連忙做出發瘋的樣子，顫抖著說著胡話。

時緯崇皺眉，表情慢慢冷硬——剛剛徐潔的眼神，確實不像是瘋了的樣子……

「我知道，你想留在這裡，有一部分原因是為了照顧徐潔，她那麼可憐，又瘋又慘的……」時進收回視線，口袋裡的手緊緊握拳，「可是大哥，她正在葬送你的下半生，不，她或許是在試圖重新拉攏你，讓你來對付我……我太累了，不想再這麼累了，剛剛我已經報了仇，所以我不恨你了，我原諒你，大哥，你自由了。」說完邁步朝外走去。

時緯崇心裡一緊，鬆開徐潔，起身想去拉他，急著阻攔道：「小進，你要去哪裡？我、我給你煮了麵……」

時進躲開他的手，頭也不回地說道：「大哥，好好看清楚你母親的樣子吧，別再為了她耽誤你自己的人生，如果看清了，那今年的團圓飯……我等你。」說完快步離開。

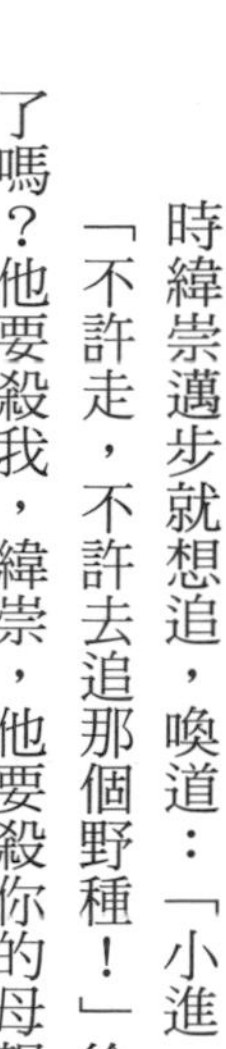

時緯崇邁步就想追，喚道：「小進，小進！」

「不許走，不許去追那個野種！」徐潔突然抓住時緯崇的腿，狠狠說道：「他要殺我！你看到了嗎？他要殺我，緯崇，他要殺你的母親！」

時緯崇被動停步，低頭看向她，對上她滿是戾氣和殺意的眼神，不敢置信之後，眼神一點點變得絕望，說道：「媽，原來妳真的在騙我……」

徐潔心裡一緊，想著已經被看穿了，乾脆繼續賣慘說道：「我只是想親近你，你最開始都不願意來看我……緯崇，我也是為了活命，時進那麼壞，他關著我們，毀了我的臉，差使人來折磨我，逼你交出瑞行，現在還要殺我！緯崇，他要殺我！你看到他剛剛的樣子沒有？你是我的兒子，你得幫我報仇，幫我殺了那個野種！」

一口一個野種，全部都是指責，一點沒有意識到自己的問題。

時緯崇搖頭，看著面前這個不可理喻、扭曲又陌生的女人，眼中最後一點期盼終於熄滅，彎腰扒拉開她的手，說道：「不是了。」

「什麼？」徐潔仰頭看他。

「在妳悔悟之前，我不再是妳的兒子。妳……妳自己好好的吧。」時緯崇壓下情緒，扭頭不再看她，走到一邊撿起地上的槍，邁步朝外走去。

徐潔愣了，然後瘋了，尖叫道：「不！你不許走！緯崇，你是我兒子，你得聽……」

砰！病房門關閉，還被反鎖了。徐潔停下呼喚，癱在地上，回味著剛剛發生的一切，忍不住尖叫著扯住頭髮，癲狂說道：「不！不是這樣的！緯崇你明明已經重新向著我了……時進，你毀了一切！你這個惡魔！我要殺了你！」

時進來到療養院後山的靠海處，站在圍了柵欄的斷崖邊，從口袋裡伸出緊握著的手，慢慢打開手掌，掌心上有一顆子彈，他本來準備射進徐潔的腦袋裡。

「進進。」小死囁嚅喚他：「進度條開始降了……」

「我知道。」時進回答，然後低頭看了這顆子彈幾秒，突然後退兩步，抬起手，把子彈用力朝著大海拋去。

懸崖有點高，時進無法聽到子彈落海的聲音，他看著湧動的海面，說道：「小死，我贏了。」

小死：「進進……」

「我贏了。」他低頭看向手指上的戒指，眼神一點點安靜下來，「養父母和廉君喜歡這樣的我……我贏了，一切都結束了。」

小死忍住哭泣的欲望，說道：「嗯，你贏了，進進最厲害了。」

時進無意義地笑了一聲，然後又慢慢沒了表情，低頭，坐到草地上，抬手抱住腦袋。

「我好想殺了徐潔。」他突然開口：「還有費琳、容夕莉、向晴……她們都不配做母親，錢財資源怎麼可以比孩子還重要，大家明明可以不那麼辛苦的……都怪她們。我也好不甘心，憑什麼只有我一個人記得那一切，憑什麼。」他慢慢抓緊頭髮，又慢慢鬆開，「可是不行……殺了她們的話，大家好不容易幸福一點，就又要陷入痛苦了……我不要那樣。」

小死說道：「進進，我以你為傲。」

時進的眼神變得有點空洞，良久，低聲說道：「可是……我好累。」

夜風溫柔吹拂，時緯崇不知何時出現在時進身後。他站了一會，然後來到時進身邊，陪著他一起坐下來。

「小進，謝謝你。」

時進沒有動。

「大哥，對不起。」時進終於動了，他放下手，低頭看著腳下的草皮，低聲說道：「撬了你的櫃子，對不起。」

「沒關係。」時緯崇回答，抬手摸了摸他的頭，「你只是太辛苦了。」

時進沒有躲開他的手，把胳膊搭到膝蓋上，彎腰將頭擱上去，望著黑漆漆的海面，「大哥，陪我看日出吧。」

「好。」時緯崇應下，脫下外套披到他身上。

時進嫌棄地還給他，往旁邊挪了點。

時緯崇愣住，然後暖下眉眼，重新把外套穿上，挪到他身邊。

時進沒有躲，繼續看著海面。

進度條一點點降著，以一種緩慢到磨人的速度。

時進望著海面，一點一點梳理著自己的記憶，從幼年、少年、瀕死，到另一段溫暖的人生，再回到這裡，遇到小死、遇到廉君……

夜最深的時候，他突然在心裡問道：「小死，你是什麼時候寄宿到我身上的？」

小死過了一會才回道：「你毀容之後……對不起，我眼睜睜看著你走向最悲慘的結局，沒有伸出援手，當時我是想多瞭解一些你的背景再送你走，結果拖到最後，不僅完全沒有新的發現，還害得你痛苦了那麼久。」

「那麼早啊……」時進卻笑了，把下半張臉埋在胳膊裡，彎起眼睛，「我能理解你的想法，不用說對不起……真好，那段最痛苦的時光，我不是一個人度過的，你還陪著我。小死，謝謝你。」

進度條突然有了一波陡降，小死意識到了什麼，沉默好一會，拚命壓下哭泣，說道：「沒有……進進，能陪著你這麼久，我很開心。」

「我也是。」時進閉上眼睛。

時進想起最初的廉君，眼神死寂，身體差到多吃幾口飯都要難受好久，脾氣看上去也不大好……然後他又想起話多煩人的卦二、話少不好惹的卦一、看似穩重其實偶爾也會皮一下的卦三、沉穩可靠的卦五、貪睡好脾氣的卦九、嘴毒心軟的龍叔……最後，他想到了笑容慢慢變多的黎九崢、逐漸抹掉周身尖刺的容洲中、氣息越來越溫暖的向傲庭、努力學著敞開心扉的費御景……最後的最後，他想到了養父母。

甚至，他想到了其實對他很不錯的時行瑞。

終究，還是美好比苦難多。沒什麼好不甘心的，大家幸福就好了。

時進睜開眼，看著天邊不知何時泛起的魚肚白，喚道：「大哥。」

「嗯？」時緯崇側頭看他。

「我真的已經原諒你了。」他側頭看向時緯崇，對上他的視線，「所以你也原諒你自己吧，老祖宗說過，知錯就改就是好孩子，我們都改掉錯的地方，放過自己吧，好不好？」

時緯崇的眼眶有點發紅，喉結動了動，努力朝他露出一個微笑，啞聲說道：「好……好。謝謝你，小進。」

時進也笑了，主動傾身抱了他一下。

進度條終於降回20，然後閃爍幾下後，沒有卡住，繼續往下降了下去。

小死憋不住哭了出來，喚道：「進進……」

「我在。」時進回應，鬆開時緯崇，重新看向海平面盡頭慢慢暈染開的日光，微笑著，卻還是紅了眼眶，心中跟小死說道：「你那麼厲害，又能扭轉時間，又能拯救世界的，所以你肯定還能回來找我的，對不對？」

「我不知道，進進……我愛你。」

時進扯起嘴角笑，「我也愛你……對不起，說好要把你介紹給廉君的，一直沒能做到。」

「不、沒關係……沒關係……」

進度條的數值越來越少，很快到了個位數。隨著進度條的下降，時進只覺得腦中屬於小死的哭聲變得越來越模糊，他心裡發緊，抬起胳膊環抱住自己，埋頭把臉壓在胳膊上，低聲說道：「別哭了，小死，我聽不清你說話了。」

時緯崇發現了他的不對勁，皺眉搭上他的肩膀，擔憂問道：「小進，你怎麼了？」

時進沒說話，專心捕捉著小死的聲音。

八、七、六……三、二、一……

小死的哭聲變得時有時無，進度條開始狂閃，終於，進度條歸零，小死的哭聲陡然弱了下去。

不……時進無聲拒絕，環抱著自己的手用力到發白。

「……進進……」小死的聲音突然重新出現，時進一愣，猛地抬起頭，用力捂住耳朵隔離外界的雜音，試圖聽清它的話。

「我……留……特殊的……禮物……別……再見。」

模糊又斷續的一句話後，小死的聲音徹底消失，進度條停下閃爍，停頓兩秒後，如煙般消散。

時進的身體和表情一起僵住，反覆試探，發現無論怎麼努力都無法像以往那樣看到腦內的進度條，聽到小死的聲音後，嘴唇一點點抿緊，眼淚慢慢溢滿眼眶，低頭把臉按在胳膊上。

再見。他無聲說著，無比希望自己現在只是在做夢。

再見……一定要再見。

「小進你怎麼了？小進？」時緯崇被他一連串莫名其妙的行為嚇住了，連忙搭住他的肩膀，著急地摸著他的腦袋，想把他的頭扶起來。

時進抱緊自己，不願意抬頭。

兩人都專注著眼前，沒有聽到有一道腳步聲正在慢慢靠近。

最後，腳步聲停在兩人身後。

一隻手伸到時緯崇眼前，然後輕輕落在時進頭上，溫柔地揉了揉。

「時進。」熟悉到骨子裡的聲音響起。

時進的悶哭陡然停下，僵了一會，沒有動。

時緯崇愣住，順著這手看向對方，然後皺眉，又低頭看一眼不願意抬起頭的時進，慢慢收回放在時進頭上的手，起身退開。

「時進。」來人的聲音再次響起，帶著小心和溫柔，「看看我吧。」

頭上的溫度，耳邊的聲音，這一切都清晰得絕不可能是幻覺。

心跳慢慢加快，時進終於抬起頭，頂著一雙紅通通的眼睛朝著聲音傳來處看去。

廉君站在他身後，身上滿是長途旅行後的疲憊。他彎腰幫時進擦了擦眼淚，問道：「怎麼哭了？對不起，讓你等了這麼久，我來接你回家了。」

「廉……」時進嘴巴張了張，眼淚再次滲出，突然起身朝他撲過去，緊緊環著他的肩背，恨不得咬他一口，恨恨說道：「它走了，它離開我了……你怎麼這麼慢，你為什麼不早點來。」

廉君滿足地回抱住他，側頭貼了貼他的臉，低嘆說道：「對不起……對不起。」

「你為什麼還是這麼瘦……」時進也不知道自己在說些什麼，他只覺得自己空蕩蕩的心終於又落到了實處，更加收緊力氣，鼻子一酸，在這個溫暖的懷抱裡，放縱自己釋放了所有情緒。

海平線盡頭，太陽終於躍出海面，時緯崇沐浴在清晨的陽光下，看著相擁在一起的廉君和時進，淺淺吁了口氣，突然覺得解脫。

就這樣吧……新的一天，終於還是到了。

時進生病了，突發高熱。廉君急得不行，急忙把療養院最好的醫生全部請了過來。

在醫生給時進治療的時候，廉君找時緯崇瞭解了一下時進變成這樣的原因。在聽到時進差點拿槍殺了徐潔，還硬生生在外凍了一晚上後，他的眼神沉了下來。

「十幾個小時的飛機加一下午的車，到這裡後沒有休息、沒有吃飯，然後又在外面坐了一晚上。」他緊了緊手指，壓下心裡氾濫的情緒，「我確實應該早一點來的……他為什麼要殺徐潔？徐潔做了什麼？」

時緯崇現在也覺得自己昨晚是腦子壞了，居然任由時進在外面坐了一晚上，沉默了一會，回道：「大概……是為了打醒我，我媽並沒有瘋，是裝的。」

所以又是因為這些哥哥們。

廉君垂眼遮掩住眼中的冷意，過了幾秒才看向時緯崇，說道：「請回吧，時進需要休息。」

時緯崇皺眉，「廉君。」

廉君擋著房門，說道：「時先生，十天後我會讓療養院撤掉你在這裡的房間，並取消你的所有額外許可權。你依然可以探視你的母親，但必須按照療養院的規矩來，每月定時限時。如果你對這件事有異議，那麼我會把徐潔轉回國內，送她去她該去的地方。」

回國後徐潔該去的地方，除了監獄，還能有哪裡？

時緯崇閉了閉眼，緩下聲音說道：「廉君，我知道你生氣，但是……」

「我沒有生氣。」廉君打斷他的話，眼神確實是冷靜的，語氣甚至都沒什麼波動起伏，「我只是不喜歡而已，或許你覺得時進受了委屈也沒什麼，但我卻不想再看到他哭泣的樣子。抱歉，我也只是個自私的人，在我這裡，所有的一切都必須給時進讓步。他已經原諒了你們這些哥哥，就別再強求他去原諒你們的母親了。」

時緯崇眼神黯下，想解釋自己並不是想讓時進原諒自己的母親，但看著廉君的臉，又什麼都說

不出來。

他是個失敗的哥哥，而廉君顯然是個十分稱職且優秀的伴侶，在對方面前，他說不出反駁和解釋的話。

「我明白了。」他最後只能妥協，看一眼廉君身後關閉的房門，說道：「我過一會再來看望小進……抱歉，沒有照顧好他。」

廉君看著他離開，之前勉強沒帶上負面情緒的臉色慢慢沉下，透過走廊的窗戶看一眼療養院最深處的地方，唇線拉下，轉身回房。

在外人看來發燒十分嚴重的時進，其實睡得很是舒服。他並不覺得身體熱得難受，反而覺得暖暖的，像是回到母親的肚子裡一樣。

也不知道過了多久，那種暖意慢慢散去，意識回歸，他下意識地動了動自己的四肢，然後立刻感覺到身體被抱進一個溫暖的懷抱裡，緊接著後背被安撫地拍了拍。

這種被珍視著的感覺太過熟悉，他的心跳猛地加快，睜開了眼睛。

眼前是廉君鎖骨明顯的肩頸處，兩人被子下的四肢交疊著，體溫互換，妥帖又溫暖。

——不是做夢。

他伸出手臂抱住廉君的腰，仰頭找到廉君喉結的位置，張嘴咬了上去。

廉君的身體瞬間緊繃，喉結本能滾動，帶出了一聲含糊的低哼。他把時進的身體更深地按到自己懷裡，揉了揉他的頭髮，溫聲問道：「醒了？吃點東西再睡吧。」

——都是真的。

時進鬆開牙齒，沒有仰頭去看廉君的臉，而是看著廉君皮膚上的牙印，又伸出舌頭在那裡舔了一下，然後一路親吻，到了脖頸側邊能感受到脈搏的地方。

「別鬧。」廉君的聲音啞了下來，按住他的頭，「乖一點。」

時進一點都不想乖一點，他現在只想把面前這個人好好啃一遍，最好把這個人啃得痛叫起來，好驗證一下這個人是真的回來，而不是他做的一個夢。

他往下蹭了蹭身體，又朝著鎖骨湊了過去。

「之前為什麼哭？」廉君突然詢問，又溫柔地揉了揉他的頭髮。

時進的動作頓住，想起之前的種種，本能地想要看看腦內的進度條，結果自然是什麼都沒看到。他瞬間沒了力氣，縮在廉君懷裡，好一會沒有動，然後伸手勒緊了廉君的身體，死死貼著他，像是要把他嵌進自己的身體裡一樣。

廉君察覺到他的不安，眉頭皺了皺，也更緊地抱住他，安撫道：「我在這裡，沒事了。」

「……以後不許再離開我。」時進終於開口，把額頭靠在他的胸口，「太久了……你再不回來，我就要找別人去了。」

「不行。」廉君沉了聲音，還輕輕打了一下他的背，打完又緩下力道，溫柔地順了順，歉疚說道：「對不起……我本來準備在你期末考試結束後就去接你，結果飛機延誤耽擱了，回國後又聽說你來了這裡，只能加緊辦手續趕過來。」

時進心軟了，蹭了蹭他的胸口，「沒關係，但不許有下一次。」

「嗯，沒有下一次。」廉君保證，低頭親吻他的頭頂，「我保證。」

時進的高燒睡了一覺就退了，但他身體上的病雖然很快就痊癒，心裡的「病」卻加重了。他變得非常沒精神，時常走神，長時間不說話，特別頻繁地捂自己的腦袋和耳朵，並且特別黏廉君，幾乎到了廉君只是上個廁所，他都必須守在門口的地步。

時緯崇看得大皺眉頭，十分擔心，想讓療養院的心理醫生給時進看看。廉君卻拒絕了，他知道時進沒有生病，時進只是太累了，需要好好靜養一段時間。

這一靜就是一個星期，這期間時進在廉君的照顧下，每天按時睡覺起床，上午在療養院散步，

下午睡覺加玩麻將，晚上看看電影，日子過得十分規律悠閒。

廉君儘量讓自己每時每刻都待在時進的視線範圍內，能抱著時進就絕不只是牽手，能靠在一起就絕對不分開坐，表現得比時進更加黏人。他還重新申請了一個遊戲帳號，買回那套和時進配套的情侶皮膚，在時進的眼皮子底下，把兩人的帳號重新綁定了伴侶關係。

綁定成功的提示音響起的瞬間，時進笑了，很淺的一個笑。廉君見狀眉眼暖化下來，抬臂攬住他的肩膀，側頭親吻他翹起的嘴角。

這麼黏了一個星期後，時進終於稍微有了點精神，他像是終於從某種情緒裡走出來，話慢慢變多，開始主動拉著廉君在療養院附近轉來轉去，笑容也慢慢變多。

十天期限到的那天，時進主動離開廉君身邊，去療養院最深處的那棟樓前站了一會。

時緯崇安置完徐潔從樓裡出來，見到站在外面的時進，愣了愣，連忙靠過去，看了看四周，問道：「你怎麼過來了，廉君沒陪著你嗎？」

「他在幫我收拾行李，我之前去小鎮上買了太多零碎的東西，行李箱塞不下，他在想辦法精簡。」時進不好意思回答，掃一眼他身後的樓，問道：「回B市後，你有什麼打算？」

時緯崇收回視線看向他，接觸到他恢復神采的眼睛，提起的心放了下來，回道：「我準備先去我外公家看看，聽說他們這兩年過得有點辛苦。」

徐潔被送到這裡來之後，廉君想辦法把徐川從監獄裡保了出來，這兩年徐川沒少折騰徐潔的母家，外人搗亂，加失去瑞行的扶持，徐家現在確實很難過。

時進聽得皺眉，忍不住勸道：「大哥，你是為你自己活著的，別再……」

時緯崇突然上前抱住他。

時進愣住，然後眉頭皺得更緊，抬手回抱住他輕輕拍了拍，說道：「我不是要干涉你的生活，但是徐家那些人真的……」

「我明白。」時緯崇鬆開他，臉上的表情是這幾年以來難得的輕鬆和滿足，「我不會管他們的，多少能力吃多少的飯，徐家這些年全靠他人的幫扶維持，根基早就不穩，是時候沉澱下來了。我說要去看看，只是作為好久不回去的外孫，去看看年老的外公、外婆而已。徐家的生意我不會管，那也不是我該管的事。」

時進聞言放了心，又覺得自己是不是管得太寬了，說道：「其實如果你真的想做點什麼，那也是你的自由，你想做就去做，別有心理負擔，反正……反正你好好的就行，記得別再讓那些旁人影響你。」

這大概是時緯崇這輩子聽到的最動聽的一句話。他有很多家人，有的關心他、有的不關心他，但無一例外，他們每個人都想從他這裡得到什麼，特別是徐家人……和他的母親。

他為了那些人付出了一切，結果到最後，居然是這個他曾經傷害得最深的幼弟，只單純的希望他能好好的，好好的為自己而活。

「謝謝。」他忍不住再次道謝，抬手摸上時進的頭。還有對不起，他在心裡補充。

——謝謝你的原諒，對不起過去的虧欠和糊塗。

「謝什麼……真是，別摸我的頭，走了，快去收拾行李，不然趕不上飛機了。」時進歪頭甩開他的手，嫌棄地嘀咕一句，轉身示意他快一點。

時緯崇微笑，邁步跟上。

兩人邊說著邊走遠，身影被陽光拉長，一路往前，誰都沒有再回頭看身後的小樓一眼。

回到B市後，廉君帶著時進回了萬普花園。經過兩個月的趕工，萬普花園……還是有點光禿禿

的，而且再次變得冷冷清清——工人們已經全都放假回家過年去了。

兩人下了計程車，廉君從後備箱裡搬下行李箱，帶著時進來到別墅區大門口，用門禁卡開了旁邊已經修好的小門，牽著他走進去。

時進特地往門口警衛室的方向看了一眼，見那裡大門緊閉，窗戶全鎖，有點遺憾地收回視線——看來守場子的張老頭也放假回家過年去了。

廉君捕捉到他的視線，還以為他是在看路邊光禿禿的土地，解釋道：「社區裡的大部分設施都弄好了，就只剩綠化還空著。因為是冬天，土地被雪水凍住，變得很硬，不適合做綠化，所以就耽擱了，準備年後開春了再繼續。」

時進聞言看了看路邊的土地，見確實看上去硬邦邦的，點點頭表示明白。

「家裡已經重新布置好了，只剩一些小物件沒添置，一會你看看還缺什麼，明天我們一起去買。對了，聽說你拿了駕照，我訂了一輛車給你，前幾天已經送來了，就停在車庫，一會你看看，不喜歡我們再換。」

時進忍不住側頭朝他看去。

廉君眉眼舒展著，帶著一點終於安定下來的喜悅，繼續說著家裡的情況：「我暫時沒有請長期的保姆和廚師，這種放在家裡的人必須好好挑，如果你不喜歡的話，不要這些人也沒關係，我應該還可以照顧你。」

「廉君。」時進輕聲喚他。

「嗯？」廉君側頭過來，眼神溫柔帶著暖意，眉眼間滿是對未來生活的希望和期盼。

很好看，現在這樣放鬆且期待著未來的廉君，很好看。

時進緊了緊和廉君交握的手，傾身吻了一下他的臉頰，說道：「我們回家了。」

廉君一愣，然後微笑起來，點點頭，「嗯，我們回家了。」

比起時進，廉君其實更像是一個嬌生慣養的少爺。他從小習慣被人照顧，衣食住行樣樣有人打理，想要什麼或者想做什麼，都只用吩咐一句話就行，洗衣做飯等等家務活，在他前二十幾年的人生裡，是完全沒有接觸過的。

但在分別接近一年的時間後，時進驚悚地發現，廉君突然變成家務全能了。

回到別墅後，廉君十分自然地去廚房燒了一壺水，然後趁著燒水的工夫，帶著時進在布置好的別墅裡轉了轉。

這時候時進還沒覺出什麼來，畢竟燒水是個人都會做，而且他的注意力全在已經布置好的別墅上，也沒心思去想別的。

別墅轉完了，水也燒好了，廉君泡了兩杯熱奶茶，和時進一人一杯分著喝了，暖了暖身體。時進依然沒發現不對，泡奶茶也很簡單，會做也沒什麼稀奇的。

然後，讓時進覺得魔幻的事情來了。

廉君把空的奶茶杯收走，放到水池裡十分熟練且自然地洗了，然後牽著雖然覺得有哪裡不對，但好像也沒哪裡不對的時進去了二樓主臥室，在衣櫃裡取出睡衣，把他送進浴室。

時進稀裡糊塗地洗了個澡，推門出來時，震驚地發現廉君居然在鋪床套被子！他眼睜睜看著廉君站在床邊，修長漂亮的手指捏著被子一角，輕輕一抖，把被子抖勻，拉上拉鍊，然後把它鋪到床上，鋪好之後甚至還不忘調整一下重出江湖的五角星抱枕的位置！

時進：「……」

廉君，前暴力組織首領，從來不知道家務為何物的大佬……他會套被子，還知道給枕頭擺個漂亮的造型。

時進覺得自己大概出現了幻覺，他抬手揉了揉眼睛，試圖讓自己清醒一點。

廉君注意到他出來了，放下枕頭走過來，摸了摸他濕漉漉的頭髮，皺眉說道：「怎麼不吹乾頭

髮再出來。」說完把他按坐在床上，到浴室拿出吹風機，插到床頭的插座上，幫他吹起頭髮。

暖風溫柔吹拂，修長的手指在頭皮上溫柔按摩，剛剛洗完澡的時進忍不住睏倦起來。十幾個小時的飛行還是太折騰人了，他捂嘴打了個哈欠，不自覺靠到廉君身上，越發覺得自己在做夢。

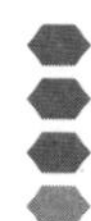

時進是被廉君喚醒的，他迷茫地眨了眨眼，看著面前已經換上一身家居服的廉君，鼻子動了動，說道：「我聞到牛肉的香味了。」

廉君被他睡迷糊的樣子逗笑，彎腰親了親他，伸手把他從床上挖起來，說道：「吃完飯再睡，天已經黑了。」

「天黑了？」時進扭頭看窗外，見果然已經黑了，這才終於清醒，順著廉君的力道下床，打了個哈欠問道：「你叫了外賣嗎？是牛肉飯？」

廉君沒有回答，盯著他洗漱好後牽著他來到餐廳，按他在餐桌邊坐下，說道：「嘗嘗，有不喜歡的就跟我說。」

時進看著桌上色香味俱全的三菜一湯，聞著食物的香味，腸胃立刻被喚醒，連忙拿起筷子先挾了一塊番茄牛腩餵進嘴裡，仔細品嘗嚥下後，享受地瞇了瞇眼說道：「味道好濃厚……好吃！你在哪裡訂的外賣？真不錯。」

「再嘗嘗別的。」廉君還是不答，示意了一下其他幾道菜。

時進確實餓了，聞言把菜挨個嘗了過去，越吃越滿意。番茄牛腩就不說了，另外兩道菜，竹筍蝦片又鮮又香，白灼菜心又嫩又甜，看上去沒什麼玄機的香菇豆腐湯，喝起來都香得他恨不得把舌頭吞下去。他嘗著嘗著就顧不得說話了，端起面前已經盛好的飯，埋頭吃了起來。

「慢點吃。」廉君給他倒了杯水放到他手邊，滿足欣賞著他吃飯的樣子。

時進很快就吃得肚皮溜圓，桌上分量很足的三菜一湯，一大半都進了他的肚子。廉君本身習慣細嚼慢嚥和只吃八分飽，所以等時進吃完癱在椅子上時，他碗裡的飯足足還有一半。

時進不好意思了，說道：「這菜做得太好吃了……」

「那我明天再給你做，你還想吃什麼？」

廉君抽出一張紙巾傾身過去給他擦了擦嘴，自然地詢問。

時進想也不想就回道：「我還想吃水煮肉片，療養院的營養餐吃多了，嘴裡沒味，我現在就想吃點家常菜，還有麻辣雞塊，我現在想吃辣……等等，你說這菜是誰做的？」他終於反應過來，坐直身，不敢置信地看著廉君。

廉君勾起了嘴角。

「你、你……」時進傻了，看看桌上已經空了一大半的盤子，又看看廉君修長好看完全和廚房不搭調的手，嘴巴一點點張大，好一會才說道：「你是被什麼奇怪的東西附身了嗎？你明明離開前連煎雞蛋都不會的！」

愛人喜歡自己做的菜，是一件很讓人滿足和開心的事情，廉君微笑回道：「在外面這一段時間，我抽空學了一點，總不好再給你吃焦掉的雞蛋。以前都是你照顧我，以後換我照顧你。」

時進有點崩潰，「你這只是學了一點嗎？」這都趕得上外面的老廚子了！

廉君說到這也覺得有點奇怪，回道：「確實只學了一點，其實我自己也很驚訝，在經過初期的摸不著頭腦之後，我後期學做菜幾乎全是看一遍就會。」

時進很快意識到了什麼，表情變得古怪，問道：「你……你是在身體徹底好之前，還是之後才正式學做菜？」

這問題問得十分奇怪，時進的表情也太過奇怪，廉君臉上的笑容斂下，深深看他一眼，回道：

「之後。在用最後一針藥之前，我才剛炒糊了一盤燒茄子。」

時進：「……」沒錯了，是獎勵，可為什麼廉君的獎勵會落在這種奇怪的地方？

他又掃一眼廉君並沒有胖多少的身體，想大罵老天爺一萬句——祢給獎勵就給獎勵，為什麼不給到給力一點的地方去？廉君身體弱啊，應該把他的身體變結實點！給他點亮廚藝技能有什麼用！不對，好像也有用，吃得好才能長得胖。

「你……你多吃點、多吃點。」時進突然覺得有點心累，還有種占了廉君獎勵的心虛感，「我……我會好好把你養胖的。」算是補償你。

廉君不動聲色地又打量一下他，見他一副心虛又心疼的模樣，心軟了，探手摸了摸他的頭。算了，怎樣都無所謂，只要時進還好好在這裡就好了。

晚飯後，廉君不讓時進插手，自己收拾桌子，洗了碗碟，擦了流理臺，還提前把五穀米放進電子鍋，定好時間，準備明天早餐吃五穀雜糧粥。

時進像個小尾巴一樣跟在他身後看著他忙來忙去，內心各種魔幻和不真實之後，泛起濃濃的心疼，問道：「你……你學著做家務是不是也特別快……」進度條到底都給廉君些什麼獎勵，才會讓廉君變成家務做飯小能手……

廉君回頭看他一眼，洗了洗手，「別亂想，我只是在享受普通人的生活，能為你做這些，我很開心。」

時進能理解他的心情，但還是覺得不好受，抓過他的手幫他把水擦乾，「那我們一起做吧，家務本來就應該兩個人一起分擔。你不讓我幫忙，我會有罪惡感。」

廉君反握住他的手，嘴角微勾，側頭親他一下，說道：「好，那明天一起去超市買菜？」

時進看著他溫柔微笑的樣子，想起他過去無論去哪裡都必須小心翼翼的情景，心情也暖了起來，點點頭，「好。」

這樣也沒什麼不好的，比起被眾人牢牢保護著的組織老大，他果然還是更希望廉君能成為想做什麼就去做什麼的普通人。普通人嘛，確實需要一點煙火氣，而是最重要的是，廉君現在是健康的，未來也肯定是健康的。

「還得準備一下年貨，咱們最好提前列個購物清單，把東西一次買齊，免得來回跑。」時進迅速調整好心情，埋頭算了起來，「春聯、小燈籠、糖果、零食……衣帽間裡還缺幾個收納盒，廚房裡需要幾個掛鉤，冰箱裡好像沒有保鮮膜……」

廉君聽著他的念叨，看著他專心思考家裡還缺什麼的樣子，忍不住伸臂抱住他，用下巴蹭了蹭他的額頭，看著四周終於添了點生活氣息不再冷冷清清的廚房，滿足低嘆：「時進，我很幸福。」

時進的念叨停下，仰頭看他一眼，也抬臂回抱住他，埋頭蹭了蹭他的肩膀，說道：「我也是。」「當然，如果大家也能都在就好了……還有小死。

在外面的一年，廉君肯定偷偷學了很多東西——這是時進在陪廉君逛超市時得出的結論。

說起來有些誇張，但以前，廉君確實是從來沒有自己來超市……可是現在的廉君進了超市卻像是進了自己家一樣，推著小推車，十分熟練地拿著購物清單按照區域買著東西，還特別細心地把所有東西分類放好，免得互相壓到了。

時進成了甩手掌櫃，只負責拿自己喜歡吃的零食就好，別的全部由廉君包攬了。他有點暗爽，又努力想讓自己別爽得那麼明顯，而且他總覺得繼續這樣下去，他肯定會被廉君慣回從前那個萬事不會的小少爺……

「啊，真的是……別推別推……哎呀，別推！」

一陣壓低的說話聲從身後不遠處的貨架後傳來，時進走神的思緒瞬間回籠，轉頭朝著聲音傳來處看去。

跟在後面偷看的兩個女孩子沒防備時進突然轉過頭，被看了個正著，嚇得瞪大了眼，然後站得

靠前的女生突然整了整衣服，朝著時進露出一個略微不好意思的笑容，主動拉著同伴靠過來。

時進滿頭霧水，「嗯？」是超市的工作人員嗎？

廉君發現跟在身側的人停下腳步，疑惑地停下推車側身看了過來。

「那、那個……」兩個女孩子靠近後，其中一個頭髮較長的女孩子站到時進面前，臉紅紅的，低著頭說道：「時進學長，我是、是你集訓時照顧過的學妹，我、我……那個，好久不見！謝謝你之前的照顧！你手上的擦傷好點了嗎？」

廉君眼神一動，掃一眼面前這個紅著臉的可愛女孩子，又看一眼明顯沒想起來對方是誰的時進，手指動了動。

學妹？時進意外，細細打量一下女孩子，艱難地從她燙捲染色的頭髮，和少女系妝容裡分辨出她原本的樣子，終於想起在哪裡見過她，說道：「妳是那個被刺頭學生調戲的女孩子？變漂亮了好多，我差點沒認出來。不用謝，校友互相幫忙是應該的，我的擦傷也早就好了，謝謝關心。」

說完側頭看向廉君，解釋道：「這位是我學妹，在學期集訓的時候碰到過。」

廉君垂眼看著他，表情不動，眼神卻不大對勁。

時進眨眼，「嗯？」怎麼感覺廉君生氣了，為什麼？

學妹卻已經要昏厥過去了，激動說道：「謝、謝謝學長誇我漂亮，那、那我就不打擾學長和家人逛超市了，新年快樂，學校見！」說完捧著紅得要炸掉的臉頰，扯著身邊看廉君看得差點流口水的小夥伴，轉身風一般地跑了。

「這學妹身體素質不錯，跑得真快。」時進還不忘點評一下。

「她就是你要找的別人？」廉君詢問，語氣是以往發號施令時慣用的大佬式淡定。

時進莫名其妙，「什麼別……」他說到一半停下，看著廉君眉頭微皺嘴角下拉的模樣，臉上的疑惑慢慢被忍笑取代，問道：「你吃醋了？」

廉君深深看他一眼，抬手蓋住他的臉把他往後一推，轉身推上小推車，走了。

時進後仰了一下，越發樂了，追上去看他的臉，說道：「我只是幫過那個學妹一次，還是順手，我相信如果是你看到女孩子被流氓欺負，肯定也會上去幫忙的。也沒有什麼別人，我之前那是說氣話呢，我只有你。」

廉君目視前方，薄唇微動：「學校見？」

時進已經要樂瘋了，看著他一本正經吃醋的樣子，心癢癢的，忍不住勾住他的脖子親了他一下，毫不在意這是在外面，笑咪咪說道：「可我們是天天見啊，而且學校那麼大，年級不同上課的教學樓也不同，不同年級的學生很不容易碰面的。放心，我只喜歡你這樣的。」

廉君微微歪著身子任由他勾著，表情勉強好看了點，伸手扶住他的腰，把他往身邊攏了攏，幫他躲開迎面過來的一位顧客，說道：「去買那個吧。」

「哪個？」時進還沉浸在廉君吃醋的喜悅裡，笑得像個傻子。

廉君放在他腰上的手慢慢下移，似故意似無意地擦過他的後腰，說道：「這個。」

時進臉上的笑容一僵，「……嗯？」不會是他想的……

「多買一點。」廉君補充。

時進……時進笑不出來了。

兩人世界的生活甜蜜且悠閒，兩人每天睡覺睡到自然醒，然後廉君先起床做早餐，時進賴一會床再起來吃。吃完早餐，他們會在社區裡逛逛，看看還有哪裡需要改動的。

中午的時候，他們會一起做飯，飯後一起搞定家務，然後下午一起出門逛逛超市、逛逛街、看

看電影，或者乾脆窩在家裡宅著。

晚上他們偶爾會在外面吃，吃完散步，回來洗漱後靠在一起玩一會麻將，或者做點小運動，然後相擁睡去。

日子過得簡單卻快樂，兩人都很滿足，唯一美中不足的是社區裡實在太冷清了。

以自用社區的標準看，萬普花園的總體面積算是比較大的。撇開各種必要非必要的公用基礎設施不談，裡面光是供人居住的別墅都建了接近三十棟。雖然廉君從來沒說過，但時進知道，那些空著的別墅，其實是廉君為卦一和龍叔他們準備的。

當初送走卦一等人的時候，廉君嘴上囑咐他們，讓他們必須徹底斬斷過去，遠走高飛，但他心裡，應該也在暗暗盼著這些人能在安全後再回來。

偶爾，廉君會坐在別墅客廳的大落地窗前，看著外面冷清的別墅區一角發發呆，每當這個時候，時進都會識趣地不去打擾他。

這麼過了幾天兩人世界後，某一天早上，在兩人慣例在社區裡轉悠時，廉君突然開口說道：「先請一個物業團隊過來吧，社區裡總得有人打掃，大門口也需要一個警衛。」

時進一愣，側頭看著他平靜的模樣，有點心疼。這是廉君對生活的妥協，萬普花園是他為所有人準備的家，以廉君的領地意識，容許讓外人進來這裡，幾乎等於在逼他去面對卦一等人可能永遠也不會再回來的事實。

不能把這最後一點希望也打破，不能讓廉君把最後一塊私人領地也妥協普通化，家這種地方，就該是只住著能信任的人，讓人回來後能完全放鬆的。如果請了陌生團隊過來，廉君即使只是走在社區裡，肯定也會不自覺緊繃防備。

「不用。」時進用力牽住廉君的手，引他看向自己，笑著說道：「不就是些落葉灰塵麼，我們自己隨便掃掃算了，就當是鍛煉身體了。而且社區的綠化不是還沒做，請物業的事，等綠化弄完了

再安排吧。」

廉君皺眉，說道：「可是社區這麼冷清……」

「冷清的話，咱們可以請人來玩，而且都快小年了，差不多也該安排團圓飯了。」時進說著就掏出手機，點開連絡人列表開始滑，「普通人搬了新家之後，都會請親戚朋友過來聚聚，認認門，我之前想和你過兩人世界，就忍著一直沒提……對了，我答應每年邀請五哥過來和我一起過年的，咱們這次搬了新家，如果你不喜歡……」說著看向廉君，帶著一點討好。

任誰和戀人剛搬了新家沒多久，都不會希望戀人突然請一個電燈泡過來長住，但偏偏他答應過黎九崢，而且黎九崢一個人過年也確實怪可憐的……

廉君看著他討好的樣子，眼神一點點暖下，伸臂抱住他，親吻一下他的額頭，說道：「那就辦個聚會吧，熱熱鬧鬧辦一場，你想請誰回家住都可以……物業的話，聽你的，先等綠化做完再安排。還有……謝謝你。」謝謝你遞梯子過來。

時進聽出他語氣裡的些微放鬆，微笑起來，抱住他晃了晃。

時進把聚會時間訂在小年夜前一天，最後敲定的邀請客人有五位哥哥、劉勇和羅東豪。他倒是還想把魯姨也請過來，可是魯姨詐死之後消失得太過徹底，連廉君都不知道她躲去了哪裡，所以只能作罷。

結果時進最後一算，發現請來的居然全是他認識的人，廉君一個可以請的親戚朋友都沒有。

他再次深切地意識到，過去二十多年暴力組織首領的生活，到底從廉君身上奪走多少東西。他覺得很難過，忍不住偷偷做了一個自製海報，貼到社區大門口。

「招一火物業團隊，看緣分售房，我是四號，你是幾……」劉勇帶著禮物站在萬普社區的大門口，看著上面貼著的醜不拉幾的海報，一頭霧水，「這是什麼？賣房廣告？一火物業又是什麼東西？這海報上聯繫電話都不留一個，售樓部地址也不寫，太不專業了吧，時進真的住這裡？」

羅東豪也看了一遍這份海報，說道：「是時進的字跡，他肯定住這裡，給他打電話吧。」

劉勇仔細一看，發現海報上居然真的是時進的字跡，黑線了一下才打電話。

一分鐘後，大門自動開啟，劉勇和羅東豪回到羅東豪開來的車上，驅車駛入別墅。

時進在岔路口等著兩人，見羅東豪的車過來，指了指自己住的別墅的方向，示意他開到那邊去，然後轉身朝那邊跑去，給他們帶路。

羅東豪稍微減了一點車速，跟在時進身後。

「我怎麼覺得時進胖了點。」劉勇嘀咕，打量完時進後，又打量一下社區的環境，疑惑道：「而且這個社區是怎麼回事，怎麼光禿禿的……」

「畢竟是新建的社區，還沒布置完吧。」羅東豪接話，見時進朝著路邊的一棟別墅跑去，打轉方向盤跟了上去。

汽車駛入別墅院子後，劉勇看到院子側邊停著的一排豪車。

他忍不住露出羨慕嫉妒的表情，忿忿嘀咕：「有錢人好可恨，時進居然有這麼多車，只剩下我沒車了，我爸死活不給我買，我好可憐……」

羅東豪無語：「這明顯是其他客人開來的車，你快醒醒。」

劉勇不願意醒，自從拿到駕照後，車就成為他的執念，他已經想買車想瘋了。

兩人比較晚到，其他客人已經到了。所以等劉勇和羅東豪跨入大門時，就看到滿屋子曾經只在財經新聞、娛樂新聞、法律頻道……等等節目上見過的名人，突然在他們眼前亂晃的景象。而且無一例外的，這些人都很帥！

最扎眼的容洲中坐在最靠外的地方，大爺似的霸占一個雙人沙發，對著正在幫廉君往外拿水果零食的黎九崢挑三揀四，氣得黎九崢拿起一個蘋果就往他臉上砸。向傲庭正蹲在客廳的角落處，幫時進組裝一個網購來的架子，身邊工具零件擺了一地。費御景和時緯崇坐在長沙發上喝著咖啡，正

認真聊著什麼。

劉勇和羅東豪一一掃過他們，然後齊齊看向正在幫他們拿拖鞋的時進，劉勇先開口說道：「時進啊……你家基因好可怕。」這都是些什麼品種的怪物。

上次美男齊聚時進寢室的盛況他們遺憾錯過了，後來只能從流言裡腦補一二。現在親眼一看……好可怕啊好可怕，待在這樣的環境裡，他們會忍不住懷疑自己還是不是人類的。

時進聞言看一眼客廳裡的哥哥們，心有戚戚焉地點點頭，說道：「我家基因確實挺可怕的。」

專門生性格擰巴的問題兒童。

劉勇看著他同樣帥氣的臉，「……」討厭的人生贏家。

既然是搬家宴加團圓飯，那吃的喝的就必須由主人和主人家的家人一起準備才更有意義，所以在閒聊到十點左右的時候，隨著廉君的一聲招呼，散落在客廳各處的時家兄弟們突然全部停下交談和手上的活，一起朝著廚房走去。

劉勇和羅東豪被眾帥哥遺棄在客廳，滿頭霧水。

「他們幹什麼去了？」羅東豪問身邊仍窩在沙發上的時進。

「做飯去了，今天的大餐將由廉君擔任主廚，我四哥副廚，其他人打下手，我們是小輩，只用等著吃就行了。」時進解釋，翻出遊戲機，興致勃勃地說道：「我最近發現一個特別好玩的新槍戰遊戲，要玩嗎？」

劉勇和羅東豪對視一眼，用力點頭，「玩！」

反正他們不想去做飯，而且他們也不會做！這種年輕人的特權他們必須要好好使用！

廚房裡，終於脫離時進的視線，容洲中斂了表情，皺眉問道：「你真的安全了？」

他沒有特指誰，但時家幾位兄長全都看向廉君。

廉君從冰箱裡拿食材的動作一頓，回頭掃他們一眼，說道：「以後我只是萬普的董事長廉君，死了的那個暴力組織首領，叫連軍，連接的連，軍隊的軍。」

眾人一愣，然後向傲庭先反應了過來，問道：「王委員長辦的？」

「他欠我一個人情。」廉君拿出食材，關了冰箱門，「自然會幫我辦事。」

向傲庭放了心，點頭表示明白，說道：「這樣是最穩妥的，我聽說失蹤的齊雲也已經鎖定了下落，躲在H國一個小城市裡，章卓源已經派人去捉了。等他一死，局勢就徹底穩了。」

「嗯，我知道。」廉君一點不意外，似乎早就知道這件事，篤定說道：「局勢早就穩了，不然我不會回來。」

向傲庭愣住，然後很快意識到什麼，看他一眼，結束了這個話題。

其他幾兄弟把兩人的對話聽在耳裡，時緯崇和費御景露出若有所思的表情，黎九峥完全狀況外，容洲中聽得眉毛直抽，哐的一聲砸洋蔥，「大過年的聊什麼呢，做飯做飯，時間不早了。」

而且淨聊些他插不上話的話題，欺負誰呢。

【第十三章】無法清醒的惡夢

這一整天別墅裡都很熱鬧，大家一起做了午飯，飯後一起在社區裡轉了轉，轉完回來各自散開，打麻將的打麻將、玩遊戲的玩遊戲、聊天的聊天，到了晚上，大家又在別墅後院弄了幾個燒烤架自己做起燒烤，時進還燃起一堆篝火，似模似樣地給大家做烤乳羊。

燒烤期間，容洲中假裝不經意地接近羅東豪和劉勇，試圖從他們那裡打聽時進的學校生活，時進迅速識破他的意圖，黑著臉靠過去抓住他的衣領，把他丟到向傲庭身邊，讓他給向傲庭打下手。

容洲中氣得用鼻孔噴氣，唰唰地往面前烤得差不多的雞翅上抹了三層辣椒油。向傲庭眉頭一抽，又揪住他把他丟去切菜的黎九崢那邊。

黎九崢淡淡看一眼容洲中，拿起一個青椒就塞進他嘴裡。容洲中連忙呸呸呸吐掉，氣得要揍他。

正在往外搬酒的時緯崇見到這一系列畫面，眼神恍惚了一下，然後低頭，把酒放到桌上擺好。

「很不錯吧？」費御景拿著兩瓶果汁跟著他出來，隨口詢問。

時緯崇回頭看他一眼，淺淺地笑了，應道：「嗯，很不錯。」

吃吃玩玩，等一切結束時已經到晚上九點多，時家幾位兄長全都喝了酒，沒法開車回去。劉勇和羅東豪倒是只喝了果汁，但鬧了一天也累了，於是時進乾脆把所有人都留宿下來。

給大家收拾房間的時候，時進避開眾人湊到廉君身邊，輕輕捏捏他的肩膀和腰，問道：「累不累？這一天都是你在忙。」

「不累。」廉君側頭看他，臉上是還沒有散去的暖意，「時進，謝謝你。」

時進故作不解：「謝什麼？謝我今天什麼事都沒幫你幹？」

「不是。」廉君搖頭，轉身摸了摸他的臉，解釋道：「是謝你特地把家人和朋友給我共用……你的心意我明白了，我很開心。」

時進沒想到他真的能明白自己的意圖，莫名有點不好意思，低咳一聲，皺眉板著臉說道：「你這時候不該說謝謝，而是說我愛你。」

廉君微笑，低頭吻住他。

這一晚時進睡得很香，什麼夢都沒做。

時家幾兄弟就睡得很難受了，也不知道是認床還是怎麼樣，他們這晚齊齊做起了夢。這個夢很奇怪，也很真實，夢裡的他們進了時進的身體裡，以時進的視角感受著一切。他們很清醒地知道自己在做夢，但就是無法醒來。

夢是從時進記事起開始的，他們藉由時進的眼睛，見到慈父模樣的時行瑞，見到少年時的自己。看到過去的情景，他們心裡除了感嘆之外，奇怪地居然完全沒有以前的恨意。更多的，他們把注意力放在還年幼的時進身上。

時進學會騎小馬了、時進學會自己吃飯了、時進學會寫自己的名字了……時進會用畫筆了，他畫下了五個超人，說這些就是哥哥們，哥哥就是他的大英雄……真可愛，他們不自覺露出微笑。然後那笑容又染上了難過。對不起，他們並不是什麼好哥哥。

他們看著時進一點點長大，看著時進在他們有意的關心下，越來越信任和依賴他們，然後，他們發現一些很奇怪的事情——時行瑞好像並不像他們以為的那麼疼愛時進。他時常對著時進發呆，逼時進吃很多東西，近乎苛刻地引導時進的言行，甚至不允許時進與他指定以外的朋友交往。

可怕的父親，時行瑞在培養一個替身。

他們很快意識到時行瑞在做什麼，於是又開始恨了——原來哪怕在時進面前，時行瑞也依然是個不稱職的父親。他們想提醒時進別再那麼聽話，卻因為旁觀者的身分，什麼都不能做。

時進終於長大了，他被時行瑞養成一個單純的胖子，沒有能力、沒有朋友，除了父親和哥哥，他什麼都沒有。然後，時行瑞死了。

他們看到時進嚇懵了，哭著一個一個給他們打電話。五通電話，時緯崇以開會的理由匆匆掛了，費御景聯繫不上，容洲中冷笑一聲掛斷，向傲庭在做任務也聯繫不上，黎九崢只回了一個

「喔」字。

沒有一個人管時進、沒有一個人安慰他，更沒有一個人為父親的死亡難過，時進傻傻看著手機，還沒意識到這就是被拋棄的信號，壓著哭泣，稀裡糊塗地在當時還是瑞行副董的徐天華的幫助下，給時行瑞辦了葬禮。

他們沉默了，看著時進捧著手機難過無助和站在墓地神思恍惚的樣子，想起他們當初接到時進電話，或者錯過時進電話的情景，只覺得像是有一團棉花堵住胸口，讓他們無法呼吸。

太難過了，他們當初怎麼可以這麼殘忍？

夢還在繼續，處理完葬禮的時進回到那個華麗空曠的家，把自己縮在床上，一睡就是一整天。得吃飯啊，那些傭人去哪裡了，怎麼都不來問問時進的情況。時家兄長們的意識待在時進的身體裡，聽著時進埋在被子裡壓抑著哭泣的呼吸聲，無力又焦急。

渾渾噩噩地睡了一天之後，時進終於振作一點，他起床，好好洗了個澡，然後坐在床邊，給已經沒電的手機充電，眼帶希望地把手機開機。

三個未接來電，時進明顯開心起來，然後很快又垮下了肩膀。三個未接來電全是徐天華打來的，他的哥哥還是沒有理他。

為什麼？他不明白，翻出時緯崇的號碼，小心撥了過去。

提示音從聽筒裡傳來，時緯崇關機了。

又在開會吧？他這樣想著，掛掉電話，撥給費御景。

提示音再次響起，這次換了個內容，不是關機，而是無法接通。

時進低著頭，嘴唇抿緊。

他動了動手指，又撥給容洲中。這次電話倒是通了，容洲中也確實接了電話，然而還不等時進開口，容洲中就先滿是不耐和厭惡地說起來：「你煩不煩！知不知道現在國內是幾點？別給我打電

話了，時行瑞死得好，他早該死了！你要死也快點去死！大家巴不得沒有你這個弟弟！」

嘟嘟嘟。電話掛斷。

時進眼裡因為聽到容洲中的聲音而亮起的喜悅期待瞬間凝固，他低頭看著手機，像是不敢相信自己聽到的內容，呆愣了很久，想重新撥給容洲中，又沒有勇氣。

他慢慢把手機放到一邊，回頭拿起床上的黃瓜抱枕，怔怔發起呆。

好像有哪裡不對了……哪怕單純如當時的時進，也終於隱約意識到了什麼。

大家變得不一樣了。

「該死！」容洲中低咒了一聲，恨不得衝進夢境裡，把時進懷裡的抱枕抽出來，告訴他別抱著這該死的玩意兒了，你的三哥就是個混蛋，去揍他啊！

恨完之後，他又像是沒力氣了一樣，逃避地不想看此時的畫面。

其他兄弟並不能知道容洲中此時的心中所想，他們以時進的視角經歷著這段時進慢慢從美夢被丟入現實的情景，心臟像是被什麼東西沉沉拖著，每跳動一次都是痛苦。

——錯了，我們都錯了。小進快逃離這個地獄，去找廉君，起碼在那裡你不會再受到傷害。

他們頭一次這麼希望時進能去到廉君身邊，他們明白接下來會發生什麼。葬禮第二天，徐川會過來宣讀遺囑，時進拒絕了遺產，然後……在房間裡自殺了。

現在的生活太幸福，時進的原諒太溫暖，他們居然忘了，時進曾經想過自我了斷，了斷的時候，手裡甚至還抱著容洲中送給他的那個黃瓜抱枕。

容洲中煩躁又崩潰地扯住頭髮，恨不得打死自己——是因為他說的那句「你要死也快去死」嗎？他差點逼死了時進！

其他哥哥也在心裡想著——他們曾經差點逼死了時進。

終於，徐川來了，時進放下抱枕下樓聽遺囑。

他們一邊十分想跳過這部分畫面，一邊又自虐似的想把這些畫面牢牢記住——這些都是他們欠時進的，必須好好看清楚。

徐川捧著文件，念完長長的遺產清單，然後把遺囑放到時進面前，讓他簽字。然後出乎他們意料的，時進在眼神空洞地看了遺囑很久之後，拿起筆簽了字。

簽了字？他們愣住，然後疑惑，繼而心裡稍鬆——啊，想起來了，這裡只是一場夢而已，發生的一切並不一定全盤根據現實。真好，既然不一樣，那時進說不定不會自殺，太好了。

「爸爸真的一分錢都沒留給大哥他們嗎？」夢裡的時進簽完文件之後詢問。

他們聽到時進這麼問，突然覺得開心起來——看，哪怕是夢裡的小進，也這麼惦記著哥哥。

徐川給了肯定回答。

時進點了點頭，又問道：「那我簽了這個，他們哪怕是為了錢，也會接我的電話，對嗎？」

徐川的眼神一瞬間變得非常奇怪，他微笑著，安撫說道：「不會吧，哪怕不是為了錢，他們也會再來找你的。」

剛剛還覺得有點開心的哥哥們，聽到時進的這個問題，注意到徐川的眼神，又慢慢斂了笑容——怎麼忘了，哪怕夢裡的情景和現實有出入，也依然改變不了他們是個混蛋的事實。

夢境的節奏突然加快，時進接下遺囑後，徐天華和徐川開始頻繁聯繫他。時進還沒成年，自然是不知道該怎麼管理公司，所以在徐天華和徐川的建議下，他把公司交給徐天華接管，自己照常上學，勉強算是恢復了過去的生活節奏。

他們看著這樣的時進，心裡稍微安定下來——雖然徐天華和徐川一看就是有問題，但好歹時進又過上安穩的生活，這個夢境的發展還不錯。

然而就在他們這樣想了之後，形勢急轉直下。

時進被綁架了，他在放學的路上被人從保鏢的眼皮子底下擄走，關進一間陰暗的地下室。

兄長們全部驚了，然後就是著急憤怒——怎麼回事？那些保鏢是幹什麼吃的，怎麼可以讓時進就這麼被綁走？太不專業了！簡直、簡直就像是故……他們一懵，然後心裡一沉。

時進身邊的保鏢，都是徐川負責請的，而徐川在時行瑞死後，和徐潔有勾結。

夢外的時緯崇沉了臉，牙關緊咬，他想起徐潔和徐川給暴力組織下單的那次失敗綁架，終於意識到，這個夢境的走向是遵循著怎麼樣一種規律。

其他兄長也漸漸意識到夢境可能的走向，狠狠皺眉，滿心抗拒。

他們透過時進的眼睛，看到幾個兇神惡煞的男人拿著凶器朝著時進靠近，憤怒和無力一起降臨。快醒來！這該死的夢到底是怎麼回事，不要再繼續下……

「你們是誰？你們想幹什……啊！」

時進害怕地說著，然而他話還沒說完，就被來人不由分說地一棍打得痛嚎出聲。

地獄降臨了。他們眼睜睜看著時進被打倒在地，看著時進可憐地蜷縮起身體試圖保護自己，聽著時進的痛呼和對父親兄長的呼喚，雙拳緊握，牙關緊咬，恨得眼眶發紅。

時進的聲音漸漸微弱了下去，在他昏迷前，那些人終於停手。

「別打死了，雇主說要慢慢來的。」其中一個人攔住同伴，自己卻又踢了地上的時進一下，說道：「走了，出去喝酒，這些有錢人就是不經打，這麼會就像塊死肉一樣不動了。」

時進無意識地痛哼一聲，居然勉強凝聚起意識，伸手抓住那個人的腳踝。

「是誰……」他問著，面部的紅腫甚至無法讓他睜開眼睛，「雇主……是誰……」

那人停下，略微意外地回頭看向他，臉上露出一個帶著點惡意的笑，說道：「居然還沒昏過去，是誰？當然是你老爹生的那些私生子嘍，小少爺，別怪我狠心，要怪，就怪你老爹太不是東西吧。」說完甩開他的手，像是覺得自己說了什麼特別好笑的笑話一樣，攬著同伴嘻嘻哈哈地走了。

「私生子……」時進趴在地上，慢慢收回手，蜷縮著身體，痛苦閉眼，「真的是哥哥……不是的……」他抓著腦袋，聲音顫抖起來，「哥哥們才不是私生子……不是他們……」

像是有一根針突然扎進心臟裡，然後一瞬間，血液倒流，疼痛爬滿全身。時緯崇等人明明只是意識被困在時進的身體裡，卻像是切身感受到時進此時的痛苦。

時緯崇低頭閉上眼睛；費御景面無表情地看著昏迷過去的時進；容洲中像是困獸一樣暴走著；向傲庭雙拳緊握，滿面狠色；黎九崢冷了表情，眼中是寒霜般的殺意。

時間變得特別難熬，夢境都像是被無限拉長了。也不知道過了多久，地下室的門再次打開，時進被那群人從昏迷中打醒，然後再次被打得昏迷。

停下！他們無聲怒吼著，拚命想要做點什麼，最後卻只能眼睜睜看著時進從最初的掙扎求救，被打到後來的麻木認命。

最後，最恐怖的事情來了。領頭的人突然拿出一把刀，他把時進從昏迷中弄醒，將刀貼上時進的臉，嘖嘖說道：「看看你這豬頭樣，真是醜，其實我都不忍心繼續折磨你了，但是雇主要求，我也沒辦法，她說早就看你這張臉看得要吐了，所以……對不起。」

刀尖劃下，鮮血噴灑。

他們目眥欲裂，心臟縮緊到極致。

時進疼得唰一下瞪大眼，眼睛重新恢復焦距，死死看著面前的人，卻沒有管臉上的傷口，只顫抖問道：「他……是誰？」

「嗯？」動刀的人對上他的視線，又笑了，「還沒死心吶，當然是那些私生子啊，你懂的，這就是個普通的私生子害婚生子奪家產的戲碼。」

時進眼裡的亮光慢慢熄滅了，「你騙我……」

「我一個拿錢辦事的，騙你有什麼好處。」動刀的人嗤笑一聲，又抓住他無力的手，分開他的手指，放到一邊的板凳上，把刀挪了過去，「這樣你總信了吧，這可也是雇主要求的。」

時進再次瞪大了眼，通過他的眼睛看著這一幕的兄長們也瞪大了眼。

時進甚至痛得連叫喊的力氣都沒有了，他癱軟著身體，劇烈喘息，彷彿就要這麼死去。

「先別死，咱們還得慢慢玩呢。」傷完人之後，領頭人若無其事地撿起他斷掉的手指，說道：「你先躺著，我去給雇主交差。」

傷人的惡魔走了，地下室再次變得昏暗一片。時進顫抖著，突然低低哭了起來，然後說道：「救我……哥哥，救我……」

——小進，小進。

他們喚著時進的名字，想抱抱他，卻毫無辦法。

時進的哭聲漸漸弱了下去，意識慢慢昏沉起來：「為什麼……是我……」

他們沉默，然後又痛恨。毀容，斷掉手指，徐潔下單的內容真的在夢境裡全部實現了，他們看著昏迷過去的時進，心中只有一個念頭——殺了徐潔……還有他們自己。

砰！地下室的門突然被撞開。昏沉過去的時進被驚醒，本能地顫抖起身體，覺得自己這次大概就要徹底死了，然後，他看到了英雄。

「小進！」拿著槍的向傲庭大步衝了進來。

時進愣住，然後突然像是又有了力氣般，拖著身體朝著向傲庭那邊爬去，探出鮮血淋漓的手，握住向傲庭伸過來的手掌，「四哥……好疼。」然後放心地暈了過去。

「小進！」向傲庭大驚，在看清時進的樣子後，臉上滿是不敢置信和憤怒，開始聯繫醫護人員，然後找東西給時進包紮傷口。

看到夢裡這一幕的兄長們，特別是向傲庭自己，全都愣住了，然後齊齊鬆了口氣——得救了就好，小進終於得救了。差一點，小進就要死在這個地下室了。

夢裡的向傲庭救出了時進，把他安置到醫院，然後聯繫時緯崇，匆匆離開了。夢外的向傲庭看著這一幕幕，突然想起在時進大一軍訓時，他和時進曾談過的一場話。

當時時進說他做了個夢，夢裡的他拿了遺產，被人綁架，毀了容，斷了手指，疼得快死的時候，是自己衝去救了他，但自己救了他之後卻再沒出現，直接離開了……時進還問他為什麼救了人後又離開？對上了，全都對上了。

向傲庭只覺得腦子嗡了一下，想起當時時進認真到執拗的表情，說著「如果不是夢呢」的壓抑語氣，和他當時握著自己手掌的力道，一個可怕的猜想閃過腦海，讓他覺得渾身發涼。

如果……不是夢呢？

他還記得時進聽完自己的解釋後，那釋然哭出來的樣子。當時他不懂，還以為時進是眼裡進了沙子……不，他的注意力拉回還在繼續進行的夢境上，看著被推入手術室的時進，心裡又痛又驚。

這一切，真的只是一場夢嗎？

夢境還在繼續，得救了的時進並沒有變得好過多少，毀容和斷指都是無法修補的傷害，他變得十分虛弱，並且出現嚴重的心理創傷。

然而並沒有人關心他心裡難不難過，夢外的兄長們很快意識到，時進並沒有得救，他只是從一個折磨肉體的地獄裡，進入另一個折磨心靈的地獄裡。而折磨時進的人，就是他們。

夢裡，匆匆趕來的時緯崇很快接管了時進的所有事情，他給時進找了最好的醫生，用了最好的藥，然後把一堆文件送到剛剛甦醒的時進面前。

「幕後兇手是徐天華，他想搶瑞行，為了你的安全著想，以後瑞行由我接管。」他自顧自說著，甚至都沒關心剛醒的時進痛不痛，有沒有哪裡不舒服。

時進瞪大眼看著他，像是覺得自己還在夢裡。

「明天之前必須簽好，我去開會了，你休息吧。」時緯崇放下文件，轉身離開。

時進看著他的背影，在他即將出門前艱難出聲：「為什麼？」

時緯崇停步，回頭看他，然後又避開他的視線，回道：「因為你拿了太多你不該拿的東西。」砰，病房門關閉。時進看著門，表情是麻木的，眼裡卻慢慢積蓄了淚水，喃喃問道：「不該拿……什麼是不該……」

折磨還在繼續，時緯崇走後，容洲中來了，他坐到時進床邊，觀察了一下時進如今醜陋的樣子，笑了，說道：「你還沒死呢。」

時進還是怔怔的，他陷入了自己的世界，把自己困在一片溫暖的迷霧裡，不願意走出來。

「裝傻？」容洲中嘲諷一笑，又站起身，居高臨下地說道：「別自憐自艾了，認清現實吧，大家都在你面前演戲演累了。」

他說完就走了，還故意把病房門摔得很響。

看似完全在發呆，沒有聽容洲中說話的時進突然低下頭，用缺了手指的手掌捂住自己的臉，擦掉眼淚，忍著疼從枕頭下摸出護士小姐姐好心借給他的手機，撥了費御景的電話。

電話很快接通，費御景的聲音傳來：「哪位？」

「二哥……」

嘟嘟嘟。電話直接被掛斷，時進愣住，連忙又重新撥過去。

「對不起，您撥打的用戶已關機。」

他意識到什麼，突然急促痛苦地呼吸起來，抿緊唇，又撥了向傲庭的電話。

關機提示音再次響起，同時響起的，還有黎九崢的聲音。

「別試了。」黎九崢站在病房門口，語氣淡淡的，讓人不自覺心口發涼，「小進，你只剩你自己了，就和我一樣。」

時進瞪大眼看著他，呼吸越來越急促，逼得監聽儀器都發出警報聲。

黎九崢慢步過來，搶走他的手機直接關掉，然後伸手蓋住他的眼睛，彎腰在他耳邊說道：「你

還不能死在這裡……你只能死在我的手裡。」

美夢徹底破碎，現實淪為地獄。

夢外的黎九崢看著這一幕，眼睛瞪得大大的，逃避搖頭：「不，不是這樣的，不可以這樣……小進，不是這樣的，我不是這樣的……」

「夠了！」夢外的容洲中也快要瘋了，高喊道：「混蛋！混蛋！」也不知道是在罵這個莫名其妙的夢境混蛋，還是夢裡的自己和兄弟們是混蛋。

時緯崇的大腦已經空白一片，費御景和向傲庭都痛苦沉默著。

不，就是這樣的，如果沒有時進的努力靠近，事情真的會變成這樣。他們就是這樣一群冷血的混蛋。快醒吧，他們祈求著，這個夢境真的夠了。

再次被搶救回來後，時進眼裡那抹在向傲庭救他時生起的光亮，徹底熄滅了。他被黎九崢帶回國內的私人醫院，關進一間冷冰冰的病房裡。

「為什麼？」他怔怔詢問空氣，眼神空洞無神。

時間的流逝成為折磨，對夢裡的時進是如此，對夢外的兄長們也是如此。

每天每天，時進都在問為什麼，然而能給他回答的，只有一個面目全非，化身惡魔的黎九崢。

「你只是不該成為我們的弟弟而已。」黎九崢這樣回答，手裡把玩著的手術刀看上去冰冷又鋒利。

時進很怕他，於是漸漸的不再詢問，越來越沉默。

眨眼半年時間過去，時進終於再次見到除了黎九崢以外的兄長——時緯崇來了。

「你病好了，回去上學吧。」時緯崇這樣說著，皺著眉，不看他的眼睛，「你總歸是我的弟弟，我總不好真把你關一輩子。」

「為什麼？」時進再次這樣問，問完看到時緯崇身後，黎九崢從口袋裡掏出的手術刀，本能地

瑟縮了一下，然後低下頭，露出順從的模樣，說道：「好吧，我去讀書。」

夢外的時緯崇等人看著這一幕，看著時進徹底放棄掙扎，服從命運的死寂模樣，突然也有了一種心死的感覺——不該是這樣的，小進不該是這樣的，他明明總是那麼有精神……

夢裡的時進真的去上學了，同學們被他的模樣嚇到，尖叫著喊他怪物，高喊著讓他滾回家。時進低著頭坐在角落，抬手擋住自己的臉，想把自己藏起來。

夢外的時緯崇痛苦不堪——夢裡的他怎麼可以把這樣的時進丟到外面的世界去。

夢外的兄長們百般痛苦，夢裡的時進卻在慢慢麻木。其實除了總是因為外貌被人指指點點、嘲笑躲避外，他的生活算是勉強回歸正軌。他還是住在那棟華麗空曠的屋子裡，身邊也還是有很多傭人照顧，不愁吃、不愁穿，上學放學都是車接車送，周圍終於不再是冷冰冰的病房和噩夢裡陰冷的地下室，他已經很滿足了。

然而明明他已經這樣認命，傷害卻還在降臨。

外界突然颳起關於時家的流言，時緯崇作為瑞行的現任總裁，搖身一變成為時行瑞前妻生的孩子，是名正言順的瑞行繼承人，時進則成了見不得人的私生子，還是個醜八怪。

大家讚揚著時緯崇的優秀，挑剔著時進的上不了檯面，甚至惡意猜測著肥胖的時進或許並不是時行瑞的孩子。後來不知道是誰拍了時進的照片發到網路上，於是全世界都知道時進現在是個毀容的胖子加斷了手指的殘疾。

流言很快傳到時進的學校，時進勉強平靜的生活徹底毀掉。

惡意從四面八方包圍而來，時進被八卦的同學追問，被勢利的老師針對，被那些最恨私生子存在的小團體欺負排擠……校園霸凌越演越烈，時進像是被人剝光了丟到了大街上，連最後一絲自尊都被踐踏了。

他試圖反抗，卻雙拳難敵四手。他想去尋求幫助，然而老師卻選擇冷眼旁觀。他乾枯的眼底重

新燃起了火焰，那是他快要崩潰扭曲的情緒。

懷著最後一絲希望，他給時緯崇打了電話，結果毫無意外地被掛斷了。他不死心，想去瑞行堵時緯崇，卻才剛到瑞行總部門口，就被保安發現趕走；他鼓起勇氣重新聯繫容洲中，最後只得到一頓嘲諷侮辱；他瘋了般地給始終聯繫不上的向傲庭和費御景打電話傳簡訊，拚命想找到一點這世上對他還有善意的人或物……他根本不敢想起黎九崢，手術刀鋒利的刀刃，成了他現在最害怕的東西。

然而一切都是徒勞，時進最後一次朝著兄長們伸出的求救的手，最終只握到一團空氣。

夢外的時緯崇等人看著時進絕望心死的模樣，再次掙扎著想要喚醒這個夢境——夠了！現實裡的小進明明好好的，這些都是假的！假的！別再折磨他了，夠了。

可惜就像夢裡的時進一樣，他們的這些掙扎也是徒勞的。

夢裡的時進開始蹺課，他不再試圖聯繫時緯崇和容洲中，改為長時間在外遊蕩，並總是無意識地撥著費御景和向傲庭的電話……然後某一天，時進居然在遊蕩時碰到費御景。

夢外的時緯崇等人眼裡燃起了希望——快！去救他！去抱抱他！

夢裡的時進眼裡也燃起希望，他狂奔過去，高聲呼喚著他的二哥。夢裡的費御景終於看到時進，他讓身邊的人攔住時進，說了一句讓夢裡的時進和夢外的兄長們全都心弦顫抖的話：「我不認識他，趕他走。」

費御景走了，時進被丟在街邊，周圍的人對他指指點點，議論紛紛。

夢外兄長們的心沉沉墜下，特別是費御景，他握緊雙手，第一次厭惡起自己。他們眼睜睜看著時進眼裡的希望破滅，柔軟消失，然後眼神一點點暗沉下來，一點點變得扭曲。

最後，時進推開擋著他的人，朝著指指點點的人崩潰怒吼，像一個真正的瘋子。

完了。他們看著這樣的時進，眼眶脹得發紅——一切都完了，他們熟悉的小進徹底消失了。他

們自欺欺人地提醒自己，這是夢，是假的，都是假的。

就在他們認為情況已經不能再壞，夢境怎麼也該結束的時候，徐天華出現在時進面前。他們意識到了不對勁，在徐天華要求和時進談談時，瘋狂地在時進腦中說不，不可以，別接近他，他會害你。

然而夢裡的時進聽不到他的話，他已經太久沒被人親切對待了，面對微笑著的徐天華，他幾乎是毫不猶豫地就跟著對方走了。

哄一個被全世界拋棄的孩子，對徐天華來說並不難。他關心了一下時進的近況，親自去時進的學校和時進的老師談了談，並在一次對外採訪中有意提起時進，幫時進澄清了一下私生子的傳聞。

時進的日子好過了一點，他感激徐天華，也防備徐天華，過往的經歷，讓他不敢再輕信他人。然後，徐天華問了他一個誘惑力十足的問題：「時進，你想重新站到時緯崇面前嗎？」

站到那些無視他的哥哥們面前？

時進眼裡燃起了火焰，帶著一種扭曲的想法，他點了點頭。

夢外的兄長們憤怒於徐天華的狡詐，心痛時進的答應，待在時進腦內的他們十分明白，時進之所以會向徐天華點頭，只是因為想擁有一個和兄長們平等對話的機會而已。他不在意徐天華是不是要害他，只在意能不能改變現狀。

心痛之後，他們心裡又詭異地冒出一種快意來，甚至忍不住為此時眼神暗沉的時進加油——去吧，去報復那些傷害你的人，把他們也拖進地獄，然後……好好活下去。

他們覺得，夢裡的一切或許還是有救的，小進不至於一直悲慘下去，徐天華能力也算不錯，也許真的能為夢裡的時進改變點什麼。

他們努力讓自己冷靜下來，安慰著自己，準備看時進的報復。

最開始，一切都很順利，徐天華確實利用時緯崇才是私生子的身分做了點文章，並指出當初遺

囑變更可疑的問題。時進聽著徐天華每天的進度彙報，暗暗期待著重新見到時緯崇的那一天。

夢境外的兄長們也不自覺地期待起來——這次如果成功的話，時進應該就能重新振作了吧。

終於，時間來到徐天華帶著時進去和時緯崇當面對質的那天，時進早早起床，換上自己最帥氣的衣服，甚至破天荒地照了照鏡子。然而在照完鏡子後，他不自覺翹起的嘴角落下。他默默換回那身普通平凡的校服，面無表情地坐上前往瑞行總部的車。

夢境外的兄長們看著被時進丟到床上的西裝，心中百感交集。不過他們很快又自我安慰起來，沒關係，一切都是可以改變的。生活可以改變，疤痕可以去除，只要這次的反擊成功了，時進一定能再次迎來新……

砰！汽車相撞的畫面在他們眼裡無限放大，時進乘坐的車，後車座被一輛小型卡車撞了個半凹。四周的車輛陸續停下，有路人高喊著出車禍了！

夢境外的兄長們看著無知無覺躺在汽車後座的時進，思緒出現了短暫的斷裂。

——什……什麼？發生了什麼？為什麼會這樣？一切不都快要好起來了嗎？為什麼要這樣？小進……小進會怎麼樣？夢裡的小進會怎麼樣？

他們看著時進身上滲出的大量鮮血，腦中響起巨大的嗡鳴聲。

——會死嗎？小進他……會死嗎？會死……不可以！誰來救救他！

他們第一次如此恐懼，彷彿連靈魂都在顫抖。

——誰！隨便是誰！快來救救他！救救他們的弟弟！

警車來了，救護車來了，夢裡除向傲庭以外的所有兄長都來了。夢境外的兄長們看著夢裡的自己，除向傲庭以外，無一例外地都想殺了夢裡的自己。

然而夢裡的時緯崇等人根本聽不到另一個自己的指責，仍在做著一些剜心刮骨的事。

奇跡般的，時進居然從車禍裡活了下來，然後剛聚起來沒多久的兄長們嘩啦啦全散了，像是怕

被瘟疫纏上一樣。黎九崢和時緯崇稍微留久了一點，黎九崢說道：「我要帶他走。」

時緯崇側頭看他一眼，轉身冷漠說道：「隨你。」

時緯崇也走了，黎九崢在原地站了一會也走了。

於是車禍醒來的時進，面對的只有冷冰冰的病房。

夢外的兄長們憤怒極了，瘋狂指責著夢裡的自己——你們怎麼可以這麼無情！你們為什麼到了這時候都不關心一下還躺在病床上的時進！你們的血是冷的嗎！

然後他們突然反應過來——是的，他們的血確實是冷的，是時進一點點把他們暖了回來，帶他們走入正常的世界。像是被瞬間抽乾力氣，他們也不知道該祈求誰，只怔怔想著——別死，只要別死，一切就都還有希望。

夢，實在是太長了。

時進的身體狀況剛好一點，黎九崢就把他帶走了。他住回了那個冷冰冰的病房，與上次不同的是，這次他成了不能正常進食、不能正常說話的等死木偶。在最後一次掙扎都失敗了之後，他已經沒了求生的欲望。

「想死嗎？」黎九崢站在時進的病床邊，幫他調著儀器，「死心吧，你會活很久的，以這種不人不鬼的樣子。」

病床上的時進毫無反應，他面朝上躺著，眼睛明明睜著，卻渾身死氣，彷彿一具屍體。

夢境外的兄長們也滿心絕望和死寂——他們都明白，時進已經活不了多久了。他們也不再奢求其他，只希望夢裡的時進能走得輕鬆一些。

可惜的是，他們這最後一點期盼都成了奢求。

黎九崢顯然不是個會關心病人心理健康的醫生，他總是用一種磣人的眼神看著時進，在他耳邊說一些可怕的話，甚至幾次三番試圖拔掉時進的生命管。

夢境外的兄長們看得心驚膽戰，憤怒又無力，夢外的黎九崢已經徹底空白了意識，心底一片冰涼。

不止黎九崢，還有容洲中。也不知道夢裡的容洲中是吃錯了什麼藥，他突然開始頻繁到醫院，坐在時進的病床邊自說自話：「時進，我討厭你，大家都討厭你。其實你不是時家的孩子吧，你看看你，胖得真難看，死胖子。」

時進雙眼空洞地看著天花板，彷彿什麼都沒聽到。

「居然想聯合徐天華和大哥作對，你是傻了嗎？啊，不對，我不該這麼問的，你本來就是傻的，你這個什麼都不知道的蠢貨。」容洲中繼續說著，見時進始終不理自己，突然帶著惡意地湊過去，問道：「想知道真相嗎？我可以都告訴你。」

時進的眼神終於有了神采，轉動眼珠看了過來。

見他看過來，容洲中滿意了，真的說起那些演戲的過去、那些討厭他的真實想法、那些巴不得時行瑞早點死，大家早就計劃著搶走瑞行的事情……

時進聽著，始終麻木的表情出現了變化——他哭了，嘴唇顫抖著，眼睛瞪得很大，喉嚨裡發出一些細碎的喘息聲。

夢裡的容洲中停下訴說，夢外的容洲中恨不得衝進去宰了自己——夠了！別再說了！

「這就哭了？你可真是可恨又可憐。」夢裡的容洲中當然不會聽到自己的喝罵，皺眉丟下這麼一句，起身走了。

時進還在哭，越哭越安靜。

黎九崢推門進來，停在床邊，欣賞了一會他哭泣的模樣，伸指沾了點他的眼淚，送到嘴裡。

「鹹的。」他說，面無表情，「你還能哭，真厲害。」

時進漸漸停了眼淚，眼裡空茫一片。

他又被殺死了一次，無聲且不動聲色的。夢外的兄長們看著這一切，已經沒有掙扎的力氣，只麻木期盼著這場夢能快點結束——夢快點醒吧，他們已經迫不及待地想去抱抱現實裡那個溫暖又健康的弟弟了。這次抱住，他們就再也不要鬆開了。

折磨日復一日，長達一年多的時間裡，時進就只能這麼躺著，在生死的邊緣來回掙扎。他的生活裡只有幽靈般的黎九崢和時不時來說些討厭話的容洲中，眼神從空茫，慢慢到死寂，最後變成扭曲。

——為什麼我還沒有死？為什麼不讓我解脫？好恨、好恨。

然後在某一天，時進奇跡般地變得平和起來，他眼裡的扭曲消散，被麻木取代。

夢境外的兄長們意識到了什麼，心臟緊縮起來——要來了嗎？不，不！

那是很普通的一天，黎九崢又來給時進換藥，並慣例在他耳邊說一些亂七八糟的話，拿出他那把危險的手術刀把玩。

時進這次居然給了回應，他說：「五哥，晚安。我們地獄裡見。」說完就閉上了眼睛。

夢裡的黎九崢看著時進，並沒有意識到什麼，過了一會就離開了。

他走後，時進睜開眼睛，眼裡突然爆發出強烈的求生欲。他掙扎地動著身體想要離開病房，然後突然，他僵住身體，瞪大眼倒回了床上。

嘀——監護儀器發出了警報。

黑暗突然降臨。夢境外的兄長們也不自覺瞪大著眼，眼裡耳邊全是時進瞪大眼倒下的樣子和儀器的悲鳴，他們像是自己也死了一遍一樣，在黑色的夢境裡劇烈喘息。

不，小進沒有死，他沒有死。也許是他們的想法太過強烈，夢境突然再次出現，他們剛剛看到的一切開始瘋狂倒轉，最後，時間停在時行瑞葬禮結束後的第二天，依然完好健康的時進從夢中驚醒，短暫的安靜之後，突然像是瘋了一樣，不停地自言自語，還做出一系列讓人看不懂的奇怪舉動。

然後，徐川來了，時進又突然嚴肅了表情，下樓聽徐川宣布遺囑。

夢境外的兄長們看得滿頭霧水，不明白這個夢境是要做什麼——難道又要把那些痛苦的事情再來一遍？夠了，別再折磨時進了，夜晚怎麼這麼長？

夢裡，徐川宣讀完了遺囑，時進開口說：「這些東西，我不要。」

夢境外的兄長們一愣，然後猛地朝時進看去。

夢裡的時進表情緊繃著，像在壓抑著什麼，堅定說道：「哥哥們沒有的東西，我也不要。」

命運終於走向了不同的方向，他們看著畫面裡的時進，想起時進甦醒後的一系列反應，隱隱意識到什麼，心跳慢慢加快——不、不可能，一定不可能……

拒絕遺產的時進回了房，他再次在房間裡露出神神叨叨自言自語的樣子，然後在傭人上來敲門，提醒時緯崇來電話之後，表情猛地一變，拿起床上的抱枕，亂糟糟地在房裡轉了一會，衝進浴室，乾脆俐落地割開手腕。

不！他們看著血液滲出，瘋狂地想要阻止又一場悲劇的開始，然後身體突然一震，意識回籠。眼前是陌生的天花板，身周是窗外灑進來的溫暖陽光。

他們有瞬間的茫然，直到他們聽到一陣模糊的咆哮聲。

「有你們這種客人嗎，太陽曬屁股了還不起床，早餐都冷了！你們到底要睡到什麼時候？這都要吃午飯了！我倒數了啊，倒數完還不起床的，我可直接進門掀被子了。十、九、八……」

他們終於從夢境回到現實，幾乎是連滾帶爬地起床，用此生最快的速度朝著門外衝去。

五扇門幾乎是同時開啟，站在走廊口的時進嚇了一跳，看著幾乎是一起衝出來的五位哥哥，掃過他們出奇一致的睡衣裝扮和赤裸的腳，尷尬地後退一步，說道：「你們居然真的還在睡啊……那個，你們繼續睡、繼續睡，大家都是兄弟，起床氣什麼的，就別對我發了吧……」

——大家都是兄弟。

他們看著面前鮮活又健康的時進，眼眶一點點泛紅，想上前，卻又互相碰撞到。

「那什麼，你們先去洗漱吧，我先下去了。」時進見他們表情不對，二話不說轉身就溜，轉眼就消失在走廊口。

於是他們又默契地停下腳步，互相對視著，都從對方的眼裡發現了什麼。

時進發現……自家的幾位哥哥瘋了。

他送完劉勇和羅東豪回來後，居然看到自家幾位哥哥正在後院裡打架。而且不是那種點到即止的對練型打架，是毫無形象的打群架。

他覺得要麼是自己瘋了，要麼就是這世界瘋了。

他衝過去想攔，卻獲得了哥哥們整齊的阻攔：「別過來！」

時進：「……」

行吧。他有點不開心了，掃一眼說完話就又扭打在一起的哥哥們，冷笑一聲，轉身走到後門處正冷眼旁觀著的廉君身邊，從他身上摸出手機，打開攝像頭對準後院。

——大清早的想活動身體是吧？那你們打個夠吧，各界名人們！

他忿忿想著，戳手機的力氣特別大。

廉君側頭看他一眼，轉身回廚房拿了一個烤紅薯出來，塞到他手裡，然後拿走他手裡的手機自己舉著，說道：「邊吃邊看吧。」

時進愣住，看看手裡的紅薯，又看看身邊一本正經舉著手機拍攝的廉君，心情好了點，湊過去親了廉君一下。

後院的畫風變得無比詭異，冬日溫暖的陽光下，時家五位兄長在四周還沒來得及收拾走的燒烤工具的包圍下，激情互毆著。後門處，時進靠著門框邊看戲邊吃紅薯，廉君站在他旁邊負責拍攝，時不時享受一下時進的投餵。

「對！右勾拳！四哥加油！四哥威武！打！衝著臉打！」時進邊吃還邊喊上了，語氣裡明顯帶著賭氣的成分。

然而場上的向傲庭聽到這聲加油，卻像是打了雞血，表情瞬間變得更狠，出拳果然專衝著各位兄弟的臉招呼了。

「唔！」容洲中捂著鼻子，第一個退出戰場。

黎九崢後退時不小心絆到院子邊的燒烤架，後仰著摔了過去，第二個退出戰場。

砰！費御景被向傲庭一個過肩摔掀倒在地，頂著紅腫的嘴角和瘀青的額頭癱在地上，第三個退出了戰場。

最後，場上只剩下時緯崇和向傲庭。

向傲庭看著時緯崇，想起昨晚夢裡的自己把救出來的小進託付給他，他卻完全沒管的畫面，想起軍訓時時進問他的那些問題，胸膛用力起伏兩下，忍不住揪住時緯崇的衣領，狠狠揮拳。

——你還算什麼哥哥！

時緯崇沒有躲，硬生生受了這一下。

有血從時緯崇的嘴角滲了出來，時進抓著紅薯的手瞬間收緊，臉黑了，揚聲說道：「夠了！」

所有兄長都轉頭看他，表情緊繃壓抑，眼神暗沉幽深。

時進被他們看得心裡一堵，然後一股無名火拱了起來，吼道：「你們在搞什麼，看看你們這副半死不活的樣子，我昨天是虧待你們了還是怎麼你們了？一個個的居然在我的新家打架，還弄出血來了，你們是不是成心想氣死我？我……」

本來乖乖挨罵的五位哥哥在聽到他提起「死」字時突然齊齊精神起來，眼神瞬間可怕，異口同聲道：「不許提那個字！」

時進噎住，來回看看他們，氣瘋了，拽著廉君進屋，決定不再管這幾個腦子有病的哥哥。

時進走了，院子裡的幾位兄長卻完全沒有要從地上起來的意思，甚至連本來還站著的向傲庭和時緯崇都陸續坐到地上，大家出奇默契地仰頭看著頭頂的陽光，怔怔出神。

「只是夢而已，小進還活著……」時緯崇擦了擦嘴角的血，低頭捂住額頭。

容洲中直勾勾看著太陽，哪怕被刺得眼眶發紅都不挪開，想起昨晚夢裡的自己說的那些混蛋話，又想起和時進和解的時候，時進逼他說的那些話，心臟像是要爆開一樣地疼起來，深喘一口氣，說道：「如果小進也夢到過……那就不是夢。」

向傲庭聞言緊了緊手掌，低著頭不說話。

黎九崢突然從地上爬起來，順著別墅外牆朝著前院走去。他垮著肩低著頭，眼神空空的，像是靈魂被什麼東西抽走了一樣。

「你去哪裡？」時緯崇詢問。

黎九崢回頭看著他們，面無表情地落寞說道：「我要離開這裡……我已經沒臉留在這裡接受小進的招待了。」

大家聞言沉默，費御景也突然爬起來，按了按嘴角的傷口，說道：「我也走。」

容洲中悶不吭聲地跟著爬起身。

「你們又要逃一次嗎？」向傲庭壓著怒氣詢問，手掌握拳，似乎還想再揍他們一次，「又要等著小進去把你們拉出來？你們這樣算什麼？」

往前走的三人齊齊停步。

「要走就好好告別，別讓小進擔心。」時緯崇也開了口，說完起身，轉身朝著別墅內走去。起碼這一次，他絕不會再把小進單獨留下。

向傲庭看著他的背影，握著的拳頭鬆開，起身跟上。

時進是真的生氣了。

他回屋後跑到窗邊看了看，見幾位兄長不打架了，改在院子裡「挺屍」，瞬間屋子裡也待不住，乾脆拉著廉君出了門，準備和廉君去外面吃大餐，餓死家裡那些不省心的哥哥！

「你說他們到底是為什麼打架？都多大的人了，一把老骨頭，這麼亂來，也不怕把胳膊腿給打散架了！」都出門好一會了時進還是很生氣，忍不住拽過車上的麻將抱枕一頓狂毆。

廉君轉動方向盤，說道：「他們去後院的時候，表情很難看。」

「他們吵架了？」時進扭頭看他，眉頭皺得緊緊的，「你有沒有看到他們打起來的起因？」

廉君搖頭，「沒有，他們到了後院後就直接動手了，什麼都沒說。」

時進表情抽了抽，更氣了，繼續狂毆抱枕，恨恨說道：「不管他們了，讓他們去打架打死吧！」說著還把自己的手機關機，鐵了心地不想再理家裡那群哥哥了。

【第十四章】

歡迎回家

時進拉著廉君在外面待了一天，兩人中午去吃了烤鴨，下午繞道去了一下郊區的農家樂，捉了幾隻土雞和兔子，買了一籃子土雞蛋和幾串農家自製臘腸，晚飯在農家樂吃了家常菜，回家的路上，又繞路去超市買了些包餃子的材料。

回社區時天已經黑透了，時進終於良心發現，皺著眉嘀咕：「把他們就那麼丟在家裡是不是不大好，畢竟是請來的客人……」

「說不定他們已經走了，你過意不去的話，我們下次再請他們來聚就是了。」廉君安撫。

時進卻已經注意到自家別墅那邊有燈光亮著，略顯急切地說道：「沒，他們沒走，家裡燈是亮的，快快，我們快回去，也不知道他們怎麼解決午飯的，晚飯吃了沒？」

廉君聞言看過去，果然見家裡有亮光傳出來，餘光掃一眼旁邊因為家裡亮著燈而眼神亮起來的時進，手指蹭了蹭方向盤，踩了一腳油門。

車在院子裡停穩後，時進立刻下車朝著房子跑去，把大門推開。

五位兄長全都老老實實地坐在客廳裡，身上的傷口已經處理好了，看上去情況還不錯，想來向傲庭下手時是有收斂一點力氣的。聽到開門聲，他們齊齊扭頭看過來，然後在看到門口的時進後立刻站起身。

時進見到他們，吊了一天的心落了下來，見他們一起站起身，又板了臉，想問他們為什麼要打架，見他們一個個臉上掛彩的樣子，到嘴的話卻變成了：「下次不許再這樣了……出來，幫我搬東西，今天晚了，就再留一天吧，一會一起包餃子。」

以為會遭受質問的兄長們齊齊一愣，然後低頭的低頭，側臉的側臉，容洲中乾脆轉過身，捂了捂眼睛，說道：「我去洗把臉。」說完就快步走了。

時進滿頭問號。

向傲庭是最冷靜的，他低咳一聲壓下喉間的哽意，主動靠近時進，伸臂抱了抱他，說道：「歡

迎回家。」

時進被抱得愣住，隱約察覺到了一點不對，打量一下大家的模樣，問道：「你們怎麼了？」怎麼都一副要哭的樣子。

「沒什麼，大家下午聊了點不開心的事，現在還有點難受而已。」向傲庭退開身，摸了摸他的頭，轉移話題問道：「你們買了什麼？晚飯吃了嗎？」

時進皺眉，又仔細打量了一下大家的表情，見大家全都是一副努力裝作若無其事的樣子，嘴張了張，到底沒有再問什麼，只側身說道：「晚飯吃了，買了點年貨……你們大過年的幹什麼要給自己找不痛快，不開心的事忘掉就好了，聊它做什麼……」

「嗯，你說得對。」向傲庭又摸了摸他的頭，努力朝他笑了笑，然後出門去幫廉君拿東西了。

時進目送向傲庭走到車邊，又轉回頭看向已經走過來的時緯崇和費御景。

「抱歉，讓你擔心了。」時緯崇也朝時進笑了笑，然後伸臂抱住他，略停兩秒後鬆開，摸摸他的頭，也去幫忙搬東西了。

時進皺眉，等他離開後，又看向費御景，問道：「你們到底怎麼了？」

費御景沒說話，抬手按開他皺著的眉心，也抱了抱他，然後邁步去幫忙搬東西

時進：「……」搞什麼呢，連最坦白的費御景都裝神祕……

他越發莫名，還沒想明白呢，黎九崢就撲了過來，抱住他用力蹭了幾下臉之後，說了一句「對不起」，然後悶頭跑到車邊，捉了一隻最肥的雞抱在懷裡，快步衝回屋子。

時進再次：「……」

東西搬得差不多的時候，去洗臉的容洲中回來了。他鼻子紅紅，眼睛也紅紅，看上去不像是去洗臉，更像是去大哭了一場。

時進死魚眼看著他，說道：「我知道，你也要來抱抱我，然後帶著一臉『我有事，但我就是不

說』的便祕表情跑去幫忙搬東西，這個套路我懂了，來吧，早抱早完事。」說完一臉麻木地張開雙臂。

他已經懶得去管這些哥哥們在打什麼啞謎了，大過年的，他只想輕鬆點過。

容洲中瞪著紅紅的眼睛看他，一點不客氣地抱上去，甚至還晃了晃，然後鬆開他，按住他的肩膀嚴肅說道：「小兔崽子，我是誰？」

時進臉一黑，「你喊誰小兔崽子呢！」

「我是誰？」容洲中執著詢問。

時進看著他發紅泛腫的眼皮，不忍心繼續罵了，說道：「你這問的是什麼弱智問題……你是最帥、人氣最高的演員容洲中，這個回答夠了嗎？」

「不是。」容洲中認真搖頭，說道：「我是大兔崽子。」說完低頭重重親了一口他的眉心，轉身帶著滿身莫名的氣勢跑了。

時進瞪大眼，抬手捂著額頭，想到什麼，連忙扭頭朝著廉君的方向看去。

廉君站在車邊，眼神幽幽地看著容洲中的背影，臉上是大佬式的淡定。

時進：「……」完了，他和三哥，都完了。

包餃子的時候，廉君趁著時進不在，突然問了一句：「要喝酒嗎？」

正在埋頭努力幹活的兄長們聞言一頓，然後齊齊看向他，時緯崇作為代表應道：「可以。」

廉君點頭，低頭繼續包餃子。

捧著黎九崢特供版兔子包出來的時進，完全不知道自己的戀人和哥哥已經立下了某個邪惡的約定，他美滋滋地走到廉君身邊，把手上的包子展示給他看，說道：「五哥居然學會了做這個，咱們今天多蒸幾個，明早拿來做早餐吧？餡料就用多的餃子餡。」

廉君看著他手裡略顯粗糙的兔子包，應道：「可以，我一會也去幫忙。」

——保證做得比你五哥做的好看。

晚上，時進睡著後，廉君放輕動作起床，下樓來了客廳。

時家五位兄長已經全部聚在一起，見他下來，各自開了一瓶桌上的酒。

「你的身體受得住嗎？」時緯崇詢問。

「少喝一點沒問題。」廉君回答，坐到他們中間。

凌晨的時候，時進被尿憋醒，伸手往身邊一摸，空的，驚了，瞌睡立刻消失，坐起身掀開被子看了看，又開了檯燈在房裡掃了掃，真的沒看到廉君，急忙下了床。

最後，他在客廳的沙發上找到已經醉倒的廉君，之後，他又分別在桌邊、地毯上、沙發背面、廁所門外找到一、二、三、五這四個同樣醉倒的兄長。

他站在滿地「橫屍」的客廳裡，聞著空氣裡的酒氣，額頭青筋跳動著，想發火都不知道該怎麼發。

「你們……」他長長吁口氣，轉身看著沙發上的廉君，又氣又無奈，「不知道自己是什麼情況嗎，居然敢喝醉……」

「小進？」向傲庭的聲音突然在身後響起。

時進一愣，扭頭看去。

向傲庭拿著垃圾桶從門外進來，問道：「你怎麼起來了？」

——被尿憋醒的，不過這不是重點！

時進一指四周這幾個醉鬼，壓著脾氣問道：「怎麼回事？你們幹什麼了？」

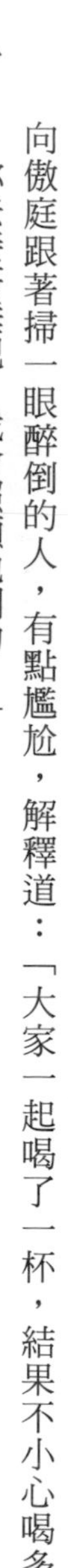

向傲庭跟著掃一眼醉倒的人，有點尷尬，解釋道：「大家一起喝了一杯，結果不小心喝多了……你去接著睡吧，我會照顧他們的。」

「厲害了，居然背著我一起喝酒。」時進點頭，氣到極致居然冷靜下來，回頭掃一眼醉鬼們，黑著臉說道：「你一個人哪裡忙得過來，我也一起。」

客廳裡實在太亂，時進先和向傲庭一起把大家都搬到沙發上，然後分批把人往房間裡運。出於私心，時進先讓向傲庭幫他把廉君運回房。

等時進安頓好廉君下樓時，他意外地發現向傲庭也不見了蹤影。他皺眉找了一圈，最後在廁所裡找到剛吐完的向傲庭。

「四哥，怎麼連你也……」他真的無奈了，再次問道：「你們今天到底是怎麼了？又是打架又是喝酒的。」

向傲庭洗了把臉，透過鏡子看著他，沉默了一會，問道：「小進，當初你在軍營時跟我說的那個夢，真的只是夢嗎？」

夢？時進疑惑，然後很快記起他說的是什麼夢，表情不自然了一瞬，側頭若無其事回道：「怎麼突然提起這個？當然是夢，當時不是跟你說了嗎。」

他的不自在和不願提起那麼明顯，向傲庭哪裡還能不明白。

他撐在洗臉臺上的雙手忍不住收緊，說道：「你當時說得對，那些夢境裡的事情都是很有可能發生的……小進，替我向夢裡的那個你說一句對不起，四哥做錯了，大錯特錯，在那種情況下，任何事情都不能成為哥哥拋下弟弟的理由。」

救贖來得如此猝不及防，時進愣住，看進向傲庭帶著歉意和各種複雜情緒的眼裡，有點懵地說道：「四哥，你怎麼……」

「去睡吧。」向傲庭又轉身看他，朝他笑了笑，「那些有罪的傢伙，就由我收拾吧。」

——有罪的傢伙。

時進回頭看向客廳裡醉了一片的其他兄長，想起他們今早反常的晚起和失態，還有之後的打架、現在的醉酒，聯繫了一下向傲庭的話，陡然意識到什麼，心跳慢慢加快，又轉回來看向向傲庭，接觸到他溫柔愧疚的眼神，喉嚨一緊，腦子還沒反應過來，聲音已經衝出了喉嚨：「你……後悔嗎？」

他不知道自己為什麼這麼問，也不知道自己在期盼些什麼，也許向傲庭只是醉了，在胡亂說一些話，並不是特指什麼，或者在暗示什麼，但是、但是……但是他突然只是發自靈魂的，想為那絲埋葬著的不甘心找一個答案。

後悔嗎？痛苦嗎？愧疚嗎？最後明白了嗎？

那些他以為再也不會有機會問出口的問題，突然在心口氾濫成災。不管了，就當只是一個夢吧，他想知道答案。

向傲庭眼眶紅了，迎著他帶著某種期盼的視線，一字一句回道：「後悔了，大家都後悔了，小進，你可以回家了。」

客廳那邊隱約有壓抑的哭泣聲傳來，時進的身體陡然放鬆，眼神空茫了幾秒，突然笑了，他看一眼向傲庭，什麼都沒說，轉身上了樓，路過客廳時，沒有看沙發上躺著的那些醉鬼一眼。

這一晚時進做了個夢，夢裡的他依然胖胖的，剛剛參加完時行瑞的葬禮。在走出墓地時，他看到了等候在外面的五位哥哥。

「該回家了，小進。」站在最前面的向傲庭朝他伸出了手。

視角突然轉換，他變成了天空、變成了大地，以第三人的視角，看到那個胖胖的自己愣了一下，然後眼睛一點點亮了起來，開心地朝著等候在前方的哥哥們奔去。

意識突然回籠，時進在黑暗裡睜開眼，怔愣良久，突然扯起被子捂住眼睛——原來他心底最期盼的，其實是這樣的結局嗎？

身體突然被抱住，緊接著脊背被拍了拍。

他回神，仰頭對上廉君溫柔看過來的眼神，鼻子一酸，伸臂抱緊他，搖了搖頭——不，他不要那個結局，他要遇到廉君，吃再多的苦也沒關係，他要和廉君在一起。

「我做了個噩夢。」他低聲說著，抓緊了廉君的衣服，聲音帶著釋然之後的喜悅，「但我已經決定忘掉它了。」

廉君低應一聲，緊緊地抱住他。

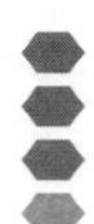

第二天，時家五位兄長在早餐後提出告辭，包括黎九崢。

時進意外：「五哥，你不和我一起過年了？」

黎九崢搖頭，壓抑下不捨，說道：「今年我和大哥一起過。」

「啊……」時進看一眼時緯崇，這才想起時緯崇今年也成了某種意義上的孤家寡人，理解了黎九崢的決定，笑著上前抱住他，在他耳邊說道：「五哥，你是我見過最帥的醫生。」

黎九崢愣住。

「嫌棄大哥了就再來找我，我這裡隨時歡迎你。」時進鬆開手，後退一步，又看向明明是待在屋內，臉上卻欲蓋彌彰地架著副墨鏡的容洲中，抽了抽嘴角，也上前抱了一下他，「也歡迎你隨時

過來，三哥。」

容洲中喉結動了動，扭過了頭，手卻回抱住他拍了拍，說道：「我可不會跟你客氣的。」

之後時進又分別抱了抱費御景和時緯崇。

費御景在時進抱過來時，主動說道：「保持聯繫。」

時進抬眼看他，朝他笑了笑，點點頭。

時緯崇則什麼都沒說，他只是用力抱住時進，埋頭在他肩膀處停了一會，然後克制地鬆開。

於是時進也什麼都沒說，只輕輕拍了拍他的肩膀。

送大家出門時，時進喊住向傲庭，說道：「四哥，夢只是夢而已。」

他說話的聲音並不小，這句話明顯不止是說給向傲庭聽的，已經走到車邊的幾位兄長齊齊停步，卻沒有回頭看過來，只有被呼喚的向傲庭轉過身。

「新年快樂。」時進朝向傲庭微笑，然後牽住廉君，轉身進屋。

咔噠，大門關閉，隔開了兩個世界。

門外的向傲庭在怔愣之後慢慢暖下眉眼，轉身走到車邊，挨個拍了拍兄弟們，第一個上車離開了。其他兄弟陸續回神，回頭看一眼別墅大門，也各自上車，開車離開。

門內，時進抱住廉君，笑得傻傻的。

廉君被他感染，也忍不住翹起嘴角，說道：「我還以為你送他們離開後會有點難過。」

「送這麼一群麻煩的傢伙離開，我怎麼可能難過。」時進嫌棄回答，興奮說道：「廉君，我們慶祝吧！」

「慶祝什麼？」廉君笑著詢問。

時進仰頭望了望天花板，笑得越發傻了，靠到他肩膀上，彎著眼睛說道：「慶祝……我昨晚收到了一份特殊的禮物。」

這個世界有著自己的意識，他有一種感覺，那個意識其實一直在看著他、幫助他、寵著他，而且，馬上就要回來了。

兩個人的新年也可以很熱鬧……才怪。

大年初一，祭祖。

時進早早拉著廉君起床，帶著他來到簡進文的墓地，給簡進文掃墓。掃到一半的時候，簡進文的養父簡成華也來了。

簡成華遠遠看到兒子的墓地前有人，愣了愣，等看清是誰後，激動得差點把懷裡的花給丟了，小跑著過來，招呼道：「是、是小進和廉先生嗎？」

時進轉回頭看他，彎著眼睛笑了起來，喚道：「外公，抱歉，這麼久沒來看你。」

廉君也跟著轉過來，朝簡成華點點頭，喊了聲外公。

簡成華愣愣看著時進，眼眶唰一下就紅了，偏臉上還止不住笑，於是又哭又笑的，邊擦眼睛邊擺手說道：「不用說對不起，你們年輕人有自己的生活，我明白，你們能記得進文，是進文的福氣，我……」說到一半想到什麼，話語一停，低頭朝著廉君站著的腿看了過去，有點懵。

他依稀記得，上次見這位廉先生的時候，對方坐著輪椅……

廉君見他看自己的腿，立刻猜到他的心思，頂著他的視線上前一步，掏出提前寫好的卡片遞過去，說道：「這兩年時進一直陪我在國外治病，所以沒能回來看您，抱歉。現在我的病已經好了，以後會和時進常常待在國內，這是我的聯繫方式和我與小進的新家住址、新家電話，歡迎您隨時過來做客。」

簡成華看著他自然走動的腿，傻乎乎接過卡片，掃一眼上面詳細寫著的各種號碼資訊，抬眼看看他，突然又笑了，笑著笑著又哭了，扯起袖子抹了抹臉，說道：「好了就好、好了就好，你們好好的就好。」

時進心裡有些發軟，上前攬住老人的肩膀，輕輕拍了拍。

三人給簡進文好好掃了墓，然後時進和廉君帶著一車禮物隨著老人回孤兒院。

到達孤兒院後，時進和廉君一起把車裡的大部分禮物分給孩子們，然後去了廚房，用帶來的各種食材，給簡成華準備午飯。

簡成華十分不好意思，在廚房門口團團轉，說道：「本來應該是我招待你們的，怎麼還變成你們做飯給我吃，連食材都是自帶的，這、這多不好。」

「我們這是年前年貨買多了，自己吃不完，所以想讓您幫我們消耗點，而且哪有晚輩等著，讓長輩做飯的道理。」時進笑著安撫，起身把老人拉到自己面前的小凳子上坐下，說道：「您閒不住的話，就幫我剝下豆子吧，咱們順便聊聊。」

「真是什麼都是你有理。」簡成華拿他沒辦法，有事做，也終於自在一點，低頭拿起豆子開始剝，邊剝邊問起他這兩年的生活。

時進挑著能說的說了些，重點吹噓了一下自己在學校裡的好成績，還有軍訓、集訓時拿到的各種第一名。

簡成華聽得不住點頭，滿臉與有榮焉，臉上的笑容一直沒停過。

站在爐灶前的廉君聽著時進的自吹，嘴角勾了勾，把醃漬好的雞肉下了鍋。

廉君和時進足足在孤兒院待了一天，直到天徹底黑了，才在簡成華不捨的眼神中，帶著老人硬塞的紅包，打道回府。

「以後得多來看看外公才行。」時進看著後視鏡裡慢慢變小的簡成華，忍不住嘆氣。

廉君側頭看他一眼，說道：「我陪你。」

時進應了一聲，看向外面的街道，想起埋葬在異國他鄉的時行瑞和生母，和遠在另一個世界安眠著的養父母，表情黯淡了一瞬，又迅速調整過來，低頭美滋滋地拆起紅包。

大年初二，走親戚。

無親戚可走的時進穿著一身睡衣癱在沙發上，痛心疾首地摸著自己九九歸一的腹肌，拒絕廉君的投餵：「這年還沒過完，我的腹肌就沒了，不，我不吃了，你別給我吃了。」

拿著一碟點心的廉君聞言看向他的肚子，眼尖地從扣子縫隙處看到了一點白肚皮，忍不住彎腰摸了上去，還捏了捏，評價道：「手感不錯。」

時進虎軀一震，拽過一個抱枕護住自己的肚子，翻身背對著他，怒目而視：「你才手感不錯！我的胖只是暫時的！暫時的！」

廉君勾唇，從碟子裡拿起一塊新做的點心，自己咬住一半，然後彎腰捧住時進的臉，吻了上去，兩人交換了一個帶著糯米和紅豆甜味的吻。

時進身體軟了，失去對肚子的防守。廉君順勢摸了上去，並輕輕揉捏一下他肚子上的軟肉，在他耳邊低聲說道：「多運動，就不會長胖了。」

時進滿眼迷茫，多運動？

「那我們去外面慢跑吧。」他天真提議。

廉君把點心碟放到一邊的茶几上，又去吻他好看的眼睛，放在他肚子上的手往下，拉開他的褲腰帶，「我說的……是室內的運動。」

時進唰一下瞪大了眼，「唔？」你的手在摸哪裡？

初三、初四、初五……一直到初十，時進的日子都過得水深火熱。他有點腿軟、有點臀疼，還有點略帶痛苦的喜悅——原來那種運動做多了，真的會瘦……

初十一，全國大部分上班族都已經結束假期，回到工作崗位上。廉君作為萬普的董事長，終

於良心發現，想起他手下還有一大堆員工要靠他吃飯，勉為其難地決定去查看一下分公司大樓的裝潢。

廉君問時進要不要一起去，時進瘋狂搖頭拒絕，表示自己要在家進行體能恢復訓練，為開學做準備。廉君摸了摸他的臉，又摸了摸他的後腰，沒說什麼，側頭親他一下，走了。

時進鬆了口氣，捂著腰趴回沙發上，滄桑嘆氣——快開學吧，要出人命了。

轉眼，新年過完，開學在即。廉君變得越來越忙碌，每天都會帶一大堆文件回家，再也沒有精力折騰時進。時進見了又心疼起來，還有點發愁。

他馬上就要開學了，開學後要住校，只有週末才能回來，廉君一個人住在這空蕩蕩的社區裡，該有多寂寞、多孤單，說不定累暈在家裡都不會有人發現……

他越想越擔心，坐不住了，忍不住在網上搜起靠譜的物業公司，可翻著翻著，他又洩氣起來——請陌生團隊到社區裡來，廉君說不定會連家都不想回了，直接睡在公司……

怎麼辦？他傻傻望著天花板，恍惚間竟聽到門鈴在響。

——唉，肯定是幻聽，門鈴怎麼會響？家裡又不會有客人上門。

他翻個身，拿起手機繼續翻，想著看能不能找出個以前和滅沾過關係的物業公司，結果翻著翻著，門鈴聲卻越來越清晰。

嗯？他眨眨眼，然後猛地坐起身，傻眼了——門鈴好像是真的在響！

他急忙穿上拖鞋走到玄關處，開了對講機的畫面，就見一個戴著誇張漁夫帽，低著頭正翻著什麼，完全看不到臉的人正站在別墅區大門口。

「哪位？」他疑惑詢問。難道是推銷的？

「請問這裡是在招物業嗎？」一道熟悉的聲音響起，然後一張海報被送到攝像頭前，赫然就是時進貼在門口的那張，「我是來應聘的。」

聽到這個聲音，時進的嘴巴一點點張大，看著糊滿螢幕的海報，卡了好一會才略顯顫抖地說道：「你、你再說一句話。」

海報被挪開，一張笑得可親的臉出現在螢幕上，來人一本正經地說道：「這位老闆，您確定要在對講機裡和我進行面試嗎？」

驚喜總是會在人毫無準備的時候迎頭砸下，時進懵了兩秒，然後急忙朝大門跑去，跑了兩步又轉回來，對著螢幕語無倫次說道：「你別走，千萬別走，就待在那裡，我馬上來！」說完用力揉了一下發酸的鼻子，悶頭朝著社區大門衝去。

冬末春初的天氣，氣溫還有點低，時進只穿著一身家居服奔出來，本應該冷的，但等他跑到大門口時，卻居然熱出一額頭的汗。

別墅區的大門是雕花鏤空的，透過鏤空的花紋縫隙，他看到外面背對著大門，站著一個穿著一身休閒裝，腳邊放著一個行李箱的人。他腳步猛停，然後更快速地衝過去，手忙腳亂地打開大門，嗓子眼裡像是堵了什麼東西，喚道：「卦、卦……」

來人聽到聲音轉過身，對上時進的視線，微笑加深，眼眶卻有些發紅，說道：「老闆，我叫陳斌，老家排行老六，您可以喊我陳六，我是來應聘物業的。」

——是卦六！真的是卦六！沒想到第一個回來的會是他。

時進懵掉，然後猛地衝過去抱住他，喉嚨裡堵了一萬句話，最後卻只憋出一句：「六……六叔！六叔！你怎麼才回來，你怎麼才回來！」

卦六用力眨眨眼忍住眼淚，堅持笑著，抬手回抱住他，問道：「老闆，我的面試過了嗎？」

——怎麼可能不過！

時進收緊手臂，又想哭又想笑的，忍不住用力拍了幾下他的肩背。

一個小時後，廉君的車開進院子。

他滿臉著急地下車衝入別墅，見到坐在客廳沙發上的時進，連忙靠過去問道：「怎麼了，是哪裡不舒服？眼睛怎麼這麼紅？發燒了？」說著就去摸他的額頭。

時進不好意思地揉了揉哭腫的眼睛，起身握住他的手，說道：「我沒有不舒服，電話裡是騙你的，其實我喊你回來，是因為我給社區請了個物業。」

「物業？」廉君愣住，然後微微皺眉，問道：「你怎麼突然……」

時進解釋道：「我馬上就要開學了，社區裡只有你一個人怎麼行。放心，我請的物業很厲害的，不僅可以管著咱們的社區，還能給咱們做管家，在我上學的時候貼身照顧你。」

貼身照顧？廉君眉頭皺得更緊，想著時進應該是太過擔心自己才做出這樣魯莽的決定，又緩了表情，說道：「不用這麼急，你別擔心，我能照顧好自己，物業的事情，我們還是等社區的綠化做完了再……」

「可我覺得這個物業真的很合適。」時進打斷他的話，終於憋不住了，笑著按住他的肩膀，邊轉過他的身邊說道：「而且物業的負責人我已經接到家裡來了。」

接到家裡？廉君又重新皺了眉，被動轉身，注意到身後不遠處居然站了個人，表情瞬間沉下，略顯防備地看過去，然後在看清對方的模樣後，僵了身體。

卦六迎著他的視線摘下頭上的漁夫帽，眼眶紅紅的，臉上卻掛著笑，恭謹說道：「君少，我回來了……您胖了一點，真好。」

廉君緊繃的身體一點點放鬆，然後什麼都沒說，主動上前，抱住卦六。

卦六連忙回抱住他，拍了拍他的背，說道：「君少，讓我照顧你吧，我已經把手續都辦好了，沒事的。」

廉君閉眼，難得外露了情緒，聲音沙啞地說道：「歡迎回來……謝謝你。」

卦六回歸後，廉君的心情肉眼可見地好轉，時進終於放了心，把注意力放回即將到來的開學上。

開學那天，廉君特地空出時間，親自送時進返校。卦六自告奮勇，給兩人當司機。

「六叔，你在外面可千萬別喊我時少，也別喊廉君君少，太奇怪了。」時進上車後忍不住囑咐道：「你喊我們名字就可以了。」

卦六從後視鏡裡看他們一眼，見廉君也點了點頭，認同了時進的說話，面皮一僵，說道：「我知道了，小、小進，廉、廉……老闆。」

時進立刻笑了起來，說道：「廉老闆是什麼，太奇怪了。」

卦六有些羞惱，又從後視鏡裡看了一眼廉君，說道：「我這不是還沒習慣……」

「慢慢來。」廉君安撫，然後捏住了時進的嘴，「不許鬧六叔。」

時進忙斂住笑表示自己不再鬧了，卦六卻被廉君這聲自然的六叔喊得心裡一跳，忍不住踩了一腳油門，一下把車速飆了上去。

於是時進破功，再次笑了起來。

這是第一次，廉君在送時進返校時，毫無顧忌地在外露面，還跟著時進走進學校。他走得很慢，表情很認真，努力觀察著沿路的景物，想像著時進在其中生活的樣子。

時進陪著他慢慢走，牽著他的手，詳細介紹著沿路的每棟建築、每個設施，說自己在裡面做過什麼、學習了什麼，或者發生過什麼有趣的事情。

兩人太過心無旁鶩，完全沒發現四周路過的學生全都在若有似無地打量他們。

卦六跟在兩人身後，把旁人驚豔怔愣好奇的種種神情看在眼裡，心裡又驕傲又心酸——看，他的時少和君少就是這麼耀眼和優秀！終於，他看著長大的君少，能像現在這樣行走在人群中。

老天保佑。他抬手抹了抹眼睛，覺得自己果然是年紀大了，總是這麼容易傷感。

見到廉君出現在寢室，劉勇和羅東豪在短暫怔愣之後，熱情地迎了上來——在見過廉君居家的模樣後，他們已經不怎麼怕廉君了。

卦六看著廉君和時進的朋友們自然交談的模樣，意外驚訝之後，又忍不住抹了抹眼睛。

「六叔，你眼睛都哭紅了。」時進故意湊過去糗他。

卦六不自在地低咳一聲，伸手趕他，「去去去，少胡鬧。」趕完自己又忍不住笑了。

◆◆◆◆

日子變得安穩普通起來。

時進普普通通地上學放學、普普通通地放假回家，然後普普通通地……發現社區大變了樣子。

第一個週末放假回家的時候，時進發現社區裡多了很多保安和清潔人員。他們全都是身材結實，氣勢不善的樣子，見到時進，會立刻恭謹地停步喊他時少。時進嘴角抽搐，瞬間明白這些人都是卦六從哪裡挖過來的。

第二個週末放假回家的時候，時進發現社區裡，裡裡外外地多出很多攝像頭，並且還有保安隊伍在巡邏，卦六解釋曰：保全工作不能丟。

時進：「……」可這保全也太誇張了。

第三個週末，時進發現社區裡的基礎設施全部檢修完畢，配上齊全的管理人員，籃球場、網球

場、游泳館……之類的場地正式投入使用了。

時進……時進立刻拉著廉君去網球場揮灑了一下汗水。

第四個週末，社區裡的小超市開張。

時進：「……這個，有必要嗎？」

業主加上卦六也才三個人的社區，好像不需要超市這種東西吧？

「要的要的。」卦六拿著一臺平板，翻著計劃表和帳單，解釋道：「以後住戶肯定會多起來，這些都是必要的，而且下面的兄弟們累了渴了的時候，咱們總不能讓他們去外面的超市買東西，太麻煩了。」

時進想想也是，餘光掃到他帳單上的數字，眼睛唰一下瞪大，不敢置信地道：「布置社區這麼花錢的嗎？」

「嗯？你說這個啊。」卦六看一眼平板上的帳單，擺手說道：「這不是物業的錢，是君少撥給我增建職工宿舍的錢，我招來的這些人，都是些因為……因為某些原因沒了家人，找不到落腳點的人，君少心疼他們，就想出錢給他們建個宿舍樓安頓下來。」

時進聞言沉默，想起某個保全缺了幾根手指的手，抿了抿唇，說道：「那建好一點的吧，錢不夠我出。」

卦六欣慰地看著他，嘆道：「時少越來越有老闆娘的樣子了……」

時進臉一黑，抬起胳膊就勒住他的脖子，慢慢用力，「都說了不許再喊君少和時少，六叔你怎麼總是忘記！還有，物業團隊就要有物業團隊的樣子，微笑服務懂嗎！現在社區這氛圍，我都不敢請朋友回來玩了！」

卦六在生活安穩後長胖了一點，被勒得難受，連忙告饒說道：「知道了、知道了，時……小進，你快鬆手！」

又一個週末，時進回到社區，終於沒再發現社區裡有多出什麼東西，鬆了口氣，剛準備邁步回別墅，就碰到迎面而來的巡邏保全人員。

「時……」保全開口就要喊人，喊到一半硬生生一拐，微笑說道：「時先生，您放學回來了啊，週末要玩得開心喲。」

時進一個趔趄差點摔到地上，看一眼保全臉上凶惡的笑容，抬手捂住胸口，覺得卦六對微笑服務這個詞產生了一點誤解。

氣溫再次升高之後，萬普花園終於開始綠化，卦六和帶隊的張工在社區門口喜相逢。

卦六一句：「你……」

張工一句：「我……」

兩人深沉對視，然後笑著擁抱。

正巧過來找張工敘舊的時進在一旁看得一頭霧水，然後猛地反應過來，不禁怒吼道：「張老頭，你騙我！」

廉君生日那天，時進找輔導員要了外出假，回家給廉君做了生日蛋糕和一頓豐盛的大餐。

廉君微笑著吹了生日蠟燭，感激地吻了吻時進。

晚飯過後，廉君和時進手牽手在社區裡散步，他們時不時會碰到巡邏的保安隊伍和準備收工的清潔人員，大家互相點頭招呼，氣氛自然又隨意。

時進目送他們離開，微笑感嘆：「看來大家已經習慣這裡的生活了。」

「嗯。」廉君應了一聲，看著沿路依然空著的別墅，眼神微微黯然。

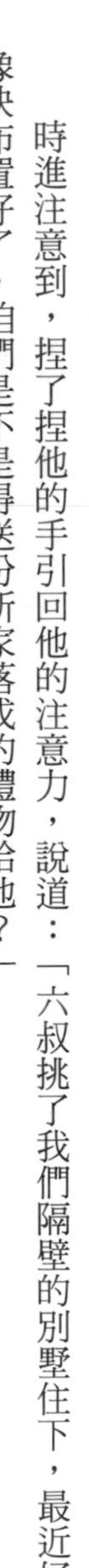

時進注意到，捏了捏他的手引回他的注意力，說道：「六叔挑了我們隔壁的別墅住下，最近好像快布置好了，咱們是不是得送份新家落成的禮物給他？」

廉君回神，看向他，點頭應道：「禮物肯定是要送的，一起挑吧。」

「好。」時進握緊他的手，過了一會又補充道：「以後，我們肯定還會挑很多份這樣的禮物送出去的。」

廉君懂了他的意思，微笑起來，一點點與他十指緊扣。

春天很快過去，夏天來臨，萬普社區的綠化已經基本完成，終於不再光禿禿的了。

張工在完成綠化工作後，成功地在社區裡混了個園丁的工作，每天帶著兩個年輕的小徒弟在社區裡轉來轉去地折騰花草，日子過得好不快活。

沒過多久，馮先生也回來了，他似模似樣地跑到卦六那去應聘，說要在社區裡工作。

卦六哭笑不得，讓他隨便挑棟喜歡的房子住下，專心養老就行了，不用工作。馮先生卻閒不住，硬逼著卦六給他安排。

最後卦六沒辦法了，想著馮先生的能力也確實不能浪費了，就做主給他在社區裡弄了個文化班，讓他給那些保全、清潔人員上上課，做做文化培訓。

馮先生滿意了，真的在社區裡挑了個靠中心的房子，找人改造了一下，弄了一個培訓班。

等時進再次放假回來時，就驚喜地發現馮先生居然回來了，然而還不等他喜極而泣一下，馮先生甩過來的新一學期期末複習資料，就讓他直接歇菜了。

「我在外面閒著也是閒著，就幫你多準備了一點，你好好學，有不明白的就來問我。」馮先生

一臉嚴肅地說著，然後背著手老神在在地走了。

時進目送他離開，看看手裡足足有一公分厚的複習資料，心裡又爽又痛，忍不住流出一滴鱷魚的眼淚。

時進備戰期末的時候，萬普分公司的生意終於進入正軌，可以進行新一輪的員工招聘了。現在的萬普還和瑞行有著很緊密的聯繫，高層很多管理人員都是時緯崇撥過來的，要想把兩家的生意徹底剝離開來，人員方面的分割是必須且最好儘快進行。

卦六回來後，廉君的想法已經有了一些改變，在屬下把招聘企劃送上來時，他垂眼思考了一陣，掏出手機，給容洲中打了電話。

當時進從昏天黑地的期末考試裡解脫出來時，就發現外面的世界變了。萬普搖身一變成為國內最出名的新公司，福利好、待遇佳、背景雄厚、發展前景好，而且，它現在就要開始全方位招聘了！聽說連副董這種重要的管理層人員都要從外面招！

所有的社交平臺上都在討論著萬普這次的招聘，萬普這家公司的名字，轉瞬間就成了幾乎家喻戶曉的存在。

時進目瞪口呆地看完電視上萬普投放的廣告，扭頭看向身邊坐著的廉君。

廉君一臉淡定，說道：「容洲中的行銷團隊果然很好用。」

時進：「……」

「有時候我會擔心他們會太過聽從我的命令。」廉君突然轉了話題，看著又放起其他廣告的電視，神情變得落寞，「我大概能明白他們的想法，大組織雖然已經全部清除，但官方針對中小組織的清掃還在繼續，那些中層首領仍在掙扎。卦一他們過去總是衝在最前線，替我拉了無數仇恨，他們怕在局勢未穩的時候回到我身邊，會給我帶來過多的注意。洗白並不是那麼容易的一件事，官方可能拿我們現在合法的身分無可奈何，但仇家卻不會管這麼多。」

時進聽得心裡一緊，靠過去握住他的手。

廉君順勢反握住他的手，垂眼看著兩人交纏的手指，繼續說道：「但其實這些都沒關係，我可以護著他們，像過去一樣，而且他們在滅待了這麼久，突然把他們放去外面，無依無靠的，我怕他們會過得很辛苦……時進，你說他們能不能看懂我的呼喚？」

時進鼻子一酸，伸臂抱住他，肯定地說道：「會的，他們那麼聰明，而且我相信他們其實早就想回來了。」

他突然明白了張工、馮先生，甚至卦六，他們明明各個能力不俗，卻甘願窩在一個普通的社區裡當園丁、當可有可無的教書匠，和整天忙些瑣事的物業負責人的原因，大概也是因為怕吧，怕去外面會給廉君引來仇家的視線。

也或許是因為他們需要一個根，一個人飄在外面，到底組不成一個家。

【第十五章】成了全民運動的公司招聘

廣告轟炸半個月後，萬普的招聘正式拉開序幕。這幾乎是一場全民關注的招聘，拜廣告效果所賜，萬普開放投遞履歷起，郵箱就爆炸了無數回。

「太誇張了，感覺光篩選履歷都得篩好幾天。」廉君在家工作時，時進湊過去看了一眼，有些咋舌。

廉君沒說話，挪動滑鼠單獨把應聘總裁助理的簡歷抽出來，親自一份一份地翻。

「你要自己篩嗎？」時進意外。

「嗯，對他們來說，進萬普工作，是目前最正常、最不引人注意的一種回歸方式，而且他們肯定會儘量選擇一些比較靠近我的職位來投履歷。不過因為他們本身被滅耽擱了，所以履歷可能並不如其他求職者那樣優秀，讓下面的人篩選，很可能會讓他們連初試都進不來，所以只能我親自來。」廉君解釋，眼睛始終放在履歷上，神情十分專注。

時進看著這樣的他，翹起嘴角笑了，拖了張椅子坐到他身邊，說道：「那我陪你，只篩照片就可以了吧，那應該挺快的。」

廉君滑滑鼠的動作一頓，側頭看向他，說道：「其實如果可以，我想親自把所有的履歷都篩一遍，以防萬一。」

所有履歷？那不得有上萬份了？萬普投放出去的廣告效果太好，有些根本不準備跳槽的人也閒得沒事幹，跑來遞履歷湊熱鬧，廢棄履歷多如牛毛，全篩一遍會死人的吧！

時進眼睛瞪得大大的，一副懷疑自己幻聽的模樣。

「……我們只篩照片，很快的。」廉君解釋，也知道自己有點急了。他是知道所有卦的真實姓名的，要想找人，大可以等下面的人把所有資料匯總之後，再根據人名去找，但那樣就得再等幾天，他……等不及了。

廉君很少有這樣放著捷徑不走，反而選擇笨辦法的時候。時進慢慢把瞪圓的眼睛壓回來，看

他一眼，起身搬來一臺電腦，邊開機邊說道：「郵箱地址給我，我幫你……不許熬夜！我會盯著你的！」

廉君於是笑了，傾身感激地親了他一下，然後搭住他的椅背，伸手在他面前的電腦上輸入郵箱位址。

為了避免讓廉君出現一無所獲的情況，時進主動包攬下最不可能出現卦一等人履歷的各個萬普基礎崗位的資料，一份份看著那些履歷上的照片，看得都快出現臉盲症了。

夜慢慢變深，時進上一秒才打了個哈欠，下一秒就趴到桌子上。在學校習慣早睡早起的他，一到生理鐘時間就秒睡了，連個緩衝都沒有。

廉君停下滑動滑鼠的手，起身過去看了一會他的睡顏，低頭親他一下，伸臂把他抱起。

月亮慢慢從中天降落，天邊泛起魚肚白的時候，廉君終於翻完所有履歷。他關掉郵箱頁面，打開桌面上單獨複製出來的幾份資料，一一看過上面的照片，然後慢慢把手肘撐到桌面上，低頭按住眼睛，長長的、淺淺的、如釋重負地吁出一口氣。

雖然不是全部，但是……他很滿足了。

時進早起醒來後，發現廉君已經出門，為他準備早餐的人變成卦六。他十分懊惱，哪裡還有心情吃早餐，撲過去按住卦六的肩膀，急切問道：「幾個？」

卦六本來想憋住的，但被他這麼一問，忍不住就破功，臉上露出個堪稱傻氣的笑容，用手指比了個六，說道：「六個，除了一、二、九，全在。」

六、六個！時進驚得瞪大眼，然後也忍不住笑了起來，轉身就往門外跑，想去廉君公司逮人。

「時少，你去哪裡？君少說會把他們帶回來的，你別急！」卦六連忙追過去攔他，示意桌上的早餐，「早餐還沒吃呢，小心胃！」

帶回來？時進又急忙緊急剎車，轉過來再次按住卦六的肩膀，問道：「他們什麼時候回來？」

卦六又好笑又覺得有點鼻酸，說道：「聽說萬普這次的招聘把章卓源給驚動了，君少估計還得應付一下章卓源，最快也得下午才能帶人回來。」

——章卓源？怎麼又是章卓源！

時進表情扭曲了，識趣地息了去公司的心思，忿忿轉回餐桌邊，把煎雞蛋當做章卓源半禿的頭，凶殘地大卸八塊！

廉君趕到公司後，立刻喊來人事部的負責人，把挑出來的履歷遞給他，讓他把上面的人內定下來。

人事部的負責人是時緯崇撥過來的心腹，對廉君過去的身分知道一二，很快明白這些內定人員代表什麼，十分識趣地沒有多話，應下命令就走了。

安排好一切後，廉君沒有直接按照履歷上各位卦留下的聯繫方式聯繫他們，而是坐著開始等。

上午十點，章卓源的電話打來，開門見山地要求和他當面談談。廉君二話不說應下，然後轉頭就給王委員長打電話。

當章卓源看到廉君和王委員長一起走進包廂時，他立刻明白今天這場談話還沒開始，他就已經失去所有的主動權。他很無奈，不得不壓下軟硬兼施的方針，只能軟著來。

「廉君，你的那些屬下『死了』還好，如果他們全都活過來，還以成功人士的方式露面……我希望你也能體諒一下我的立場，中下層組織的反撲一直沒有停歇，這時候不能再給他們刺激了。」

一年多過去，章卓源的頭越發禿了，沒了廉君的幫忙控場，他的清掃工作展開得十分坎坷，這一年過得很辛苦。

其實撇開敵對的立場不談，廉君私心裡是很佩服章卓源的。他幹著最危險的活，職位雖高，卻各方面都受限，為了這份工作，甚至連家人都不敢聯繫，就怕連累他們被暴力組織報復。可以說，他為了做好這份工作，幾乎犧牲了自己的一切。

這是一個真正想為國家、為民眾做點實事的人，只可惜能力有限，還有點笨。

「章主任，我這次招聘的本意，並不是為了為難你。」他軟，廉君的態度自然也軟，「你放心，我招聘到的重要職員，入職之後，都會去進行一個短期的封閉培訓，暫時不會在外露面。」

章卓源聞言表情放鬆一點，問道：「培訓大概會持續多久？」

廉君摩挲了一下茶杯，說道：「半年到一年。章主任，我希望我的職員在培訓結束後，能獲得和我一樣在國內自由生活的權利，作為換取這一切的條件，我可以給你一份名單。」

名單？章卓源和王委員長心裡一動，章卓源坐直身，急切問道：「什麼名單？」

「所有中型組織的暗線培養名單。」廉君解釋，放下杯子，問道：「章主任，要換嗎？」

所有中型組織的暗線……章卓源瞪大眼，不敢置信地看著廉君，心裡一時間也不知道該生氣廉君到這種時候還留有後手的行為好，還是該慶幸自己沒有把廉君趕盡殺絕的好。

這個人真是……真是……先是雙腿的情況，後是萬普、王委員長，現在又是暗線名單，他似乎永遠都算不到廉君手裡到底都握著些什麼。

他說不出話來，最後憋了半天，妥協地放鬆身體，說道：「換！無論你要什麼，我都和你換！」摸清了暗線，他就再也不用怕那些中型組織了。

王委員長略顯同情地看一眼章卓源，然後低頭喝一口茶，暗暗慶幸自己當初站對方向，廉君這人是真的太可怕了。

告別章卓源和王委員長回到公司時，時間已經下午四點多。一晚上沒睡，又撐著精神陪章卓源和王委員長打了好幾個小時官腔，廉君已經很累了。

他打發走卦六給他安排的司機，走入公司，正想著要不要立刻打電話把卦三等人喊過來，眼角餘光就注意到公司大廳的休息區裡，坐著幾個熟悉的人影。

他慢慢停步，側頭看了過去。

卦三、卦五、卦七、卦八、卦十、卦十一齊齊從沙發上站起來。卦三上前一步，板著臉，聲音卻有些沙啞，說道：「人事部給我們打了電話，讓我們儘快來辦入職手續，所以……」

廉君看著他們，緊繃了一天的神經慢慢放鬆，放縱自己露出疲憊的神色，朝他們笑了笑，說道：「來了，這就跟我回家吧……等你們很久了。」

卦五猛地握拳，扭頭偷偷按了按眼睛。

其他人也低頭的低頭，深呼吸的深呼吸，然後默契地再次看向廉君，朝他擠出個笑容，齊齊應道：「是！」

——我們回來了，君少。

時進吃完早飯後閒不住，乾脆拉著卦六打掃其他空著的別墅。

「唉，距離君少近的房子就這麼幾棟，現在眼瞅著都要沒了，卦一、卦二、卦九這幾個傢伙真是一點都不識趣，君少這麼喊他們都不回來，活該他們以後回來了只能住社區角落裡！」卦六邊打掃邊抱怨。

時進和卦一等人關係好，聽了忍不住幫他們解釋道：「卦一和卦二身上拉的仇恨太多，有顧忌不敢回來也正常……卦九，卦九……」

卦九和卦六一樣，在滅的時候，做的都是偏後勤的工作，很少在外露面，按理說，他應該可以

和卦六一樣，只等辦好各種手續，就能沒什麼顧忌的回來了。

「……也許是被什麼事耽擱了吧。」時進沒什麼自信地為卦九找著藉口，情緒有點點低落。

卦六見狀暗罵自己哪壺不開提哪壺，連忙岔開話題，問起晚上的歡迎宴做什麼好。

轉眼到了中午，時進和卦六沒滋沒味地吃了午餐，然後卦六繼續去打掃空別墅，時進有點心急，忍不住跑去別墅門口蹲等。

等啊等、等啊等，直等到平板和手機全部玩沒電了，警衛室外面的草皮都快被他踩禿了，他才遠遠看到廉君的車子出現在視野裡。

他嗶一下精神起來，急忙奔出大門，站在馬路邊眼巴巴地望。

六個人，再加上廉君，怎麼也得坐兩輛車……真的是兩輛！廉君的車後面還跟著一輛車！

他眼睛亮了，興奮得差點在原地蹦起來。

車內的廉君和卦三等人看到時進的身影，全都忍不住面露微笑，只有卦五又擦了擦眼睛，板著臉說道：「時少胖了一點。」

廉君笑容一頓，囑咐道：「別當著他的面這麼說，他不喜歡。」

卦五疑惑，但還是應了聲是。

卦三則在愣了一下後，笑得更深了。

汽車終於停下，卦三和卦五立刻下了車。

時進屏住呼吸打量一下他們，然後二話不說，先撲過去抱住離自己比較近的卦五，用力砸了幾下他的肩背，之後鬆開胳膊定定看他幾秒，說了句「黑了」，又繞過去抱住卦三。

後面車上的卦八等人也陸續下車，看著前面眼眶發紅悶頭抱人的時進，各個表情深沉——這就是那個傳聞中的時少啊……果然長得好看，對屬下也親切，原來君少喜歡這種類型……

那邊時進已經鬆開卦三，和卦三說了幾句後，稍微整理一下情緒，朝他們看了過來。

卦八等人連忙站直身體，暗暗做好被時進擁抱的準備。

但很遺憾，時進並沒有抱他們，只是親切招呼道：「回來了，走，回家吃大餐去！」

卦八等人扼腕，暗道他們這群沒在老闆娘面前露過臉的，果然比較沒地位，然後忍不住順著時進的示意，側頭看向旁邊這個漂亮的社區，或明顯或不明顯地微笑起來。

家啊。他們心裡發軟，重新側頭看向時進和不知何時走到時進身邊的廉君，齊聲應道：「是，時少、君少。」

果然無論外面的世界多好，只有這群人在的地方，才能被稱為家。

萬普的招聘轟轟烈烈開始，圓圓滿滿結束。

因為招聘結束後，萬普副總裁的位置依然空懸，兩個總裁特助和多個部門負責人的人選，都直接由總裁在投履歷的人裡欽點了，所以外界漸漸傳出萬普這次的招聘只是一次商業行銷，很多放出來招聘的崗位其實早已經有內定人選的討論。

網路上，經濟學家和行銷高手們對萬普這次的招聘各種分析、各種猜測，時進閒得沒事翻看一下這些討論，樂得差點被果汁嗆到。

「這些人真是太能猜了。」他感嘆著，然後又有些好奇，「不過這次萬普招人鬧得怎麼大，網上怎麼沒有任何關於你的消息或者照片流出來，被公關了？」

廉君拿著平板坐到他身邊，回道：「嗯，為了避免麻煩。你三哥的團隊真的很不錯。」

「那我必須給三哥發個簡訊感謝一下，你長得這麼好看，一旦曝光，我得多多少情敵。」時進故意打趣，打開頁面，啪嗒啪嗒快速打了一條誇獎簡訊發給容洲中。

容洲中的回覆很快傳過來，只有四個字加一個標點符號：小兔崽子！

時進嘴角一抽，回了一句：大兔崽子！

然後把手機丟到一邊，拿起平板，和廉君開始日常的飯後麻將娛樂活動。

暑假過半的時候，萬普社區的大門口，突然被撒滿一家度假山莊的宣傳單。

時進從一臉神祕凝重的卦六那接過宣傳單，滿頭霧水地翻了翻，然後很快也神祕凝重了表情，跑到書房找到廉君，把宣傳單塞到他眼皮子底下。

廉君翻文件的手一頓，視線挪到宣傳單上，略微一掃，然後身體稍微坐直，拿出手機給卦三打電話：「幫我空半個月的假期出來，然後讓大家午飯後來我這裡集合，各自收拾好行李，我們出去玩一趟。」

當天晚上，廉君帶領的車隊到達位於B市郊區山上的度假山莊——沒錯，就是曾經隸屬於狼蛛、後來被官方沒收整頓後再次賣出的那家度假山莊。

當初廉君曾想借他人之手把這裡買下來，但動作稍微慢了一點，被一個老牌連鎖度假酒店搶先一步。他後來曾想再從這家酒店手裡把度假山莊買回來，卻始終無法和對方正面建立聯繫。結果現在，他們卻接到這家度假山莊定點投放的宣傳單。

之所以說是定點投放，是因為這些宣傳單上就大剌剌印著萬普花園的名字，後面還畫了隻卡通狼蛛。

「是魯姨嗎？」時進捏著宣傳單，等車停下後，看著不遠處緊閉著的、和以前沒什麼區別的度假山莊大門，突然又不確定起來。

廉君還沒來得及安撫他，就見度假山莊本來緊閉的大門，突然從內打開，然後一位長髮長裙，打扮得頗為嫵媚的女人出現在門後。

時進看著那個靠近的人影，傻眼了，「呃……」

廉君也難得的愣住了。

長髮女人沒好氣地踩著高跟鞋過來，十分粗魯地敲他們的車玻璃，皺眉說道：「怎麼這麼晚才來，這天真是熱死了。」

這姿態、這聲音，沒錯了，是魯珊。但魯珊一向打扮得比較幹練社會，也不怎麼化妝，可是面前這個風韻猶存的女人……

時進降下車窗，看著外面化著精緻妝容的魯珊，久別重逢的喜悅全被她這完全不同以往的打扮震回去了，乾巴巴說道：「魯、魯姨，妳怎麼……」

「別提了，我和你們又不一樣，可不能讓章卓源發現我還沒死，所以只能用這種模樣在國內露面。還有，我現在叫孫露，以後別喊我魯姨，喊露姨。」魯珊解釋著，然後彎腰看向坐在裡面的廉君，故意罵道：「臭小子，愣著幹什麼，喊人啊。」

廉君默了默，乖乖喚道：「露姨。」

魯珊滿意了，笑了起來，後退一步拉開他們的車門，擠著時進坐進去，示意開車的卦三：「進門，我樓都給你們留著呢，你們想住哪間就住哪間，我請客。」

卦三忍住笑，應了一聲是。

時進和廉君看著魯珊依然霸氣的坐姿，也忍不住笑了起來，笑著笑著，又覺得有些遺憾——故地重遊，身邊卻少了幾個熟悉的人，總歸是有些落寞。

魯珊是在看到廉君的招聘廣告後特地抽空回來的，其實國外還有事情要忙，所以只在國內待了一個星期就走了。她走後，廉君問時進要不要在度假山莊裡多玩幾天，時進看著重新開起荷花的小

樓池塘，搖了搖頭。

回到萬普花園的時候，卦六過來彙報一個好消息——社區招到醫生了，內部診所可以準備張羅著開張了。

時進一愣，然後很快意識到了什麼，側頭看向身邊有些怔愣的廉君，二話不說，拉著他就朝著小區規劃來做診所的地方跑去。

已經初步整理好的社區診所內，龍叔正側對著門口坐在桌邊，整理著一些基礎資料。聽到逐漸靠近的腳步聲，他整理資料的手一頓，抬頭朝著門口看過去。

時進先衝進門，之後是廉君。

「我這裡可不歡迎沒病的人。」他說著，又低下頭繼續整理起資料。

時進一點不在意他冷淡的態度，用力撲過去就開始嚎：「龍叔！真的是你，你終於回來了！龍叔我愛你！」

龍叔被他抱得一愣，然後眉眼暖下，又很快板起臉，嫌棄地把他往下扯，說道：「下來！資料都被你壓皺了，快下來！」

時進才不管，嚎夠了才鬆開手，回頭看一下廉君，見他還站在門口沒動，起身過去把他往裡面拉了拉，然後找了個藉口跑出去，在門外偷聽。

過了好一會，診所內才又傳來龍叔的聲音，有些低，語氣很溫和：「身體怎麼樣了？」

「挺好的。」緊接著是廉君的聲音，很老實，甚至是有點乖，答完停了好一會，又補充道：「歡迎回來。」

「嗯。」龍叔應了一聲，過了一會也補充道：「過兩天抽個時間，我給你做個詳細檢查吧。」

「好。」廉君依然很乖。

時進微笑，靠到牆上，仰頭望著晴朗的天空，愜意地眯了眯眼——今天的天氣，可真不錯啊。

離家的人一個個歸家，社區裡越來越熱鬧。大家經常會聚在一起，聊聊分開後各自的生活。

卦六的經歷是最沒趣的，他在滅做後勤，撤退得沒什麼危險，離開後就挑了個風景好的地方隱居起來，每天釣釣魚、種種花，關心一下國內局勢，一聽眼線說有人住到萬普花園裡了，就馬不停蹄地趕回來。

卦三和卦五的經歷比較驚險，兩人撤離的方式都很冒險，離開的時候都多多少少受了點傷，在床上躺了一陣子才恢復健康。身體康復後，他們隨便挑了個城市落腳，嘗試做過各種工作，最後發現自己已經完全適應不了混在一群陌生人裡裝普通人的生活，或者說是根本沒心思去適應，心裡還記掛著國內，就乾脆去各地冒險旅遊去了，試圖分散下注意力。

他們不像卦六那樣，和滅基層的人員保持著很緊密的聯繫，離開就是真的離開了，在國內也沒有眼線，所以因為種種顧慮，直到看到萬普的招聘廣告，才知道時機已經成熟，意識到廉君在為他們的正常歸國鋪路，火速趕了回來。

卦八、卦十是在卦三前面一點撤退的，他們撤退得危險，跑得也是瀟灑，一個跑到某艘漁船上當起漁民，一個跑到M國鄉村當起流浪歌手。兩人一個練了一手殺魚的好本事，一個靠賣唱漸漸積累了一點名氣，差點被星探挖去當歌星，各自體驗了一段奇妙的生活，然後在看到萬普的廣告後，把心一收，回國了。

卦七、卦十一是最後一批撤退的，撤退後也是隨便找了城市落腳定居。巧合的是，他們當初一個是跟著卦一撤離的，一個是跟著卦二撤離的，算是最後和卦一、卦二見過面的人。

時進聽到這心裡一動，問道：「那撤離的時候，他們有說要去哪裡嗎？或者他們是往哪個方向走的？」

卦七是卦一手把手帶出來的徒弟，和卦一關係很不錯，但哪怕如此，他也依然沒從卦一那裡得到太多資訊。他搖了搖頭，回道：「沒有，我和師父約定好要錯開時間離開撤離地，所以根本不知

道對方去了哪裡。我當時走的方向，沒有碰到師父。」

卦十一也跟著回道：「我這邊也是分開撤離的，卦二什麼都沒跟我說。」

時進聞言喪氣起來，眉眼垮下，之後見大家都被帶得有點喪喪的，又打起精神，扯了點別的，轉移話題。

最開始，大家都堅信卦一、卦二和卦九遲早會回來，但當夏天結束，秋天來臨，然後秋天也漸漸結束，冬天的第一場雪都落下來的時候，大家突然又有些不確定了。

以卦一、卦二的能力，和卦九自身的條件，他們要在普通人的社會裡混得如魚得水，簡直是易如反掌。或許在習慣普通人的生活後，他們已經不再想和過去有任何瓜葛了。

時進生日那天，萬普花園裡前所未有的熱鬧起來，這天剛巧是週六，大家可以盡情慶祝。時家五位兄長全都特地空出時間，趕過來給時進過生日。

卦六更是提前一天召集社區裡的人，給時進準備一個生日派對。

說實話，時進很開心，但開心之後，心裡又有點空茫茫的。

生日過去，新年就要來了，眼看又一年就要結束，他們卻依然沒有卦一等人的消息。

他們到底什麼時候才會回來，他們……還會回來嗎？

「王委員長給我打了電話，說上面要求，今年的新年必須是個乾淨的新年。」廉君不知何時出現在他的身後。

時進回神，扭頭看向他，疑惑問道：「乾淨的新年？什麼意思？」

廉君和他並肩站到落地窗前，看著後院裡的熱鬧景象，回道：「意思就是，上面對中型組織的容忍已經到了極限，想要下狠手了。我給了章卓源一些東西，他祕密鋪了小半年的網，最近就會有大動作。這一次過後，暴力組織應該就會退出歷史舞臺。如果卦一他們是因為顧忌國內的環境還沒乾淨，才一直不露面，那麼這次之後，他們應該就會回來了。」

時進一愣，心裡又燃起希望，確認問道：「真的嗎？你確定？」

廉君沒回答，只抬手摸了摸他的頭，說道：「生日快樂，開心一點。」

生日聚會結束之後，時進洗漱完躺到床上，莫名有些失眠。廉君已經睡著了，他窩在對方懷裡，閉著眼，卻是一點睡意都沒有，腦子裡不受控制地轉著各種念頭。

卦一和卦二可能是有所顧忌才不回來，等顧忌消除了，應該就會回來了，那卦九呢？他還會回來嗎？他明明說好要回來和自己釣……對了，釣魚！那個釣魚論壇！

他思緒一停，像是抓住最後的希望，輕輕爬起身，從床頭櫃上拿起自己的手機，打開瀏覽器，憑著記憶輸入論壇位址。

頁面緩慢跳轉著，他不自覺屏住呼吸，然後眼睜睜看著一個花裡胡哨的非法色情廣告頁面跳了出來。

他差點被自己憋住的氣卡住，連忙壓著聲音低咳一聲順了順氣，滑一下這個廣告頁面，發現自己愚蠢地輸錯網址，黑著臉退出這個頁面，在搜索框重新輸入一遍網址。

頁面再次開始跳轉，這次時進還沒來得及屏住呼吸，一個空白網頁就唰一下跳了出來，然後煙花的音效響起，砰砰砰，漂亮的煙花從頁面底部升起，炸滿整個螢幕。

時進傻眼，連忙關掉手機的聲音，回頭看了下廉君，發現他還睡著，沒有被吵醒，鬆了口氣，轉回頭重新看向炸滿煙花的手機螢幕，心跳慢慢加快。

這個煙花……他確定自己這次絕對沒有輸錯網址！是卦九！肯定是他！他在用這個和他聯繫！

他忍不住再次滑起這個網頁，想看看除了煙花，這上面還有沒有其他有用的資訊。

間，慢慢拼湊成一句：生日快樂。

像是猜到他會滑動這個頁面一樣，煙花慢慢消失，幾個畫風古老的七彩閃光字體出現在螢幕中間，慢慢拼湊成一句：生日快樂。

果然是卦九！時進驚喜，然後生氣。

這傢伙有時間去做這些亂七八糟的東西，甚至還記得他的生日，那為什麼不回來！買張回國的機票，或者打個電話回來很難嗎？

就在他氣得恨不得把手機螢幕瞪出一個洞時，又一行字出現在頁面上：我在學釣魚，釣上來了就回家，替我向君少和大家問好，九。

然後畫面消失，變成一個無效訪問的叉叉。

時進：「……」

居然是去學釣魚了！釣魚比回家都重要嗎？你釣魚歸釣魚，就不能先聯繫一下大家嗎！

時進出離憤怒了，忍不住再次輸入這個網址，反覆搜索登錄。結果無效、無效、無效……可惡！他頭髮都快氣炸了，正要繼續試，腰就被一隻手臂環住，然後一隻手伸到他面前，拿走他的手機。

「睡吧。」廉君安撫地用下巴蹭了蹭他的耳朵，把手機放到一邊，抱著他倒回床上。

時進被動躺下，看著黑暗中廉君十分清醒的眼神，心裡一虛，稍微冷靜了點，說道：「我吵醒你了？對了，剛剛我……」

「我知道。」廉君親了親他的嘴唇，把他抱到懷裡，安撫地順著他的脊背，不讓他看到自己暗沉下來的眼神，說道：「沒事，睡吧，他們會很快回來的，很快。」

「可是……」

「睡吧。」

時進總覺得他的語氣有些沉，好像是生氣了，仰頭想看他，卻沒成功，猶豫了一下，默默嚥下

要說的話，乖乖閉上眼睛。

時進很快睡去，廉君在一室黑暗裡撫摸著他的脊背，卻是一點睡意都沒了，滿身的風雨欲來——釣魚？很好，這可真是幾個「聽話」的屬下。

又一個星期放假回家時，時進發現社區裡空了，除了卦六，剩餘的幾個卦全不見了。

「他們人呢？」他疑惑詢問。

廉君坐在書桌後面翻著文件，回道：「培訓去了，他們年後就要正式上崗，得去提前熟悉一下各自崗位需要做的事。」

時進越發疑惑：「這部分不是培訓過了嗎，怎麼又去了？」之前廉君為了讓卦三他們年後更快適應在萬普的工作，特地花大價錢給他們報了幾個出名的管理班，卦三他們也很爭氣，學得很認真，半個月以前就陸續結課了。

「是一個梳理總結的班，時間不長，只有半個月，很快就回來了。」廉君解釋，放下文件起身，轉移話題問道：「今年的期末複習累不累？」

時進果然被轉移了注意力，聞言本能地往馮先生住的方向看了一眼，苦了臉。他都大四了，明年就要去實習了，為什麼馮先生依然對他這麼嚴厲。

遙遠的R國某農村民房裡，滿臉鬍子的卦二蹲在房間角落，聽完線人打來的電話，表情變得十分古怪，隱隱帶著點慫。

「怎麼了？」坐在一排電腦前的卦九見狀詢問。

卦二看他一眼，忍不住掏出一根菸點上，滄桑地吸了一口，說道：「卦九，你是不是幹了什

麼？國內的眼線告訴我，章卓源身邊突然多了幾個似乎來自於國家某神祕部隊的幫手。這些人只坐鎮後方，一人一個區域，幫著章卓源展開針對中型組織的清掃，各個手段狠辣，對各組織的暗線瞭解得十分清楚……」

卦九聞言表情一僵，心虛地收回視線，戳了戳鍵盤，說道：「這樣啊……那挺好的。」

「老九。」卦二沉下聲音喚他一聲。

「我只是給時進發了個生日賀卡而已……我也沒想到他真的會看到那個，我以為他都忘了……」卦九扛不住說了實話，越說聲音越小。

卦二一臉「果然是這樣」的表情，手指點著他，抬手撐住額頭，「我說官方哪來的那麼多熟手，你……咱們完了，君少那麼聰明，肯定猜到我們在幹什麼勾當了。」

房門突然被拉開，一副農夫打扮的卦一探頭進來，說道：「齊雲冒頭了，準備遞消息。」

卦二和卦九聞言齊齊精神一振，卦二急忙站起身，走到卦九身後，卦九則摸上電腦，開始瘋狂敲擊鍵盤，調監控和進行位置鎖定，同時開始攻擊章卓源的郵箱。

一刻鐘後，定位資訊成功發送給章卓源。

卦九收了手。卦二依然看著螢幕，說道：「君少可能知道了。」

卦一皺眉，立刻明白什麼，朝著卦九看去，喚道：「卦九。」

卦九心虛地低下了頭。

卦一看著他的後腦杓，眉頭皺了皺，到底沒忍心說他，只說道：「看來我們得主動跟君少聯繫了，起碼不能讓君少再把卦三他們重新牽扯進來。好在齊雲的位置已經鎖定，剩下的就是章卓源的活了，但願他這次別又把人抓空，浪費我們送到他手上的機會。」

「晚了。」卦二擺了擺手機，閒閒道：「君少已經把卦三他們送去章卓源那邊幫忙收尾了。」

卦一：「……」

「咱們在捉齊雲這條魚的事，君少鐵定也已經知道了。」卦二嘆氣，一瞬間彷彿老了十歲，「準備好受罰吧。」

其實在還沒正式撤退的時候，卦一和卦二就已經打起不把所有危險因素掐滅，就不收手的主意。他們看似撤離遠走高飛了，但其實很快又聚到一起，甚至還想辦法找到擅長資訊收集的卦九，把他也拉入了夥。

他們密切關注著國內的局勢，在發現孟青和袁鵬一一死亡，齊雲卻下落不明時，立刻著手追蹤起齊雲的位置。齊雲這個人狡詐堅韌，一日不死，就一日是個隱患，廉君和大家都已經洗白，他們不想大家以後再次因為齊雲被拉入黑暗的世界，所以想偷偷把他解決掉。

本來他們早就可以瀟瀟灑灑地回廉君身邊，但無奈章卓源實在太廢！大概就在去年過年的那一陣子，他們其實就已經鎖定過一次齊雲的下落，發現他躲在H國的一個小城市裡。得到消息後，他們怕自己動手，會毀了廉君好不容易幫他們洗白的新身分，就拐彎抹角地以背叛齊雲的屬下的名頭，給章卓源遞消息。

哪知道章卓源居然讓齊雲給跑了！害得他們又得從頭開始。齊雲也是狡猾，發現身後有人追著，就變得格外小心。他們足足又耗了快一年才重新捉住齊雲的尾巴。

他們當然也看到萬普的招聘廣告了，他們也想回去啊，但開弓沒有回頭箭，國內中型組織那麼難清掃，有一部分原因就是因為齊雲在暗地裡搞鬼。齊雲知道一旦中型組織也完蛋了，國內就真的再沒有暴力組織立足的地方，所以一直在垂死掙扎。而為了防止齊雲繼續搞鬼，休養生息之後，利用那些難纏的中型組織去找廉君和大家的麻煩，他們打定主意，必須要把齊雲摁死了再回去！

結果現在眼看著事情就要辦成，他們可以清清爽爽地假裝在外隱居一年多，回到廉君身邊享受大家的關心了，卦九的一封生日賀卡，卻把他們打入地獄。

這下回去別說關心了，不被發配邊疆都算是好的了。

「君少那麼通情達理，肯定能體諒和理解我們的……」卦九試圖減輕自己的罪過。

卦二眉毛一豎，抬手就給了他一腦瓜，說道：「罪人閉嘴！」

卦九敢怒不敢言，低頭閉了嘴。

卦一皺眉，說道：「先專心處理齊雲吧，這次絕對不能再讓他跑掉。君少那邊……等回去後，我去負責解釋，本來就是我起的頭，是我拉著你們一起幹的。」

「別，好兄弟一起扛。」卦二連忙擺手，看向監控裡齊雲蝸居的房子，掰了掰手掌，眼神不善，「最後一條肥魚了，儘快抓了吧，讓大家省心過個好年。」

在時進悶頭備戰期末的時候，章卓源針對中型組織的清掃開始了最後的收網。暴力組織火拚的新聞再次頻繁出現，輿論迅速膨脹，就連時進的期末考試試卷上，都出現了有關暴力組織的題目。

考試結束的那一天，廉君親自去學校接時進回家。

在車上，廉君突然說道：「齊雲落網了。」

時進愣了一下才記起來齊雲是誰，「啊」了一聲，說道：「他現在才落網嗎？」他還以為齊雲早就完蛋了。

「嗯。」廉君應聲，捉住他的手，「齊雲這人很識趣，鬥不過的人就會避開，惜命，懂得有命就有未來的道理……其實他已經沒有退路了，國內組織清掃完畢後，他將再也沒有機會回國，也沒有機會傷害我們。」

時進疑惑廉君怎麼突然說起這個，但他識趣地沒問，安靜地陪著他。

廉君突然側頭看他，笑了起來，說道：「現在他沒了。」栽在幾個笨蛋手裡。

他怎麼會有那麼笨的屬下，只是因為齊雲身上那幾乎可以忽略掉的一點點隱患，就冒險重新進入黑暗世界裡，犧牲自己好不容易得到的平穩生活，最後再保護了大家一次。

而現在，那些笨蛋應該已經準備要回家了。

時進看著他的笑，滿頭霧水——嗯？廉君今天到底怎麼了？

又一場大雪落下來的時候，外出「培訓」的卦三等人全部回來了。時進去門口接他們，盯著他們一個個下了計程車，黑著臉說道：「培訓不是只有半個月嗎，你們怎麼晚了這麼多天回來，是不是偷偷出去玩了？」

累了快一個月的卦三等人沒想到時進會等在大門口迎接他們回家，怔愣之後，看著時進身上的雪花，猜他應該是在一接到大家說要回來的電話後，就立刻到門口來等了，心裡動容，面上卻都笑了起來，回道：「哪有，我們是給你和君少買禮物去了。」

「少說些好聽的，晚歸不提前打招呼，我記住你們了。」時進還是黑著臉，見他們面帶疲憊，又緩了表情，說道：「外面冷，走吧，回家了，六叔給你們煲了湯。」說著轉身打開大門。

卦三等人連忙跟在他身後，邊說話鬧他邊一起望著漸開的社區大門，面上的疲憊慢慢散去，無比滿足。

真好，回家的時候有人迎接，家裡還有熱湯在等著，普通人的幸福大概就是這……

「喂！帶上我們三個一起吧！」

一道熟悉的聲音突然從馬路對面傳來，破壞了此時無聲的溫馨氣氛。

眾人內心的感慨一停，卦三甚至手一抖，不小心把手裡提著的行李掉到地上。

正跨步進門的時進陡然停步，嘴巴微張，幾秒後，側身堪稱僵硬地朝著聲音傳來處看去。

馬路對面，卦二穿著一件皺巴巴的黑色大衣站在那裡，頭髮亂糟糟的，狼狽得像個難民。見時

進望過來，揚起一個燦爛的笑容，抬手熱情招呼道：「小進進，好久不見！可憐可憐我們這三個迷路的小朋友，帶我們一起回家過年吧。」

時進死死看著他，慢慢抿緊唇，轉過身正對著他，淺淺吸了口氣，撥開僵住的卦三等人，停在最周邊，看卦二，也看他身邊那兩個同樣風塵僕僕的人。

站在卦二右手邊的卦九被他這句「迷路的小朋友」說得臉都黑了，硬忍著沒抬手揍他，看著撥開卦三等人站出來的時進，想朝他微笑，但因為太緊張，反而板了臉，說道：「時進，我回來和你釣魚了。」

站在卦二另一邊的卦一則果斷多了，抬手按住卦二的腦袋就是一下，然後掃一遍已經全部轉身望過來的人，最後把視線落在最前面的時進身上，說道：「時少，我們回來了。」

「……你們這群混蛋！」時進還沒什麼反應，卦三就突然爆發了，他踢開自己的行李箱，擼起袖子就朝著卦二撲了過去。

卦五等人也紛紛回神，表情全都狠了下來，一起朝著馬路對面的三人衝去。時進終於回神，開口想攔，猶豫了一下，又閉了嘴，站在馬路這邊安靜看戲。

一群人如狼一般朝馬路對面的「小羊羔」奔去，眼冒凶光，彷彿看到殺父仇人。

「臥槽……你們要幹麼！」卦二嚇了一跳，想躲，沒躲開，被卦三一個擒拿手捉住肩膀，反手就被壓到地上，連忙嚎了起來：「別！大家都是兄弟，有話好好說！」

「我跟你這種自作主張的人沒什麼好說的！」卦三氣得抬起拳頭，感受到手下他比以前偏瘦的體型，拳頭緊了緊，到底沒能揮下去，氣得拍了一下他的腦袋，罵道：「逞什麼英雄，肯定都是你的壞主意，就你鬼心思多！」

「我冤枉！不是我！」卦二連忙反駁。

「師父你教我的東西你自己都沒做到！你這個騙子！」那邊卦七也嚎了起來，和卦十、卦八一起，「大逆不道」地把卦一按到地上。

卦一任由他們「圍毆」，臉上總是嚴肅緊繃的表情慢慢鬆動，嘆了一聲應道：「這次是我沒做對，都怪我。」

卦七眼眶一下子就紅了，揪住他的衣領罵道：「你太狡猾了，你這個大騙子！」

另一邊，卦九也被卦五捉住了，兩人無聲對視，然後默契地舉拳互撞，撞完後給了對方一個久別重逢的擁抱。

一群人鬧成一團，時進站在馬路這邊看著，嘴角一點點翹起，然後低頭淺淺吸口氣，按了按發紅的眼眶，見已經有路人被幾人的「群毆」嚇到了，斂了斂情緒，提高聲音喊道：「別鬧了，回家喝湯了！」

大家的動作齊齊停下，一起朝他看去，然後卦三彎腰把卦二從地上拉起來，卦七也把自家師父從地上拉起來，卦五放開卦九。

大家各自拍了拍身上的雪，看一看彼此蹭了一身雪水的髒樣子，毫不留情地互相嘲笑，然後偷偷藏了藏發紅的眼眶，笑著一起朝著時進走去。

雪不知何時又開始落了。

【第十六章】

圓滿的一家人

時進帶著人往裡走著，邊走邊給卦一他們說著社區的大概情況。

卦一他們認真聽著，仔細打量著社區裡的景色，神情很是專注。

走到人工湖旁邊時，卦九忍不住停了停。

時進也停了，溫聲說道：「裡面養了魚，明年天氣暖和了就可以釣了。」

卦九看他一眼，微笑著應了一聲。

卦二忍不住插到兩人中間，搭住時進的肩膀，玩笑似地問道：「小進進，你怎麼一直不理我，生氣了？」

時進看他一眼，沒有甩開他的胳膊，說道：「我跟你有什麼好生氣的，平安回來就好……不想笑就別笑了，看你鼻子都凍紅了，快點走吧，小心凍病了。」說完重新邁步朝前走去。

卦二愣住，收回手摸了摸自己的鼻子，看著時進的背影，又笑了，邁步追上去，繼續鬧他。

一路走一路鬧，在拐上回別墅的岔路時，眾人注意到前方的別墅院門外站著兩個人。是廉君和卦六。時進停了步，側頭朝著身邊的卦一等人看去。

卦一、卦二和卦九也齊齊停步，本來還嘻皮笑臉的卦二在看到廉君後，立刻收斂所有表情，嘴唇緊抿著，不自覺挺了下脊背。

「君少。」卦一主動開口，聲音有些啞：「對不起。」

卦九也低下了頭，說了句「對不起」。

三人像是霜打的茄子，站在廉君幾步遠外，連靠近都不敢。

「你們三個真是……」卦六想罵他們，看到他們明顯風塵僕僕的狼狽樣子，話又堵了嗓子，什麼都不忍心說了。

廉君的視線一一掃過他們，千言萬語，最後只變成一句：「回來了就好……進屋吧，喝點湯暖一暖。」

卦二的眼淚唰一下就下來了，抬手去擦。卦九也偷偷捂了捂眼睛。

卦一則用力眨了眨眼，淺淺吁了口氣，迎著廉君的視線，應道：「是，君少。」

於是卦三等人笑了起來，推著三人往前走，朝廉君靠去。

一群人終於團圓，相伴著進了別墅院子。

時進落在最後一個，和也留在最後一個的廉君並肩，看向被卦三等人簇擁著的卦一、卦二和卦九，問道：「卦三他們不是去培訓了，對不對？」

廉君側頭看他，抓住他的手，說道：「抱歉，你之前在備戰期末，我就沒告訴你。」

「原諒你了！」時進十分好說話的反扣住他的手，另一手接住一片雪花，握緊，然後鬆開，深吸口氣，又長長地吐氣，側頭朝他笑道：「今年是個團圓年，你做什麼我都可以原諒你。」

廉君看著他紅著眼眶微笑的樣子，緩下眉眼，也放縱自己顯露了一點情緒，說道：「時進，我很開心。」

「這種好日子，誰會不開心呢。」時進回答，拉著他大步走入別墅大門，抬手掃掉他肩頭的雪花，然後伸手，把外界所有風雪，關在家門以外。

◆◆◆◆

大四下學期開學後，時進正式展開實習生活，他很幸運地被分去市內的派出所，每天可以回家住。

因為警察這個職業的特殊性，在實習前，時進特地給廉君做了下心理建設，表示沒有固定的上下班時間，有時候遇到重大事件，還可能連續幾天都回不了家。

廉君聽得皺眉，不過最後還是理解了他的工作性質。

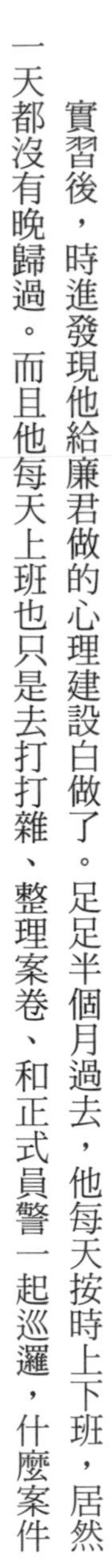

實習後，時進發現他給廉君做的心理建設白做了。足足半個月過去，他每天按時上下班，居然一天都沒有晚歸過。而且他每天上班也只是去打打雜、整理案卷、和正式員警一起巡邏，什麼案件都沒碰到，每天閒得要長蘑菇。

他很納悶，回憶起自己上輩子實習時的手忙腳亂，簡直不敢相信自己現在幹的是警察的活。

帶他的員警老鄧也很是納悶，說道：「真是奇怪了，最近治安怎麼這麼好，連那幾個慣偷都不出來晃了。」

「一看你就是沒有認真開會，去年上面才好好整治了一番暴力組織，取締合法暴力組織的存在，現在各地都在掃黑除惡，那些個幹壞事的看苗頭不對，不就都縮起頭來過日子了嘛。老鄧，珍惜現在的安逸吧，我感覺事情馬上就要多了。」另一位員警接了話，邊說邊搖頭感嘆。

老鄧聽得臉黑，趕蒼蠅似的說道：「去去去，你少給我烏鴉嘴。」

當天下午，老鄧同事的烏鴉嘴靈驗了。

新建成的兒童樂園疑似有人販子在拐孩子，幸運的是兒童樂園的工作人員夠機智，識破人販子的偽裝，把孩子救下來。現在的情況是人販子跑了，但工作人員找不到孩子的家長了。

接到報警後，老鄧帶著時進和另外一位同事趕過去。

聽概況的時候，時進就模糊覺得那個兒童樂園的名字有點耳熟，等看到老鄧把車朝著熟悉的地方開去時，他立刻反應過來，報警的那個兒童樂園，居然就是政府推掉夜色會所後建的那一個！

沒想到那裡居然已經建好開張了，速度挺快，時進心裡有點感慨。

到達兒童樂園後，一行人立刻趕去兒童樂園的辦公室。在那裡，時進見到被樂園工作人員解救下來的孩子，然後，他傻眼了。

那是一個年約三四歲的小孩子，長得白白胖胖的，頭髮和眼珠顏色特別黑，板著臉，也不要人抱，就自己坐在一邊的小凳子上發呆。

關鍵是，這孩子的外貌簡直就是時進的縮小幼齒版！任誰看了都會覺得兩人有點什麼關係！

「哎呦，這孩子……」老鄧也是一看這孩子就愣住了，扭頭看去時進，問道：「你家的？」

時進也覺得有點神奇，傻傻搖頭，回道：「不是，我對象是男的，家裡沒孩子。」

「真不是？」另一個同事也來勁了。

時進再次搖頭，「真不是。」

「可他眼巴巴望著你呢，都要哭了。」老鄧提醒。

時進聞言再次朝那孩子看去，果然見那孩子正眼巴巴望著自己，癟著嘴，眼裡含著兩泡淚，一副被家人拋棄的小可憐樣。

時進突然覺得這孩子忍哭的樣子有那麼點點眼熟，但他以前明明沒怎麼接觸過小孩子這種生物。

「嗚嗚……」小孩見時進看過來，像是忍不住了一樣，小胸脯起伏兩下，張嘴漏出一兩聲哭音，然後突然站起身，像個小陀螺一樣衝過來抱住時進的腿，嘴一張就是驚天動地的一陣哭嚎，含糊糊喊道：「是你嗚嗚……讓我回來的嗚嗚……你居然不要我嗚嗚……嗝。」

這哭泣的節奏一出來，這小嗝一打，時進立刻虎軀一震，只覺得有一道天雷從天上直劈下來，劈得他頭暈眼花心慌氣短。

他不敢置信地低頭看著黏在自己腿上的孩子，腦子還沒反應過來，身體已經先動，彎腰把孩子抱起來按在自己懷裡，緊緊的，頭上不知何時出了一頭的熱汗。他朝著老鄧僵硬一笑，說道：「鄧哥，我……我去哄哄這孩子，他哭得怪可憐的。」

「去吧去吧，順便試試看能不能問出他父母的資訊來。」老鄧倒是很好說話，擺手放行，自己帶著同事去找兒童樂園的工作人員問話去了。

時進抱著孩子走出辦公室，在外面找了個安靜的地方蹲下身，把懷裡漸漸停下哭泣的孩子放到地上，和他大眼瞪小眼。

「你……」時進試探開口。

小孩用力抽噎了一下，張嘴：「嘎。」

時進認命閉眼，一時間不知道該哭還是該笑，仔細打量一下小孩的模樣，問道：「你怎麼變成這副樣子了……小死，是你嗎？」

小孩突然又用力抽噎一下，然後抬起胖胖短短的手臂，傾身抱住他的脖子，邊忍著哭邊說道：「嗚嗚……進進……嗝……我好想你……」

時進懸著的心落到實處，乾脆坐到地上，攏住他的身體，感受著懷裡小小的震動，低頭笑了起來。真是……驚喜來得太突然，他完全沒想到小死會以這種姿態重新出現在他面前。

查了一下午，老鄧什麼都沒查出來，拐帶孩子的人販子像是憑空出現，又憑空蒸發了，找不到任何痕跡。老鄧有點發愁，問時進有沒有從孩子嘴裡問出什麼，時進表示沒有，說孩子受驚嚇過度，只知道哭，什麼都不說。

於是老鄧更愁了，最後調查無功而返，一行人帶著小孩回警局。轉眼到了下班時間，老鄧又愁起了小孩的安置問題。時進見狀連忙主動請纓，表示自己和小孩有緣，可以把他帶回家照顧，等調查有進展了再帶回來。

老鄧看一眼兩人一個模子裡刻出來的樣子，拍板應下了。

廉君回家的時候，發現家裡人特別多，龍叔、馮先生、張工、卦六……總之已經下班的，和不用上班的人全聚了過來，就只有時進不見人影。

他掃一眼大家莫名凝重的表情，微微皺眉，問道：「時進呢？」

卦六瞄他一眼，欲言又止。

廉君心裡一個咯噔，第一反應就是時進出事了，表情一沉，再次問道：「他在哪裡？」

「餐廳裡。」馮先生見他急了，連忙回答，神情也有點欲言又止，最後嘆氣說道：「君少，你要堅強。」

什麼亂七八糟的，廉君眉頭皺得更緊，顧不得再問，大步朝著餐廳走去。

剛靠近餐廳門口，他就聽到時進那起碼比平時軟了八個度的聲音。他腳步一停，仔細聽了聽，發現時進似乎是在哄著什麼人吃飯，聯想起剛剛馮先生說的那句「要堅強」，心臟一緊，瞬間腦補一些不好的東西，深呼吸壓下情緒，沉著臉走進去。

餐桌邊，時進正在和小死排排坐吃果果，聽到腳步聲，他們齊齊抬頭看了過來，然後兩張幾乎是一個模子裡印出來的臉出現在廉君面前。

廉君黑沉的表情直接破掉，難得的有點愣住，來回看著這一大一小兩張臉，眼裡露出些疑惑，「時進，你……」

啪嗒。小死手裡的勺子掉到桌上，他看著廉君，像是小狗見到肉骨頭一樣，眼睛一下就亮了，麻溜地爬下椅子，幾步衝到廉君身邊，吧唧一下抱住他的大腿，字正腔圓地吼道：「寶貝！」

廉君僵住了。

時進尷尬了。他在心裡唾罵了不矜持的小死一萬遍，朝著廉君尷尬一笑，起身靠過去，解釋道：「我今天出警，碰到一個被拐賣的孩子，就是他，警局沒地方安置，我就把他給帶回來了。」說著彎腰就去抱小死，想把他從廉君腿上撕下來。

小死終於見到他心心念念的寶貝，哪裡肯放手，時進越撕他抱得越緊。

時進眉毛一抽，湊過去壓低聲音說道：「快鬆手！他現在還不認識你，你給我矜持一點。」

小死倔強扭頭，「我不。」

時進還想再勸，就見廉君本來垂著的手突然抬起，搭住他的肩膀把他扶起來，然後彎腰，把小死輕而易舉地從自己身上撕下來，舉在眼前看。

小死瞪大眼睛和他對視，眼睛烏溜溜的，和時進犯蠢時候的神情像了個十足十。

廉君危險瞇眼。

小死身體一僵，白胖的腿動了動，胳膊試探著朝他伸了伸，委委屈屈喚道：「寶貝。」你不要爸爸了嗎……

真是熟悉的稱呼，廉君看向時進。

時進擠出一個笑容，伸手試圖把小死接回來，乾巴巴解釋道：「這孩子逮誰都喊寶貝……」

「那倒是和你很像。」廉君淡淡接話，側身避開他接孩子的手。

時進：「……」

廉君又看向小孩，打量一下他的臉，問道：「你叫什麼名字，爸爸是誰？」

得到心愛寶貝的「垂青」，小死立刻活了過來，字正腔圓答道：「我叫小死，爸爸是、是……呃……我沒有爸爸……我是你們的爸……唔唔。」

時進連忙捂住小死的嘴，朝著看過來的廉君再次尬笑一下，勉強圓話道：「這孩子家家酒玩多了，喜歡當人家的爸爸，你別在意。」說著挪開手，再次伸手想把小死抱回來。

小死。廉君咀嚼著這個名字，又來回打量了一下時進和小死像得十足十的臉，突然把手臂一收，直接把小死抱在懷裡，說道：「吃飯吧。」

時進瞪大眼，「嗯？」這是什麼情況？

被抱住的小死也瞪大眼，「嗯！」寶、寶貝抱他啦！

廉君看著這表情出奇一致的兩個人，嘴角一勾，傾身親了時進的眼睛一下，然後抱著小死朝著餐桌去了。

時進目瞪口呆，扭頭看一眼廉君自然抱著孩子的動作，又看一眼已經陶醉在廉君懷裡不願意醒的小死，滿腦袋問號——怎麼回事？廉君這個反應……難道小死給廉君刷什麼奇怪的buff了？

廉君毫無障礙地接受了小死的存在，信了時進所有關於小死的解釋，甚至沒有對小死那一點都不吉利的名字發出疑問。

時進覺得不科學，趁著廉君去書房處理工作的時候把小死抱到一邊，問道：「你給廉君刷什麼奇怪的buff了？」

小死一臉被誤會的委屈，控訴道：「才沒有！我已經不會再做那種低等的活了。」

什麼叫低等的活？時進伸手捏住他的包子臉，「那廉君怎麼那麼容易就接受了你？」

小死突然害羞起來，說道：「因、因為我長得可愛……」

時進：「……說人話。」

小死哼哼唧唧不說話。

時進壓低聲音：「嗯？」

小死妥協了，瞄他一眼，說道：「進進，你可能不記得了，你有次喝醉後，在寶貝面前喊過我的名字……還有某次生病的時候……睡覺偶爾還說夢話……」

時進越聽嘴巴張得越大，震驚道：「你的意思是，廉君早就知道我腦子裡有……所以你其實早就暴露了？」

小死羞澀點頭，繼續陶醉：「寶貝真好，進進你演技那麼爛，渾身都是破綻，寶貝卻從來不會拆穿你。」

時進：「……」

小死花癡狀捧臉，「我果然應該讓自己長得更像寶貝，可是我也很喜歡進進，怎麼辦，我只讓自己三分像寶貝是不是太少了？」說完還睜著一雙透著蠢氣的大眼睛看著時進。

時進看著他的臉，仔仔細細在上面找了一圈，艱難問道：「你哪三分像廉君了？這不完全就是我小時候嗎……」原來你的長相是可以隨心所欲設定的嗎？

小死皺眉，認真回道：「不一樣，你小時候頭髮軟軟的，偏黃，眼珠顏色也淺，我和你不一樣，我像寶貝，是黑色的。」

時進一看果然是，心裡有點點無語，看著他一本正經的模樣，實在不好意思告訴他，他這三分像實在太不明顯了點，伸臂把他一抱，朝著房間走去。

廉君回房間的時候，時進正在給小死洗澡。小死太小了，只能站在浴缸裡洗，小小一隻，板著張包子臉，十分可愛。時進蹲在浴缸外小心給他沖水，動作溫柔又仔細。

廉君靠在浴室門口，默默看了一會這副景象，說道：「六叔去超市買了幾套童裝回來，正在洗衣機裡過水，一會烘乾了就可以穿了。」

時進和小死這才注意到他來了，小死瞪大眼，低呼一聲蹲下身，有點害羞。時進則回頭看廉君一眼，關掉花灑，用浴巾把小死包住抱起來，走到廉君面前，遲疑了一下，說道：「其實我……」

「你也洗洗吧。」廉君打斷他的話，伸臂把小死接過來，傾身親了一下他的臉，溫聲說道：「沒事，一切有我。」

時進看著他溫柔包容的樣子，立刻明白他確實是什麼都知道，只是什麼都不問，心裡有點脹脹的，也傾身親了他一下，說道：「那我先去洗澡……洗完我想和你談談。」

廉君點頭，給他拿了睡衣，目送他走進浴室。

浴室門關閉後，廉君臉上的笑容淡了一點，他抱著小死走到床邊，把小死放上去，開門見山說道：「我可以什麼都不問，但有一點我必須提前確定一下，你是想一直留下嗎？」

小死被他突然轉變的態度震住了，時進又不在，他不敢再撒嬌，瞄一眼廉君，小心點了點頭，說道：「不、不可以嗎？我、我會很小心的，不會影響你們的人生，也不會給你們帶來麻煩……我

不是什麼奇怪的人，真的，我還能保護進進……你別趕我走……」說到後面聲音已經帶上哭腔，癟著嘴忍著哭，看上去可憐極了。

看著幼童版的時進在自己面前哭，廉君很難不心軟。他緩下表情，蹲到床邊和小死平視，說道：「我不是討厭你……那你會從我身邊帶走時進嗎？」

小死瞪大眼，迷茫道：「我為什麼要做那種事？你和進進好不容易才在一起，我想你們一輩子都好好的。」

廉君與他對視，見他眼神單純真摯，說的確實是心裡話，提著的心一點點放下，抬手試探著摸了摸他的頭，說道：「這樣的話，那我們應該就能和平共處了。」

小死一愣，然後眼睛猛地亮起，小心地僵著腦袋貼著他的手掌，問道：「你同意我留下了？」

廉君點頭，補充道：「但我有個條件。」

「什、什麼？」小死又擔心起來。

廉君打量一下他的臉，用一種十分溫柔的語調說道：「我不覺得你天生就長這樣……你長得太像時進了，這世上只需要一個時進，明白嗎？」

小死看著他雖然溫柔，卻彷彿從來沒把他好好看進眼裡的眼神，小心臟一抖，莫名有點害怕，僵硬地點點頭，磕巴回道：「我、我明白了。」

時進洗完澡一出來，就被廉君抱住了。他疑惑，掃一眼房內，問道：「小死呢？」

「他今晚跟卦六一起睡。」廉君的手直接摸進他的睡衣，壓低聲音喚道：「時進。」

時進被摸得雞皮疙瘩浮了起來，應道：「怎麼了？」

廉君不說話，只傾身吻他，力道有些重。

「廉……唔。」時進試圖說話，卻很快被廉君的下一步動作掠奪了言語。

一切結束時，時進隱約聽到廉君在他耳邊說了什麼。他眼皮抬了抬，想回應，卻根本沒有力

氣，只手指掙扎著動了動，就意識一鬆，沉入了夢鄉。

第二天起床後，時進發現小死的模樣變了，眉眼間隱隱有了廉君的樣子，而周圍人對此一點反應都沒有，好像小死本來就是長這樣的。

時進目瞪口呆，衝過去按住小死的肩膀，細細打量一下他的長相，忍不住問道：「你怎麼變成這樣了？」

「都說了我有三分像寶貝了。」小死一本正經回答，見廉君跟在時進後面下了樓，身體一僵，又揚起一個笑容，說道：「進進，我要去辦收養手續了，你工作加油。」說著滑下沙發，小步跑到廉君身邊，抱住廉君的腿。

廉君停步，低頭看他一眼，彎腰把他抱起來。

時進扭頭看著氣氛和諧的廉君和小死，疑惑道：「收養？什麼？」

廉君解釋道：「昨天我讓人查了查，發現小死本身就是個孤兒，既然你喜歡，那咱們就收養他。辦這些手續很容易，王委員長會幫忙。」

時進傻了，看著理所當然安排好一切的廉君，一時間居然不知道該說什麼才好。

廉君見他這樣，邁步靠過去親了他一下，「放心，一切有我。」

然後抱著小死朝著餐廳走去。

時進看著他的背影，摸了摸被親的臉，腦中突然就閃過他昨晚在自己耳邊說過的話。

——我可以什麼都不問，但是時進，你必須留在我身邊。

他回神，又看一眼廉君的背影，摸了摸手指上的戒指，邁步跟了上去。

小死的收養手續辦得飛快，只過了三天時間，時進名下就多了個兒子。沒錯，因為他還沒和廉君結婚，所以小死是收養在他的名下。

天知道他一個還沒到法定結婚年齡的人，是怎麼通過的政府收養審核手續……更可怕的是，對於他收養小死，老鄧等警察都表現出了「就該是這樣」的理所當然態度，甚至時進還發現，送小死到他身邊的那個人販子案件，在警局的檔案裡悄無聲息地消失了。

小死就這麼自然而然地成為他的孩子，沒有引起任何人的注意和懷疑。

時進滄桑仰望天空，終於有了點自己其實是抱上世界的意識這種bug級大腿的酸爽感。然後，他低頭取出手機，給五個哥哥群發了簡訊，通知他們自己有兒子了。

第二天上午，從世界各地狂趕回來的時家兄長們堵住時進家的大門。

小死出來給他們開了門。他站在玄關的小凳子上，握著門把手，身上穿著一套連體小兔子家居服，板著一張已經只有六分像時進的包子臉，說道：「小聲一點，進進還在睡覺，他昨晚熬夜抓壞蛋了，很累。」

時緯崇等人齊齊愣住，死死盯著門內的小死，然後容洲中最先破功，說道：「這、這孩子好像小進！而且他、他……」

「還很像廉君。」費御景補充，仔細打量一下小死的臉，問道：「你親生爸媽是誰？」

小死看向他，皺眉：「我沒有爸媽，我知道你，你以前欺負過進進，還有你、你、你，你們也欺負過進進，只有你好一點。」說著一指向傲庭。

向傲庭愣了一下，然後表情暖下，彎下腰看他，溫聲問道：「這些是小進告訴你的？你叫什麼名字？」

「進進才不會說你們的壞話，我叫小死。」小死回答，剛準備再教訓一下這些欺負過時進的混蛋哥哥，就被聽到動靜走過來的廉君從凳子上抱起來。

他扭頭看廉君一眼，乖乖抱住廉君的脖子，閉嘴裝乖。

廉君先幫他理了理亂掉的衣服，然後看向門口的時家兄長們，說道：「進來吧，時進已經起床了。別驚訝，這孩子確實是收養的，只是恰巧長得像我和時進。」

恰巧長得像？時家五兄弟看著小死的臉，不大相信這個解釋。

一行人進入客廳落坐，廉君把小死放下，給時緯崇等人倒了茶。

小死被放下後也不亂跑，就乖乖坐到沙發上，自己玩玩具。

時緯崇一直看著小死，越看越覺得他像時進，終於忍不住，主動開口和小死搭話，問道：「你的名字是小絲嗎？我剛剛沒有聽清楚。」

小死抬眼看他一眼，搖頭，「不是，是死，死亡的死。」

這話一出，不止時緯崇，其他哥哥也全都皺了眉。

——死亡的死？哪家家長會給孩子起這麼個名兒。

他們朝著倒完茶的廉君看去，剛準備問問，就聽到門鈴又響了。

廉君看大門一眼，說道：「抱歉，我去開門，失陪。」說完就去開門了。

十幾秒後，一眾卦，加龍叔、馮先生、張工等社區住戶全進來了。他們一進來就圍到小死身邊，這個捏捏他的臉，那個揉揉他的頭，全都笑咪咪的，態度親昵，儼然已經把小死當自家晚輩在疼了。

卦二注意到小死手裡的玩具，樂了，說道：「小死你怎麼在玩這個，馮先生又忽悠你了？別信他的，玩這個真的不會變聰明。」

馮先生臉一黑，罵道：「少教些有的沒的，帶壞了孩子！」

小死任由他們爭論蹂躪，面上板著包子臉十分淡定，心裡其實已經癟起了嘴，想哭——這些大人好可怕，他要進進……

說曹操曹操到，時進只穿著一身睡衣從樓上跑下來，見大家都在，高聲說道：「來了就好，真是幫了大忙了，快快，小死已經到了上幼稚園的年齡，我得給他正式上戶口，可這名字實在不好決定，大家幫我想想辦法。」

起名字？眾人聞言一愣，想起小死的名字，又紛紛皺了眉——確實，這孩子哪裡都好，就是本來的名字實在太不吉利了。

眾人落坐，時進和廉君坐在雙人沙發上，時進把小死抱著腿上，和他一起翻著一本字典。

「要不就找個和死字發音相近的字吧，比如世、釋、史之類的。」卦二第一個提出建議。

時進立刻否決：「不行不行，我姓時，孩子無論叫世還是釋，還是史，連起來都不好聽。」

眾人聞言在心裡默念了一下，時世，時釋，實事？怎麼跟播新聞似的，而且好拗口。而時史……食屎？算了算了，這名字絕對不能用。

「一定要姓時嗎？其實跟著君少姓也不錯，比較好取名字。」卦七開口建議。

時家五位兄長聞言全都看了過去，目露凶光——收養在時進名下的孩子，憑什麼跟著廉君姓！這是他老時家的孩子！

卦七：「……」

時進顯然已經考慮過這種可能，聞言立刻說道：「姓什麼都行，就是名字真的必須得改，小死就算跟著廉君姓，叫廉死也不好聽啊。」

大家沉默，不得不承認時進說得有道理。

馮先生突然開口說道：「現在的新生兒上戶口，好像已經不讓取一個字的名字了。」

時進愣住，傻了：「啊？已經不讓了嗎？」說著連忙拿出手機搜索一下，見果然不讓了，懊惱

地拍了下額頭，說道：「居然真不讓，那咱們得想個兩個字的名字了。」說完看向廉君。

廉君想了想，突然伸手摸了一下一直沉默的小死的頭，問道：「你有沒有什麼喜歡的字？」

小死臉紅了，不好意思說。

時進忍不住笑，說道：「我昨晚上就問過了，他說他想叫時進君。」

「進進。」小死急得扯他衣服，讓他別說了。

時進君，這不就是把時進和廉君的名字給湊一起了嗎？眾人看著小死低著頭不好意思的樣子，都忍俊不禁起來。

果然是小孩子，問他喜歡什麼字，就乾脆把兩個家長的名字湊一起了……這算不算是在間接說喜歡兩個家長？

廉君被這個回答弄得愣了一下，然後眼神軟下來，又伸手摸了摸小死，之後乾脆伸臂把他抱過來，讓他坐在自己腿上，看著他的眼睛說道：「喜歡這個的話，那就叫這個吧。」

通過這幾天的相處，他已經大概摸透了小死的性格。這真的是個太過單純善良的孩子……很像時進，很可愛，也很容易讓人喜歡。

眾人：「啊？」

時進和小死也有點懵。

「真要叫這個啊？」時進確認問道。

「他喜歡這個，那就叫這個吧，做家長的要學會尊重孩子的意見。覺得進君不好聽，我們還可以變通一下，找音差不多的字代替，比如錦、瑾、金、敬，或者俊、鈞、珺、駿、筠都可以。」他邊說邊拿起一邊的便條紙把覺得合適的字一一寫下來，寫完遞給小死看，溫聲問道：「喜歡哪個？識字嗎？不識字的話，我可以一個個把它們的寓意解釋給你聽。」

時進也湊過去看，發現這些寫下來的相近音節的字，有些還真的挺好聽的，寓意也不錯，忍不

住摸了摸小死的腦袋，笑著說道：「這個好像可以，小死你挑個喜歡的吧。」

小死愣愣看著廉君溫柔詢問的模樣和時進湊過來的笑臉，突然嘴巴一癟，伸臂抱住廉君，說道：「都可以……寶貝嗚嗚嗚，你不討厭我了嗎？嗚嗚，我真的會很乖的……」

「怎麼突然哭了？」時進連忙摸他腦袋，然後看向廉君，「你說你討厭他了？」

廉君想起自己第一次和小死見面時對他的態度，緊了緊抱著小死的手，朝著時進搖了搖頭，又點了點頭，說道：「有點誤會，我去哄哄他。」說完抱著小死起身，往後面的小客廳去了。

大家目送他離開，頓了一會，都微笑起來。

沒想到廉君還有當爸爸的一天……挺好，這個家是越來越有人氣了。

最後小死的名字敲定，叫時金俊，他自己挑的。

時進看著這個莫名帶著一點土氣和豪氣的名字，瞄一眼突然又變成廉君小癡漢的小死，咬牙給他把這個名字定了下來。

戶口解決後，時進找了家幼稚園，把小死送去上學了。

小死不想去，溺愛孩子一號代表馮先生立刻站出來表示，自己可以給小死啟蒙，不用逼孩子去學校。時進連忙拒絕，表示小死需要的不是啟蒙，是朋友。

上幼稚園第一天，小死被同班小女生掐紅了臉，衣服上的小兔子也被扯下來了。

時進頭都要大了，有點生氣，「老師怎麼也不阻止一下，這已經不能算是簡單的打鬧了。」

廉君拿著文件坐在一邊，掃一眼小死蔫答答沒精神的樣子，皺了皺眉。

上幼稚園第五天，小死被大班小朋友推到沙坑邊沿，撞到了頭。

時進氣得頭髮都要豎起來了，怒而退園，表示要給小死再找家幼稚園！

龍叔黑著臉給小死重新處理了傷口，也生氣了，說道：「這家幼稚園管理太差了，確實不能繼續上。好在小俊頭上的傷口不深，不會留疤。」

廉君坐不住了，放下文件，走到小死面前蹲下，抬手碰了碰他的額頭，輕聲問道：「你想去上學嗎？」

小死看他一眼，蔫答答搖頭，「不想……老師教的那些我都會。」

「不想去交朋友？」廉君繼續詢問。

小死還是搖頭，「我不需要朋友。」

他確實不需要朋友，他這樣回來，本來就不是為了交朋友。

廉君又摸了摸他的頭，說道：「不想去的話，那就不去，我給你開一家幼稚園。」

時進唰一下扭頭看過來，傻了，問道：「開一家？」

廉君點頭，十分認真：「嗯，開一家。」

小死瞪大眼，時進張大嘴。兩人一起看著廉君，然後時進突然就悟了——這個家裡，原來是廉君更溺愛孩子！

一個月後，萬普幼稚園開起來了，就開在社區裡。

廉君專門把靠圍牆的一塊地給劃了出來，重新隔間、裝修了一下，還大手筆地弄了個小型兒童樂園在邊上。

手續辦好後，馮先生走馬上任做了幼稚園的園長，然後利用自己的人脈，快速把老師全給請齊了。之後，廉君在自家公司裡一宣傳，於是學生來源也有了，而且可以完全由他把控入學的學生。

時進本來覺得廉君為小死單獨開家幼稚園的行為實在太過離譜，但當他看到小死被馮先生牽著，開開心心去上學的樣子時，他忍不住笑了起來。

就這樣吧，自家孩子果然還是放在自家的地盤上，才能讓人放心。

三個月的實習期轉眼結束，時進住回學校。

畢業的氣息已經濃厚，時進專心準備了一下自己的最後一次結業考核，然後在六月初，迎來畢業。

正式畢業那天，警校開放校園，時進和其他同學一起早早換好制服去學校門口等著，接來參加畢業典禮的家長們。

典禮上午九點開始，家長們最遲八點半就得到學校。時進時不時看一下時間，有點急。

廉君和卦一他們，他倒是不操心，大家肯定能準點到，但幾個哥哥就說不準了。特別是容洲中，他好像前一天還在外地拍戲。

八點整，一列車隊在眾位畢業生和畢業生家長們有些發愣的視線下，緩緩停到學校門口。然後排頭的一輛車立刻開了車後門，廉君抱著小死跨出車。

廉君今天穿了一身十分正式的西裝，被他抱著的小死也特地換上一身小西裝，兩人一出現，立刻就把擠滿車子的校門口點綴成紅毯現場。

「這邊！」時進眼睛一亮，開心地跑過去，伸手把小死抱過來，用力親了一口，問道：「兒子，想不想我？」

小死被親得臉紅，但還是抱住他的臉回親了一下，誠實點頭，「想，進進你好久沒回家了。」

「我這不是忙著考試嗎。」時進回答，又看向廉君，誇道：「寶貝今天真帥！」

廉君勾唇，傾身親了他一下。

隱約的騷動聲從四周傳來，時進一僵，掃一眼四周八卦看著這邊的同學們，低咳一聲，壓下不好意思，牽住廉君的手，說道：「那什麼，咱們還得再等等，我哥他們還沒來。」

「欸，你這群哥哥真麻煩。」後一步下車的卦二聞言嫌棄感嘆。他今天也難得地做了一副正式的打扮，收斂了點痞氣，顯得特別爽朗帥氣。

說曹操曹操到，一輛黑色汽車突然停到他身邊，車窗降下，露出向傲庭的臉。向傲庭今天特地換上軍裝，他看向時進，說道：「小進，大哥和二哥一會就到了，老五也在路上，三哥聯繫不上。我先去停車，一會就來。」說著升上車窗，走了。

卦二表情有點僵硬，「我果然不喜歡穿軍裝的人。」

時進瞪他，指了指自己身上的衣服，壓低聲音：「嗯？」

「你這是校服，不一樣。」卦二狡辯。

八點一刻，時緯崇、費御景和黎九崢也終於到了，大家全都是一身正式的打扮，站在時進身邊，硬生生把個校門口站成展示各種款式西裝的秀場。

有很多人在偷拍，時進努力無視，專心和大家說著一會畢業典禮入場需要注意的事情。

八點半，容洲中終於出現在校門口，他從保姆車上跨下來，身上也是一身正裝，頭髮還騷包地做了造型。大概是著急，他忘了戴墨鏡，一下車就再次引得校門口騷動起來。

「小進，抱歉，來得有點晚，路上堵車。」容洲中解釋，快步朝著時進靠近。

時進明顯感覺到周圍的氣氛開始不對，有女生忍不住想靠過來，後背汗毛一豎，把小死塞到廉君懷裡，囑咐廉君兩句後，迎過去拉住容洲中的胳膊，邊帶著他朝著校門內大步走去邊壓低聲音說道：「你怎麼不戴個墨鏡……快，準備跑起來！」

一陣兵荒馬亂之後，大家終於順利到達畢業典禮會場，各自落坐。時進去了自己的席位，和班同學坐在一起。

劉勇剛好坐在他身後，忍不住伸手戳他，「時進，你今天可是拉風了，帶來的家屬全都跟模特兒似的，未婚夫也帥，還連娃都有了，不過那孩子真的是你收養的嗎？和你長得也太像了。」

時進嘴角抽了抽，說道：「別，這拉風的代價你不會想知道的。」走哪裡都被圍觀的感覺可實在不大好受。

九點整，畢業典禮正式開始。依然是老套的流程，校長先致辭，然後各代表致辭，之後學生們分批上去宣誓，領畢業證，最後是頒發各優秀學員的證書，和畢業學生代表上臺講話。

時進靠著連續四年優異的表現，毫無懸念地成為這一屆的畢業生代表。他在掌聲中站起身走上臺，站在臺上，看著下方的同學們，最後將視線挪向家屬席的方向，掃過正或驕傲或感慨或認真地看著自己的伴侶、孩子、家人們，微笑著拿起麥克風說道：「感謝大家對我的肯定，這四年，是我人生中，無比重要的四年……」

四年前，他漂泊無依。四年後，他站在這裡，人生圓滿，再無他求。

燈光和視線一起彙聚過來，他微笑訴說，然後在演講結束後，從以特邀嘉賓的身分上臺的向傲庭手裡，接過優秀畢業生證書和鮮花，微笑著和向傲庭擁抱，之後朝著臺下所有人敬禮。

掌聲雷動，他看向家屬席位上的廉君，看進他溫柔驕傲的眼裡，然後燦爛地笑了起來。

「站好！要拍了啊，倒數三秒，都不要眨眼。」劉勇拿著相機，充當起臨時的攝影師。

鏡頭裡，時進和抱著小死的廉君站在中間，時進身邊是依次排開的五個哥哥，廉君手邊是卦一、卦二、卦三、卦五、卦九五人。在他們後排，其他人也各自找好位置挺直脊背站著。

「拍了啊，倒數，三、二、一……茄子！」

咔嚓，畫面定格、幸福定格，大家終於都從苦難裡徹底畢業了。

（全文完）

【特別收錄】

作者獨家訪談第四彈，暢談五位哥哥的詳細人設

Q9：請問您的寫作習慣，不知每次開新文前會習慣先擬好詳細大綱嗎？還是只會做好人設，劇情隨連載情況邊寫邊想？

A9：每次開新文前，我會優先弄好故事的背景設定，然後再腦補一個大概的劇情走向，最後再做一個詳細的人物設定資料。
我比較重視人設，大綱會寫得很粗略，細綱則是完全沒有……
好孩子不要學我，這樣很容易卡文崩文，真的，細綱很重要！
我以後也會多多改進，學會寫細綱！

Q10：請問有沒有影響您最深（或最喜歡）的作者或作品？為什麼？

A10：說來慚愧，作為一個不愛看書的人，我並沒有什麼高大上的作家偶像，也沒有

什麼非常喜歡的有深度的作品……
不過我有很喜歡的動漫角色，是日本動漫《夏目友人帳》的主角夏目貴志。
嗯，我還喜歡國產單機遊戲《古劍奇譚三》裡面的謝衣。
他們都是哪怕經歷過不幸，也依然心存希望和愛的人，我希望我也能成為這樣的人，所以……愛你們！

Q11：平常除了寫作外，有沒有其他興趣或嗜好？

A11：興趣……打遊戲、發呆、睡覺。
（對不起！我真的是一條沒有理想的鹹魚！）

Q12：能否在不劇透的情況下，預告一下繁體版加寫的新番外會有什麼令人期待的事情發生嗎？

A12：當初連載的時候，大家都在遺憾沒能看到寶貝和進進的婚禮，所以新增的番外裡，應該會有一個和婚禮有關的故事。

Q13：可否偷偷透露一點，這部作品裡您最喜歡的橋段？以及您最喜歡的角色？

A13：最喜歡的橋段：進進第一次喊廉君寶貝、進進給四哥送餃子、進進和三哥第一次打架、進進給寶貝堆雪人……很多很多，進進真的是個大寶藏！

本文我最喜歡的角色當然是……進進啦！我喜歡這樣元氣滿滿的角色！

Q14：在連載過程中有沒有遇上什麼困難？尤其書中埋了不少伏筆，覺得寫這種抽絲剝繭的劇情，最大的挑戰是什麼？

A14：連載期間遇到的最大困難是……停電！

連載途中曾遭遇過連續停電事故，為了保證不斷更，我不得不每天抱著電腦去外面蹭電打字。由於寫作對我來說是一件絕對私密的事情，而在一個陌生的環境裡做這件事，會讓我覺得特別不自在和羞恥。

那次之後，我去買了一個容量超級大的筆電充電寶，徹底解決了停電困擾。

最大的挑戰……應該是不出bug。伏筆這種東西，有時候會埋著埋著就忘了，然後一旦忘了圓回來，就會成為bug，例如我至今沒能回憶起我有沒有在正文裡寫過一個卦十三……

Q15：如果有機會穿越到《生存進度條》的世界，您會想變成哪位角色？做什麼？

A15：我想變成五哥黎九崢的外公或者外婆，想在他被母親傷害的時候過去幫一下他，讓他也變成有長輩疼愛的孩子。

Q16：感謝您辛苦的回答，最後請您對讀者說幾句話吧！

A16：各位讀者小可愛們，大家好，我是不會下棋。

《生存進度條》是我的第一本出版品，能以這樣的方式把這本書獻給大家，我很開心也很感激。

感謝大家選擇了這個故事，希望時進沒有讓大家失望，最後，祝大家在現實生活中，遇到的都是像時進那樣溫柔善良的人，每一天都是幸福滿足的。

如果有機會的話，下一篇見！愛你們，啵！

（完）

【作者後記】

感謝讀者和我一起走過這段特殊的旅程

去年的五月，我開始在晉江文學城上連載《生存進度條》。去年的十月，我完結了這個故事。終稿時，《生存進度條》的字數剛好過一百萬，比我最開始預估的六十萬字多了大概有半本書。

從五月到十月，整整五個月，一百六十多天的日子，我沒想到《生存進度條》能寫這麼長、這麼久，就像我沒想到，它居然成為我第一本得以出版的小說。

寫這篇後記之前，我重新翻看了一遍《生存進度條》，看過之後，我覺得遺憾。

這一本對我意義特殊的小說，其實有很多地方我沒有寫好，其中最讓我在意的有三點。

一、時緯崇和時進的和解過程。

我覺得他們之間缺少了交流和發洩。時進在和其他兄長和解時，會

宣洩心中壓抑多年的情緒、會問出自己的心結、會說出自己的要求，但面對時緯崇時，他沒有。

他只是自己想通了、釋然了，單方面地「報復」了，然後自顧自地放下原諒。而時緯崇呢，他也是自己悔悟了，然後給自己打上罪人的標籤，開始贖罪。

兩人都為和解做出了行動上的努力，但思想上，他們從來沒有深入地、真正地交流過。私以為他們的這場和解，並不算真正的、徹底的和解，兩人要想完全修復關係，還需要繼續磨合交流。

二、五位兄長的母親。

原本的劇情設計中，五位母親是有戲份的，但最後我只寫了徐潔的部分。

當時是礙於篇幅以及如果加入母親們的劇情，故事的複雜性會成倍增加，而我可能並沒有能力去駕馭……之類的考慮，忍痛放棄割捨了她們的戲份。

但其實沒有她們的《生存進度條》是不完整的。

五位兄長之所以會在最初那麼對待時進，有她們的指導和影響；時進上輩子的死亡，有她們的間接推動。她們是故事中很重要的一部分因果，時進是恨她們的。而且按照常理來講，兄長們後期和時進和解後，身為兄長們的母親，她們不可能不出現刷一刷存在感，而時進也需要這麼一個機會，真正從源頭上讓自己解脫。

但我有意弱化了她們的存在。五位母親，除了因為劇情必須出場的徐潔，和早已死亡的五哥的母親之外，剩下的三位母親，全都被我一筆帶過。時進的這場自救因為缺失了和她們的對抗，變得不那麼圓滿。

三、時進的母親雲進。

她無疑是悲慘的，我曾想過要展開一下她的劇情，給她黑暗的人生送去一點溫暖和希望，也讓時進對親生母親有一個更飽滿鮮明的記憶。但可惜因為劇情一直集中在廉君和五位兄長身上，我始終找不到合適的擴展契機，所以這部分就一直沒有機會著墨。

除這三點外，我還有一些覺得不那麼滿意的地方，比如幫派戰寫得不夠刺激、海戰寫得太過幼稚、反派過於話多……這裡就不再一一詳細提及。

到今天，《生存進度條》已經完結了大半年，對於很多劇情上的不圓滿，相信已經有很多讀者看出來，在此，我想對看了這篇故事的讀者

們說聲抱歉。

很抱歉沒能呈現出一個更好、更合乎邏輯、更有可讀性的故事給你們，對不起。

也感謝讀者們的一路相伴和支持，你們給了我很多溫暖和感動，支撐我完成這個故事，和我一起走過這一段特殊的旅程，謝謝。

故事裡的時進已經闖過了所有難關，過上他想要的生活。在這裡，我也祝大家能克服生活中遇到的所有困難，過上自己理想的生活。

不會下棋

二〇一九年五月十一日

i小說 013

生存進度條4（完）

國家圖書館出版品預行編目（CIP）資料

生存進度條4 / 不會下棋著. -- 初版. -- 臺北市：
愛呦文創, 2019.11
冊； 公分. --（i小說；013）
ISBN 978-986-97913-7-3（第4冊：平裝）

857.7 108010323

愛呦文創

作　　者　不會下棋
封面繪圖　凜舞REKU
責任編輯　高章敏
文字校對　劉綺文
行銷企劃　羅婷婷

發 行 人　高章敏
出　　版　愛呦文創有限公司
地　　址　10691台北市忠孝東路四段59號10-2樓
電　　話　（886）2-25287229
郵電信箱　iyao.service@gmail.com
愛呦粉絲團　https://www.facebook.com/iyao.book

總 經 銷　聯合發行股份有限公司
電　　話　（886）2-29178022
地　　址　231新北市新店區寶橋路235巷6弄6號2樓

美術設計　廖婉禎
內頁排版　洸譜創意設計股份有限公司
印　　刷　沐春行銷創意有限公司
初版一刷　2019年11月
定　　價　380元
I S B N　978-986-97913-7-3